Ellin Carsta

Der Mut der Frauen

TINTE & FEDER

Das Buch

Bernried am Starnberger See, 1938: Elisabeth Lehmann ist voller Angst, dabei könnte ihr Glück so groß sein. Sie erwartet erneut ein Kind. Doch was passiert, wenn sie wieder kein gesundes Kind zur Welt bringt und jemand hiervon erfährt? Schließlich weiß sie, was mit ihrer Haushälterin Inge geschehen ist …

Wilhelmine von Falkenbach ist derweil verzweifelt auf der Suche nach ihrer großen Liebe – Martin, der für seinen Widerstand verhaftet wurde. Halten ihr Vater oder ihr Bruder Informationen zurück?

Die Fabriken der Familien Lehmann und von Falkenbach laufen im Hochbetrieb, doch mehrere politische Verantwortliche glauben, dass die Waffenproduktion weiter vorangetrieben werden sollte. Und auch in den Familien werden die Gräben größer. Kann Paul-Friedrich von Falkenbach sie vor den drohenden Gefahren bewahren?

Die Autorin

Ellin Carsta ist das Pseudonym der deutschen Autorin Petra Mattfeldt, die zusammen mit ihrem Mann und ihren drei Kindern in der Nähe von Bremen lebt. Alle Fans ihrer »Hansen-Saga« können sich über eine neue Familiensaga um die von Falkenbachs aus ihrer Feder freuen.

Weitere Informationen zur Autorin finden Sie unter www.petra-mattfeldt.de.

Ellin Carsta

Der Mut der Frauen

Die Falkenbach-Saga

Roman

Tinte & Feder

Deutsche Erstveröffentlichung bei
Tinte & Feder, Amazon Media EU S.à r.l.
38, avenue John F. Kennedy, L-1855 Luxembourg
März 2022

Umschlaggestaltung: bürosüd° München, www.buerosued.de
Umschlagmotiv: © Sk_Advance studio © pryzmat © Yurich
© Traveller70 © Artiste2d3d / Shutterstock
1. Lektorat: Silvia Kuttny-Walser
2. Lektorat: Diana Schaumlöffel
Korrektorat: Gisela Wunderskirchner / Angelika Wiedmaier
Gedruckt durch:
Amazon Distribution GmbH, Amazonstraße 1, 04347 Leipzig /
Canon Deutschland Business Services GmbH, Ferdinand-Jühlke-Straße 7,
99095 Erfurt /
CPI books GmbH, Birkstraße 10, 25917 Leck

ISBN 978-2-49671-003-8

www.tinte-feder.de

*Ich widme dieses Buch
meiner lieben Freundin
Lianne, eine der mutigsten
Frauen, die ich kenne.*

Prolog

München, 9. November 1938

Überall war Feuer. Fensterscheiben zersprangen mit lautem Knall unter der Hitze, Splitter fielen aus dem oberen Stockwerk auf die Straße und regneten auf die Menschen nieder, die unten auf der Straße schreiend um ihr Leben rannten. Die Nachbarwohnung musste bereits in Flammen stehen, so dicht war der Rauch, der von nebenan herüberdrang.

Elisabeth presste den kleinen Körper in ihren Armen so fest an sich, dass sie fürchtete, ihm womöglich den Atem zu nehmen. Sie musste hier raus, irgendwie dem Inferno entfliehen. Das Baby begann zu greinen. Elisabeth wiegte es, versuchte es zu beruhigen. Doch sie spürte, dass ihre eigene Angst zu groß war, um die Ruhe auszustrahlen, die der Kleine jetzt brauchte. Verzweifelt sah sie sich um. Wie sollte sie entkommen, wie dieser Hölle entgehen? In der Wohnung nebenan knallte es, etwas Schweres brach krachend zusammen. Elisabeth drückte das Kind noch fester an sich, flüsterte flehend ein Gebet. Jemand schlug heftig gegen die Tür, dann wurde sie aufgebrochen, und vier Soldaten stürmten herein. Sofort schlugen die Flammen aus dem Flur auch in die Wohnung. Elisabeth hatte es nicht gewagt, in den Flur zu gehen. Zu deutlich war zu spüren gewesen, wie das Feuer dort wütete.

»Gott sei Dank!«, rief Elisabeth erleichtert.

»Ist außer Ihnen noch jemand in der Wohnung?«, fragte einer der Männer. Sein Blick fiel auf das Blut, das einen Großteil des Teppichs besudelte.

»Mein Kind«, sagte Elisabeth, die seine Gedanken, was hier geschehen sein mochte, erahnen konnte. »Ich habe es allein hier zur Welt gebracht.«

Der Soldat schüttelte ungläubig den Kopf. »Du lieber Gott!«, entfuhr es ihm. »Können Sie denn laufen?«

Elisabeth nickte.

»Geben Sie mir das Kind. Wir bringen Sie raus.«

Elisabeth schüttelte heftig den Kopf, drückte das Neugeborene noch fester an sich. »Ich halte selbst meinen Sohn«, erwiderte sie entschlossen.

Der Soldat nickte hastig und berührte dann kurz ihren Arm. »In Ordnung. Doch jetzt kommen Sie. Wir müssen schleunigst hier weg.«

1. Kapitel

Bernried bei München, drei Tage zuvor

Jeden Tag bin ich ein wenig bang, dass das Schicksal es am Ende doch nicht gut mit mir meint.

Elisabeth Lehmann

Sie stand an ihrem geöffneten Schlafzimmerfenster und sah nachdenklich auf die Bäume von Gut Falkenbach, die immer mehr Blätter verloren hatten und schon bald vollkommen kahl sein würden. Früher hatte sie die Wochen vor dem nahenden Winter gemocht, doch jetzt erschienen sie ihr wie die Ankündigung einer dunklen Zeit, die Unheil mit sich zu bringen drohte. Aber sie wollte den Gedanken nicht zulassen, atmete tief die Herbstluft ein und berührte sanft lächelnd ihren inzwischen kugelrunden Bauch. Sie war erfüllt von Liebe, aber auch von Furcht.

Ferdinand wusste bis zum heutigen Tage nicht, dass ihr Erstgeborenes nicht nur tot zur Welt gekommen, sondern auch fehlgebildet gewesen war. Elisabeth hatte sich nie getraut, ihrem Ehemann die Wahrheit zu sagen, weil sie nicht wusste, wie er darauf reagieren würde und sie sich überdies schämte, dass sie nicht in der Lage gewesen war, ein gesundes Kind auszutragen wie Millionen andere Frauen. Nun war die Angst seit dem glücklichen Moment, in dem sie erfahren hatte, dass sie wieder in anderen Umständen war, von Tag zu Tag schlimmer geworden, und Elisabeth fragte sich, wie sie es schaffen sollte, weiterhin mit dem Druck zu leben, bis das Kind dann endlich in etwa einem Monat zur Welt kommen würde. Zumindest hatte Gustav ihr diesen Geburtstermin mitgeteilt, doch Elisabeth glaubte insgeheim, er müsse sich verrechnet haben. Schließlich war ihr Bauch schon jetzt so rund, dass sie meinte, es könnte jeden Tag so weit sein. Gern hätte sie sich eine weitere Meinung von einer Hebamme oder einem Frauenarzt eingeholt, aber nach der Tragödie bei ihrer letzten Schwangerschaft wagte sie es nicht. Allein die Vorstellung, bei einer Untersuchung könnte sich herausstellen, dass erneut etwas mit ihrem Kind nicht stimmte, ließ blanke Verzweiflung in Elisabeth aufsteigen. Nicht nur, weil sie sich doch mehr als alles andere auf der Welt wünschte, Mutter zu sein. Was wäre, wenn das Kind dieses Mal lebte, jedoch wieder behindert wäre? Dann würde es den Behörden gemeldet werden müssen, und die gingen gegen diejenigen im Reich, die nicht dem perfekten Bild eines gesunden und nützlichen Menschen entsprachen, immer rigoroser vor. Davor hatte Elisabeth fast noch mehr Angst als vor einer erneuten Totgeburt. Aber nein, das durfte nicht geschehen. Das könnte Gott ihr nicht antun. Diese Prüfung würde er ihr nicht auferlegen. Dieses Mal musste einfach alles gut gehen, und sie würde einem gesunden Kind das Leben schenken. Immerhin stimmte doch mit ihr alles. Niemand in ihrer Familie hatte, zumindest soweit sie es wusste, je eine Behinderung gehabt. Und für Ferdinands Seite schloss sie dies ebenso aus. Nein, Elisabeth suchte den Grund, dass sie ein behindertes, nicht lebensfähiges Kind geboren hatte, ausschließlich bei sich selbst. Nur wusste sie eben nicht, weshalb. Die Rassengesetze sollten durch die klare Trennung schadhafter von reiner Erbmasse genau solche Fehlbildungen ausschließen.

Aber sie gehörte doch zur reinen arischen Rasse, die die Führung des Reichs stets beschwor. Warum nur war ihr das widerfahren? Sie wusste es einfach nicht. Sie wusste nur, dass sie es nicht noch einmal ertragen könnte. Lieber würde sie in den Tod gehen.

Sie atmete noch einmal tief durch, schloss dann das Fenster und verließ das Schlafzimmer. Sie wollte sich gleich auf den Weg nach Bernried machen, um nach ihrer Mutter zu sehen. Seit dem Tod der Großmutter ging es ihrer Mutter nicht gut. Zwar hatte sie schon immer viel gearbeitet und die meiste Zeit in der Bäckerei verbracht, doch nun schien sie selbst nach Ladenschluss keine Ruhe mehr zu finden. Selbst wenn Elisabeth sie an einem Sonntag, an dem die Bäckerei geschlossen hatte, besuchte, war die Mutter unten im Laden statt oben in der Wohnung. Sie putzte, traf Vorbereitungen für werktags und schien sehr beschäftigt. Doch Elisabeth konnte sich des Eindrucks nicht erwehren, dass sie sich die Arbeit geradezu suchte und die Schubladen und Fächer, die sie auswischte, ohnehin schon mehr als sauber waren. Natürlich verstand Elisabeth, dass es nicht leicht für sie war. Elisabeths Vater war schon lange verstorben und Ende Januar dann auch noch Auguste, ihre Großmutter. Und Elisabeth führte ihr eigenes Leben an der Seite von Ferdinand und im Kreise der Familie Lehmann auf Gut Falkenbach. Geschwister hatte Elisabeth keine, und der Bekanntenkreis der Mutter bestand vor allem aus der Kundschaft der Bäckerei. Nur war eben dann, wenn sie den Laden schloss und hinauf in ihre Wohnung ging, niemand mehr da, mit dem sie sich unterhalten konnte. Freunde gab es kaum im Leben der Mutter, denn für die hätte sie sich ja außerhalb der Arbeit Zeit nehmen müssen. Genau darin lag aber das Problem, da sie auch noch ihre alte Mutter hatte pflegen müssen. Elisabeth hätte gern etwas für ihre Mutter getan, doch sie wusste schlicht nicht, was. Also wollte sie wenigstens heute, am Sonntag, zu ihr fahren und ein bisschen mit ihr plaudern. Auch wenn es Elisabeth immer schwerer fiel, ein Thema zu finden, worüber sie mit der Mutter sprechen konnte. Irgendwie hatten sie schon seit Jahren keine tiefere Verbindung mehr zueinander, wenn sie sie überhaupt je gehabt hatten. Mit ihrer Schwiegermutter Käthe erging es ihr ganz anders. Sie war so viel herzlicher als ihre eigene Mutter, so viel interessierter an dem, was Elisabeth umtrieb. Aber ihre Mutter war nun einmal ihre Mutter, also hatte sie sich um sie zu kümmern. Tatsächlich sorgte Elisabeth sich, wie es werden sollte, wenn ihre Mutter mal nicht mehr arbeiten konnte und die Bäckerei aufgeben musste. Dann würden ihr die Einnahmen fehlen, denn Elisabeth ging nicht davon aus, dass ihre Mutter oder eben früher ihre Eltern gemeinsam Geld fürs Alter zurückgelegt hatten. Dafür war einfach nie genug übrig gewesen. Zwar hatte ihre Mutter nach dem Tod der Großmutter nur noch für sich selbst zu sorgen, und auch die Kosten für die teuren Medikamente, die Auguste bekommen hatte, fielen nun weg. Daher würde am Ende einer jeden Woche wohl etwas mehr in der Geldbörse sein als zuvor. Doch war das genug, um noch etwas ansparen und in späteren Jahren davon leben zu können? Vermutlich nicht. Elisabeth würde eines Tages Ferdinand um Geld bitten müssen, um die Mutter zu unterstützen. Ferdinand war ein herzensguter Mensch, und gewiss würde er nicht zögern, Elisabeth zu helfen. Doch tatsächlich gefiel der Gedanke, in dieser Angelegenheit auf ihn angewiesen zu sein, Elisabeth überhaupt nicht. Bei der Heirat hatte sie ihre Arbeit in der Bäckerei aufgegeben und sich ganz in die Rolle der Ehefrau und, so die Hoffnung, die der künftigen Mutter begeben. Sie war auch einige Male mit Irma in die Mütterschule gegangen, wo jungen Frauen beigebracht wurde, wie man eine Familie versorgte und auf welche Werte es zum Wohle der gesamten Volksgemeinschaft ankam. Irma hatte sich dort richtiggehend ausbilden lassen, während Elisabeth die Einrichtung nur einige Male besucht hatte. Irgendwie hatte sie das Gefühl, dort nicht hinzugehören, und nach ihrer Fehlgeburt hatte sie sich sogar gefragt, ob ihre Abneigung womöglich mit der Ahnung zu tun hatte, dass sie selbst nie Mutter werden würde. So rasch sie konnte, hatte sie den Gedanken beiseitegeschoben. Schließlich wollte sie Mutter werden, wollte es mehr als alles andere auf der Welt. Und nachdem sie nun wieder in anderen Umständen war, war die Erfüllung ihres sehnlichsten Wunsches zum Greifen nah. Vielleicht sollte sie sich doch wieder in der Mütterschule einschreiben und dieses Mal alles anders anpacken.

Elisabeth stieg die Treppe hinab und bog nach links über den Flur zum Wohnzimmer, wo sie ihre Schwiegereltern anzutreffen hoffte. Tatsächlich saß Käthe dort in ihrem Lieblingssessel mit einem Buch in der Hand, von dem sie aufsah, als Elisabeth eintrat. Bei Elisabeths letzter Schwangerschaft hatte Käthe vor allem Kinderkleidung gehäkelt und gestrickt. Dieses Mal jedoch hatte Elisabeth ihre Schwiegermutter kein einziges Mal die Wolle zur Hand nehmen sehen. Es war, als wollte auch Käthe lieber still die Ankunft des Kindes erwarten, als wie beim letzten Mal voller Vorfreude zu sein und dann in tiefer Trauer zu versinken.

»Na, bist du fertig?«, fragte Käthe nun. »Heinrich muss jeden Moment zurück sein, um dich nach Bernried zu deiner Mutter zu fahren.«

»Ja, ich bin so weit.« Elisabeth zögerte, ob sie sich setzen sollte. Da ihr Schwiegervater aber noch nicht einmal im Haus war, beschloss sie, es zu riskieren, auch wenn sie wusste, wie mühsam es werden würde, aus dem Sessel, der nur durch einen Beistelltisch von Käthes getrennt war, wieder hochzukommen. Langsam ließ sie sich darin nieder. Dann sah sie zu Käthe hinüber. »Was liest du da?«

»Hans Fallada. Den Roman *Wer einmal aus dem Blechnapf frißt.*«

»Fallada?« Elisabeth hob die Augenbrauen. »Nicht gerade reichskonform.«

»Dieses Buch hier schon. Es geht um einen Mann, der nach seiner Zeit im Gefängnis nicht so recht ins Leben zurückfindet, und es wurde von der Regierung abgesegnet«, erklärte Käthe. »Wobei, und nur unter uns: Ich finde es ohnehin falsch, dass nicht alles erscheint, was die Schriftsteller verfassen, damit wir Leser uns selbst ein Bild über den Inhalt machen können. Ich bin doch kein kleines Kind, das zwischen Gut und Schlecht nicht zu unterscheiden weiß.«

»Mir kannst du so etwas sagen, Käthe. Das weißt du. Doch bitte trag solche Gedanken nicht nach außen! Ich habe Angst, dass dir jemand einen Strick daraus drehen könnte.«

Elisabeth nahm kurz die Hand der Schwiegermutter und drückte sie einmal zum Zeichen der Verbundenheit. »Du weißt doch, in welchen Zeiten wir leben.«

»Ich weiß, du meinst es gut, Elisabeth. Doch ganz im Vertrauen muss ich dir sagen, dass ich mich immer öfter frage, ob Schweigen nicht auch eine Mitschuld bedeutet.«

»Wie meinst du das?«

Käthe legte das Lesebändchen zwischen die Seiten und klappte den Fallada zu.

»Wir sind nicht mehr frei«, stellte Käthe traurig fest. »Ich meine, wir Menschen. Uns wird vorgeschrieben, was wir denken und wie wir handeln sollen. Und wir fügen uns, einfach weil alle es tun. Für mich war das früher nie ein Problem, doch seit der Sache mit Inge ist mir das, was in unserem Land geschieht, unerträglich geworden.«

»Ich weiß. Inge ist nur noch ein Schatten ihrer selbst«, stimmte ihr Elisabeth mit Bedauern in der Stimme zu.

»Wir hätten die Sterilisation verhindern müssen«, sagte Käthe entschieden.

»Wir haben es doch versucht«, hielt Elisabeth dagegen.

Käthe sah die Schwiegertochter an. »Nein.« Sie schüttelte den Kopf. »Wir haben ein wenig gezetert und uns empört.

Doch wirklich etwas dagegen unternommen haben wir nicht. Wir haben uns einschüchtern lassen und den Mund gehalten, wie alle es eben tun. Und nun sieh dir an, was aus Inge geworden ist.« Käthe seufzte. »Ich habe mit Alma gesprochen. Sie glaubt, dass es um die Verlobung zwischen Kurt und Inge nicht mehr zum Besten steht.«

»Weil Inge nun keine Kinder mehr bekommen kann?«

»Das wäre naheliegend. Doch tatsächlich ist es wohl so, dass Inge sich seit dem Vorfall immer mehr zurückgezogen hat und Kurt kaum noch an sie herankommt. Sie schottet sich vollkommen ab, will niemanden sehen. Sie versieht ihren Dienst hier wie ein Automat und ist dabei völlig geistesabwesend und so schreckhaft, dass sie gleich alles fallen lässt, wenn man nur das Zimmer betritt und sie anspricht.«

»Können wir denn nicht irgendetwas für sie tun?«, fragte Elisabeth.

»Ich wüsste nicht, was. Wir hätten damals etwas tun müssen, als die Soldaten kamen, um sie mitzunehmen. Schon im Vorfeld hätten wir handeln müssen. Doch nun hat Inge, wie es scheint, sowohl ihren Glauben als auch allen Lebensmut verloren. Und ich kann es ihr nicht einmal verdenken.«

»Es ist furchtbar. Allein die Vorstellung, dass man die Gewissheit hat, niemals schwanger zu werden …« Elisabeth schüttelte den Kopf.

»Und das alles aus dieser Ideologie heraus, dass Inge womöglich ein behindertes Kind bekommen könnte, nur weil ihre Schwester nicht gesund ist.« Käthe atmete geräuschvoll aus. »Es ist doch keinesfalls sicher, dass ein Kind von ihr überhaupt irgendeine Behinderung gehabt hätte.«

»Und wenn es doch so gewesen wäre?« Elisabeth sah die Schwiegermutter fast ängstlich an.

»Was willst du damit sagen?« Käthe hatte sich gerade hingesetzt. »Also denkst du auch, dass es besser ist, gleich alle Frauen zu sterilisieren, bei denen auch nur der geringste Verdacht besteht, dass sie kein gesundes Kind gebären?« Die aufflammende Wut war Käthes Worten anzuhören.

Elisabeth schüttelte den Kopf. »Nein, ganz im Gegenteil. Ich meine, was wäre geschehen, wenn sie wirklich ein krankes Kind bekommen hätte? Was wäre dann auf sie zugekommen?«

Käthe musterte die Schwiegertochter scharf. Ihre Haltung entspannte sich ein wenig. Nun sah sie Elisabeth fragend an.

»Worauf willst du hinaus?«

Elisabeth spürte, dass sie das Geheimnis, das sie nur mit Gustav und niemandem sonst teilte, endlich loswerden wollte. Und sie wusste, dass sie ihrer Schwiegermutter vertrauen konnte.

»Mein Kind«, flüsterte sie und sah sich kurz um, als fürchtete sie, jemand könnte sie womöglich hören. Sie rückte im Sessel weiter vor und beugte sich ganz nah zu Käthe hinüber. »Es war nicht gesund«, sagte sie dann so leise, dass wirklich nur Käthe es verstehen konnte.

Die Schwiegermutter nahm Elisabeths Hand und hielt sie fest. »Was meinst du damit?«

Elisabeth liefen nun die Tränen über die Wangen. »Es war missgebildet. Gustav hat es mir gesagt. Es war nicht nur eine Totgeburt, Käthe. Ich habe ein behindertes Kind gehabt.«

Käthe schluckte und suchte Elisabeths Blick, die jedoch zu Boden sah. So rückte Käthe noch weiter vor, kniete sich schließlich vor Elisabeth hin und nahm sie in den Arm. Elisabeth weinte bitterlich, all der Schmerz, die Angst und der Druck, die seit Monaten auf ihr lasteten, strömten in diesem Moment in einer Flut von Tränen aus ihr heraus.

Käthe hielt sie, strich ihr zärtlich über den Rücken. »Alles ist gut, Elisabeth«, versuchte sie, ihre Schwiegertochter zu beruhigen.

Elisabeth weinte und weinte, und Käthe zog schließlich ein Taschentuch hervor, lehnte sich etwas zurück und reichte es der

Schwiegertochter. Die nahm es und presste es sich auf Mund und Nase. Der Tränenfluss schien nicht versiegen zu wollen. Käthe nahm sie erneut in den Arm, streichelte sie und redete beruhigend auf sie ein. Doch es dauerte eine ganze Weile, bis Elisabeth die Fassung zurückgewann. Käthe nahm wieder in ihrem Sessel Platz. Elisabeth wischte sich wieder und wieder die Tränen fort, zog schließlich selbst noch ein Taschentuch hervor und schnäuzte geräuschvoll hinein.

»Geht es wieder?«, fragte Käthe besorgt.

Elisabeth nickte. »Und … was meinst du dazu?«

»Dass ich mir gar nicht vorstellen kann, wie schrecklich die letzten Monate für dich gewesen sein müssen und wie groß die Angst, die dich jeden Tag begleitet hat.«

Elisabeth schluchzte auf, brach dann erneut in Tränen aus.

»Warum nur hast du mir denn nichts gesagt?«, flüsterte Käthe. »Du weißt doch, dass du für mich die Tochter bist, die ich nie hatte.«

Wieder dauerte es eine Weile, bis Elisabeth sich so weit beruhigt hatte, dass sie antworten konnte. »Ich weiß«, brachte sie dann flüsternd hervor. »Doch ich hatte solche Angst.«

»Dass du mir nicht vertrauen könntest?«

»Nein.« Elisabeth schüttelte den Kopf. »Ich weiß, dass du mich nie verraten würdest. Es war wohl …«, sie zögerte, »ich glaube, ich wollte es selbst nicht wahrhaben. Ich konnte es nicht, verstehst du? Ich hatte wohl das Gefühl, je weniger Menschen es wissen, desto weniger ist es …«, wieder zögerte sie, »wahr«, brachte sie dann den Satz zu Ende.

Käthe nickte verständnisvoll. »Weiß Ferdinand es?«

Elisabeth presste die Lippen zusammen und schüttelte schweigend den Kopf.

»Gut«, befand Käthe. »Dabei sollte es auf jeden Fall bleiben.«

»Du denkst, dass er mich anzeigen würde?« Elisabeth starrte Käthe schockiert an.

»Nicht anzeigen«, korrigierte diese dann. »Ich glaube nur, dass Ferdinand in dieser widerlichen Wehrmachtstruppe teilweise verlernt hat, einen klaren Kopf zu bewahren und selbst zu denken. Stattdessen leiert er nur in einer geradezu unheimlichen und fremdbestimmten Weise wieder und wieder die Parolen herunter, die ihm und seinen Kameraden von den Nationalsozialisten eingetrichtert werden. Im Grunde kann ich es ihm nicht einmal verdenken, wir sind schließlich alle von dem Umfeld beeinflusst, in dem wir leben. Doch Ferdinand ist zurzeit nicht der Mensch, der er tatsächlich ist. Und ich wage nicht vorherzusagen, wie er auf die Wahrheit reagieren würde.« Es klang ebenso traurig wie resigniert.

»Ich habe dich noch nie so reden hören, Käthe«, stellte Elisabeth nachdenklich fest.

»Weil ich gelernt habe, meine Gedanken für mich zu behalten und tief in meinem Innern zu verschließen. Es gibt vieles, das du nicht von mir weißt, Elisabeth. Und es ist auch gar nicht wichtig. Nicht für dich und nicht für unsere Familie – nach so vielen Jahren, die vergangen sind, dass es sich fast anfühlt, als sei all das in einem anderen Leben geschehen.«

Elisabeth sah die Schwiegermutter ernst, ja fast betroffen an, ohne zu wissen, worüber Käthe eigentlich sprach. »Es ist etwas Schreckliches, das du so tief in deiner Seele vergraben hast, nicht wahr?«

Käthe antwortete nicht, und auch in ihrem Blick konnte Elisabeth nicht lesen, was sie dachte. In den Augen ihrer Schwiegermutter lag etwas, das Kälte sein mochte, ein Ausdruck, den Elisabeth noch nie an ihr gesehen hatte.

»Wenn du darüber sprechen möchtest, bin ich immer für dich da. Du weißt doch, dass du mir vertrauen kannst?«

»Ja, das weiß ich«, gab Käthe zurück, ohne jedoch auch nur ansatzweise zu verraten, worum es gehen könnte.

»Gut«, sagte Elisabeth nur, mit sich ringend, ob sie weiter

nachbohren sollte. Doch sie entschied sich dagegen. Was auch immer Käthe für ein Geheimnis in sich trug, sie würde es ihr offenbaren, wenn sie es für richtig hielt. Und wenn nicht, würde Elisabeth auch das respektieren.

»Ein Geheimnis ist eine Bürde«, fuhr Käthe fort. »Eine Bürde, die man zu tragen hat und die schwer auf den Schultern lastet. Und doch müssen wir eine solche Bürde auch hüten wie einen Schatz, der alles bedeutet. Das Wahren eines Geheimnisses – wenn es doch um so vieles leichter wäre, offen darüber zu sprechen – erfordert Charakter. Und nur wer Charakter hat, verdient das Glück, ein erfülltes Leben zu führen.«

Elisabeth überlief eine Gänsehaut bei den tiefsinnigen Worten der Schwiegermutter. Käthe wirkte in diesem Moment so vollkommen anders auf sie, so ernst, nachdenklich und beeindruckend klug. Wer war diese Frau wirklich, die sich stets so warmherzig um die Ihren kümmerte, jedoch noch eine ganz andere Seite zu haben schien? Eine Seite, die Elisabeth auf jeden Fall noch nicht kennengelernt hatte.

»Ich werde Ferdinand nichts sagen«, erklärte Elisabeth der Schwiegermutter. »Ihm nicht, und auch sonst niemandem.«

Käthe sah sie nachdenklich an. »Auf der Beerdigung …«, begann sie dann ihren Gedanken auszusprechen. »Gauleiter Langenmüller. Er wusste es, nicht wahr?«

Elisabeth nickte stumm.

»Woher?«

»Ich vermute, von der Hebamme«, antwortete Elisabeth, die selbst so oft an die furchtbare Situation gedacht hatte. Es war einfach grausig gewesen, wie der Gauleiter in rasender Wut das tote Kind aus dem Sarg gezerrt hatte.

Käthe sah Elisabeth eindringlich an. »Aber das Kind, das beerdigt wurde, war nicht missgebildet.«

Elisabeth kamen wieder die Tränen, und sie presste die Lippen aufeinander.

»Es war ein anderes Kind, nicht wahr?«

Elisabeth zuckte die Schultern. »Ich weiß es wirklich nicht. Gustav und ich haben nie darüber gesprochen. Er hat sich um alles gekümmert.«

»Gustav?« Käthe runzelte die Stirn. Sofort war ihr klar, dass ein solches Vorgehen nicht Gustav, sondern viel mehr dessen Vater Paul-Friedrich entsprach.

»Ja, Gustav. Er weiß als Einziger davon.«

Käthe war sich sicher, dass das nicht die Wahrheit sein konnte. Bestimmt hatte Gustav in seiner Verzweiflung den Vater um Hilfe gebeten. Doch offenbar ahnte Elisabeth nichts davon. Es gab also keinen Grund, sie zu beunruhigen.

»Und dabei sollte es auch bleiben«, erklärte Käthe deshalb. »Dein Geheimnis ist bei mir gut aufgehoben. Und wenn die Angst dich überfällt, weil du die bevorstehende Geburt fürchtest oder dir sonst irgendwelche schlimmen Gedanken machst, dann kannst du nun immer zu mir kommen und mit mir sprechen.« Sie tätschelte abermals die Hand der Schwiegertochter und lächelte nun. »Alles wird gut, Elisabeth. Du wirst sehen. Schon bald wirst du ein gesundes Kind in deinen Armen wiegen, und dir und Ferdinand steht ein wunderbares Leben bevor.«

»Danke«, stieß Elisabeth aus tiefster Seele hervor, und erneut traten ihr die Tränen in die Augen, als die Frauen in diesem Moment die Haustür hörten und Heinrichs und Ferdinands Stimmen vernahmen. Eilig wischte Elisabeth sich die Tränen ab.

»Da sind wir wieder«, sagte Ferdinand, als er zusammen mit Heinrich ins Wohnzimmer trat, doch sein Gesichtsausdruck wurde ernst, als er seine Frau ansah. »Alles in Ordnung, Elisabeth? Hast du geweint?«

»Ach, das sind nur Frauenangelegenheiten«, wiegelte Käthe ab und stand auf. »Von einer Mutter zur anderen. Davon versteht ihr Männer nichts.«

Etwas mühsam kam auch Elisabeth auf die Füße. Sie ging auf ihren Mann zu und lächelte. »Es sind Freudentränen, weil wir schon bald ein Kind haben werden.«

Ferdinand gab seiner Frau einen Kuss auf die Stirn. »Ja«, sagte er glücklich. »Das werden wir.«

»Wie geht es auf der Baustelle voran?«, fragte Käthe nun die beiden Männer.

»Erstaunlich gut«, antwortete Heinrich. »Ich muss schon sagen, die Leute, die sie uns geschickt haben, leisten ganze Arbeit. Wenn das so weitergeht, ist der zweite Anbau auch in wenigen Wochen betriebsbereit.«

»Ich werde Alma sagen, dass die Dienstmädchen reichlich Essen vorbereiten sollen, und nachher zusammen mit ihnen zur Baustelle gehen, um die Männer zu versorgen.«

»Das sollst du doch nicht, Mutter. Du weißt genau, was der Untersturmführer gesagt hat. Die Männer brauchen nicht so viel zu essen. Sie sind es gar nicht gewohnt.«

»Dass sie es nicht gewohnt sind, wie der Untersturmführer sagt, glaube ich sofort«, gab Käthe zornig zurück. »Hast du dir die Leute aus dem Arbeitslager, die auf der Baustelle sind, mal angesehen, Ferdinand?« Käthe stemmte die Hände in die Hüften. »Dass sie überhaupt in der Lage sind, so schwer zu schleppen, wo sie nur mehr aus Haut und Knochen bestehen, grenzt an ein Wunder.« Sie schüttelte den Kopf. »Nein! Solange sie für unsere Familie arbeiten, werden sie von mir versorgt. Ob das diesem Untersturmführer nun passt oder nicht. Aber er kann für sich gern das Essen ausschlagen, denn er wirkt auf mich mehr als gut genährt.«

Ferdinand seufzte. »Meiner Meinung nach solltest du versuchen, deine offensichtliche Abneigung gegen unsere Führung im Zaum zu halten.«

»Und du, mein lieber Sohn, solltest meiner Meinung nach bei gewissen Menschen lieber etwas kritischer sein. So haben wir wohl beide unsere Ansichten, die einfach nicht zusammenpassen wollen.«

Ferdinand sah seine Mutter nachdenklich an. Ihr Verhältnis zueinander hatte sich in den Monaten, die er nun wieder hier lebte, zu seinem großen Bedauern nicht wieder gebessert. Ganz im Gegenteil: Er hatte sogar das Gefühl, dass es stetig schlechter geworden war, weil Käthe nicht müde wurde, die Entscheidungen der Regierung über das, was für das Land das Richtige war, in Zweifel zu ziehen und sich – zumindest im kleinen Kreis – kritisch zu äußern. Ein Verhalten, das Ferdinand mit Sorge erfüllte. Zwar war sie keine Rebellin und wirkte mit ihren inzwischen sechsundfünfzig Jahren vermutlich auch nicht besonders bedrohlich, sodass Soldaten der Wehrmacht oder auch die Männer der SS es mit einem Schulterzucken oder müden Lächeln abtaten. Doch Ferdinand fürchtete die Richtung, in die es sich möglicherweise entwickeln könnte.

»Es war durchaus nicht böse von mir gemeint, Mutter«, lenkte Ferdinand nun ein. »Ich wollte nur sagen, dass die Männer im Arbeitslager genug zu essen bekommen, auch wenn sie nicht unbedingt so aussehen.«

»Wäre dies der Fall, Ferdinand, würden sie *eben nicht* so aussehen«, widersprach Käthe, bemühte sich dann aber um ein Lächeln. »Vermutlich ist es einfach eine Angewohnheit als Mutter, immer zu glauben, dass Menschen nicht genug zu essen bekommen«, versuchte sie, die angespannte Stimmung aufzulockern. »Lass mich die Arbeiter versorgen, und natürlich werden auch die Wachleute etwas bekommen und freundlich von uns behandelt. Wir wollen ja nur, dass es allen gut geht, nicht wahr?«

»Ja, Mutter, das stimmt.« Ferdinand war erleichtert, dass seine Mutter die kleine Auseinandersetzung beizulegen versuchte.

»Wollen wir dann gleich los, Elisabeth?«, fragte nun Heinrich, der der Schwiegertochter angeboten hatte, sie nach Bernried zu ihrer Mutter zu fahren.

»Ach, wisst ihr, ich muss vor dem Mittag ohnehin nicht noch mal zur Baustelle«, erklärte Ferdinand. »Also könnte ich dich auch fahren und deiner Mutter ebenfalls guten Tag sagen.«

»Das wäre wunderbar«, stimmte Elisabeth glücklich zu, sah dann aber zu ihrem Schwiegervater. »Es sei denn, du hättest ohnehin etwas in Bernried zu erledigen, Heinrich?«

»Nein, ich wollte nur deinetwegen fahren. So kann ich mich etwas ausruhen«, nahm Heinrich das Angebot dankend an.

»Gut«, befand Ferdinand. »Bist du dann so weit?«

»Ja, wir können gleich losfahren«, erklärte Elisabeth und wandte sich noch einmal an Käthe. »Vielen Dank«, sagte sie nur, worauf Käthe nickte.

»Grüß deine Mutter herzlich von mir«, bat Käthe, »und richte ihr bitte aus, dass ich mich sehr über einen Besuch von ihr freuen würde, wenn es ihre Zeit einmal erlaubt.«

»Das sage ich ihr gern«, meinte Elisabeth. »Darüber wird sie sich gewiss freuen.«

Elisabeth und Ferdinand verabschiedeten sich und verließen dann das Haus. Während der Fahrt war Elisabeth um eine unverbindliche Unterhaltung mit ihrem Mann bemüht, doch die Anspannung konnte sie nicht vollends vertreiben. Es war zu spüren, dass etwas in der Luft lag. Die Situation im Land hatte die Familie Lehmann nicht nur erreicht, sondern in einem festen Würgegriff gepackt.

2. Kapitel

Und ich bleibe stumm. Kein Wort, nicht einmal ein Gefühl. Da ist einfach nichts.

Wilhelmine von Falkenbach

Die Nächte waren immer am schlimmsten. In diesen Stunden, die ihr eigentlich die Ruhe und die Kraft liefern sollten, die sie für den Tag brauchte, vermisste sie Martin so sehr, dass es ihr körperlich wehtat.

Wilhelmine hatte sich das Kopfkissen gegriffen und ihr Gesicht darin vergraben. Dann knüllte sie es zusammen und drückte es an sich, nur damit sie sich nicht mehr so einsam fühlte. Doch es half nicht. Nichts half ihr in diesen Stunden, in denen sie sich sehnlichst wünschte, dass Martin neben ihr lag, sie ihn berühren, riechen und sich an ihn schmiegen konnte. Seit man ihn abgeholt hatte, war ihr, als hätte man ihr ein Stück aus ihrem Körper gerissen. Sie hatte nicht eine einzige Nacht mit ihm verbracht, stets waren es nur gestohlene Momente untertags gewesen. Und doch war es jetzt so, als wäre er schon ihr Leben lang da gewesen und nun plötzlich daraus verschwunden, ohne die Hoffnung, dass er je zurückkehren könnte.

Sie rollte sich mit dem Kissen in den Armen auf die andere Seite. Durch den Spalt zwischen Wand und Vorhang erkannte sie, dass das erste Licht des Tages sich bereits seinen Weg bahnte. Vielleicht noch eine oder höchstens zwei Stunden, dann musste sie wieder aufstehen. Dabei hatte sie noch keine Minute geschlafen. Die Tränen liefen ihr unaufhörlich über die Wangen. Wilhelmine fühlte sich von Tag zu Tag elender, das ging nun schon seit sieben Monaten so. Wie viel Gewicht sie verloren hatte, wusste sie nicht. Ihre Mutter hatte sie schon mehrmals ermahnt, dass sie nicht so viel reiten solle, weil sie immer dünner würde. Wilhelmine hatte nichts darauf erwidert. Sie fand es irritierend, dass ihre Mutter allen Ernstes glaubte, ihr Gewichtsverlust und ihr elendes Aussehen lägen an zu viel Reitsport. War ihre Mutter wirklich so naiv? Ahnte sie nicht im Geringsten den wahren Grund für die dunklen Schatten unter ihren Augen, die fahle Haut, die sich über ihre Knochen spannte, die eingefallenen Wangen und die Geistesabwesenheit? Wie wenig konnte eine Mutter eigentlich ihre eigene Tochter kennen?

Bei diesem Gedanken hielt Wilhelmine es nicht länger im Bett aus. Sie schlug die Decke zurück und zog sich an. Vielleicht würde sie irgendwann wieder schlafen können, wenn der Verlust der Liebe ihres Lebens nicht mehr so schmerzte. Irgendwann, wenn es möglich war, nichts mehr zu fühlen. Doch so weit war es noch nicht. Und womöglich würde diese Zeit nie kommen.

Sie schlich auf Socken die Treppe hinunter und zog ihre Reitstiefel erst draußen vor dem Gutshaus an, nachdem sie leise die Tür hinter sich zugezogen hatte. Es war kalt, bitterkalt, obwohl der Winter noch gar nicht Einzug gehalten hatte. Doch lange würde es gewiss nicht mehr dauern. Schon bald kam die Zeit, in der sie vorsichtig sein musste, damit ihre Pferde nicht auf dem gefrorenen Boden ausglitten und sich womöglich schwer verletzten.

Auf dem Weg zu Fuß zu den Stallungen atmete sie immer wieder tief durch. Und irgendwie, das konnte sie spüren, schenkte es ihr ein wenig Kraft, ganz allein in der Frühe den Tag zu beginnen, allein mit sich und ihren Gedanken und dem sehnlichen Wunsch, dass der Schmerz endlich nachlassen und sich ihr Leben wieder verbessern würde.

Als sie die Abzweigung zu den Stallungen erreichte, zögerte sie, und statt sich nach links zu wenden, ging sie den Weg weiter in Richtung See. Heute war sie noch früher als sonst dran, und es war Sonntag, sodass es eigentlich keinen Grund gab, ihn hier zu erwarten. Schließlich gingen die Fischer ihrer Arbeit am Sonntag nicht nach. Dennoch hegte sie die stille Hoffnung, auf Johannes zu treffen und ein wenig mit ihm reden zu können. Umso mehr freute es sie, ja ihr Herz machte sogar einen kleinen Sprung, als sie aus der Entfernung am Steg die Silhouette des Mannes wahrnahm, der ihr in den letzten Monaten ein vertrauter Freund geworden war.

Er drehte sich kurz um, als er ihre Schritte auf dem Weg vernahm. Und obwohl es noch nicht ganz hell war, meinte Wilhelmine, ein kurzes Lächeln auf seinem Gesicht wahrzunehmen.

»Guten Morgen«, sagte sie und setzte sich ganz selbstverständlich im Schneidersitz auf die Decke, die Johannes ausgebreitet hatte.

»Guten Morgen«, grüßte er zurück. »Du bist aber früh dran.«

»Du ja auch.«

»Schon wieder die Albträume?«, fragte Johannes.

»Nein«, antwortete Wilhelmine. »Das ist vorbei. Inzwischen schlafe ich nicht einmal mehr ein. Und du?«

»Das alte Lied«, gab er zurück, worauf beide eine Weile schwiegen.

»Ich habe gestern mit Ferdinand gesprochen«, sagte

Johannes dann.

»Ach ja? Wo denn?«

»Ich habe ihn abgepasst, als er von der Baustelle kam«, berichtete Johannes.

»Also hast du ihm noch immer nicht gesagt, wo du lebst?«

Johannes schüttelte den Kopf. »Nein. Es ist besser, wenn er es nicht weiß.«

»Würdest du es eigentlich mir verraten?« Wilhelmine sah ihn von der Seite an.

»Ja, natürlich. Wenn du es möchtest.«

Wilhelmine lächelte und sah wieder auf den See hinaus. »Das freut mich.«

»Willst du es denn wissen?«

»Nein«, antwortete Wilhelmine sofort. »Es sei denn, dass ich vorbeikommen soll.«

Johannes hob die Mundwinkel. »Du wolltest also nur herausfinden, ob ich es dir sagen würde?«

»Ganz genau.« Wilhelmine wirkte zufrieden. »Weißt du was?«

»Was?«

»Du bist der einzige Mensch auf der Welt, dem ich vertraue. Na ja, nicht ganz der einzige. Ich vertraue im Prinzip auch meinem Bruder. Doch ich weiß nicht, was er alles seiner Frau weitererzählt. Und der vertraue ich ganz sicher nicht.«

»Wirklich? Wieso?«

»Keine Ahnung. Ich kann sie einfach nicht richtig einschätzen.«

»Nein, ich meine, weshalb du mir vertraust. Immerhin wissen wir so gut wie nichts voneinander.«

»Nun ja, davon kann wohl kaum die Rede sein. Immerhin haben wir uns in den letzten Monaten so oft unterhalten, dass ich glaube, dich schon recht gut zu kennen. Du bist jemand, der nicht auf seinen Vorteil bedacht ist«, sagte Wilhelmine, der das in diesem Moment erst bewusst wurde. »Du hast mich vor den Nazis beschützt, hast verhindert, dass ich in die Liebermann-Villa stürme und damit Gefahr laufe, meine gesamte Familie an den Galgen zu liefern. All das hast du getan, obwohl du gar nichts davon hattest und mich überhaupt nicht kanntest.«

»Na ja, eigentlich kannte ich dich schon. Ich habe dir doch gesagt, dass ich seit beinahe einem Jahr hier als Fischer mein Geld verdiene. Und ich habe deine Familie und auch die Mitglieder meiner eigenen auf diese Entfernung ganz gut beobachten können.«

»Du hast mir nie gesagt, warum du das eigentlich gemacht hast.«

»Doch, habe ich. Ich konnte mich nicht zu erkennen geben, weil ich damals desertiert bin.«

»Das meine ich nicht. Ich meinte, warum das Beobachten? Was wolltest du in Erfahrung bringen?«

»Darum ging es mir nicht. Ich wollte euch nicht alle ausspionieren, wenn du das meinst. Ich wollte, ehrlich gesagt, einfach nur in der Nähe meiner Mutter sein. Doch mein Vater darf mich nicht zu Gesicht bekommen.«

»Nur weil du es damals nicht mehr ausgehalten hast, deine Kameraden um dich herum sterben zu sehen? Denkst du wirklich, dass er dich dafür verurteilen würde, statt glücklich darüber zu sein, dass du noch am Leben bist?«

»Er würde es nicht verstehen. Er hat mich nie verstanden. Doch das ist ein anderes Thema.«

»Was denkst du, wie würde sie reagieren?«

»Meine Mutter?«

»Ja, Käthe. Ich meine, sie hält dich für tot, und dann stehst du plötzlich vor ihr. An deiner Stelle hätte ich Angst, dass sie einen Herzinfarkt bekommt.«

»Sie weiß es. Sie weiß, dass ich nicht tot bin.«

»Was?«

»Es stimmt. Ich habe es dir bisher nicht erzählt. Meine Mutter war es, die mir die Nachricht hinterlassen hat, wo ich meine Familie finden kann.«

Überrascht drehte sich Wilhelmine zu ihm. »Wirklich? Wie?«

»Sie hat in unserem früheren Haus einen Brief an mich hinterlassen. Einen Brief, den sie mit einer Spieluhr beschwert hat, deren Melodie ich als Kind geliebt habe. Diese beiden Dinge – und Geld.«

»Geld, damit du über die Runden kommst?«

Johannes lächelte. »Nein, weil sie eine wirklich kluge Frau ist. Sie wusste, wenn das Haus leer steht, ist es ein gefundenes Fressen für Diebe. Ich weiß es nicht genau, doch ich bin ziemlich sicher, dass sie noch Kontakte zu unserer früheren Nachbarschaft hat. Zu Frau Maler, vermute ich. Ich fand mich, als ich mich nach all den Jahren endlich heimtraute, vor einem leeren Haus wieder. Der Schlüssel lag unter dem Blumenkübel am Eingang zum Keller, wo wir ihn immer hinterlegt hatten. Ich nahm ihn, schloss die Haustür auf und ging hinein. Drinnen war zwar alles verlassen, doch es wirkte auf mich, als würde dort gelegentlich noch jemand lüften und wahrscheinlich auch nach dem Rechten sehen. Ich ging in die Küche, und da stand die Spieluhr. Darunter lagen ein Brief meiner Mutter an mich und einige Geldscheine. Sie wusste, dass Diebe gewiss das Geld nehmen würden und womöglich auch die Spieluhr. Vielleicht hätten sie auch den Brief genommen, um ihn zu lesen. Doch gewiss hätten sie nicht die Spieluhr und den Brief genommen, die Geldscheine aber liegen gelassen. Doch genau das habe ich getan, in der Hoffnung, dass meine Mutter davon erfährt und den richtigen Schluss daraus zieht: dass ich heimgekehrt bin.«

»Das ist wirklich rührend«, sagte Wilhelmine. »Doch eines verstehe ich nicht. Wenn du heimkehren wolltest und deine

Mutter dir die Adresse von Gut Falkenbach hinterlegt hat, warum gibst du dich dann jetzt nicht zu erkennen?«

»Wegen des Briefs«, erklärte Johannes. »Meine Mutter hat mich darin eindringlich davor gewarnt, mich jemals meinem Vater zu nähern. Er würde mich als Deserteur sofort den Behörden ausliefern und vor ein Erschießungskommando bringen.«

Wilhelmine schlug erschrocken die Hand vor den Mund. »Mein Gott! Das würde Heinrich doch nicht tun.«

»Glaub mir, meine Mutter kennt ihn besser als jeder andere von uns. Wenn sie ihm das zutraut, dann glaube ich es.«

Wilhelmine schüttelte den Kopf. »Also bleibst du im Verborgenen, bis *was* genau geschieht?«

»Ich weiß es nicht. Ich habe schon einige Male Kontakt zu meiner Mutter aufnehmen wollen, als mein Vater in der Fabrik war. Doch es war stets Personal im Haus.«

Wilhelmine fasste kurz seinen Arm. »Was hältst du davon, wenn ich Käthe unter einem Vorwand aus dem Haus locke? Wir könnten hierher zum Steg kommen, und du könntest sie treffen.« Wilhelmine war begeistert von ihrem Einfall, doch Johannes schüttelte den Kopf.

»Noch nicht. Aber ich danke dir, dass du mir helfen willst. Und wenn ich glaube, dass der richtige Zeitpunkt gekommen ist, dann machen wir es so, ja?«

Wilhelmine nickte. »Es ist schon eigenartig, welche Spielchen das Schicksal manchmal mit uns treibt. Eigentlich kenne ich dich nicht, und doch hast du mir das Leben gerettet. Und nun, wo wir uns nicht einmal verabreden, aber immer wieder treffen, scheinst du mir der einzige Freund zu sein, den ich habe.«

»Ich mag unsere Gespräche«, erwiderte Johannes. »Sie geben mir das Gefühl, nicht mehr allein zu sein auf der Welt.«

»Du bist nicht allein«, bekräftigte Wilhelmine. »Du hast mich und auch Ferdinand.«

»Ja, das stimmt. Doch Ferdinand ist meinetwegen hin- und hergerissen.«

»Das hält er schon aus«, gab Wilhelmine etwas leichtfertig von sich.

»Du hast ihm noch immer nicht ganz verziehen, nicht wahr?«

Wilhelmine überlegte kurz. »Ja und auch wieder nein«, meinte sie. »Ich weiß, dass er Martin nicht mit Absicht verraten hat. Für Ferdinand war er nur irgendein Kommunist, der vermeintlich in die Liebermann-Villa eingebrochen war und gemeldet werden musste. Und da er der Wehrmacht angehört, verstehe ich diesen Teil. Doch weißt du, er hat sich so verändert.«

»Durch die Wehrmacht?«

Wilhelmine nickte. »Früher habe ich Ferdinand geliebt wie einen zweiten großen Bruder. Wir haben oft stundenlang hier am Steg und auf den Wiesen verbracht. Ferdinand hat dann gezeichnet, oder wir haben uns unterhalten, miteinander gespielt. Eben alles, was richtige Geschwister so tun. Doch irgendwann waren wir alle erwachsen, ohne dass ich es richtig bemerkt habe. Und von da an wurde alles anders. Ferdinand begann in der Porzellanfabrik zu arbeiten, Gustav ging zum Studium nach Berlin. Und ich bin hier zurückgeblieben.«

»Was ist mit Leopold?«

»Hm«, machte Wilhelmine. »Ich mag Leo nicht besonders. Er war einfach nie richtig nett. Früher war er sogar oft gemein zu mir, nur weil ich jünger und ein Mädchen war. Das vor allem.« Wieder sah sie Johannes an. »Magst du ihn denn?«

»Ich kenne ihn ja so gut wie gar nicht. Als ich in den Krieg zog, war er gerade mal sechs oder sieben Jahre alt. Da habe ich ihn zuletzt gesehen, bevor ich ihn nun hier einige Male beobachtet habe.« Er schmunzelte. »Aber ehrlich gesagt, war er damals schon ein ziemlicher Rotzlöffel.«

Wilhelmine lachte auf. »Das ist nicht besser geworden.«

»Was du so erzählst – nein, wohl wirklich nicht.« Sie schmunzelten beide.

»Ich finde es schade, dass du nicht richtig mit dabei sein kannst. Ich meine, so wie wir alle und nicht nur heimlich.«

»Vielleicht kommt das ja noch irgendwann. Und bis dahin bleiben uns die Gespräche hier. Allerdings ist zu überlegen, ob wir uns gelegentlich einen anderen Treffpunkt suchen sollten. Inzwischen ist es ziemlich kalt, wenn man hier sitzt.«

Wilhelmine nickte und rieb sich über die Arme. »Meine Beine sind wirklich schon ziemlich eisig.«

Johannes stemmte sich auf die Füße und hielt Wilhelmine dann beide Hände entgegen, damit er sie ebenfalls hochziehen konnte. »Und ich sitze hier sogar schon eine Weile länger als du.«

»Drüben auf dem alten Liebermann-Grundstück gibt es in der Nähe des Ufers eine Hütte. Wir haben als Kinder manchmal dort gespielt«, sagte Wilhelmine.

»Ich kenne die Hütte«, antwortete Johannes und grinste breit. »Ehrlich gesagt, habe ich mich da schon ein paarmal aufgehalten.«

»Ach ja?« Wilhelmine hob mahnend den Zeigefinger. »Dort ist der Zutritt aber untersagt.«

»Vermutlich«, sagte Johannes. »Aber den Eigentümer scheint es nicht zu stören.«

Wilhelmine lachte auf. »Ich glaube, mein Vater weiß nicht einmal, dass es die Hütte gibt.« Wilhelmine überlegte kurz. »Früher war daneben so ein etwas schiefer Fahnenmast. Ist der noch da?«

»Ja. Nicht in bester Verfassung, aber er steht noch.«

»Lass uns Folgendes vereinbaren. Wenn einer von uns da ist, hängen wir ein grünes Tuch an den Mast, das wir schon aus der Ferne sehen können. Was meinst du?«

»Eine gute Idee. So machen wir's. Also, dann auf bald in der Hütte.«

»Ja, auf bald. Ich freue mich darauf.« Wilhelmine wandte sich zum Gehen, doch Johannes hielt sie noch kurz zurück.

»Ach, eines noch. Hat Martin inzwischen geschrieben?«

Sofort traten ihr Tränen in die Augen, und sie schüttelte den Kopf. »Nein«, sagte sie. »Nicht eine Zeile.«

»Ich verstehe.« In seinem Blick lag tiefes Bedauern. »Er wird sich melden, sobald er die Möglichkeit dazu hat.«

Wilhelmine wandte sich wieder zu Johannes um. Sie zitterte nun. »Manchmal frage ich mich, ob er überhaupt noch lebt.«

»Er lebt. Ganz bestimmt sogar. Sie werden ihn in eines der Arbeitslager gebracht haben. Ich kenne ihn ja nicht, aber bestimmt ist dein Martin so klug, sich anzupassen und zu tun, was von ihm verlangt wird. Und dann wird man ihm eines Tages gestatten, Briefe nach draußen zu schicken. Du darfst die Hoffnung nicht aufgeben.«

»Das weiß ich ja. Aber mein Vater hat auch schon einige Male bei einem seiner Kontakte nachgehakt. Und auch der hat nicht herausfinden können, wohin man Martin gebracht hat. Deshalb fürchte ich ja …« Sie brachte den Satz nicht zu Ende.

Johannes zog sie in seine Arme. »Nein. Du darfst es nicht einmal denken, hörst du?« Es war das erste Mal, dass er sie auf diese Weise berührt hatte. Doch sofort war da die gleiche Vertrautheit, die es früher auch zwischen Ferdinand und Wilhelmine gegeben hatte. Er löste sich aus der Umarmung und suchte ihren Blick. »Glaub mir: Er lebt. Und eines Tages wird er dir schreiben.«

»Aber wie denn? Ich meine, bestimmt wird dann seine Post überprüft. Und dann wäre offenkundig, dass ich von der Sache wusste.«

»Vielleicht ist genau das der Grund, weshalb du bisher nichts von ihm gehört hast.« Johannes überlegte kurz. »Und dein Vater hat wirklich keine Ahnung, wo er hingebracht worden sein könnte?«

»Nein.« Wilhelmine schüttelte traurig den Kopf. »Oder aber er sagt es mir nicht. Das ist ebenso möglich.«

»Hast du Ferdinand schon einmal danach gefragt?«

Wieder schüttelte sie den Kopf. »Nein. Wir reden ja kaum noch miteinander. Nicht nur wegen dieser Sache. Er ist Tag und Nacht mit dem Neubau immer weiterer Gebäude beschäftigt, um fleißig Waffen für Hitler und seine Verbrecher herstellen zu können.«

Johannes seufzte. »Es wird sich alles finden«, meinte er und bemühte sich um ein Lächeln.

»Was hast du vor?«, fragte Wilhelmine, die förmlich sehen konnte, wie sehr es in Johannes' Kopf arbeitete.

»Ich?« Er tat überrascht. »Gar nichts habe ich vor.«

»Irgendwie glaube ich dir nicht.«

»Fräulein von Falkenbach, Sie sehen Gespenster«, erwiderte er, um einen scherzhaften Tonfall bemüht. »Und nun lass uns gehen, bevor wir noch hier festfrieren.« Er nahm die Decke auf und rollte sie zu einem Bündel. Dann verließen die beiden den Steg und verabschiedeten sich voneinander. Während Johannes in Richtung des alten Liebermann-Grundstücks ging, an dessen Uferseite er immer sein Boot befestigte, machte Wilhelmine sich auf den Weg zum Reitstall. Es war inzwischen hell geworden, und wäre es nicht so lausig kalt gewesen, hätten vermutlich einige Vögel ihr Liedchen gezwitschert. So jedoch lag eine fast unheimliche Stille über Gut Falkenbach, und kurz schauderte Wilhelmine. Johannes war bereits nicht mehr zu sehen, und um diese Zeit war am Sonntag noch nicht einmal der Reitknecht Peter im Stall, der unweit von hier sein Quartier hatte. Wilhelmine erreichte das Gebäude und fasste nach der

Türklinke. Dann sah sie sich noch einmal um. Alles hier wirkte so friedlich und seit Jahren und Jahrzehnten unverändert. Doch für sie schien es, als gebe es nichts mehr, das so war wie früher. Mit einem tiefen Seufzer öffnete sie schließlich die Tür und betrat den Stall. Hier bei ihren Pferden war wenigstens noch ein Teil der Welt so, wie sie ihn kannte.

3. Kapitel

Früher war Deutschland mein Land und meine Heimat. Nun ist es für mich eine fremde Welt.

Wilhelm Lehmann

»Elf!«, entfuhr es Wilhelm mit düsterer Miene. Dann knüllte er die Zeitung zusammen und warf sie in die Ecke.

»Wie bitte?« Else hatte den Wurf gesehen und stand nun auf. »Also wirklich, Wilhelm. Das muss doch wohl nicht sein.«

»Auf ganzen elf von sechzehn Seiten geht es nur um Hitlers Erfolge, Hitlers Anordnungen, Hitlers Ansprachen und so weiter und so fort, und die restlichen fünf Seiten bestehen aus Werbung für irgendwelche Geschäfte, die nun endlich arisiert sind, sodass darauf hingewiesen wird, dort wieder einkaufen zu gehen. Ach ja – und dann natürlich noch eine Kammeraufführung und ein neuer Film mit Brigitte Horney. Die kann ich sowieso nicht leiden mit ihrem spitzen Gesicht.«

»Du hast aber auch schon wieder eine Laune«, entfuhr es Else, die das Papierknäuel aufhob, aufdröselte und die Zeitung auf dem Tisch glatt strich. »Eigentlich hätte ich die auch gern noch gelesen.«

Sie funkelte ihren Ehemann zornig an.

»Ich kann es dir der Einfachheit halber gleich erzählen«, schlug Wilhelm mit spöttischem Unterton vor. »Die slowakische Regierung hat mehrere Tausend zugewanderte Juden verhaften und über die Grenze abschieben lassen. Rudolf Heß hält eine Rede zur Überführung der SdP in die NSDAP und hat durch Verfügung Hitlers eine SA-Gruppe Sudetenland aufgestellt, was mit einer feierlichen Kundgebung in der neuen Gauhauptstadt Reichenberg vollzogen wird. Und dann spricht unser aller Führer noch am Abend des 8. November im Bürgerbräukeller zu seinen alten Kampfgenossen. Hurra. Was wir uns doch alle freuen!«

»Ach, Wilhelm. Du weißt doch, dass es eigenartige Zeiten sind, in denen wir leben.«

»*Eigenartig* trifft es wohl nicht ganz, Else. Die sind alle vollkommen durchgedreht da draußen. Und wir machen auch noch mit und produzieren Waffen, damit dieser klein gewachsene Irre die Welt in Angst und Schrecken versetzen kann.«

»Aber Wilhelm!«, schimpfte Else nun. »Wenn dich jemand reden hört... Ich will mir nicht vorstellen, was sie dann mit dir machen.«

»Ach, sollen sie doch kommen. Auch wenn ich mich dabei auf meinen Stock stützen muss, würde ich doch noch jeden dieser Bengel so fest in den Hintern treten, dass er so bald nicht wieder aufsteht.«

»Was ist denn nur mit dir? Ich habe das Gefühl, du wirst mit jedem Tag gereizter.«

»Weil mich das alles so wütend macht.« Er atmete geräuschvoll aus. Wilhelm spürte, wie sein Herz heftig in der Brust pochte, und meinte fast Gustavs mahnende Worte zu hören, dass er unbedingt jede Aufregung vermeiden sollte. Er ballte mehrfach die Hand zur Faust und öffnete sie dann wieder. Eine Übung, die Gustav ihm beigebracht hatte, um zur Ruhe zurückzufinden, wenn er sich über etwas ärgerte. Dabei atmete er tief ein und wieder aus und zählte bis zehn. Dieses Mal zählte er sogar noch weiter bis zwanzig, bis er endlich spürte, wie er ruhiger wurde.

Else setzte sich in den Sessel neben ihn. »Was ist los, Wilhelm? Ist es wegen Elias?«

Wilhelm sah Else einen Moment lang nur an. Wie gut sie ihn doch kannte. Dann nickte er schweigend. »Er war ja noch jünger als wir. Paul-Friedrich und ich haben ihn damals ein bisschen unter unsere Fittiche genommen. Anders als wir, hatte er sich freiwillig zum Dienst an der Front gemeldet. Wozu wir gezwungen wurden, hat er aus freien Stücken getan, weil er für sein Heimatland einstehen wollte. Ein deutscher Jude, der an die Sache geglaubt hat. Und nun wurde er umgebracht, und die Kerle, die das waren, werden noch nicht einmal dafür zur Rechenschaft gezogen.«

»Ja, es ist nicht gerecht«, befand Else und berührte kurz den Arm ihres Mannes. »Und auch mich erschreckt die Willkür, mit der gegen die Juden vorgegangen wird. Aber wir können doch überhaupt nichts tun.«

»Ich bin nicht dumm, Else. Und ich bin auch gewiss keiner von denen, die sich auflehnen, denn damit würde ich die Familie gefährden. Das, was wir besprechen, bleibt hier in unseren vier Wänden. Doch ich weiß nicht mehr, wohin das alles führen soll.« Er legte seine Hand auf die seiner Frau. »Ich meine, sehen denn nur wir, dass das kein gutes Ende nehmen kann? Und damit meine ich nicht nur für die Juden oder die, die nicht dem Bild eines perfekten Ariers entsprechen. Ich meine jeden Einzelnen von uns.« Er hob den Blick und sah über die tiefen Terrassenfenster hinaus in den Garten. »Wir haben es hier so schön, Else, führen ein so gutes Leben. Doch ich spüre mit jeder Faser meines Körpers, dass es ein Ende finden wird.«

»Du machst mir Angst, Wilhelm.«

Er wandte sich ihr wieder zu. »Mir macht das, was in unserem Land gerade geschieht, Angst.« Er sah ihr fest in die Augen. »Ich halte den Führer für einen Wahnsinnigen, Else.«

»Aber Wilhelm!« Sie zog die Stirn in Falten.

»Aber es ist so. Ich weiß nicht, ob er die Geisteskranken deshalb so hasst, weil er tief in seinem Innern spürt, dass er selbst einer ist.«

»Wilhelm, hör auf! Hör um Himmels willen auf.«

Wilhelm starrte sie weiter an. »Du weißt doch, dass ich das nur dir sage, Else. Mach dir also keine Sorgen. Wenn mich jemand fragen würde, käme kein einziges Wort davon über meine Lippen.«

»Aber es ist dein Denken, Wilhelm. Und auch das ist in diesen Zeiten gefährlich.«

»Ich erwäge wegzugehen«, sagte er nun, was Else die Sprache verschlug. Mit offenem Mund saß sie da, schluckte dann, suchte offenbar nach Worten.

Er drückte ihre Hand noch ein wenig fester. »Womöglich wäre es am besten, einfach das Land zu verlassen, Else, solange es noch möglich ist.«

»Aber warum?«, stammelte sie und Tränen traten in ihre Augen. »Was ist mit der Fabrik, mit unserem Haus? Was ist mit den Kindern?«

»Die Fabrik ist nicht mehr die, die sie mal war. Statt Töpfen und Pfannen stellen wir Waffen her. Und ob du es nun hören willst oder nicht: Wir stellen Waffen für einen Krieg her, Else. Alles andere zu glauben, wäre naiv. Das ist nicht mehr die Fabrik, die mein Großvater gegründet und die wir über all die Jahre betrieben haben.« Er machte eine ausholende Armbewegung. »Und das Haus ist nur ein Haus, Else. Eines, das wir jederzeit und überall wieder errichten können. Noch haben wir die finanziellen Mittel. Doch wer weiß, ob das so bleibt.«

»Und die Kinder?«

Wilhelms Gesichtsausdruck überschattete sich. »Was Leopold angeht, brauchen wir uns nichts vorzumachen. Ihn haben wir im Grunde schon vor vielen Jahren verloren. Der Mann, der er geworden ist, wird gewiss bleiben und die Parolen der Nazis mitbrüllen wollen. Irma und die Mädchen jedoch wären gut beraten, mit uns zu kommen.«

Else sah zu Boden, die Gedanken in ihrem Kopf überschlugen sich. Nie zuvor hatte ihr Mann einen solchen Vorschlag gemacht oder auch nur darüber nachgedacht, fortzugehen.

»Was wäre mit unseren Freunden und Verwandten?«, brachte sie aufgewühlt hervor. Sie spürte, wie das Blut in ihren Adern pulsierte. »Was ist mit Käthe und Heinrich, mit Paul-Friedrich, mit Dorothea, Wilhelmine und Gustav? Was soll aus Ferdinand werden, wenn er seinen Vorgesetzten erklären muss, dass sein Onkel und seine Tante dem Land, dem er dient, den Rücken gekehrt haben.« Wieder füllten sich ihre Augen mit Tränen. »Bitte, Wilhelm«, flüsterte sie dann. »Bitte nicht. Lass uns den Gedanken verwerfen und nie wieder darüber sprechen, ja? Bitte!«

Wilhelm sah seine Frau an, die ihm nun schon Jahrzehnte treu zur Seite stand. Sie war wie eine Hälfte von ihm, die bessere, wie er stets zu sagen pflegte. Er liebte Else wie sonst keinen Menschen auf der Welt. Für sie würde er sein Leben geben, ohne auch nur einen Augenblick darüber nachzudenken. Die Verzweiflung in ihren Augen zu sehen, die er mit seinen Worten ausgelöst hatte, schmerzte ihn zutiefst. Flehend blickte sie ihn an.

Wilhelm lächelte kurz und tätschelte dann ihre Hand. »Wenn du es nicht willst, werden wir natürlich nicht fortgehen, meine Else.«

Else schlug die Hand vor den Mund, um nicht vor lauter Erleichterung einen Schrei auszustoßen. Die Tränen liefen ihr über die Wangen, als sie sich zu Wilhelm vorbeugte und ihren Kopf an seine Schulter lehnte. »Danke«, hauchte sie leise.

»Ich würde nie etwas gegen deinen Willen tun, Else. Das weißt du.«

»Ja, das weiß ich.«

Er legte seinen Kopf an ihren, und eine Weile blieben sie schweigend so sitzen. Dann klopfte es am Türrahmen, und beide fuhren herum.

Sieglinde, die Haushälterin, stand da und räusperte sich. »Ich bitte um Verzeihung, gnädige Herrschaften. Herr von Falkenbach wünscht Sie zu sprechen, gnädiger Herr.«

Else setzte sich eiligst gerade hin und wischte mit den Handrücken über ihre Wangen, um die Tränenspuren zu entfernen.

Auch Wilhelm nahm eine etwas aufrechtere Haltung an. »Herr von Falkenbach soll bitte eintreten«, sagte Wilhelm, worauf Else aufstand und dem Besucher entgegenging. Wilhelm ersparte sich das Aufstehen, denn Paul-Friedrich war mit ihm vertraut genug, um zu wissen, dass ihm das Aufstehen noch immer gewisse Schwierigkeiten bereitete.

Noch bevor Else die Tür erreichte, trat der Besucher ein.

»Paul-Friedrich, wie schön«, sagte sie zur Begrüßung und beugte sich vor, um ihn kurz zu umarmen. Er sah sie prüfend an. »Guten Tag, Else. Störe ich gerade?«

»Aber nein, überhaupt nicht. Wilhelm und ich hatten unser Gespräch sowieso gerade beendet, und ich habe noch genug im Haus zu tun.«

»Auch am Sonntag?«

»Gerade am Sonntag«, gab sie zurück und sah dann zu ihrem Mann. »Kann ich euch etwas bringen lassen?«

»Kaffee wäre gut«, meinte Wilhelm, worauf Sieglinde nickte und sich des Auftrags sofort annahm.

»Na, Wilhelm«, sagte Paul-Friedrich und nahm nun den Platz ein, auf dem eben noch Else gesessen hatte. »Alles in Ordnung bei euch?«

»Aber ja.« Er deutete auf die Zeitung, die immer noch sichtlich zerknittert auf dem Tisch lag. »Ich habe mich nur über die Zeitung geärgert. Es scheint kein anderes Thema als unseren *großen Führer* zu geben.«

»Und das wundert dich?«, erwiderte Paul-Friedrich mit einem gewissen Spott in der Stimme.

»Hast du etwas von Rebecca gehört?«, fragte Wilhelm nun.

»Deshalb bin ich hier«, antwortete Paul-Friedrich. »Sie hat heute Morgen angerufen und mitgeteilt, dass sie und die Jungs sicher in England angekommen sind.«

»Na Gott sei Dank, wenigstens etwas«, entfuhr es Wilhelm mit einer gewissen Erleichterung. Gleich nach dem Überfall auf die Familie Goldberg, bei dem Elias ums Leben gekommen war, hatten Paul-Friedrich und Wilhelm besprochen, den Rest der Familie so schnell wie möglich außer Landes zu bringen. Wie immer war Paul-Friedrich derjenige gewesen, der seine Kontakte spielen ließ und sich um alles kümmerte. Nun zu hören, dass Rebecca und ihre Söhne in Sicherheit waren, erleichterte Wilhelm. Es war das Mindeste gewesen, was sie für ihren alten Kriegskameraden hatten tun können.

»Rebecca will versuchen, sich Arbeit in einer Schneiderei zu suchen, und Christian und Siegfried können auch schon etwas dazuverdienen mit ihren achtzehn und vierzehn Jahren. Abgesehen davon, werden sie auch so eine ganze Weile hinkommen mit dem Geld, das sie von uns erhalten. Sie hat sich vorhin nochmals für alles bedankt, was wir für sie getan haben.«

»Pfff«, machte Wilhelm. »Das war doch mehr als selbstverständlich.« Er sah Paul-Friedrich an. »Weißt du, was ich so absurd finde?«

»Was?«

»Christian und Siegfried, die Namen der Söhne. Deutscher geht es ja nun wirklich nicht. Und der Name Christian ist ja nicht nur besonders deutsch, sondern fast schon ein Frevel für einen Juden, der seinen Sohn so nennt.«

»Worauf willst du hinaus?«

»Ich habe Elias damals gefragt, warum er seinen Erstgeborenen Christian genannt hat. Und weißt du, was er geantwortet hat?«

»Nein, was?«

»Weil er gern wollte, dass schon am Namen erkennbar ist, wie Rebecca und er die Söhne erziehen würden: nämlich dem Christentum zugewandt und so deutsch wie nur möglich.« Wilhelm schüttelte den Kopf. »Und so ein Mann wird von irgendwelchen Kerlen in ein Gebüsch gezerrt und zu Tode geprügelt, weil er Jude ist. Ich verstehe die Welt nicht mehr.«

»Ich habe die Welt nie verstanden«, stellte Paul-Friedrich ohne jede Emotion fest. »Doch ich weiß, darin zu leben. Und du solltest dich diesbezüglich auch wieder mehr anstrengen.«

»Was meinst du damit?«

»Ich sehe, wie du dich verändert hast, Wilhelm.«

»Ach ja? Wie denn?«

»Du bist nachdenklicher geworden, verhärmter. Und das nicht erst seit Elias' Tod.«

»Es stimmt«, gab Wilhelm zu. »Ich glaube, der Schlaganfall hat mich sehr ins Grübeln gebracht. Wenn ich eines Tages gehe, will ich das Gefühl haben, dass es mein eigenes Leben war, das ich da gelebt habe, und nicht das eines Fremden.«

»Das eines Fremden?«

»Die Fabrik«, antwortete Wilhelm. »Die Waffenproduktion schlägt mir ganz schön auf den Magen. Mein Großvater würde sich wahrscheinlich im Grab umdrehen, wenn er wüsste, was aus seiner Fabrik geworden ist.«

»Du machst dir zu viele Gedanken, mein Freund. Wie schon immer. Dein Großvater war Geschäftsmann, genau wie dein Vater. Sie würden es verstehen.«

»Nein«, widersprach Wilhelm entschieden. »Mein Vater ja, denn offen gesagt, war er völlig anders als mein Großvater. Er war auch kein besonders guter Geschäftsmann.« Er sah Paul-Friedrich an. »Tatsächlich erkenne ich in Leopold viel von ihm wieder. Und das ist nicht gerade schmeichelhaft, wie du weißt.«

»Immerhin hat dein Vater die beiden Fabriken so geführt, dass er dir und Heinrich etwas Lohnendes hinterlassen hat.«

Paul-Friedrich ging nicht weiter auf die Bemerkung zu Leopold ein.

»Ganz so war das nicht«, stellte Wilhelm klar. »Aus heutiger Sicht würde ich sagen, es war im Grunde Wahnsinn, uns damals schon die Fabriken zu übergeben. Ich war zwanzig, Heinrich gerade mal achtzehn.«

»So jung?«, wunderte sich nun auch Paul-Friedrich.

Wilhelm nickte. »Ich war ganz schön überrascht, als mein Vater und Heinrich damals zu mir kamen und mir mitteilten, dass mein Vater sich aus den Fabriken zurückziehen würde und wir schon ab dem nächsten Monat die Leitung übernehmen sollten. Ich hatte überhaupt nicht damit gerechnet.«

»Warum hat er das gemacht?«

»Wahrscheinlich, weil er wusste, dass er ein schlechter Geschäftsmann war. Denn das war er wirklich. Als Heinrich und ich anfingen, lief zumindest die Porzellanfabrik noch leidlich gut. Die Topf- und Pfannenfabrik jedoch stand kurz vor dem Ruin. Ich habe Glück gehabt, dass ich noch mal die Kurve gekriegt habe.«

»Glück? Wohl eher Verstand«, korrigierte Paul-Friedrich. »Du und ich, wir sind keine Männer, die darauf warten, dass das Glück auf sie niederregnet. Wir sorgen dafür.«

»Wenn du es so sehen willst.« Wilhelm erinnerte sich kurz an früher zurück und an die Schwierigkeiten, die er gehabt hatte, die Fabrik wieder aufs richtige Gleis zu setzen. Heinrich hatte es da mit der Porzellanfabrik einfacher gehabt. Es stimmte schon, was Paul-Friedrich sagte: Er selbst hatte dafür gesorgt, dass aus der Topf- und Pfannenfabrik wieder ein lohnendes Geschäft wurde, was ihn bis heute zufrieden und auch ein wenig stolz machte. Nur eben das, was jetzt daraus geworden war, konnte und wollte er nicht mittragen.

»Wenn wir schon dabei sind ...«, setzte nun Paul-Friedrich an und machte eine kurze Pause, »es gibt da etwas, was wir bereden sollten.«

»Ach ja?«

»Ich habe da einen Kontakt in der Behörde«, erklärte Paul-Friedrich, der das Gesicht des Sicherheitspolizisten Reinhard Willmer vor seinem geistigen Auge sah. »Er hat gewisse Andeutungen gemacht.«

»Was für Andeutungen?«

»Es scheint so, als würde jemand aus der Fabrik mit der SS zusammenarbeiten.«

»Ja, wir alle. Immerhin haben wir den Auftrag für die Waffenfertigung direkt von denen erhalten.«

»Das meine ich nicht.«

»Sondern?«

»Mein Kontakt sagt, dass offenbar regelmäßig Berichte über die Fabrik eingehen. Und nicht nur das.«

»Jetzt lass dir nicht alles aus der Nase ziehen, Paul-Friedrich«, begehrte Wilhelm auf. In diesem Moment klopfte es, und Hildegard, eines der Dienstmädchen, betrat mit einem Tablett in Händen den Raum.

»Der Kaffee«, kündigte sie an.

»Stell das Tablett dort auf den Tisch, Hildegard«, ordnete Wilhelm an. »Wir bedienen uns selbst. Und schließ beim Hinausgehen die Tür, ja?«

Sie stellte das Tablett ab und knickste.

»Danke, Hildegard«, sagte Paul-Friedrich und stand auf, während das Dienstmädchen den Raum verließ und die Tür hinter sich ins Schloss zog. Er füllte zwei Tassen mit Kaffee und kam damit zu Wilhelm zurück.

»Und hol auch gleich aus dem Schränkchen was Richtiges dazu«, forderte Wilhelm und deutete zu dem Barschrank hinüber. Paul-Friedrich stellte erst die Tassen auf dem Tischchen zwischen ihren Sesseln ab, ging dann zum Barschrank, holte einen Obstler und zwei Gläser heraus und nahm schließlich wieder Platz. Er schenkte ein, reichte eines der Gläser seinem Freund, und sie prosteten sich zu. Die Flüssigkeit brannte in Wilhelms Kehle.

»Also, was hast du erfahren?«

»Augenscheinlich interessiert sich jemand für deine Fabrik und darüber hinaus auch für unsere Familien.«

»Weil sie meinen, dass wir immer noch nicht genug produzieren?«

»Das glaube ich nicht«, erwiderte Paul-Friedrich nachdenklich. »Ehrlich gesagt, kann ich mir noch keinen rechten Reim darauf machen. Sowohl deine als auch Heinrichs und jetzt sogar Ferdinands Fabrik produzieren weit mehr Waffen als andere Waren. Ferdinand ja sogar ausschließlich. Ich weiß deshalb nicht, was ich davon halten soll.«

»Wie vertrauenswürdig ist denn dein Kontakt? Kann es sein, dass er nur irgendwas daherredet, um von dir ein paar Scheine zu kassieren?«

»Das glaube ich nicht. Er ist ein kleiner, gieriger Wurm, das ja. Aber er kriegt genug von mir.« Keinesfalls würde Paul-Friedrich dem Freund erzählen, dass die eigentliche Geschäftsverbindung zu Willmer darin bestand, dass der ihn mit Pervitin und anderen Pillen versorgte, und die Informationen, die Paul-Friedrich durch ihn bekam, eher nur ein Bonus waren, weil es in Willmers eigenem Interesse lag, dass die Geschäfte mit Paul-Friedrich weiterliefen.

»Aber was könnte man von uns wollen?«

»Der Name Erna Behrend ist gefallen«, erklärte Paul-Friedrich.

»Was?« Wilhelm setzte sich aufrecht hin. »Und das erwähnst du so ganz nebenbei?«, begehrte er auf.

»Ich wollte nicht, dass du dich aufregst, wenn es in Wahrheit gar keinen Grund dafür gibt.«

»Hört gefälligst alle auf, mich wie ein rohes Ei zu behandeln«, schnauzte Wilhelm los, beruhigte sich aber sofort wieder und wurde ernst. »Ich wusste gar nicht, dass die wieder hier ist.«

»Ich bis gestern auch nicht. Mein Kontakt sagt, dass es jemanden gibt, der mit den Behörden zusammenarbeitet.«

»Um was genau zu erreichen?«

»Wahrscheinlich, um irgendetwas zusammenzutragen, das für uns zum Problem werden könnte.«

»An was denkst du dabei? Dass wir Rebecca und ihren Söhnen geholfen haben?«

»Nein«, meinte Paul-Friedrich. »Das glaube ich nicht. So wie es klang, laufen diese nicht offiziellen Ermittlungen wohl schon eine ganze Weile.«

»Aber zu welchem Zweck?«, bohrte Wilhelm nach.

»Genau darüber habe ich mir auch Gedanken gemacht. Wer hätte etwas davon, wenn man uns auf die Schliche käme?«

»Diese Erna Behrend will vermutlich einfach beweisen, dass einer von uns an der Sache damals beteiligt war, ich meine die Sache mit der Frau.«

Paul-Friedrich wiegte den Kopf. »Mag sein, dass ihr das wichtig ist. Doch das würde die Regierung nicht interessieren. Im Krieg haben sich immer wieder Soldaten irgendwelche Frauen und Mädchen gegriffen. Danach kräht heute kein Hahn mehr.«

»Also muss es um das Gold gehen«, mutmaßte Wilhelm.

»Ganz genau. Wie Erna Behrend damals schon angedeutet hat, muss sie in Riga erfahren haben, dass das Gold und die Wertgegenstände, die die Bewohner versteckt hatten, gestohlen worden sind. Und sie wird irgendwie draufgekommen sein, dass wir das waren. Wie, weiß ich nicht.«

»Sie kann es nur vermuten. Sie wird eins und eins zusammengezählt haben. Wir waren da, das ist erwiesen. Auch dass die Vergewaltigung stattgefunden hat, an der ihr Vater beteiligt war, weiß sie. Und dass wir nach dem Krieg zu Reichtum gekommen sind.«

»Aber das ist nicht so offensichtlich«, stellte Paul-Friedrich klar, als wollte er so den Plan verteidigen, den er damals ausgeheckt hatte.

»Was könnten sie uns also wirklich nachweisen?«, fragte Wilhelm.

»Nichts«, kam sofort als Antwort von Paul-Friedrich. »Unsere Einheit war da, und es sind Wertgegenstände verschwunden. Es könnte aber genauso gut sein, dass einer der Einheimischen hinter der Sache steckte und es uns nur in die Schuhe schieben wollte. Solange wir das restliche Gold nicht anrühren, kann uns niemand auf die Schliche kommen.«

»Was ist mit Heinrich?«

»Was soll mit ihm sein?«, antwortete Paul-Friedrich sogleich, spürte in dem Moment aber, dass er gerade einen Fehler machte. Immerhin glaubte Wilhelm, dass Heinrich derjenige gewesen war, der einen Großteil der Goldsäcke aus der Höhle bei Innsbruck geholt hatte.

»Na, was wohl«, entgegnete Wilhelm. »Vertraust du ihm etwa nach allem, was war?«

»Nein«, antwortete Paul-Friedrich sogleich, »natürlich nicht. Wir müssen ihn im Auge behalten. Doch so, wie es im Moment dank Ferdinands Geschäften läuft, dürfte Heinrich alles andere als knapp bei Kasse sein.«

»Ich werde Else trotzdem bitten, dass sie mir sagen soll, wenn Käthe etwas von einer geplanten Reise meines Bruders erwähnt.«

»Aber nicht zu offensichtlich.«

»Wo denkst du hin? Glaub mir, so schlau meine Else auch ist, sie würde nie merken, wenn ich sie aushorche.« Wilhelm fühlte sich nicht ganz wohl, wenn er es so offen aussprach. Aber tatsächlich vertraute Else ihm so sehr, dass es nicht schwer war, sie auf diese Weise zu manipulieren, auch wenn er es nicht gern tat. Doch Heinrich war nun einmal ein unberechenbarer Charakter, und sie konnten ihm nicht über den Weg trauen. Zu oft schon hatte er Paul-Friedrich und vor allem ihn, seinen Bruder, mit seinem unkontrollierten Verhalten in Schwierigkeiten gebracht. Es grenzte fast an ein Wunder, dass nach dem Tod Albert Zeidlers niemals jemand bei ihnen vorstellig geworden war, um Erkundigungen anzustellen. Immerhin hatten sie zusammen in einer Einheit gedient, und wie Paul-Friedrich später erfahren hatte, war zum Zeitpunkt, als der Brand in Zeidlers Werkstatt ausbrach, ein Mercedes vor der Tür gesehen worden. Genau so ein Modell, wie Heinrich es damals fuhr. Kein Wunder, denn er war es gewesen, der Zeidler umgebracht hatte, weil ihm wieder einmal die Sicherungen durchgebrannt waren. Nein, Wilhelm machte sich nichts vor; Heinrich war einfach kein guter Mensch. Er kam zu sehr nach dem Vater, konnte seine Wut nur schwer bis gar nicht im Zaum halten. Als Kind hatte Wilhelm sich stets schützend vor den kleinen Bruder gestellt und lieber selbst die Prügel kassiert, die der Vater austeilte. Und nicht nur das. Er hatte auch die Mutter zu schützen versucht, doch das war ihm meist nicht gelungen. Wie oft hatte er ihre unterdrückten Schreie gehört, wenn der Vater sie an den Haaren gepackt und ins Schlafzimmer gezerrt hatte. Damals hatte er nicht genau gewusst, was dort geschah, nur geahnt, dass es nichts Gutes sein konnte. Umso mehr hatte ihn dann im Krieg erschreckt, dass Heinrich, nachdem Viktor Behrend sich die Magd gegriffen und sie vergewaltigt hatte, sich ebenfalls an ihr vergangen hatte. Und nach ihnen dann auch noch Ludwig Pfeiffer. Allein bei dem Gedanken wurde ihm übel.

»Woran denkst du?«, fragte Paul-Friedrich und holte Wilhelm damit ins Hier und Jetzt zurück.

»Wie unterschiedlich Brüder doch sein können«, erklärte er ausweichend. »Doch noch mal zurück zu der kleinen Behrend. Was, denkst du, will sie wirklich?«

»Ich nehme an, sie hat es einfach auf uns abgesehen. Sie weiß, dass einer von uns an der Vergewaltigung beteiligt war. Und womöglich hat sie eine Verbindung zu den Leuten in Riga aufgebaut, die noch immer darauf hoffen, ihr Gold und die Wertsachen eines Tages zurückzubekommen, wer weiß?« Paul-Friedrich zuckte die Achseln. »Die Frau hat sich in den Gedanken verbissen, uns etwas anzuhängen. Vielleicht weil ihr Vater eben alles andere als der strahlende Kriegsheld war, den sie als Kind in ihm gesehen hat. Und jetzt will sie die drankriegen, die mit ihm gemeinsame Sache gemacht haben.«

»Kann sie irgendetwas beweisen?«, fragte Wilhelm und sah Paul-Friedrich mit zusammengekniffenen Augenbrauen an. »*Irgendetwas?*«

»Nein«, erwiderte Paul-Friedrich selbstsicher. »Alle Geschäftsunterlagen von damals sind einwandfrei und erklären Buchung für Buchung, woher unser Geld stammt. Ich habe an alles gedacht. Und wenn jemand versuchen sollte, noch die Kunden von früher ausfindig zu machen, die dies bestätigen oder eben widerlegen könnten, ist das entschieden zu weit hergeholt. Menschen ziehen um, sterben – was auch immer. Nein, es gibt keinerlei Beweise.«

»Gut. Dann sollten wir uns am besten keine Sorgen machen«, befand Wilhelm.

Paul-Friedrich hob den Kopf. »Und wenn es nun gar nicht mehr um damals geht?«

»Was meinst du?«

»Gerade eben, als ich es aussprach, wurde es mir selbst erst bewusst: Die Behrend will uns unbedingt drankriegen. Und wenn sie jetzt wieder in den Akten auftaucht, kann das nur bedeuten, dass sie etwas anderes zu finden versucht.«

»Also nichts, was mit Riga zu tun hat?«

Paul-Friedrich schüttelte den Kopf. »Denk es weiter, Wilhelm. Wenn man uns die Sache mit dem Gold in Riga hätte nachweisen können, was wären die Folgen gewesen?«

»Wir wären als Kriegsverbrecher verurteilt und erschossen worden.«

»Richtig, doch nicht nur das. Was, denkst du, wäre aus Gut Falkenbach und den Fabriken geworden?«

»Sie wären beschlagnahmt worden und in den Besitz der Regierung übergegangen«, antwortete Wilhelm und riss nun die Augen auf. »Deshalb hat sie Helfer«, erkannte er.

»Ganz genau.« Paul-Friedrich nickte. »Die Behrend hat Staub aufgewirbelt und mit dem Versprechen gewedelt, wenn sie Hilfe bekommen und uns überführen würde, könnte man uns alles wegnehmen, ohne dass irgendjemand etwas dagegen tun könnte.«

»Und nun, da sie diese Beweise nicht erbringen kann, versuchen sie und die SS es auf andere Weise, um an unseren Besitz zu kommen.«

»Ganz genau«, sagte Paul-Friedrich nochmals. »Die wollen uns fertigmachen, Wilhelm. Und dafür haben sie jemanden bei uns eingeschleust, damit er ihnen Beweise liefert – ob nun wegen damals oder wegen irgendetwas, das heute geschieht.«

»Diese verdammten Sauhunde!«, entfuhr es Wilhelm.

»Du sagst es. Wir müssen mit Heinrich sprechen. Es darf nicht passieren, dass er ihnen irgendwie in die Karten spielt.«

»Ruf ihn gleich von hier aus an, und sag ihm, dass er herkommen soll«, forderte Wilhelm, worauf Paul-Friedrich sich sofort erhob. Dann drehte er sich noch mal zu seinem Freund um.

»Und wir müssen die Augen offen halten. Irgendwo in unserer Mitte befindet sich eine Ratte, und die müssen wir finden.«

»Und wenn der Herrgott mir gnädig ist, werde ich derjenige sein, der sie in die Finger bekommt«, schloss Wilhelm und ballte die Hand zur Faust.

4. Kapitel

Ich klammere mich so sehr an das, was ich habe, dass mir die Finger klamm werden.

Clara von Falkenbach

»Du willst gleich noch in die Praxis? Am Sonntag?« Clara sah ihren Mann an und stemmte die Hände in die Hüften. »Also wirklich, Gustav, das ist doch absurd.«

»Ich will nur kurz in die Klinik. Schließlich habe ich Patienten. Und die anderen Sonntage, die ich dort war, hat es dich doch auch nicht gestört.«

»Du hast dort genau einen Patienten, Gustav«, sie hob den Zeigefinger und zeigte so eine Eins. »Einen. Und der hat ein gebrochenes Bein und kann morgen wieder nach Hause. Genau genommen könnte er auch heute abgeholt werden, so gut, wie es ihm wieder geht. Und das weißt du auch.«

»Trotzdem ist es meine Pflicht als sein Arzt, nach ihm zu sehen.«

»Und wozu ist dann Frieda den ganzen Tag da und wird von uns bezahlt?«

»Frieda ist Krankenschwester, kein Arzt.« Er legte den Kopf schräg. »Ach Clara, was hast du denn auf einmal? Das war doch sonst nie ein Problem.« Gustav ging auf seine Frau zu und fasste ihre Schultern.

Clara überlegte kurz, ob es klug wäre, ihrem Mann zu sagen, was sie vermutete. Im Grunde war es naheliegend, was ihr durch den Kopf ging. Doch wenn es wirklich so war, dass er sie betrog, dann wollte sie ihn dabei erwischen, und zwar in flagranti, sodass Leugnen vollkommen sinnlos wäre. Schon seit geraumer Zeit verbrachte er immer öfter die Sonntage in der Praxis. Anfangs hatte sie sich nichts dabei gedacht, schließlich stimmte es ja, dass er nach den Patienten in der Klinik sehen musste. Noch vor einigen Monaten hatte Gustav nur sporadisch an den freien Tagen in der Klinik vorbeigeschaut und sich ansonsten auf Frieda verlassen. Doch die Aufenthalte in der Praxis am Sonntag waren von Mal zu Mal länger und Clara war immer misstrauischer geworden.

»Ist es denn so verwerflich, wenn ich den Sonntag mit meinem Ehemann verbringen möchte?«, fragte sie nun und bemühte sich um ein Lächeln. Sie hatte in diesem Moment einen Plan gefasst, wenngleich sie nicht sicher war, was das womöglich für ihre Zukunft bedeutete. Sie liebte Gut Falkenbach. Das Leben, das sie hier führte, war schöner als alles, was sie sich je hätte erträumen können. Doch sie wollte auch nicht mit der Unsicherheit leben, wollte wissen, woran sie war.

»Es wird bestimmt nicht lange dauern. Bis zum Mittagessen bin ich zurück.«

Clara schluckte die Bemerkung, dass das nun wirklich mehr als genug Zeit war, um nach einem einzigen Patienten zu sehen.

»In Ordnung«, meinte sie dann, fügte aber noch hinzu: »Soll ich dich begleiten?«

»Nein.« Die Ablehnung war schnell gekommen, zu schnell, und untermauerte damit ihren Verdacht noch weiter. »Wie du schon sagtest: Es ist nur ein Patient. Dafür musst du nicht auch noch deinen freien Tag opfern.«

»Wie du meinst«, erwiderte Clara, die nicht recht wusste, wie sie mit der Befürchtung, ihr Verdacht könnte sich bestätigen, umgehen sollte. Immerhin könnte es das Ende ihrer Ehe bedeuten. Und dann?

»Dann gehe ich jetzt«, sagte Gustav, gab ihr einen Kuss auf den Mund und verließ das Haus.

Clara wusste nicht genau, was sie von dem Ganzen halten sollte. War es Frieda, mit der er ein Verhältnis hatte? Oder war er so dreist, sich in seiner Praxis mit irgendeiner Frau zu amüsieren, während sich die Krankenschwester in der Klinik um seine Patienten kümmerte? Clara kam ein Gedanke, worauf sie eilig zur Tür lief und nachsah. Erleichtert stellte sie fest, dass Gustav den Weg in Richtung Praxis einschlug. Kurz hatte Clara befürchtet, dass er womöglich in seinen Fiat 1500 B steigen und damit fortfahren würde. Dann hätte sie keine Chance gehabt, ihm zu folgen und ihn dabei zu ertappen, wie er sie betrog. Andererseits hätte er ihr dann erklären müssen, warum er für die paar Hundert Meter zur Praxis sein Auto nahm. Ach – was spann sie sich da bloß alles zusammen? Sie machte sich ja vollkommen verrückt, indem sie alle Möglichkeiten durchspielte.

Clara ging zurück ins Haus, überlegte kurz, wie lange sie warten sollte, bis sie ihm nachging. Zehn Minuten mindestens, lieber etwas mehr. Er musste ja erst einmal bei der Praxis ankommen, dann die Frau dort treffen, mit der er verabredet war, wobei diese natürlich ebenso gut bereits dort sein könnte. Aber wenn Clara zu früh in der Praxis auftauchte, würden die zwei allenfalls miteinander sprechen. Dann könnte Gustav immer noch behaupten, dass sie eine Patientin sei, die wegen eines Notfalls bei ihm vorstellig geworden wäre, weil die Praxis ja am Sonntag nicht geöffnet war.

Die Gedanken rasten durch Claras Kopf. Sie wollte Gustav mit seinem Betrug keinesfalls davonkommen lassen. Dabei hätte sie ein solches Verhalten nie von ihm erwartet. Nicht von einem Mann, der stets aufrecht und korrekt war und immer darum bemüht, niemandem Unrecht zu tun. Einen Moment horchte sie in sich hinein und spürte, wie sehr sie die Vorstellung, dass er sich einer anderen Frau zugewandt haben könnte, schmerzte. Dabei hatte sie sich selbst nie als besonders sensible Frau gesehen, die mit den Härten des Lebens nicht umzugehen verstand. Ganz im Gegenteil: Sie wusste, dass sie im Grunde kalt und berechnend war und das tat, was ihr nützte. Und zwar ganz gleich, ob sie dafür jemanden verletzen musste oder nicht. So war sie schon immer gewesen. Oder vielleicht war sie durch das, was ihr bereits in jungen Jahren widerfahren war, so geworden. Sie wusste es nicht. Und es war auch nicht wichtig. Wichtig war nur, dass das Gefühl sie verwirrte, durch Gustavs Ehebruch tatsächlich so etwas wie Verletztheit zu spüren. Denn eigentlich hätte sie es nicht für möglich gehalten, jemals so zu fühlen. Schließlich war sie doch damals voller Berechnung an die Beziehung herangegangen und hatte alles getan, um Gustav von ihren Vorzügen zu überzeugen, damit er sie heiratete und weit genug von Berlin wegbrachte, damit sie für immer ihrem Stiefvater entkam. Wie bitter war es doch, dass ihr Plan nicht aufgegangen und sie gezwungen gewesen war, dem Mann, der sie als Mädchen missbraucht hatte, hier wieder zu begegnen. Sie hatte bis heute keine Ahnung, wie er sie hatte finden können, immerhin hatte sie doch ihre Spuren so gut verwischt. Gustav kannte bis zum heutigen Tag nicht ihren richtigen Namen, und das würde sich auch nicht ändern. Schließlich war ihr Stiefvater tot und die Untersuchung, die es nach dem Auffinden seiner Leiche gegeben hatte, endgültig abgeschlossen. Also konnte auch sie damit abschließen, zumindest in der Theorie. Denn tatsächlich verfolgte sie das Gesicht ihres Peinigers wieder und wieder bis in den Schlaf. Doch das war nun einmal nicht zu ändern, und Clara hatte sich geschworen, die Angst nicht mehr an sich heranzulassen, schon deshalb, damit er am Ende nicht doch noch gewann.

Was jedoch würde es für sie bedeuten, wenn sie Gustav nun mit einer anderen erwischte und zur Rede stellte? Was, wenn er ihr womöglich sagte, dass er froh sei, dass nun die Wahrheit ans Licht kam, weil er nichts mehr für sie empfand? Bei dem Gedanken wurde Clara ein wenig schwindlig, und sie ging eilig zu einem der Stühle in der geräumigen Diele des Hauses und setzte sich. Was, wenn Gustav sie nicht nur betrog, sondern ein für alle Mal einen Schlussstrich unter ihre Ehe zog? Wenn er die Scheidung wollte und sie in Schimpf und Schande davonjagte? Eine Weile überlegte sie, ob es nicht womöglich besser wäre, einfach hier im Gutshaus zu bleiben, statt ihm zur Praxis zu folgen und ihn zu konfrontieren.

Clara war nicht in der Lage, ruhig und vernünftig eine Entscheidung zu treffen. Zu heftig schlug das Herz in ihrer Brust, zu aufgeregt war sie angesichts dessen, was gleich auf sie zukäme. Womöglich würden ihre Schwiegereltern eingreifen und sich auf ihre Seite stellen, sodass sie bleiben könnte, wenn das Fehlverhalten so offensichtlich aufseiten ihres eigenen Sohnes lag. Schnell verwarf sie jedoch den Gedanken wieder. Schließlich war Gustav ihr eigen Fleisch und Blut, ganz gleich, welches Verhalten er an den Tag legte.

Clara sah zur Treppe hinüber, die ins Obergeschoss führte. Vielleicht sollte sie jetzt einfach dort hinaufgehen statt zu Gustav in die Praxis. Vielleicht sollte sie sich auf das Bett legen, ein Buch zur Hand nehmen und warten, bis er wiederkam. Vielleicht sollte sie… Nein, entschied sie dann und stand auf. Sie würde jetzt zur Praxis gehen und sich der Angelegenheit stellen, so wie sie es immer in ihrem Leben getan hatte.

Clara nahm ihren Mantel aus dem Wandschrank, zog ihn an und verließ das Haus. Dann schlug sie den Weg zur Praxis ein, die Gustav und sie vor inzwischen zwei Jahren so hoffnungsvoll auf Gut Falkenbach aufgebaut hatten. Fast jeden Tag hatte Clara dort ihre Arbeit versehen und Gustav unterstützt, so gut es ging. Und sie war sogar ein wenig stolz auf das, was sie in der Zeit erreicht hatten, schließlich war ihr Einstand alles andere als einfach gewesen. Offenbar trauten die Bernrieder einem jungen Arzt nicht allzu viel zu, sodass anfangs die Patienten ausgeblieben waren. Erst nach und nach hatten sie Vertrauen gefasst und waren gekommen, und inzwischen hatte Gustav sich einen festen Patientenstamm aufgebaut, und auch die kleine Klinik war zu den meisten Zeiten recht gut belegt. In den letzten zwei Wochen waren sogar teilweise alle Betten besetzt gewesen, und erst in den vergangenen drei Tagen hatte es einen Schwung an Entlassungen gegeben, da Gustav die Menschen als geheilt erklärt hatte. Ein schönes Gefühl, wie Clara fand, auch wenn sie eben nur seine Frau war und er der *Herr Doktor*, auf den die Menschen vertrauten. Doch damit konnte Clara gut leben. Nur mit der Entwicklung, die sich nun abzeichnete, konnte und wollte sie sich nicht abfinden.

Sie knöpfte ihren Mantel zu, versuchte, sich selbst Mut zuzusprechen, und ging los. Doch tatsächlich hatte sie Angst vor dem Anblick, der sie erwartete. Erst jetzt spürte sie deutlich, dass es nicht nur die Konfrontation und die unangenehme Situation waren, die sie fürchtete. Sie spürte, dass das, was ihr bevorstand, sie tief verletzen würde. Denn auch wenn sie sich das nie wirklich eingestanden hatte, wurde ihr nun klar, dass sie Gustav liebte. Nicht so, dass sie zuerst an ihn dachte und erst dann an sich selbst. Nein. Sie liebte ihn in dem Maß, in dem es ihr möglich war, zu empfinden. Und das war weit mehr, als sie je für einen anderen Mann gefühlt hatte.

Als sie den Großteil des Weges zurückgelegt hatte, ärgerte sie sich kurz, nicht noch in den Spiegel geblickt und ihr Aussehen kontrolliert zu haben. Schließlich wollte sie die schönere der beiden Frauen sein, die sich gleich mit dem Mann, den sie offenbar teilten, in einem Raum wiederfanden.

Trotz des hellen Tageslichts konnte sie sehen, dass die Klinik beleuchtet war. In der Praxis selbst war an der Vorderseite nichts zu erkennen. Bestimmt war Gustav mit dieser Frau in seinem Arbeitszimmer, das nach hinten hinaus führte. Clara trat an die Eingangstür und drückte vorsichtig die Klinke herab. Die Tür war verschlossen. Entweder war Gustav tatsächlich drüben in der Klinik, die einen gesonderten Eingang hatte und nur über einen internen Flur mit der Praxis verbunden war. Oder er war eben in der verschlossenen Praxis. Und das konnte nur das bedeuten, was Clara so gern für einen Irrtum oder eine hysterische Anwandlung ihrerseits gehalten hätte. Doch es half nichts. Nun war der Augenblick gekommen, in dem sie handeln und der Wahrheit ins Gesicht sehen musste.

Sie zog ihren Schlüssel hervor und drehte ihn so leise es ging herum. Dann drückte sie die Klinke, hob die Tür ein wenig an, damit sie kein Geräusch von sich gab, schlüpfte durch den schmalen Spalt und schloss die Tür wieder hinter sich. Kurz überlegte sie, dann zückte sie den Schlüssel erneut und sperrte hinter sich ab.

Clara lauschte einen Moment, machte ein paar Schritte in Richtung Gustavs Arbeitszimmer. Sie presste die Lippen zusammen, als sie tatsächlich Stimmen vernahm. Nur ganz leise konnte sie hören, wie eine Frau etwas sagte, dann Gustavs Stimme. Sie legte sich die Hand an die Brust. Wie sehr sie die Erkenntnis doch schmerzte, recht behalten zu haben. Zu gern hätte sie an ein Missverständnis geglaubt. Aber nein. Ihr Ehemann betrog sie. Sie atmete einmal tief durch, damit sich ihre Augen nicht mit Tränen füllten. Nein, den Triumph würde sie Gustav nicht gönnen. Sie würde weder schreien noch schimpfen, sondern ihn einfach nur ihre Verachtung spüren lassen. Leise schlich sie den Flur entlang, und mit jedem Schritt schien ihr Herz noch heftiger zu klopfen als zuvor. Sie erreichte die Tür zum Behandlungszimmer ihres Mannes, erwog, energisch die Klinke herunterzudrücken und mit Schwung die Tür aufzureißen. Doch sie entschied sich dagegen. Nein. Sie würde ganz ruhig und beherrscht eintreten. Nur nicht die Fassung verlieren. Nicht jetzt. Die Stimmen von drinnen waren nicht mehr als ein Flüstern. Offenbar waren die beiden bemüht, Frieda nicht hören zu lassen, dass sich jemand im Behandlungszimmer aufhielt, sollte sie aus irgendeinem Grunde von der Klinik herüberkommen.

Clara schloss kurz die Augen, sammelte sich. Dann drückte sie ganz langsam die Klinke herab und öffnete die Tür. Der Anblick ließ sie verwundert innehalten, während Gustav, der mit dem Rücken zu ihr saß, sich erschrocken umdrehte, als er merkte, dass jemand eingetreten war. Ihre Blicke trafen sich, dann sah Clara auf die junge Frau, die ihren Sohn, der offenbar von Gustav untersucht wurde, fest an sich drückte, als wollte sie ihn schützen.

»Clara?«, brachte Gustav stockend hervor. »Was machst du denn hier?«

Clara fehlten einen Moment lang die Worte, dann sah sie zu dem Mann mit den Schläfenlocken, der in der Ecke stand und das Geschehen verfolgte.

»Du behandelst Juden?«, stieß Clara überrascht hervor.

Gustav stand von dem Schemel auf und klopfte dem Jungen aufs Bein. »Ich bin gleich zurück«, sagte er nur. »Das ist meine Frau. Kein Grund zur Beunruhigung!«, rief er dem Vater zu, dessen skeptischem Blick jedoch anzumerken war, dass er die Situation anders beurteilte.

Gustav fasste Claras Arm, ging mit ihr hinaus und schloss die Tür. Er führte sie ein Stück den Flur entlang, dann platzte es aus ihm heraus: »Was zum Teufel machst du hier, Clara?«

»Was machst *du* hier, sollte wohl die Frage eher lauten.« Sie deutete mit dem ausgestreckten Arm zum Behandlungszimmer hinüber. »Bist du wahnsinnig geworden, in dieser Praxis Juden zu behandeln?«

»Ich behandle Menschen, Clara«, entgegnete Gustav gereizt. »Und es wäre besser gewesen, du wärst nicht hergekommen. Was willst du überhaupt hier?«

Clara sah ihn an. Keinesfalls wollte sie ihm gestehen, welchen Verdacht sie gehabt hatte.

»Ich wollte dir helfen«, antwortete sie eilig. »Einfach, damit wir zusammen sein können.«

Er musterte sie eindringlich. Der Zweifel über ihre Erklärung stand ihm ins Gesicht geschrieben.

»Ich hätte ja nie damit gerechnet, dass du einen solchen Unfug treibst«, setzte sie nach. »Ist dir klar, was geschieht, wenn man dich erwischt?«

»Niemand wird etwas davon erfahren, Clara, wenn du keine Dummheit begehst.«

»Du handelst gegen den Willen des Führers, Gustav.« Sie war lauter geworden.

»Scht!«, machte er. »Reiß dich zusammen! Sie können dich hören.«

»Schön, sollen sie doch. Vielleicht gehen sie dann einfach.«

»Der Junge braucht meine Hilfe, Clara. Ich bin Arzt und dem hippokratischen Eid verpflichtet.«

»Du bist dem Führer verpflichtet, Gustav, wie wir alle. Und wenn rauskommt, dass ein Judenjunge zu deinen Patienten zählt, ist alles, was wir uns aufgebaut haben, dahin. Ja, mehr noch: Was glaubst du, was sie mit uns machen?«

»Mit dir sicher nicht. Du wusstest nichts davon. Und damit du genau das beschwören kannst, habe ich dir auch nichts gesagt.«

»Du hast mir nichts gesagt, weil du genau weißt, dass es Wahnsinn ist, was du treibst.« Sie stemmte die Hände in die Hüften. »Wie lange geht das schon so, Gustav?«

Seine Miene verfinsterte sich. »Es ist jetzt nicht der richtige Zeitpunkt, darüber zu sprechen.«

»Doch, Gustav, ist es. Du gefährdest unsere ganze Familie. Was, denkst du, würde dein Vater dazu sagen?«

»Ich bin ein erwachsener Mann, Clara. Und ich treffe meine eigenen Entscheidungen.«

»O nein, Gustav.« Sie fuchtelte wütend mit dem Zeigefinger vor seinem Gesicht. »Das ist alles andere als nur deine Entscheidung. Es betrifft jeden von uns. Erst versteckst du diesen Kommunisten, und dann das hier. Du willst wohl unbedingt, dass wir alle verhaftet werden, was?«

»Was meinst du damit?« Gustavs Miene hatte sich verändert, und sofort ärgerte Clara sich, dass ihr diese Bemerkung herausgerutscht war.

»Ich meine, dass dein Verhalten gefährlich ist.«

Gustav trat noch näher an sie heran. »Nein, was du eben gesagt hast. Dass ich einen Kommunisten versteckt hätte.«

Clara überlegte fieberhaft, welche Ausrede ihr einfallen könnte. Doch Gustav war alles andere als dumm. Sie hatte sich verplappert. Also half nur noch, das Beste daraus zu machen. Sie sah kurz zu Boden, dann ergriff sie seine Hände.

»Ich wusste davon«, sagte sie schließlich. »Ich wusste, dass du Martin Reinders in der alten Liebermann-Villa versteckt hast. Und ja, ich hatte Angst deshalb. Doch ich habe es verstanden. Er war dein Freund, und du wolltest ihm helfen. Doch das da«, sie deutete mit der Hand zu seinem Behandlungszimmer, »das verstehe ich nicht mehr.«

»Du hast davon gewusst und nichts gesagt?«, fragte Gustav.

»Nein, natürlich habe ich nichts gesagt. Zwar befürchtete ich, dass es herauskommen könnte. Und ehrlich gesagt, war ich auch ein bisschen enttäuscht, dass du mich nicht ins Vertrauen gezogen hast, während du und Wilhelmine gemeinsame Sache gemacht habt. Doch ich habe es akzeptiert, weil ich dich liebe und respektiere, Gustav. Das hier ist jedoch etwas anderes.«

Gustav sah sie noch einen Moment lang an, dann umarmte er sie und verharrte eine Weile in dieser Position. »Es tut mir leid, dass ich dir nicht das Vertrauen entgegengebracht habe, das du verdienst, Clara. Ich wollte dich damit nicht verletzen.«

»Schon gut«, gab sie leise zurück, zutiefst erleichtert über die Entwicklung, die die Angelegenheit nahm. Gustav konnte ja nicht wissen, dass sie Martin Reinders nur deshalb nicht gemeldet hatte, weil Ferdinand ihr zuvorgekommen war. So konnte sie die Edelmütige spielen, was ihr über die Maßen gefiel.

Gustav löste die Umarmung und gab ihr einen Kuss. »Die Menschen da drinnen haben sonst niemanden, der ihnen hilft.«

Clara musste sich zusammennehmen, um keine gar zu ablehnende Haltung an den Tag zu legen.

»Das verstehe ich ja. Doch es ist zu gefährlich, Gustav«, sagte sie eindringlich. »Du weißt, in welchen Zeiten wir leben. Und stell dir nur vor, es geschieht etwas auf der Baustelle, Ferdinand würde drüben im Gutshaus nach dir fragen, und man würde ihm mitteilen, dass du hier bist? Er würde plötzlich hier auftauchen, weil er deine Hilfe braucht. Vielleicht sogar, ohne vorher im Gutshaus nachzufragen. Schließlich weiß er, dass stets jemand in der Klinik ist, um nach den Patienten zu sehen. Auch am Sonntag. Die Arbeiter auf der Baustelle müssen an jedem Tag der Woche arbeiten, da kann jederzeit ein Unfall passieren.« Sie sah ihn flehend an. »Begreif doch, Gustav. Das könnte das Ende für all das bedeuten, was wir uns so mühevoll aufgebaut haben. Und das Ende unserer Freiheit«, fügte sie dann noch eilig hinzu.

Gustav senkte den Kopf. »Ich werde Aron noch zu Ende behandeln und die Familie dann fortschicken, in Ordnung?«

Clara nickte. »Und du wirst auch niemand anderem von ihnen mehr Hilfe gewähren.«

Gustav zögerte, dann nickte er.

»Also gut. Dann geh jetzt wieder zu ihnen, und ich werde nach Hause zurückkehren und dort auf dich warten.«

Wieder nickte Gustav. »Und ich danke dir dafür, dass du wegen Martin nichts gesagt hast, obwohl du davon wusstest. Das bedeutet mir viel.«

»Ich liebe dich, Gustav«, antwortete Clara und konnte in den Augen ihres Mannes lesen, dass sie sich in diesem Moment nähergekommen waren als je zuvor. Dass sie wieder einmal nicht ehrlich gewesen war, schien ihr gerade nebensächlich. Es war das Ergebnis, das zählte. »Bis später.«

»Ja, bis später.«

Sie gaben sich noch einen Kuss und gingen dann beide in unterschiedliche Richtungen den Flur entlang. Während Gustav in seinem Behandlungszimmer verschwand, schloss Clara die Eingangstür auf, trat ins Freie und sperrte hinter sich wieder ab. Mit beschwingtem Schritt und einem zufriedenen Lächeln auf den Lippen kehrte sie zum Gutshaus zurück. Mit einer solchen Entwicklung hatte sie nun wirklich nicht gerechnet. Doch jetzt freute sie sich. Nicht nur, dass ihr Ehemann sie nicht betrog. Sie hatte auch noch ihren Vorteil aus der Situation ziehen können, und Gustav würde ihr noch verbundener sein als zuvor. Alles war also in bester Ordnung. Clara hätte zufriedener nicht sein können.

5. Kapitel

Früher war ich nur zurückhaltend. Heute lache ich überhaupt nicht mehr.

Irma Lehmann

Sie war nervös, als sie mit ihren Töchtern die Auffahrt zum Haus ihrer Eltern in München hinauffuhr. Wilhelm hatte ihr seinen Horch 850 geliehen. Genau genommen fuhr inzwischen ohnehin fast ausschließlich Irma das Auto. Sie brachte Wilhelm jeden Tag damit zur Fabrik und holte ihn dann vor dem Mittagessen wieder ab. Den ganzen Tag bei der Arbeit zu verbringen, traute er sich noch nicht wieder zu, was verständlich war. Für Irma und auch Else grenzte es ohnehin an ein Wunder, dass er überhaupt wieder regelmäßig seiner Arbeit nachging, nach dem schweren Schlaganfall im letzten Jahr. Doch ihr Schwiegervater hatte sich Schritt für Schritt ins Leben zurückgekämpft, wofür Irma ihn aufrichtig bewunderte. Nur dass es ihrem Ehemann so gar nicht zu gefallen schien, dass sein Vater, zumindest zum Teil, wieder die Verantwortung in der Fabrik übernommen hatte.

Leopolds Laune hatte sich in den vergangenen Monaten immer mehr verschlechtert. Natürlich verstand Irma, dass seine ungerechtfertigte Verhaftung ihm einen Schock versetzt hatte – ihm und dem Rest der Familie. Zum Glück hatte sich die Angelegenheit nach kurzer Zeit aufgeklärt, und Leopold war wieder freigekommen. Doch seither wirkte er noch verbitterter als zuvor, und Irma konnte sich nicht an ein einziges freundliches Wort erinnern, das er in den letzten Wochen für sie gefunden hätte. Und es war nicht nur seine üble Laune, die ihr zu schaffen machte. Er trank auch wieder. Nicht so viel wie früher, aber doch regelmäßig. Und oft war er sogar schon etwas wacklig auf den Beinen, wenn er am Abend aus der Fabrik kam. Anfangs hatte Irma ihm helfen wollen und hatte einige Male das Gespräch gesucht. Inzwischen jedoch hatte sie aufgegeben und ihre Bemühungen eingestellt. Vielmehr achtete sie nur noch darauf, dass die Mädchen nicht zu sehr lärmten, wenn Leopold im Haus war, einfach aus Angst, was dann womöglich geschehen könnte. Zwar war Leopold ihr gegenüber nicht mehr gewalttätig geworden. Doch sie hätte nicht ihre Hand für ihn ins Feuer gelegt, wenn die Mädchen beim Spielen zu laut waren und die Nerven ihres Vaters den Lärm nicht vertrugen. Eines jedoch wusste sie: Sollte Leopold es wagen, jemals die Hand gegen ihre Töchter zu erheben, würde sie ein Messer aus der Küche holen und ihn im Schlaf erstechen, ganz gleich, was sie dann zu erwarten hätte. Ihren Töchtern würde er nichts antun – niemals!

»Da seid ihr ja!« Grete Vogel, Irmas Mutter, kam mit ausgebreiteten Armen auf die drei zu, kaum dass Irma den Mädchen aus dem Auto geholfen hatte. Die umarmten die Großmutter überglücklich.

»Ach, meine Lieblinge!«, rief Grete. Sie herzte und küsste Charlotte und Sophia und trat dann auf ihre Tochter zu.

»Guten Tag, mein Schatz«, sagte sie, und schon bei diesen wenigen Worten der Mutter fiel alle Anspannung von Irma ab. Erleichtert beugte sie sich vor und gab ihr einen Kuss auf die

Wange. Sie hatten sich seit über einem Monat nicht gesehen, weil Albert Vogel, der als Opernsänger auf den großen Bühnen der Welt gefeiert wurde, mehrere Auftritte gehabt hatte, zu denen seine Frau Grete ihn wie immer begleitete. Tatsächlich verbrachten ihre Eltern fast jede freie Minute miteinander, und Irma beneidete die beiden um die besondere Verbindung, die sie teilten. Das war einer der Gründe, weshalb es bei ihrem letzten Treffen zu einer Meinungsverschiedenheit gekommen war. Etwas, das bei Irma und ihren Eltern sonst nie vorkam. Grete hatte Irma ganz direkt darauf angesprochen, dass sie das Gefühl hätte, in der Ehe der Tochter liefe es nicht gut. Zwar wusste Irma, dass ihre Mutter eine Frau des offenen Wortes war, doch die Art und Weise, wie sie sie mit ihrer Ansicht konfrontierte, schockierte Irma. Sofort war sie in die Defensive gegangen und hatte alles abgestritten. Und nicht nur das: Irma hatte der Mutter vorgeworfen, dass sie von oben herab über Irmas Ehe urteilte und dass sie ihr eigenes heiles Eheleben auf eine Art und Weise präsentierte, die keinesfalls echt sein konnte. Sie sei überzeugt, dass die Mutter und der Vater sicher auch ihre Probleme hätten, die Grete nur nicht zugeben wolle. Dann hatte sie sich überstürzt verabschiedet und war mit den Mädchen aufgebrochen. Danach hatte Grete noch zweimal im Hause der Lehmanns angerufen, um mit ihrer Tochter zu sprechen, doch Irma hatte sich von Sieglinde verleugnen lassen.

Im Nachhinein kam ihr dieses Verhalten albern und kindisch vor. Vor allem konnte sie selbst nicht mal sagen, weshalb sie so heftig reagiert hatte. Immerhin wusste sie doch, dass ihre Mutter mit ihrer Aussage den Nagel auf den Kopf getroffen hatte. Weshalb sie also so vehement dagegen angegangen war, konnte Irma sich im Grunde selbst nicht erklären. Es war wohl das Gefühl, bei ihrer Lebenslüge ertappt worden zu sein.

»Guten Tag, Mutter«, grüßte Irma nun zurück und bemühte sich um ein Lächeln, das jedoch genau die Unsicherheit ausstrahlte, die sie empfand.

»Kommt herein. Es ist ja wirklich ganz schön kalt geworden.«

»Ist Vater da?«

»Aber natürlich. Er würde sich doch euren Besuch nicht entgehen lassen.« Grete lächelte, nahm dann Charlotte auf den Arm und hielt Sophia die Hand hin, die diese sofort ergriff. Irma ging hinter den dreien ins Haus und hatte das Gefühl, nicht dazuzugehören. Sie fand den Gedanken zwar dumm und unreif, konnte sich dessen aber nicht erwehren.

Albert kam ihnen bereits an der Treppe entgegen.

»Charlotte, Sophia, ihr zwei seid ja riesengroß geworden!«, rief er und rollte das R, wie er es oft tat. Überhaupt hörte man seiner Sprache den Beruf des Opernsängers immer an, fand Irma. Das hatte ihr schon als Kind so gut gefallen. Wenn sie mit ihrem Vater sprach, war es für sie stets so gewesen, als erzählte er ihr eine Geschichte. Alles, was er sagte, war ihr so besonders und bedeutungsvoll vorgekommen. Und irgendwie schien auch Irma selbst dadurch an Bedeutung zu gewinnen, ganz so, als sei sie vom Glück begünstigt, dass ein so außergewöhnlicher Mensch wie er ihr seine Zeit und Aufmerksamkeit schenkte. Ja, sie verehrte ihren Vater, hatte es immer schon getan. Und sie spürte, wie sehr es ihr fehlte, in seiner Nähe zu leben, kluge Gedanken auszutauschen und an den schönen Dingen der Welt teilzuhaben, statt in der Tristesse an Leopolds Seite gefangen zu sein.

Der Vater umarmte Irmas Töchter, dann trat sie auf ihn zu, und sie tauschten einen vertrauten Blick.

»Meine wunderbare, schöne Tochter!«, rief Albert und gab ihr einen Kuss auf die Wange.

»Guten Tag, Vater.«

»Bitte, kommt herein. Wir haben schon den Tisch gedeckt«, sagte er und deutete mit einer ausholenden Armbewegung in Richtung Esszimmer.

»Jetzt, um diese Zeit?« Irma schmunzelte. Ja, so und nicht anders war es immer gewesen im Hause Vogel. Man traf sich und aß gemeinsam. Dabei war das Frühstück noch nicht allzu lange her, und schon bald wurden sie und die Mädchen zu Hause bei Else und Wilhelm zum Mittagessen erwartet. Ob Leopold auch da sein würde, stand in den Sternen. Er hatte es sich abgewöhnt, Irma über seine Pläne in Kenntnis zu setzen.

»Für ein paar italienische Kleinigkeiten ist im Magen immer Platz«, stellte der Vater fest.

Im Esszimmer standen zwei große Platten auf dem Tisch, auf denen Oliven, Tomaten, verschiedene Sorten Käse und Salami sowie unterschiedliche Brotsorten appetitlich angerichtet waren. Irmas Eltern liebten die Spezialitäten fremder Länder, und wo auch immer sie der Beruf des Vaters hinführte, man konnte sicher sein, dass sie die Rezepte landestypischer Gerichte mitbrachten, sie nachkochten oder, wie heute, raffinierte kalte Speisen anrichteten. Es war eine vollkommen andere Küche als die, die es bei den Lehmanns gab. Während dort vor allem traditionelle deutsche Gerichte auf den Tisch kamen, konnte es für Irmas Eltern gar nicht fremdartig genug sein. Sie fanden alles, was sie neu kennenlernten, interessant und anregend. Jäh fragte Irma sich zum ersten Mal in ihrem Leben, ob die Art und Weise, wie ihre Eltern lebten, ihnen womöglich negativ ausgelegt werden könnte, weil sie so weltoffen und Fremden stets zugewandt waren. Das war schließlich etwas, das der Führer nicht guthieß.

Eilig schob sie den Gedanken beiseite. Ihr Vater war auch beim Führer ein angesehener Künstler. Er hatte ihn sogar schon in der Oper für sich singen lassen. Bestimmt verstand er, dass ein Mann wie ihr Vater ein Freigeist war, der mit seiner Art nicht dem Führer zuwiderhandelte, sondern einfach so lebte, wie er es immer getan hatte. Dennoch befürchtete Irma, dass sein Lebensstil ihrem Vater womöglich eines Tages zum Nachteil gereichen könnte.

»Das sieht wirklich köstlich aus«, lobte Irma. »Aber wir haben vor gar nicht langer Zeit gefrühstückt.«

»Versucht einfach nur einen Bissen von allem. Einem solchen Genuss kann niemand widerstehen«, sagte Albert und machte eine ausladende Handbewegung, worauf alle ihre Plätze einnahmen. Charlotte, die im Juli ihren zweiten Geburtstag gefeiert hatte und damit ein Jahr jünger als ihre Schwester Sophia war, ließ sich von ihrem Großvater auf den Schoß nehmen. Sophia kletterte auf den Stuhl neben ihrer Mutter, auf dem ein Kissen für sie bereitlag, damit sie höher saß. Kurz ließ sie ihren Blick über die Platten schweifen.

»Ich möchte das«, erklärte sie dann bestimmt und deutete auf eine grüne Olive.

»Ich glaube nicht, dass dir das schmeckt, mein Schatz«, meinte Grete und schüttelte bedauernd den Kopf. »Für euch haben wir das süße Gebäck dort.«

»Aber ich möchte eine«, beharrte Sophia. Schließlich war sie der festen Überzeugung, diese kleinen grünen Früchte schon einmal gegessen zu haben.

»Nun lass sie doch, wenn sie unbedingt eine Olive möchte«, sagte Albert gutmütig, griff zu und reichte der Enkelin die grüne Frucht.

»Danke«, sagte Sophia artig und ließ die Olive augenblicklich in ihrem Mund verschwinden, worauf auch ihre kleine Schwester Charlotte die Hand ausstreckte, um sich eine Olive zu nehmen. Sie kam gerade so an die Platte heran und fasste mit ihrer kleinen Hand zu.

In diesem Moment biss Sophia herzhaft zu und verzog sogleich angewidert das Gesicht. Irma konnte schnell noch reagieren und ihr eine Serviette unters Kinn halten, sonst hätte die Kleine die Olivenreste vermutlich einfach auf den Tisch gespuckt.

»Aber Sophia«, mahnte Irma, während ihr Vater laut auflachte. Er nahm eins von den süßen Brötchen und gab es

Sophia. »Hier, iss das schnell. Dann ist es gleich besser.« Zu Irma sagte er: »Sie dachte bestimmt, es ist eine Weintraube.«

Sophia zögerte kurz, als fürchtete sie, bei dem Brötchen ebenfalls eine böse Überraschung zu erleben. Dann biss sie jedoch zu und kaute gleich genüsslich.

Ihre kleine Schwester Charlotte, die noch immer die Olive in der Hand hielt, beobachtete es genau, legte dann die Olive auf den Teller des Großvaters und streckte den Arm nach den Brötchen aus. Albert half ihr, eines zu ergreifen.

»Es tut mir leid«, sagte Irma und deutete auf die angekaute Olive in ihrer Serviette.

»Ach, woher denn!« Grete stand auf, nahm ihr das Stofftuch ab, reichte ihr ihr eigenes und ging hinaus. Kurz darauf kam sie mit einer frischen, noch zusammengelegten Serviette zurück und setzte sich wieder an den Tisch.

»So«, meinte Grete, »nun lasst uns tüchtig zulangen.«

Irma sah sich alles an und legte sich eine kleine Auswahl auf den Teller. Einiges kannte sie selbst nicht, wollte aber nichts sagen. Ihre Eltern führten einfach ein vollkommen anderes Leben als sie selbst. Während zum Beispiel Irma sich zwar gut zu kleiden wusste und alles andere als unansehnlich herumlief, war ihre Mutter trotzdem um vieles schicker und eleganter als sie selbst. Grete war mit ihren inzwischen achtundfünfzig Jahren noch immer eine schöne Frau, die eine Figur wie eine Zwanzigjährige hatte. Irma selbst war auch sehr schlank. Sie hatte viel vom guten Aussehen ihrer Mutter geerbt, wofür sie dankbar war. Doch im Gegensatz zu Grete fühlte sie sich einfach nur dünn, während ihre Mutter trotz der zierlichen Figur fraulich wirkte. Hinzu kam eben, dass die Kleider, die Grete trug, sehr modern und aus edleren Stoffen gefertigt waren als die, die Irma anhatte. Auch wenn sie es nie zugegeben hätte: Sie beneidete ihre Mutter, genau genommen ihre beiden Eltern, um ihr Leben. Sie sahen etwas von der Welt, lernten interessante Menschen kennen. Oft musizierten sie zusammen, weil Grete eine begeisterte Pianistin war. Das Talent hatte Irma ebenfalls von der Mutter geerbt, und diese hatte ihr gegenüber stets beteuert, dass sie weit besser spiele als sie selbst. So recht mochte Irma das nicht glauben; vielleicht sagte das die Mutter nur, um ihr eine Freude zu machen, das wusste Irma nicht genau. Doch eines wusste sie sehr wohl: Das Leben, das die Mutter an der Seite des Vaters führte, war genau das, was Irma auch wollte – aber für sie unerreichbar schien. Insbesondere seit sie Sophia und Charlotte hatte. Manches Mal hatte sie sich schon vorgestellt, wie sie später, wenn ihre Mädchen alt genug waren und das Haus verließen, zusammen mit ihren Eltern auf Reisen gehen, die großen Städte wie New York, London, Madrid oder Paris besuchen und ihren Vater bei seinen Auftritten auf dem Klavier begleiten würde. Oder aber sie könnte sich zusammen mit ihrer Mutter ans Klavier setzen, so wie sie es früher immer getan hatten. Mein Gott, was war sie damals glücklich gewesen! Aber natürlich wusste sie, dass sich diese Träume nie mehr verwirklichen lassen würden. Ihre Mutter war achtundfünfzig, ihr Vater einundsechzig Jahre alt. Bis Sophia und Charlotte so weit waren, vergingen noch mindestens fünfzehn Jahre, vielleicht auch mehr. Dann war ihr Vater bereits Mitte siebzig. Bestimmt würde er dann nicht mehr auf Tournee gehen. Wenn er denn überhaupt noch lebte. Ihr letzter Gedanke erschreckte sie so sehr, dass sie sich verschluckte und einen heftigen Hustenanfall bekam.

»Um Himmels willen, Liebes, hast du etwas in den falschen Hals bekommen?«, fragte die Mutter besorgt und schenkte ihr gleich ein Glas Wasser ein.

Irma nahm dankbar das Glas und trank ein paar Schlucke. Es dauerte ein wenig, bis sie sich vollständig erholt hatte.

»Geht es wieder?«, erkundigte sich ihr Vater. Irma nickte nur.

Eine Weile warteten die Eltern noch ab und unterhielten sich mit ihren Enkelinnen, die verwundert den Hustenanfall der Mutter verfolgt hatten, jedoch keinen Grund sahen, nicht noch ein weiteres Brötchen zu vertilgen.

Puccini, der rot-weiß getigerte Kater der Familie, streifte die Tür entlang und dann um Alberts Beine. Sofort wollte Charlotte vom Schoß ihres Großvaters herunter, und auch Sophia stand eilig auf. Die beiden liebten Puccini, der Grete und Albert auf jeder Reise begleitete. Er war mehr wie ein Hund, wie der Vater stets betonte, denn anders als andere Katzen fand er sich nicht nur in der Nähe seines Zuhauses zurecht, sondern konnte sorglos in jeder zeitweiligen Unterkunft der Vogels ins Freie gelassen werden. Puccini wusste offenbar, wie gut er es hatte, denn er kam stets am Abend zurück, ganz gleich, wo sich ihre Eltern gerade befanden.

»Putschi!«, rief Charlotte und hockte sich unter den Tisch. Sophia tat es ihr gleich, und beide wollten mit dem Kater spielen. Dem wurde dies jedoch schnell zu viel, sodass er das Esszimmer schleunigst wieder verließ. Charlotte und Sophia eilten hinterher, und noch bevor Grete ebenfalls folgen konnte, stand Albert auf und legte ihr im Vorbeigehen seine Hand auf die Schulter. »Bleib nur sitzen«, bot er an. »Ich kümmere mich schon.« Damit verließ er hinter seinen Enkelinnen das Esszimmer.

»Und?«, fragte Grete nun mit einem Lächeln. »Geht es wieder? Ist alles wieder gut?«

Irma nickte kurz, doch dann schüttelte sie den Kopf. »Nein«, brachte sie etwas gequält hervor. »Nichts ist gut. Gar nichts.« Sofort stiegen ihr die Tränen in die Augen.

»Aber Schätzchen, was hast du denn?«, fragte Grete erschrocken, beugte sich vor und tätschelte die Hand ihrer Tochter, die sie daraufhin ansah.

»Es tut mir so leid, Mutter. Ich meine, unser Streit.«

»Ach was, das ist doch längst vergessen«, winkte Grete ab und lächelte.

»Nein«, widersprach Irma. »Denn du hattest vollkommen recht. Ich bin so unglücklich in dieser Ehe, Mutter. So furchtbar unglücklich und allein. Wenn ich die Mädchen nicht hätte, dann …« Sie brach ab und weinte bitterlich.

»Dann würdest du ihn verlassen, nicht wahr?«, brachte Grete den Gedanken der Tochter zu Ende.

Diese nickte und unterdrückte ein Schluchzen.

»Ach, meine Kleine.« Grete stand auf und schob ihren Stuhl neben Irmas. Dann setzte sie sich wieder und legte den Arm um ihre Schultern.

»Magst du mir sagen, was so schrecklich ist?« Grete suchte ihren Blick.

Irma überlegte kurz. »Die Kälte«, antwortete sie dann. »Leopold ist so kalt zu mir, dass es mich schaudert. Er liebt mich nicht, hat mich nie geliebt. Er wollte mich nur Gustav ausspannen, das ist alles.«

»Jeder, der dich kennt, liebt dich, Schätzchen. Bestimmt irrst du dich.«

Irma schüttelte den Kopf. »Ich weiß, du willst mich trösten. Doch es ist wahr, Mutter. Und manchmal meine ich in der Kälte dort zu erfrieren.«

»Du siehst auch wirklich nicht gut aus, mein Schatz. Doch ich wollte vorhin nichts sagen, damit wir nicht wieder aneinandergeraten.«

»Ich weiß«, antwortete Irma. »Ich habe deinen Blick bemerkt.«

»Und was willst du nun tun?«, fragte Grete.

Irma zuckte die Schultern. »Ich kann ja gar nichts tun. Ich bin mit ihm verheiratet und habe die Mädchen. Ich bin dort gefangen, Mutter.«

»So ein Unsinn«, widersprach Grete. »Wir leben doch nicht mehr im Mittelalter. Natürlich kannst du etwas dagegen tun.«

»Und was?«

»Du kannst ihn verlassen«, schlug Grete das Naheliegende vor. »Und wenn du dir sicher bist, lässt du dich scheiden.«

»Mich scheiden lassen?« Irma machte große Augen. Eigentlich hätte sie eine solche Einstellung eher bei einer Frau ihrer eigenen Generation erwartet, gewiss jedoch nicht bei ihrer Mutter.

»Genau dafür wurden die Gesetze doch gemacht«, sagte Grete.

»Um eine Scheidung vollziehen zu lassen, braucht es schon einen guten Grund«, hielt Irma dagegen.

»Dann schaffen wir eben einen Grund. Du könntest deinen Mann verlassen, die Mädchen natürlich mitnehmen und mit uns auf Reisen gehen. Und angeblich lernst du dann einen feurigen Italiener, einen Spanier oder auch einen Griechen kennen, mit dem du künftig leben willst. Sobald ein Rechtsanwalt dies dem Gericht vorträgt, bist du schuld am Scheitern der Ehe und sie wird geschieden. So einfach ist das.«

»Ich soll die Schuld auf mich nehmen? Aber ich habe nichts getan. Wenn jemand schuld ist, dann ist das Leopold!« Irma musste sich zusammenreißen, um nicht damit herauszuplatzen, was ihr Ehemann sich schon alles geleistet hatte. Er hatte sie nicht nur betrogen, sondern sie auch geschlagen und ihr Gewalt angetan, und das mehr als einmal. In den letzten Monaten war zwar nichts mehr in dieser Richtung vorgefallen, doch Irma hätte keinesfalls ihre Hand dafür ins Feuer gelegt, dass es auch so blieb.

Zu Irmas Überraschung lachte Grete kurz auf.

»Weshalb empörst du dich denn so darüber, mein Schatz? Die Schuldfrage ist doch vollkommen gleichgültig. Hauptsache, du kommst raus aus dieser Ehe. Ganz abgesehen davon, ist in den Augen der Leute in einem Ort wie Bernried ohnehin immer die Frau schuld, wenn eine Ehe scheitert.« Sie lachte auf, obwohl Irma so gar nicht nach Lachen war. Überhaupt tat ihre Mutter die Probleme viel zu einfach ab. Einen Griechen oder Spanier als Geliebten? Sie hob die Augenbrauen. Was für ein Unsinn. Und schließlich bezog sich das Schuldprinzip ja nicht nur auf das Scheitern der Ehe. Es stand doch vollkommen außer Zweifel, dass mit einem Schuldeingeständnis auch gleich ihre Unfähigkeit als bewiesen gelten würde, in angemessener Form für ihre Töchter zu sorgen. Mit ziemlicher Sicherheit würde man ihr das Sorgerecht entziehen, und die Mädchen müssten dann bei Leopold aufwachsen. Ihr wurde ganz schlecht bei dem Gedanken. Und ihre Mutter tat so, als wäre das alles ein Leichtes. Irma seufzte leise. Aber was sollte sie machen – so war ihre Mutter schon immer gewesen. Sie war schön, mondän und weltgewandt. Und sie liebte ihre Tochter und wollte sie glücklich sehen. Dass es Schwierigkeiten gab, die nicht einfach zu lösen waren, wollte sie nicht akzeptieren. Irgendwie bewunderte Irma die Leichtigkeit, mit der ihre Mutter aus dem Weg zu schaffen versuchte, was unangenehm und belastend war. »Was meinst du damit, dass in einem Ort wie Bernried ohnehin immer die Frau schuld ist, wenn eine Ehe scheitert?«, hakte Irma nun noch mal nach.

»Na, ganz einfach. Es ist dieses altmodische Spießbürgertum, das ich, da bin ich ganz ehrlich, wirklich nicht ertragen könnte. München und Bernried sind nun wirklich nicht weit voneinander entfernt. Doch was das Denken angeht, liegen ganze Welten dazwischen. Hier in München haben die meisten Menschen durchaus begriffen, dass Frauen nicht nur dafür da sind, ihren Männern das Essen zu kochen und den Haushalt zu führen. Wobei Hitler mit dem Bild, das er von einer *guten deutschen Familie* beschwört, tatsächlich einen Rückschritt bedeutet.«

»Mutter!«, gab Irma geradezu entsetzt von sich.

»Was denn?«, hielt die dagegen. »Ob man es nun hören will oder nicht, wir Frauen waren in unserer gesellschaftlichen Stellung schon mal weiter als jetzt. Oder was denkst du, wer die Familien versorgt und durchgebracht hat, als die meisten Männer sich vor gut zwanzig Jahren im Krieg befanden? Es waren die Frauen, Irma, die alles am Laufen gehalten haben. Bei uns war das anders, weil Vater ja nie eingezogen worden ist. Doch letztendlich war auch ich hier auf mich gestellt und habe mich um dich und alles andere gekümmert, während er in den Opernhäusern auf der ganzen Welt gesungen hat.« In ihren Worten lag nichts Bitteres, nicht einmal im Ansatz ein Vorwurf. Sie stellte einfach nur die Tatsachen fest. Irma hatte dabei nicht den Eindruck, dass sie mit ihrer Rolle als Frau während des Krieges unzufrieden gewesen war.

»Damals war es selbstverständlich, dass die Frauen sich um alles kümmerten. Da brauchte niemand den vermeintlich starken Mann im Haus. Ganz im Gegenteil: Die Unterstützung, die die Frauen sich gegenseitig geleistet haben, war oft weit hilfreicher als das, was sie von ihren eigenen Männern hätten erwarten können.« Grete lächelte. »Frag deine Schwiegermutter danach. Sie hat mir nämlich einmal erzählt, wie sie und Käthe Lehmann die Kinder damals durchgebracht haben und ganz nebenher noch damit zu kämpfen hatten, dass der Betrieb in den Fabriken weiterlief. Ich ziehe den Hut vor diesen Frauen«, erklärte Grete. »Doch gerade scheint sich vieles zu wandeln. Das Bild einer perfekten Familie besteht nun wohl aus einem treu sorgenden Vater, einer hingebungsvollen Mutter, die den ganzen Tag nichts anderes tut, als die Familie zu versorgen, und einer Schar von wohlgeratenen Kindern, am besten blond und mit blauen Augen.« Grete lachte auf. »Ich halte das ja alles für Mumpitz, aber wenn es den Menschen gut geht damit, sollen sie gern so leben.« Sie schaute ihrer Tochter in die Augen. »Doch wenn man einmal diesem Bild nicht entsprechen möchte oder, so wie du, einen Mann an der Seite hat, der einen nicht glücklich macht, dann ist es meine tiefste Überzeugung, dass man gehen sollte. Denn der Herrgott hat uns das Leben geschenkt, damit wir glücklich werden. Jeder Einzelne von uns. Und wenn wir es nicht sind, müssen wir etwas ändern.«

»Bei dir klingt das alles so einfach.«

»Weil es das auch ist. Ich sehe ja ein, dass nicht jeder die freie Wahl hat. Doch du, Liebes, hast sie. Wenn du nicht glücklich bist, dann ändere deine Situation. Dein Vater und ich helfen dir, und es wird einen Weg geben.«

»Ich weiß nicht, ob ich das kann.«

»Und da liegt dein Fehler«, stellte Grete fest. »Du zweifelst. Du zweifelst an dir und daran, ob deine Entscheidung richtig wäre. Und solange du das tust, wirst du dir immer weiter selbst im Weg stehen.« Sie strich sanft über die Hand ihrer Tochter. »Versteh mich nicht falsch. Auch das ist in Ordnung. Was jedoch nicht in Ordnung ist, ist so zu tun, als hättest du keine andere Wahl. Denn das stimmt nicht.«

Irma kam sich vor, als hätte man sie bei einer Lüge ertappt. Ihre Mutter hatte stets so klare Ansichten und ließ Ausreden nie zu, sodass Irma sich bei einem Gespräch immer ein bisschen unterlegen fühlte. Andererseits, so erkannte sie in diesem Moment, hatte ihre Mutter einfach vollkommen recht: Sie hatte alle Möglichkeiten – zu bleiben oder zu gehen.

»Du hast recht«, gestand sie nun ein und hob den Kopf. »Und wenn ich mich entschließen würde, zu gehen, dann könnte ich auf euch zählen?«

»Aber selbstverständlich, mein Schatz. Das weißt du doch. Hier im Haus ist genug Platz für dich und die Mädchen. Und wenn ihr lieber ohne uns leben wollt, um euch etwas Eigenes aufzubauen, werden Vater und ich dir das Geld dafür geben.« Sie lachte kurz auf. »Dein Vater erhält inzwischen so absurd hohe Gagen für seine Auftritte, dass es uns leichtfällt, dir ausreichend Geld zur Verfügung zu stellen.« Sie zuckte die Achseln. »Wenn wir mal nicht mehr sind, gehört ja ohnehin alles dir.« Grete machte eine Handbewegung, als wollte sie ein Insekt verscheuchen. »Aber ich hoffe doch, dass bis dahin noch ein wenig Zeit vergeht.«

»Natürlich wird es das«, stimmte Irma eilig zu, die nicht einmal daran denken mochte, dass ihre Eltern eines Tages nicht mehr da sein würden.

Grete griff die Hand der Tochter und drückte sie. »Überleg dir, was du willst, Liebes. Was du *wirklich* willst. Und dann rufst du an oder kommst vorbei, und wir besprechen alles.« Sie beugte sich vor und gab Irma einen Kuss auf die Stirn, wie sie es früher immer getan hatte, wenn Irma krank gewesen war und sie die Tochter im Bett zugedeckt hatte, damit sie liebevoll umsorgt wieder gesund werden konnte. »Ich weiß, dass es eine schwere Entscheidung ist. Doch du musst sie treffen. Du allein. Und zwar in die eine oder auch die andere Richtung.«

Irma nickte und umarmte die Mutter. In diesem Augenblick kam Albert mit den Mädchen zurück.

»Puccini ist einfach in den Garten gelaufen und dann über den Zaun gesprungen«, beschwerte sich Sophia.

»Die Zärtlichkeiten sind ihm wohl ein bisschen zu viel geworden«, fügte Albert mit einem gutmütigen Zwinkern hinzu. Er sah seine Frau und dann die Tochter an. »Alles in Ordnung bei euch?«

»Ja, Vater. Alles in Ordnung«, bekräftigte Irma sofort. »Sogar mehr als das.«

6. Kapitel

Ich schäme mich so sehr, dass ich jeden Blick in den Spiegel meide.
Martin Reinders

»Raus aus dem Bett! Na, wird's bald?« Theo Klauber, der Wachmann, der im Haus von Schwester Pia darauf zu achten hatte, dass kein Gefangener aus der Reihe tanzte, versetzte Martin einen kurzen Stockhieb auf die Beine, sodass dieser hochschoss.

Martin hatte bis in die frühen Morgenstunden wach gelegen und an Wilhelmine gedacht. Als er dann endlich eingeschlafen war, musste es bereits kurz vor Tagesbeginn gewesen sein.

Er rieb sich mit der rechten Hand die Augen und unterdrückte ein Gähnen. Jeder Knochen im Leib schmerzte, und sein Rücken war ein einziges hartes Brett.

»Brauchst du 'ne Extraeinladung?«, schnauzte Klauber ihn an, worauf Martin sich schnell vom Bett erhob.

»Im KZ würde man mit euch Kommunistenschweinen nicht so nett umgehen. Wenn du nicht spurst, werde ich dafür sorgen, dass du nach Dachau zurückkommst.«

Martin erwiderte nichts, nickte nur schwach. Die Frage, ob es wirklich das schrecklichere Los wäre, in das KZ zurückgeschickt zu werden, ging ihm durch den Kopf. Er wusste ja, dass er eigentlich dankbar sein musste für die Möglichkeit, hier im Privathaus von Schwester Pia zu leben und zu arbeiten, weg vom KZ, mit wesentlich besserem Essen und richtigen Betten zum Schlafen. Doch das, was neben handwerklichen Arbeiten von ihm erwartet wurde, widerte ihn dermaßen an und fraß so sehr an seiner Seele, dass er nicht wusste, ob es ihm nicht lieber wäre, wieder im KZ gequält zu werden.

Dabei hatte er noch vor ein paar Monaten, als er zusammen mit Peter, einem Elektriker, der sich aber ganz gut mit Malerarbeiten auskannte, hierhergebracht worden war, geglaubt, gewaltiges Glück zu haben. Denn während Tausende andere auf dem riesigen KZ-Gelände gepeinigt, geschlagen und zu so harter Arbeit gezwungen wurden, dass viele es nicht überlebten, war Martin nach nur kurzer Zeit dort wieder weggekommen, weil Schwester Pia ihn ausgewählt hatte. Neben Peter und ihm waren noch zwei weitere Männer hier, Matthias und Heinz. Eduard, von dem Martin nicht einmal wusste, als was er hier gearbeitet hatte, hatte Martin nur kurz kennengelernt, bevor er schon wieder abgeholt wurde. Martin konnte nur vermuten, dass Eduard wieder im KZ war. Ob dies jedoch der Wahrheit entsprach, wusste er nicht. Weshalb Eduard nicht weiter im Haus lebte, hatte er nicht in Erfahrung bringen können. Es hieß auch, dass in der Nähe des Wohnhauses hier in Deisenhofen in der Nähe von München ein Außenkommando des KZ Dachau errichtet werden sollte oder sogar schon errichtet worden war. Doch Martin wusste nicht, ob das stimmte und ob Eduard nun dort seine Arbeit zu tun hatte. Vielleicht war Eleonore Baur, die Hausherrin, die eine persönliche Freundin des Führers war und von allen nur Schwester Pia genannt wurde, Eduards auch einfach überdrüssig geworden, sodass er für sie nicht mehr von Bedeutung war. Eduard hatte es jetzt vielleicht sogar besser als er, ganz gleich, wo er gelandet war. Denn Martin spürte, dass es ihm jeden Tag ein bisschen schwerer fiel, sich zum Aufstehen zu zwingen. Dabei hatte er ein schlechtes Gewissen gegenüber den Menschen, die er im KZ erlebt hatte und die zum Teil so ausgemergelt waren, dass man befürchten musste, sie würden jeden Moment tot zusammenbrechen.

Ob er es hier wirklich besser getroffen hatte? In den ersten Tagen durchaus. Schwester Pia hatte ihm persönlich gezeigt, welche Arbeiten sie verrichtet haben wollte und was seine Aufgaben waren. Da hatte er noch gedacht, Glück im Unglück zu haben und eine Sonderbehandlung zu erfahren, weil er eben *nur* ein Kommunist und kein Jude war. Schwester Pia hatte sich während der Besichtigung des Hauses und der Anbauten mit ihm unterhalten und vom Führer geschwärmt. Sie sagte, dass sie nicht verstünde, wie man sich gegen einen so bewundernswerten Mann stellen könne. Martin hatte lieber den Mund gehalten. Schließlich hatte er zu dieser Zeit bereits von den anderen erfahren, dass Schwester Pia nicht nur eine glühende Verehrerin des Führers war, sondern ihn bereits seit Anfang der Zwanzigerjahre kannte und eng mit ihm befreundet war. Sie war 1923 aktiv am Putsch Hitlers beteiligt und mit ihm gemeinsam marschiert. Und angeblich, zumindest hatte Schwester Pia dies einem der Männer erzählt, hatte sie nicht nur für die Verwundeten gesorgt, sondern sich sogar als lebender Schutzschild vor den Führer geworfen und die Kugeln abgefangen, um ihm das Leben zu retten. Martin gegenüber hatte sie davon noch nichts erwähnt, doch er konnte das Funkeln in ihren Augen erkennen, wenn sie vom Führer sprach, und zweifelte keinen Augenblick daran, dass sie bereit wäre, ihr Leben für diesen Mann zu geben. Also hatte Martin sich zurückgehalten und kein einziges Wort gesagt, das irgendwie als Kritik an Hitler ausgelegt werden konnte. Vielmehr hatte er so getan, als würde er vieles an seiner kommunistischen Überzeugung hinterfragen und neu einordnen müssen, nun da er einen so viel persönlicheren Eindruck vom Führer und dessen Denken vermittelt bekommen hatte. Seine Reaktion hatte Schwester Pia offenbar gefallen, denn von da an war Martin sogar des Öfteren an ihren Tisch gerufen worden, wenn sie das Essen einnahmen.

Doch dann eines Abends, Martin wusste nicht mehr zu sagen, wann genau es gewesen war, war Wächter Klauber in die Kammer gekommen, in der die Arbeiter schliefen, und hatte Martin befohlen, ihm zu folgen. Mit einem unguten Gefühl war Martin mitgegangen und dann von Klauber zum Duschraum gebracht worden. Klauber befahl ihm, sich gründlich zu waschen. Martin hätte es gern für einen Scherz gehalten, schließlich wurde in Kürze das Licht abgedreht, und danach durfte niemand, auch nicht um auszutreten, den Schlafraum noch mal verlassen. Doch Klauber gehörte gewiss nicht zu den Männern, die scherzten. Also tat Martin, wie ihm geheißen. Als er aus der Dusche kam, lagen schon frische Sachen für ihn bereit, die er anzuziehen hatte. Kurz hatte er sich darüber gefreut, ja sogar geglaubt, dass es vielleicht eine Art Belohnung für die gute Arbeit sein sollte, die er geleistet hatte. Dann jedoch hatte Klauber ihn zu den Privaträumen Schwester Pias gebracht, wo sie Martin bereits erwartete. Sie hatte Essen für zwei auftragen lassen, und selbst da dachte Martin noch, dass er für seine Arbeit belobigt würde. Es gab Wein, eine gute Mahlzeit, und Schwester Pia war so nett zu ihm wie nie zuvor. Dann jedoch, nachdem sie aufgegessen und mehr als eine Flasche Wein geleert hatten, forderte sie ihn auf, mit ihr ins angrenzende Zimmer zu gehen, das sich als ihr Schlafzimmer entpuppte. Theo Klauber, an dem sie auf dem Flur vorbeigingen, warf ihm einen verächtlichen, womöglich sogar schadenfrohen Blick zu. Da ahnte Martin zum ersten Mal, was Schwester Pia eigentlich von ihm wollte: etwas, das er zuvor einfach nicht für möglich gehalten hätte. Immerhin war sie mit ihren dreiundfünfzig Jahren älter als seine Mutter. Auch wegen ihrer untersetzten Figur und dem gedrungenen Körperbau war sie ihm nie als eine Frau erschienen, auf die er sich einlassen würde. So hatte er nur stocksteif dagestanden, als sie, mit zwei Gläsern Wein in den Händen, die Tür hinter ihm mit dem Fuß zugeworfen hatte. Dann war sie zu ihm gekommen, hatte ihm ein Glas in die Hand gedrückt, mit ihm angestoßen und den Wein gierig hinuntergeschüttet. Er hatte sein Glas noch nicht einmal geleert, als sie ihm auch schon befahl, sich auszuziehen, während sie zur Chaiselongue hinüberging und ihm von dort dabei zusah. Mit jedem Kleidungsstück, das er fallen ließ, veränderte sich ihr Blick. Aus anfänglichem Wohlgefallen wurde Gier, gepaart mit der Vorfreude, ihn gleich nach ihrer Pfeife tanzen zu lassen. Dann hatte er splitternackt dagestanden und sich nicht gerührt, immer noch in der leisen Hoffnung, dass ihr der Anblick seines nackten Körpers genügen würde. Doch das tat er nicht. Sie hatte mit der Hand neben sich auf die Chaiselongue geklopft und weiter nichts gesagt, lediglich jeden seiner Schritte mit einem zufriedenen Lächeln verfolgt. Dann, als er neben ihr saß, hatte sie seine Hand genommen und auf ihre Brust gelegt, während ihr Blick auf seiner Männlichkeit ruhte. Sie wollte sehen, wie er hart wurde, hatte sie gesagt. Doch genau das geschah nicht. Martin war von dem, was gerade passierte, so angewidert gewesen, dass sich nicht das Geringste tat. Also hatte Schwester Pia zugepackt, nicht wirklich grob, doch so, dass es alles andere als angenehm war. Martin war fast dankbar, dass sie nicht ihr Kleid ausgezogen hatte, denn schon mit Kleidung fand er ihren Körper abstoßend. Dann hatte sie ihn nach hinten gedrückt, sodass er auf dem Rücken lag, während sie sich an ihm zu schaffen machte, hatte ihre Unterwäsche ausgezogen und sich in dem Moment, als sie glaubte, dass er halbwegs steif war, auf ihn gesetzt und sich genommen, was sie wollte. Wie wild hatte sie sich auf ihm bewegt, und Martin hatte die Augen zusammengepresst und sich Bilder von Wilhelmine vorgestellt, weil er Angst hatte, beim Anblick der Wahnsinnigen, die ihm gerade Gewalt antat, augenblicklich seine Erektion zu verlieren. Schließlich war es ihm irgendwie sogar gelungen, zum Höhepunkt zu kommen, worauf Schwester Pia mit einem zufriedenen Gesichtsausdruck endlich von ihm abstieg. Er musste sich sofort wieder anziehen und wurde anschließend von Theo Klauber in seine Schlafkammer zu den anderen zurückgebracht. Martin durfte auch nicht mehr austreten gehen, obwohl er sich nichts sehnlicher wünschte, als alles abzuwischen oder besser noch abzuwaschen, was er mit dem soeben Erlebten verband. Doch Theo Klauber sagte nur, er hätte für den Moment genug Privilegien gehabt, stieß ihn unsanft in die Schlafkammer und schob gleich darauf den Riegel außen vor. Keiner von den anderen sagte etwas, als Martin zurückkam. Es war dunkel, doch ob sie wirklich schliefen, wusste Martin nicht. Er fand es fast gnädig, jetzt niemanden ansehen oder mit jemandem sprechen zu müssen, fragte sich jedoch, ob die anderen wussten, was soeben geschehen war. Und wenn ja, wussten sie es, weil sie schon das Gleiche erlebt hatten? Damals war er sich nicht sicher gewesen, inzwischen wusste er es besser. Schwester Pia war in jeder Hinsicht ein widerwärtiges, unersättliches Weib. Und es blieb nur zu hoffen, dass sie nicht allzu großen Gefallen an einem fand, weil man dann derjenige war, der Abend für Abend herzuhalten hatte.

Das, was sie verlangte, war im Laufe der Monate immer schlimmer geworden. Mit Schwester Pia musste Martin Dinge tun, die er sich allerhöchstens mit Wilhelmine hätte vorstellen können, und auch das nur nach vielen Jahren Ehe und größter Vertrautheit, sodass es sich richtig anfühlte. Mit Schwester Pia jedoch fühlte sich gar nichts richtig an. Ganz im Gegenteil: Es war nicht nur falsch, sondern vollkommen krank und so ekelerregend, dass Martin sich manches Mal zusammenreißen musste, um sich nicht zu übergeben.

»Nun komm schon«, maulte Theo Klauber ihn jetzt an, als Martin sich seine Sachen übergestreift hatte und ihm langsam folgte. Seine Mitbewohner gingen bereits voraus zu dem Raum, in dem sie ihr Frühstück bekamen. Auch dies wurde von Wachmännern aufgetragen, die nicht gerade begeistert waren, den Gefangenen das Essen bringen zu müssen. Doch keiner von ihnen hätte es gewagt, sich den Anweisungen Schwester Pias zu widersetzen, denn sie wussten alle, dass nur ein kleiner Fingerzeig dieser Frau beim Führer genügte, um jeden von ihnen im Nirgendwo verschwinden zu lassen.

»Ihr habt Glück«, kündigte Theo Klauber an, als sich alle gesetzt hatten. »Heute nur drei Stunden, wenn ihr genug schafft. Dann habt ihr frei.«

Tatsächlich war das etwas, das in all den Monaten, die Martin nun schon hier war, noch nie vorgekommen war, und er tauschte einen kurzen fragenden Blick mit Peter. An ihm, das wusste Martin, hatte Pia einen ebensolchen Narren gefressen, sodass es in letzter Zeit abends immer abwechselnd einen von ihnen beiden getroffen hatte.

»Die Chefin verbringt den Sonntag mit dem Führer und wird wohl auch nicht am Abend heimkehren«, erklärte Klauber weiter. »Also, macht eure Arbeit vernünftig, dann lassen wir euch den Rest des Tages in Ruhe.«

Wieder tauschten Martin und Peter einen Blick. Diesmal war Erleichterung darin zu erkennen.

Sie aßen schweigend, standen auf, als die Wachen sie dazu aufforderten, und gingen an ihre Arbeit.

Martin war eigentlich gelernter Maurer, aber auch geschickt in Tischlerarbeiten. Daher war er im Moment damit beschäftigt, ein großes Bücherregal für das Zimmer zu schreinern, das gerade erst fertig geworden war. Hier waren die Decken über drei Meter fünfzig hoch, und da alles maßgefertigt war und die Säge draußen stand, musste Martin dort jedes Teil erst zuschneiden, dann damit wieder ins Haus gehen, es anpassen und einbauen. Dies nahm einige Zeit in Anspruch, und Martin fürchtete schon, dass es ihm von den Wachen als Trödelei ausgelegt werden könnte, wenn er so viel hin und her lief. Doch tatsächlich kam nach einigen Stunden einer der Wachmänner, die erst seit letzter Woche hier im Einsatz waren, in das Zimmer, besah den Teil des Regals, der bereits fertiggestellt war, und sagte zu Martin: »Wirklich eine solide Arbeit. Wenn du hier im Haus alles erledigt hast, hätte ich nichts dagegen, dass du bei mir daheim weitermachst. Doch ich glaub nicht, dass ich Schwester Pia dazu kriege, dich für eine Weile auszuleihen. Schließlich weiß doch jeder hier, dass du einer ihrer Lieblinge bist.« Er grinste anzüglich.

Bis zu dem letzten Satz hatte sich Martin tatsächlich über das Lob für seine Arbeit gefreut. Nun jedoch fühlte er sich wieder nur beschmutzt und wertlos.

»Also«, fuhr der Wachmann fort, »Schluss für heute! Du und die anderen könnt für den Rest des Tages machen, wonach euch ist. Solange ihr nicht abhauen wollt, versteht sich.« Damit verließ er das Zimmer.

Martin packte seine Sachen zusammen und ging dann zum Schlafraum, weil er nicht wusste, wo er sonst hätte hingehen können. Tatsächlich traf er Peter dort an, der gerade Kleidung zusammenlegte.

»Klauber sagt, wir können auch rausgehen, wenn wir wollen.«

»Bei der Kälte?«

»Immer noch besser, als die ganze Zeit hier drin zu hocken«, hielt Peter dagegen. »Die anderen sind schon draußen. Komm schon. Es muss ja nicht für lange sein.«

Martin nickte nur, dann verließen die beiden zusammen die Schlafkammer und liefen über den langen Flur durch die Hintertür ins Freie. Tatsächlich standen dort die anderen und unterhielten sich. Siegmund, der auch Maurer war, hielt sogar eine Zigarette in der Hand und zog genüsslich daran.

»Hast du noch eine?«, fragte Peter, als Martin und er auf die anderen zukamen.

Siegmund schüttelte den Kopf. »Hat mir einer der Wachleute gegeben. Aber ich glaube, du kannst ihn ruhig fragen. Wie es scheint, gibt es eine Anordnung von Schwester Pia, an uns Zigaretten zu verteilen.«

»Welcher?«, fragte Peter nur und deutete mit einer Kopfbewegung zu den Wachen.

»Der da links.« Siegmund zeigte auf ihn. Der Wachmann schien es zu bemerken und setzte sich nun von sich aus in Bewegung. Martin sah es mit Sorge. Womöglich war es falsch, dass Siegmund auf ihn gezeigt hatte, und Peter würde nun dafür bezahlen müssen.

»He, du«, sagte der Wachmann. »Habt ihr über mich gesprochen?«

»Ja«, antwortete Peter, wobei seiner Stimme anzuhören war, dass ihm nicht ganz wohl war. »Siegmund hier sagt, du hast ihm die Zigarette gegeben.«

»Das stimmt. Und nun willst du auch eine?«

»Wenn es geht.«

»Geht«, kam die knappe Antwort. Er ließ das Gewehr sinken, fingerte ein Päckchen Zigaretten hervor und hielt es Peter hin.

»Danke«, sagte der und zog eine heraus.

»Behalt das Päckchen. Wir haben von Schwester Pia einen ganzen Schwung bekommen. Sie hat angeordnet, euch auch welche zu geben. Ihr könnt also noch mehr haben, wenn ihr wollt.«

»Das wissen wir wirklich zu schätzen. Vielen Dank«, brachte Peter etwas überrascht heraus.

»Ihr seid ja keine Juden, nur Politische«, befand der Wachmann. »Und bestimmt werdet ihr irgendwann auch noch schlau.« Damit machte er kehrt und ging auf seinen Posten zurück.

Peter hielt Martin das Päckchen hin. »Du auch?«

Martin griff sofort zu. »Ja, danke.«

Sie zündeten ihre Zigaretten an der von Siegmund an, und Martin zog genüsslich das erste Mal seit Monaten den Rauch in seine Lungen. Es schenkte ihm ein Gefühl von Freiheit, auch wenn er hier stand und auf die Wachen sah, die eine Flucht unmöglich machten. Einen kurzen Moment dachte er, dass er es wirklich schlimmer hätte treffen können, immerhin war hier weder sein Leben in Gefahr, noch war er Folterungen oder Schlägen ausgesetzt. Und nicht einmal hungern mussten sie. Nur eben die Tatsache, dass er jederzeit Schwester Pia zu Willen zu sein hatte, traf ihn mehr, als er in Worte hätte fassen können. Die Erniedrigung, die damit verbunden war, ließ ihm alles hier unerträglich werden.

Eine Weile standen Peter und er schweigend nebeneinander und rauchten. Dann sagte Peter: »Ich bin gespannt, ob die Gerüchte stimmen.«

»Welche Gerüchte?«

»Dass wir in Kürze Briefe schreiben dürfen, die auch wirklich abgesandt werden, und dass wir auch welche bekommen können.«

»Das glaube ich nicht«, erwiderte Martin sogleich.

»Abwarten«, meinte Peter. »Wenn es so sein sollte, werde ich meiner Mutter schreiben. Sie soll wissen, dass es mir gut geht und an nichts fehlt.«

»Du bezeichnest das hier als *gut gehen*?«, gab Martin zurück.

»Im Vergleich zum KZ?«, entgegnete Peter. »Allerdings geht es mir hier gut.« Er sah Martin in die Augen und trat näher an ihn heran. »Ich weiß, was du meinst. Mir macht das auch zu schaffen. Doch weißt du was, ich denke dabei einfach an Marlene Dietrich«, verriet er.

»Wirklich?«

Peter seufzte schwärmerisch und setzte ein breites Grinsen auf. »Ich habe sie in *Der blaue Engel* gesehen. Diese Beine und der Blick …« Er sah nach unten auf seinen Hosenlatz. »Wenn ich nur daran denke, regt sich sofort was.« Er zog abermals an seiner Zigarette. »Solltest du auch tun«, riet er. »Bestimmt hast du doch auch eine vor Augen, bei der du dich kaum zurückhalten könntest.«

Martin überlegte, ob er Peter nicht darauf ansprechen sollte, wie widerlich er das fand, was Schwester Pia alles von ihm verlangte. Doch er entschied sich dagegen. Stattdessen sagte er nur ausweichend: »Werde ich beim nächsten Mal dran denken«, und rauchte dann schweigend die Zigarette zu Ende.

»Ihr da!« Theo Klauber machte eine Handbewegung zu den Häftlingen, dass sie zu ihm herüberkommen sollten. Sofort folgten alle seiner Weisung.

»Ich habe etwas zu verkünden«, erklärte Klauber. »Ihr erhaltet gleich Papier und Stifte. Wer will, kann Briefe an die verkorksten Seelen schreiben, die euch aus welchem Grund auch immer verbunden sind.«

»Und kommen die Briefe auch an?«, hakte Siegmund nach.

»Wenn ihr nicht irgendwelchen Unsinn über den Führer schreibt oder etwas anderes Schädliches, dann ja.«

»Danke«, sagte Siegmund knapp.

»Also, Männer, die Sachen liegen für euch auf dem Esstisch bereit.«

Sofort setzten die Häftlinge sich in Bewegung. Es lag so etwas wie freudige Erwartung in der Luft, ein Gefühl des Aufbruchs und der Hoffnung. Nie zuvor hatte Martin hier eine solche Stimmung erlebt.

Sie betraten das Zimmer und setzten sich an den Esstisch, auf dem fein säuberlich mehrere Bögen Schreibpapier und Stifte an jedem Platz lagen. Sofort griffen die Häftlinge nach einem Stift und zogen das Schreibpapier zu sich heran. Alle schienen genau zu wissen, wem sie die ersten Zeilen aus der Gefangenschaft senden wollten. *Fast* alle, denn Martin zögerte, bevor er die Spitze des Stifts auf das Papier setzte. Er sah die anderen an, dann ließ er den Stift sinken und legte ihn auf das leere Blatt.

Peter bemerkte es und sah auf. »Hast du keinen, dem du schreiben willst?

»Nein.« Martin schüttelte den Kopf. »Ich habe niemanden da draußen, keine einzige Seele.«

7. Kapitel

Der Erfolg der letzten Wochen ist weit mehr, als ich je zuvor im Leben erreicht habe.

Ferdinand Lehmann

Es waren seit ihrem Aufbruch nach Bernried nicht einmal zwei Stunden vergangen, als Elisabeth und Ferdinand schon wieder im Hause Lehmann eintrafen. Erika Kuhn, Elisabeths Mutter, hatte sich nur mäßig über den Besuch der Tochter und des Schwiegersohns gefreut. Sie war höflich gewesen und hatte beiden etwas angeboten. Doch ein echtes Gespräch hatte sich nicht entwickelt. Erika hatte von den alltäglichen Dingen in der Bäckerei erzählt, von Kunden, die immer wählerischer wurden, jedoch tatsächlich immer seltener den Preis für gute Backwaren bezahlen konnten, und gejammert, wie sehr sie es inzwischen im Kreuz hatte. Eine Kundin, der sie ihr Leid geklagt hatte, hatte geraten, sie solle zur Erholung doch an die See reisen.

»An die See!«, hatte Erika sich empört und dann darüber geschimpft, wie diese einfältige Person denn auf die Idee kam, dass Erika Zeit und Geld für eine solche Reise hätte. Schließlich hatte sie sich um die Bäckerei zu kümmern, die Leute mussten doch etwas essen. Ferdinand ersparte sich den Hinweis, dass

Erika ja durchaus ihre Angestellte Brunhilde ein wenig mehr arbeiten lassen könnte oder aber die Menschen in Bernried während Erikas Urlaub zu einer anderen Bäckerei gehen könnten. Denn er ahnte, dass es von seiner Schwiegermutter vermutlich als Affront aufgefasst würde, einen solchen Vorschlag aus seinem Mund zu hören. Elisabeth und er hatten einen kurzen Blick getauscht und einfach zugestimmt, dass die meisten Menschen eben keine Ahnung hatten, was es bedeutete, eine Bäckerei zu betreiben, und was dies den Inhabern abforderte.

Dann hatte Elisabeth ein bisschen davon erzählt, was sich auf Gut Falkenbach und im Leben der Lehmanns tat. Sie hatte Ferdinand gebeten, von seinen Erfolgen bei der Waffenproduktion zu berichten und davon, wie wichtig seine Arbeit für das Reich war. Er hatte es seiner Frau zuliebe getan, wenngleich er genau spürte, wie wenig die Schwiegermutter sich für seine Worte interessierte. Sie schien überhaupt mit ihren Gedanken vollkommen anderswo zu sein. Das änderte sich auch nicht, als Elisabeth von dem Baby zu sprechen begann und wie sehr sich alle darauf freuten, es in etwa vier Wochen endlich in der Familie Lehmann willkommen heißen zu können.

»Wenn denn diesmal etwas daraus wird«, hatte Erika darauf nur erwidert, worauf Elisabeth mit den Tränen zu kämpfen hatte. Sie war sofort aufgestanden und hatte erklärt, dass Ferdinand und sie jetzt gehen müssten.

Erika hatte sich ebenfalls erhoben. Doch statt sich zu entschuldigen oder sich wenigstens überrascht über den plötzlichen Aufbruch zu zeigen, hatte sie die beiden nur zur Tür begleitet und ihnen noch einen schönen Sonntag gewünscht. Das war alles. Dann waren Elisabeth und Ferdinand gegangen, und er hatte seine Frau stützen müssen, damit sie die steile Treppe bewältigte, die zu Erikas Wohnung über der Bäckerei führte.

Im Auto dann hatte Elisabeth die Tränen nicht länger zurückhalten können und sich auch noch nicht vollends beruhigt, als Ferdinand den Wagen bereits in die Einfahrt von ihrem Zuhause lenkte.

Ferdinand half Elisabeth aus dem Auto, was auch für ihn, der hochgewachsen und gewiss nicht schwächlich war, eine Herausforderung darstellte. Elisabeth konnte einfach keinen festen Stand finden und plumpste einige Male auf den Sitz zurück, bis Ferdinand die Geduld verlor und sie so schwungvoll in die Höhe zog, dass sie zusammen fast hintüber gefallen wären. Doch Ferdinand fasste beherzt zu, als Elisabeth ins Straucheln kam, und stellte sie sicher auf die Füße.

»Bis zur Geburt setze ich keinen Fuß mehr in dieses Auto«, kündigte Elisabeth verärgert an.

»Tja, das wirst du wohl müssen, wenn wir übermorgen der Einladung folgen wollen. Es sei denn, du möchtest nicht mehr mit.«

»Und mir die Ordensverleihung meines Mannes entgehen lassen?«, entrüstete sich Elisabeth. »Für diesen Anlass steige ich natürlich noch einmal in das Auto. Aber danach bis zur Geburt nicht mehr.«

»In Ordnung.« Ferdinand schmunzelte. Er war tatsächlich ein wenig nervös wegen der Belobigung, die er am kommenden Mittwoch in München erhalten sollte. Zwar war es noch nicht sicher, doch es ging das Gerücht um, dass der Führer selbst ihm den Orden an die Brust heften würde. Allein wenn er daran dachte, bekam Ferdinand feuchte Hände.

Er reichte Elisabeth den Arm, um ihr die Stufen hinaufzuhelfen. Fast bereitete es ihm ein wenig Sorge, mit welch gewaltigem Bauchumfang seine Frau zu kämpfen hatte. Sie hatte bereits die Vermutung geäußert, dass Gustav sich verrechnet haben könnte, was den Geburtstermin anging. Darauf hatte Ferdinand vorgeschlagen, dass Elisabeth eine zweite Meinung bei einem Frauenarzt oder einer Hebamme einholen sollte, doch das hatte seine Frau so heftig abgelehnt, dass er ein wenig über ihre Reaktion erschrak. Der Gedanke, sich in andere medizinische Hände als die von Gustav zu begeben, schien seine Frau so sehr aufzuregen, dass er es kein weiteres Mal erwähnt hatte. Dabei hätte er es eigentlich für besser gehalten. Denn auch er konnte die Furcht vor einer erneuten Totgeburt nicht ganz verdrängen. Und womöglich, so seine Überlegung, hätte ein Facharzt oder eine Hebamme es früher feststellen können, falls etwas mit dem Kind nicht stimmte oder gar ein Kaiserschnitt notwendig sein sollte. Aber das sagte er Elisabeth nicht. Überhaupt vermied er jede noch so belanglose Bemerkung, die Bedenken oder gar Angst bei Elisabeth hätte hervorrufen können. Sie wollte ruhig bleiben, das merkte er genau. Doch in Wahrheit war Elisabeth derzeit so dünnhäutig, dass ihr sofort die Tränen in die Augen schossen, wenn nur irgendjemand etwas sagte, das bei ihr gewisse Befürchtungen auslöste. Ferdinand konnte nur hoffen, dass bei dem Empfang am Mittwoch niemand etwas von sich gab, das Elisabeth aus der Fassung brachte. Denn sosehr er seine Frau liebte, das wäre ihm doch über die Maßen peinlich.

»Da seid ihr ja schon wieder. Stimmt etwas nicht?« Käthe hatte die beiden offenbar kommen sehen, denn sie war aus dem Haus geeilt und sah ihnen nun etwas besorgt entgegen.

»Meine Mutter ist noch immer dieselbe kalte Seele, die sie ihr Leben lang war. Das ist alles«, sagte Elisabeth, gab Käthe einen Kuss auf die Wange und trat ins Haus.

Ferdinand und Käthe tauschten einen Blick, worauf Käthe seufzte. Ferdinand konnte nur ahnen, dass Elisabeth seiner Mutter schon so einiges erzählt hatte, seit sie hier im Haus lebte. Vor allem seit Ferdinand der Wehrmacht beigetreten und deshalb über ein Jahr die meiste Zeit nicht daheim gewesen war, waren Elisabeth und seine Mutter sich nähergekommen und inzwischen so vertraut miteinander, dass Ferdinand sich manchmal wie ein Fremdkörper vorkam.

Ferdinand half seiner Frau im Flur aus dem Mantel und reichte ihn Alma, die ihn in den Garderobenschrank hängte.

»Ist sie schon rausgekommen?«, erkundigte sich Käthe bei Alma, die jedoch nur den Kopf schüttelte.

»Soll ich versuchen, die Tür aufzubekommen?«, fragte Alma.

»Nein«, entschied Käthe. »Lassen wir sie noch ein wenig in Ruhe.«

»Was ist denn los?«, fragte Ferdinand.

»Inge«, sagte Käthe. »Sie hat sich in ihrer Kammer eingeschlossen und weigert sich, herauszukommen.«

»Warum? Was ist denn geschehen?«, wollte Elisabeth wissen. Zwar bekam jeder im Haus mit, dass Inge seit der Zwangssterilisation, die die Nazis an ihr vorgenommen hatten, nicht mehr wie früher war. Sie lachte nie, huschte durch die Gänge und kam Elisabeth manchmal vor wie ein schreckhafter Geist, der kurz auftauchte und dann wieder im Nichts verschwand. Doch wenn sie sich nun in ihre Kammer eingesperrt hatte, musste irgendetwas vorgefallen sein.

»Der Kurt war hier«, erklärte Käthe und deutete dann zum Wohnzimmer hinüber. »Lasst uns dort hineingehen und uns setzen, dann erzähle ich es euch.«

»Kann ich den Herrschaften etwas bringen?«, bot Alma an.

»Für mich nichts, danke, Alma«, sagte Ferdinand, und auch Käthe und Elisabeth lehnten ab. Gemeinsam gingen die drei dann ins Wohnzimmer. Elisabeth setzte sich in einen etwas höheren Sessel, aus dem sie glaubte, leichter wieder aufstehen zu können, während Ferdinand und Käthe auf dem Sofa Platz nahmen.

»Wo ist Vater?«, fragte Ferdinand, der eigentlich damit gerechnet hatte, Heinrich in seinem Lieblingssessel am Fenster vorzufinden, wo er die Sonntage meist mit einer Zeitung in der Hand verbrachte.

»Er ist noch mal zur Baustelle«, antwortete Käthe. »Irgendetwas wollte er wohl noch überprüfen. Er wird zum Mittagessen wieder hier sein.«

Ferdinand nickte, obwohl er sich nicht ganz erklären konnte, was sein Vater jetzt noch dort wollte. Sie waren vorhin gemeinsam bei der Baustelle gewesen und hatten sich vergewissert, dass alles wie am Schnürchen lief. Wenn die Arbeiter so weitermachten, würde der Anbau in wenigen Wochen fertiggestellt sein, und damit wäre die Möglichkeit geschaffen, den Produktionsausstoß an Waffen noch mal um fast ein Drittel zu steigern. Und dies war ausschließlich ihm, Ferdinand, zu verdanken und nicht, wie der gern vorgab, seinem Vater Heinrich. Denn auch wenn Ferdinand den Einstieg in die Waffenproduktion über die Porzellanfabrik gefunden hatte, konnte dort nur ein geringer Teil davon hergestellt werden, was Ferdinand inzwischen auslieferte. Das meiste wurde in der zusätzlichen Halle produziert, die in schier unglaublicher Geschwindigkeit direkt neben der Fabrik errichtet worden war, sowie im Erdgeschoss der alten Liebermann-Villa. In Letzterer vor allem Schusswaffen und Gewehre, während in der Halle auch größere Panzerwaffen und Handgranaten gefertigt wurden. Und davon, so schien es, brauchte das Reich weit mehr, als Ferdinand geschätzt hätte. Die Produktion lief auf Hochtouren, und die Wechsel, die zu bestimmten Zeitpunkten eingelöst werden sollten, lagen sicher verwahrt in Ferdinands verschlossenem Schreibtisch. Sobald sie fällig wurden, war er nicht nur wohlhabend, sondern ein reicher Mann. Und tatsächlich überlegte er, Paul-Friedrich das Angebot zu machen, ihm die alte Liebermann-Villa abzukaufen. Noch wurden dort zwar im Erdgeschoss die Waffen hergestellt, doch Ferdinand dachte weiter. Er wusste, dass ihm das Zusammenleben mit seinem Vater nicht guttat, und konnte es sich durchaus vorstellen, eines Tages mit seiner hoffentlich wachsenden Familie in ein eigenes Haus oder eben, wie für ihn nun naheliegend, in die alte Liebermann-Villa zu ziehen. So befände er sich immer noch in der Nähe seiner Mutter, hätte jedoch den Abstand zum Vater, den er brauchte, um in Ruhe leben zu können. Vor allem auch im Hinblick auf den nun wieder vorhandenen Kontakt zu seinem älteren Bruder Johannes, über den er unglaublich froh war. All die Jahre hatte er Johannes für tot gehalten. Dann hatte der ganz plötzlich vor ihm gestanden an dem Tag, als der Kommunist, mit dem Wilhelmine befreundet gewesen war, verhaftet wurde. Und obwohl er ihn nur in ganz dunkler Erinnerung hatte, weil Ferdinand noch zu klein gewesen war, als sein großer Bruder in den Krieg zog, hatte er ihn sofort erkannt. Johannes und er hatten beide die Augen ihrer Mutter. Für Ferdinand war die Begegnung, als würde er in einen Spiegel auf sein älteres Ich sehen. Und nicht nur das. Er hatte es gespürt, hatte Johannes instinktiv als den wahrgenommen, der er war: sein Bruder, den er all die Jahre vermisst hatte, so wenig Erinnerung er auch an ihn hatte.

Ferdinand hatte sich bisher an das Johannes gegebene Versprechen gehalten und die Mutter nicht darüber informiert, dass ihr Erstgeborener lebte, und das ganz in ihrer Nähe. Doch in nicht allzu ferner Zukunft würde es dazu kommen. Ihm war ein wenig mulmig bei dem Gedanken daran. Käthe würde sicher im ersten Moment einen Schock erleiden, aber letzten Endes würde ihre Freude über das Wiedersehen mit ihrem Ältesten dies aufwiegen. Nur der Vater, darüber waren Ferdinand und Johannes sich einig, durfte niemals erfahren, dass der ältere der beiden Brüder am Leben war. Denn beide wussten, dass man Heinrich nicht trauen konnte, so bitter es auch war, sich dies über den eigenen Vater einzugestehen.

»Ihr wart vorhin gerade gegangen«, begann Käthe zu erzählen und holte Ferdinand aus seinen Gedanken, »da kam der Kurt und bat um ein Gespräch mit mir.«

»Inges Verlobter?«, hakte Ferdinand nach, um sicherzugehen, dass er im Bilde war.

Käthe nickte. »Ja, Inges Verlobter. Oder eben, genau genommen, nicht mehr. Denn die Inge hat die Verlobung gelöst.«

»Wirklich?«, fragte Elisabeth überrascht. »Waren die beiden denn nicht immer ein Herz und eine Seele?«

»Ganz genau. Und in ein paar Wochen sollte die Hochzeit sein«, bestätigte Käthe. »Doch die Inge hat dem Kurt wohl gesagt, dass sie ihn nicht mehr heiraten will und er sich einfach eine andere suchen soll.«

»Und warum?«, fragte Ferdinand. »Ich meine, haben die beiden gestritten?«

»Nein, das ist es ja. Deshalb kam der Kurt ja auch ganz verzweifelt zu mir. Er hat sich wieder und wieder entschuldigt, mich damit zu belästigen. Doch er weiß ja, wie ich bin, und dass ich die Inge so gern habe. Sie ist für mich mehr als einfach nur eines der Dienstmädchen«, erklärte Käthe. »Der Kurt war so verzweifelt und sagte, dass er nicht wusste, an wen er sich sonst noch wenden könnte. Bei Inges Mutter war er schon, und auch mit Alma hatte er bereits gesprochen. Doch er meinte, niemand komme so richtig an die Inge heran. Deshalb war ich wohl seine letzte Hoffnung.«

»Und was hast du geantwortet?«, erkundigte sich Elisabeth.

»Ich habe den Kurt gefragt, was er für den Grund hält, warum die Inge ihn nicht mehr heiraten will. Und er ist sicher, dass es nur darum geht, dass sie ihm keine Kinder mehr schenken kann. Doch das ist dem Kurt einerlei. Also nicht wirklich einerlei«, schwächte Käthe ab. »Schließlich wollten die beiden durchaus Kinder haben. Doch der Kurt liebt die Inge. Und wenn sie nun keine Kinder mehr bekommen kann, dann ist es eben so, sagt der Kurt.«

»Hat er ihr das auch gesagt?«, fragte Ferdinand.

Käthe nickte.

»Wieder und wieder, wie er mir versicherte«, antwortete Käthe. »Doch die Inge hat ihn wohl angeschrien, sie sei jetzt keine richtige Frau mehr, und eine wie sie könnte man nicht heiraten. Er sollte sich eine andere suchen und sie ein für alle Mal in Ruhe lassen. Und dann hat sie die Verlobung gelöst und weigert sich seither, mit dem Kurt zu sprechen.« Käthe schüttelte den Kopf. »Der Kurt saß hier wie ein Häufchen Elend. Er will doch nur, dass alles wieder gut wird.«

»Ich kann die Inge schon verstehen«, sagte Elisabeth. »Ich empfand mich auch nicht mehr als richtige Frau, als ich damals unser Kind nicht gesund zur Welt bringen konnte.«

Ferdinand sah sie bestürzt an. »Das hast du doch hoffentlich nicht wirklich gedacht.« Er griff kurz nach ihrer Hand. »Du warst und bist die Einzige für mich und sehr wohl eine richtige Frau, Elisabeth. Nun wirst du bald unser Kind bekommen. Doch selbst wenn das nicht der Fall gewesen wäre, würde ich dennoch immer nur mit dir leben wollen.«

»Danke«, brachte Elisabeth mit erstickter Stimme hervor, und schon standen ihr wieder die Tränen in den Augen.

»Ich kann Kurts Verzweiflung verstehen«, sagte Ferdinand dann zu Käthe. »Ich wüsste nicht, was ich tun sollte, würde Elisabeth mich so von sich stoßen. Was hast du ihm also geraten?«

»Ich habe ihm zugehört, sogar geweint hat er. Dann habe ich mich entschieden, Inge dazuzuholen. Auf diese Art musste sie ihm dann Gehör schenken.«

»Und was ist passiert?«, fragte Ferdinand, der nicht sicher war, ob er das Vorgehen seiner Mutter gutheißen sollte. Schließlich konnte es nie von Vorteil sein, wenn sich jemand in die Enge getrieben fühlte.

»Inge kam herein und war erst erschrocken, den Kurt zu sehen. Dann hat sie ihn angebrüllt, dass er sie endlich in Frieden lassen soll. Das war alles. Sie ist fortgerannt und hat sich seitdem in ihrer Kammer eingeschlossen. Der Kurt kam nicht einmal dazu, zu sagen, was ihm auf dem Herzen lag. Er ist dann kurz danach gegangen. Wie ein geprügelter Hund hat er sich davongeschlichen.«

»Armer Kerl«, stellte Ferdinand fest. »Er leidet genau wie Inge unter der Sache. Die Sterilisation ist jetzt über ein halbes Jahr her. Ich glaube, wenn Inge bis jetzt nicht ins Leben zurückgefunden hat, braucht sie Hilfe. Sonst wird sie es womöglich niemals überwinden.«

»Was schlägst du vor?«

»Womöglich können wir mit Gustav darüber sprechen. Wir brauchen einen Seelenarzt, der sich um Inge kümmert. Vielleicht kennt Gustav so jemanden.«

Käthe sah ihren Sohn einen Moment lang an. Auch wenn sie in den letzten Monaten nicht immer gewusst hatte, was sie von ihm halten sollte, spürte sie in diesem Augenblick, dass hier immer noch der einfühlsame Feingeist aus ihm sprach. Trotz aller Zweifel, die sie an ihm gehabt hatte.

»Ein guter Gedanke«, lobte sie. »Ich werde gleich mal drüben anrufen. Vielleicht kann Gustav wirklich helfen.« Sofort erhob sich Käthe, ging ein paar Schritte, dann drehte sie sich noch einmal um.

»Ich bin froh, dass ihr gewiss schon bald ein gesundes Kind in den Armen halten werdet. Doch ganz gleich, was kommt, vergesst niemals, dass die Liebe, die ihr in guten Zeiten spürt, euch durch die schlechten tragen wird.«

»Das werden wir nicht vergessen«, versprach Elisabeth und spürte einmal mehr die Verbundenheit zu ihrer Schwiegermutter. Wie gern würde sie so auch für ihre Mutter empfinden. Doch dafür war Erika viel zu sehr auf sich bezogen.

Käthe lächelte, dann verließ sie den Raum und ging direkt zum Telefonapparat im Flur.

Ferdinand und Elisabeth hörten, wie Käthe mit jemandem

sprach und darum bat, Gustav möge sie zurückrufen, wenn er wieder im Hause sei. Dann hängte sie den Telefonhörer ein und erschien kurz darauf in der Tür.

»Gustav ist nicht da. Er sieht wohl in der Klinik nach seinen Patienten. Doch Hans richtet ihm aus, dass er sich melden soll.«

»Ich wollte sowieso noch kurz zur Fabrik gehen und nach dem Rechten sehen. Die Doppelschichten, in denen wir jetzt produzieren, verlangen den Arbeitern einiges ab. Dann kann ich gleich noch in der Praxis vorbeischauen und mit Gustav sprechen. Schließlich soll Inge nicht mitbekommen, dass über sie geredet wird.«

»Danke, Ferdinand. Das ist wirklich sehr nett von dir. Ich bin froh, dass dir Inges Wohlergehen wichtig ist.« Käthe warf ihm einen dankbaren Blick zu.

»Dann werde ich mich bis zum Mittagessen noch ein wenig hinlegen«, erklärte Elisabeth. »Heute tritt der Kleine mich besonders heftig.«

»Woher willst du wissen, dass es ein Er ist?«, fragte Ferdinand.

Elisabeth lächelte. »Ich habe davon geträumt«, berichtete sie dann. »Alles schien mir so real, dass ich es auch wach hätte erleben können. Und nun ja, als ich das Tuch zurückschlug, konnte ich sehen, dass es ein Junge ist.«

»Das ging mir damals auch so«, sagte Käthe sogleich. »Sowohl bei Johannes als später auch bei dir, Ferdinand. Das ist ein gutes Zeichen, Elisabeth.«

Wärme durchströmte die werdende Mutter. Erst jetzt wurde ihr bewusst, dass sie einen solchen Traum während ihrer letzten Schwangerschaft nicht gehabt hatte. Vielleicht war es wirklich ein Omen, dass dieses Mal alles gut gehen würde.

Ferdinand stand auf, hielt Elisabeth die Hände entgegen, damit sie nach ihnen greifen und sich daran hochziehen konnte.

Dann sagte er: »Ob nun Junge oder Mädchen, Hauptsache gesund.«

Elisabeth lächelte weiter, obwohl sie die Worte ihres Mannes trafen wie ein Messerstich. Sie musste sich zusammenreißen, um sich nichts anmerken zu lassen. »Ja, Hauptsache gesund«, wiederholte sie.

Ferdinand gab ihr einen Kuss, dann verabschiedete er sich von seiner Mutter und seiner Frau. Den bedrückten Blick, den die beiden tauschten, konnte Ferdinand nicht mehr sehen, da er bereits dabei war, das Gebäude zu verlassen. Dann machte er sich zu Fuß auf zu Gustavs Praxis. Sollte der sich schon auf den Rückweg zum Gutshaus gemacht haben, musste er diesen Pfad entlangkommen. Dann würde Ferdinand mit Sicherheit auf ihn treffen und ihn unter vier Augen auf Inges Zustand ansprechen. Und nicht nur das: Er wollte mit ihm auch über Elisabeth reden und ihn fragen, wie hoch seiner Einschätzung nach die Wahrscheinlichkeit war, dass Elisabeth erneut eine Totgeburt erleiden könnte. Ein wenig hatten ihn ihre Worte beruhigt, dass das Kind an diesem Tage viel getreten hatte und sie es so deutlich spürte. Ferdinand hatte Angst, dass das Kind womöglich sterben könnte, wenn es zu lange in Elisabeths Bauch blieb. Zwar hatte Gustav einen späteren Geburtstermin errechnet, doch wenn Ferdinand ihren riesigen Bauchumfang betrachtete, dann konnte es seiner Meinung nach gut möglich sein, dass das Kind schon groß genug war, um auf die Welt geholt zu werden. Natürlich kannte Ferdinand sich mit den Risiken, die ein solcher Eingriff mit sich brachte, zu wenig aus. Und selbstverständlich wollte er nicht riskieren, dass sein Kind nicht vollständig entwickelt war. Doch wenn man dadurch die Gefahr mindern könnte, dass erneut etwas bei der Geburt passierte, wollte Ferdinand das zumindest mit Gustav als Elisabeths Arzt besprochen haben. Denn Inges Zustand hatte ihm eines klar vor Augen geführt: Nicht nur das, was den Körper betraf, konnte einen Menschen krank machen. Es war genauso wichtig, für die Gesundheit der Seele zu sorgen, vor allem dann, wenn man, wie Elisabeth, bereits einiges durchgemacht hatte.

Er beschleunigte seinen Schritt ein wenig, und tatsächlich sah er, als er die letzte Biegung des Pfads, die auf Gustavs Praxis zuführte, passiert hatte, seinen Jugendfreund, der soeben die Tür zum Gebäude von außen absperrte. Er war also genau zur rechten Zeit gekommen.

8. Kapitel

Dieses ganze Gerede von schwierigen Zeiten langweilt mich. Viel lieber mache ich mir das, wovor alle sich ängstigen, zunutze.

Heinrich Lehmann

Heinrich verfolgte die Arbeiten ganz genau. Er sah es wie Käthe und wollte ebenfalls, dass die Arbeiter vernünftig zu essen bekamen. Nicht jedoch, weil sie ihm leidtaten, sondern weil er fand, dass sie viel mehr schaffen konnten, wenn sie etwas kräftiger waren. So schleppten die Männer sich mit jedem Stein und jedem Holzbalken dermaßen ab, dass sie oft noch Hilfe von den anderen brauchten. Dabei könnte ein kräftiger Kerl, so wie er selbst es in jüngeren Jahren gewesen war, so manchen Stein durchaus allein tragen. Aber nun ja. Er wollte sich nicht beklagen: Sie mussten die schwächlichen Kerle ja wenigstens nicht bezahlen. Die Führung war so sehr an der Fertigstellung der neuen Produktionshallen interessiert, dass sie ihnen sämtliche Arbeiter kostenlos zur Verfügung stellten. Es war schon erstaunlich, wohin die Gier nach immer mehr Waffen führte. Ihnen konnte es nur recht sein. Wobei Heinrich die Tatsache, dass nicht er, sondern sein Sohn Ferdinand einen Großteil der Einnahmen verzeichnete, über die Maßen störte.

Als Ferdinand wegen seines Plans zur Waffenherstellung vom Wehrmachtsstützpunkt in München nach Hause entlassen worden war, hatte es noch geheißen, dass die Produktion vor allem in der Porzellanfabrik stattfinden sollte. Heinrich hatte zu diesem Zeitpunkt nicht mehr gewusst, wie er seine Leute bezahlen sollte. Die Zeiten waren eben nicht danach, dass die Menschen sich schönes Porzellan leisteten. Vielmehr schien es, als würde überhaupt viel weniger Essgeschirr benötigt als in den Jahren zuvor. So war ihm also Ferdinands Vorschlag überaus gelegen gekommen, wenngleich er das jedoch weder dem Sohn noch sonst wem gesagt hatte. Es verstand sich von selbst, dass Heinrich sich von niemandem in die Karten schauen ließ. Schließlich hatte er stets selbst gewusst, seine Schwierigkeiten zu klären, und nur das eine oder andere Mal Hilfe von Wilhelm und Paul-Friedrich gebraucht. Nun gut, womöglich war es mehr als das eine oder andere Mal gewesen, doch das fand Heinrich im Grunde unerheblich. Dafür waren Freunde und, wie in Wilhelms Fall, ältere Brüder schließlich da, oder nicht? Ganz abgesehen davon hätte er seine Angelegenheiten auch allein bereinigen können, es hatte sich nur nicht ergeben, weil Paul-Friedrich und Wilhelm schon von sich aus eingegriffen hatten. Womöglich würden die beiden ihn undankbar nennen, doch das war Heinrich einerlei. Denn auch wenn er es ihnen nicht ins Gesicht sagte, war er auf seinen Bruder Wilhelm ebenso wie auf den langjährigen Freund Paul-Friedrich nicht gut zu sprechen. Glaubten die beiden denn wirklich, er wüsste nicht, dass sie hinter seinem Rücken gemeinsame Sache machten? Erst vorhin, als er mit Ferdinand auf dem Weg zur Baustelle gewesen war, hatte er auf die Entfernung Paul-Friedrich gesehen, der gerade die Stufen zu Wilhelms Haus hinaufgegangen war. Als er dann seine Frau Käthe gefragt hatte, ob jemand für ihn angerufen habe, hatte diese verneint. Paul-Friedrich und Wilhelm hatten ihm also nicht Bescheid gegeben, oder besser gesagt, keinen Grund gesehen, ihn an dem teilhaben zu lassen, was sie zu besprechen hatten. Heinrich hatte sich nichts anmerken lassen, war aber schon kurz danach von zu Hause wieder aufgebrochen und noch mal zur Baustelle zurückgekehrt. Allein der Gedanke, dass sein Bruder und Paul-Friedrich etwas miteinander ausheckten, in das sie ihn nicht einbezogen, machte ihn fuchsteufelswild. Was bildeten die beiden sich denn ein? Es hatte ihn schon aufgebracht, dass Wilhelm, als es ihm nach seinem Schlaganfall besser ging, Paul-Friedrich eingeweiht hatte, nicht jedoch ihn, Heinrich. Dabei war er immerhin sein Bruder. Er hatte die Erklärung, die Käthe ihm geliefert hatte, zwar nachvollziehen können, nämlich dass sein Bruder doch genau wisse, dass Heinrich viel zu viel zu tun hatte, um sich auch noch um andere Dinge als die Fabrik zu kümmern. Zumindest hatte er diese Begründung im ersten Moment geschluckt. Doch je mehr er darüber nachgedacht hatte, desto sicherer war er, dass Käthe ihn damit nur hatte beschwichtigen wollen. Auch wenn es ihm schwerfiel, es zu akzeptieren, so war es wohl eine Tatsache, dass sein Bruder Paul-Friedrich mehr vertraute als ihm. Und dafür hasste er ihn. Ihn und Paul-Friedrich, der das Band zwischen den Brüdern zerrissen hatte. Dieser verdammte Mistkerl hatte es geschafft, einen Keil zwischen Wilhelm und Heinrich zu treiben und sie einander zu entfremden. Und damit machte er immer weiter, jeden verdammten Tag. Aber Heinrich würde es ihnen schon noch zeigen. Mit dem Bau der Waffenfabrik und der gesteigerten Produktionsmenge, vor allem aber mit den Einnahmen daraus, würde Heinrich sich eine goldene Nase verdienen. Zwar stellte auch sein Bruder Wilhelm Waffen her und dessen Sohn Leopold schien sich überaus eifrig darum zu kümmern, alles zu produzieren, was neben der Herstellung von Töpfen und Pfannen möglich war. Doch bei ihnen war es eben nur ein Nebengeschäft und nicht der eigentliche Kern der

Produktion, während Heinrich plante, die Porzellanherstellung in nicht allzu langer Zeit komplett aufzugeben. Nur durfte das nicht zu schnell passieren, da ihm Ferdinand, der alles andere als ein Dummkopf war, sonst vermutlich wegen der wahren Motive seines damaligen raschen Einverständnisses, die Porzellanfabrik für die Waffenherstellung zu nutzen, auf die Schliche kommen würde. Er konnte nur hoffen, dass ihm Ferdinand keinen Strich durch die Rechnung machte, wenn Heinrich den Vorschlag unterbreitete, die Porzellanproduktion ganz einzustellen. Zwar glaubte er es nicht, schließlich war Ferdinand sein Sohn und hatte nicht den geringsten Grund, sich gegen den Vater zu stellen. Zudem würde er in so einem Fall ein gefährliches Risiko eingehen, denn Heinrich würde sich an die Regierung wenden und mitteilen, dass er mehr Waffen produzieren könnte, sein Sohn Ferdinand, als Mitglied der Wehrmacht immerhin, ihm hierbei jedoch im Weg stehe. Doch Heinrich hoffte, dass es so weit nicht kommen müsste. Nicht, weil er einen Bruch mit seinem Sohn gescheut hätte, sondern weil er Ferdinand und dessen Kontakte brauchte, um die Wehrmacht zu überzeugen, ihm die für die Produktion notwendigen Maschinen zu finanzieren.

Er wusste noch immer nicht, wie Ferdinand es geschafft hatte, dass die Oberen ihm nicht nur die Arbeiter für den Bau der neuen Hallen, sondern auch noch die Maschinen dafür zur Verfügung stellten und dafür lediglich einen Preisnachlass bei den Waffen verlangten. Bestimmt hatte hier auch wieder Paul-Friedrich die Finger im Spiel. Er war schließlich der Eigentümer der alten Liebermann-Villa, in der Ferdinand die Maschinen für die Pistolen- und Gewehrherstellung untergebracht hatte. Dafür musste Ferdinand bestimmt ein hübsches Sümmchen an Paul-Friedrich abdrücken. Heinrich wunderte sich, weshalb die Parteiführung sich so bereitwillig gezeigt hatte. Denn dass der Führer und dessen Leute gierig nach

Waffen waren, war das eine. Dass sie jedoch ganz offensichtlich die schlechtesten Kaufleute der Welt waren, stand auf einem ganz anderen Blatt. Wenn sie so verzweifelt jede Möglichkeit wahrnahmen, konnte das in Heinrichs Augen nur bedeuten, dass der Führer mit den Waffen weit mehr plante, als nur das Reich zu verteidigen. Dann wollte der Mann zweifellos in den Krieg ziehen, was sich im Hinblick auf Polen ohnehin schon andeutete. Denn dass das Münchner Abkommen vom 30. September dieses Jahres, das bestimmte, dass die Tschechoslowakei das Sudetenland an Deutschland abtreten musste, die Lage in den streitgegenständlichen Gebieten wirklich beruhigen könnte, glaubte Heinrich nicht. Zwar hatte Polen in der Folge das Teschener Gebiet besetzt, um seinen Anspruch deutlich zu machen. Doch so, wie Heinrich den Führer einschätzte, würde dieser zwar eine Weile stillhalten, schon um England und Frankreich nicht gegen sich aufzubringen. Aber dass der Mann nach weit mehr strebte und strategisch vorging, musste jedem klar sein. Das änderte auch das ewige Friedensgerede dieses englischen Schwätzers Chamberlain nicht. Hitler wollte mehr. Und dazu brauchte er Waffen, Waffen und nochmals Waffen, und Heinrich war nur zu gern bereit, diese für gutes Geld zu liefern. Einzig trieb ihn angesichts der politischen Entwicklung die Sorge um, wie sich die Franzosen, die sich so gern neutral zeigten, im Falle einer kriegerischen Auseinandersetzung Deutschlands mit Polen verhalten würden. Denn für Heinrich und genau genommen auch für Paul-Friedrich und Wilhelm war es eine Schreckensvision, dass Frankreich sich womöglich auf Polens Seite schlagen und damit statt eines friedlichen Nachbarn zum Feind der Deutschen würde. Schließlich gab es neben dem Goldversteck in Innsbruck noch ein weiteres in Frankreich für die Beute aus dem damaligen Raubzug in Riga. Was, wenn sich die Lage weiter zuspitzte und es notwendig würde, die jenseits der französischen Grenze versteckten Goldreserven zu sich zu holen? Noch war es kein Problem, nach Frankreich zu reisen. Doch würde es auch so bleiben?

Zunächst einmal, beschloss Heinrich, würde er Wilhelm und Paul-Friedrich nicht darauf ansprechen, dass sie ihn offensichtlich ausschlossen, sondern das politische Geschehen weiter beobachten. Er musste nur aufmerksam sein und durfte den richtigen Moment nicht verpassen. Doch dafür würde er schon Sorge tragen. Wenn sich abzeichnete, dass sie das Gold aus Frankreich in Sicherheit bringen mussten, würde er sich selbst darum kümmern und dann in aller Ruhe einem möglichen Krieg entgegensehen. Denn sobald die Sache mit dem Gold in trockenen Tüchern war, könnte seinetwegen gern ein Krieg beginnen. Dann würden nämlich noch mehr Waffen benötigt als bisher. Und sein Sohn Ferdinand würde als Mitglied der Wehrmacht an die Front berufen, sodass Heinrich die Produktionshallen ganz unter seine Aufsicht stellen konnte. Der Gedanke an die Gewinne, die ihm dann zuflossen, brachte ihn zum Grinsen.

Kurz horchte er in sich hinein, ob da auch ein Anflug von Sorge war, dass Ferdinand etwas geschehen könnte und er womöglich nicht mehr aus dem Krieg heimkehrte. Er verwarf den Gedanken jedoch. Wenn es denn so käme, müsste er am Ende auch niemandem erklären, wie er die gesamten Gelder eingesetzt und verwaltet, oder besser, ausgegeben hatte, die er während Ferdinands Abwesenheit mit der Waffenproduktion verdient hatte. So oder so: Er war fein raus.

Heinrich sah zu einem der Arbeiter hinüber, dem gerade eine Dachlatte herunterfiel, worauf sofort einer der Wachleute herbeieilte und auf den Mann einprügelte, der auf dem Boden kauerte und ängstlich die Hände über dem Kopf verschränkt hatte. Der Wachmann brüllte ihn an, befahl dann, dass er gefälligst aufstehen und weiterarbeiten sollte, was der Häftling auch sofort tat. Dann wandte der Wachmann sich ab, ließ seinen

Blick wie schon zuvor über das Gelände schweifen und zündete sich eine Zigarette an. Dabei hielt er den Kopf hochgereckt, und seine ganze Haltung ließ erkennen, dass er zusammen mit seinen Kollegen hier das Sagen hatte.

Heinrich warf ebenfalls noch einen Blick auf die Baustelle, wandte sich dann ab und machte sich auf den Rückweg zu seinem Haus. Nicht mehr lange, dann gab es Mittagessen, und danach wollte er sich ein wenig hinlegen. Die Unruhe, die mit den Neubauten in sein Leben eingezogen war, erschöpfte ihn mehr, als er es vermutet hätte. Er ging den Trampelpfad am Rande der Baustelle bis zur alten Liebermann-Villa. Dort würde man noch eine Außenwand durchbrechen, um eine Verbindung zum geplanten Anbau herzustellen. Er sah an der Villa hinauf. Ein wirklich schönes Gebäude, das mit der Erweiterung durch eine funktionale Fabrikationshalle einiges von seinem ursprünglichen Charme einbüßen würde. Aber sei's drum. Es war nur ein zu groß geratenes Haus, das nicht länger einer verwöhnten Familie, die auch noch jüdisch war, als Zuhause diente, sondern einem wichtigeren Zweck zugeführt wurde.

Heinrich schritt über die Wiese den Hügel hinab auf das kleine Wäldchen zu, das dieses Grundstück mit Gut Falkenbach verband. Kurz fiel sein Blick auf ein Boot mit einem Mann darin, der sich in der Nähe des Ufers auf dem See befand. Bestimmt einer dieser untüchtigen Seefischer, der während der Woche nicht genug gefangen hatte, sodass er auch am Sonntag noch hinausfahren musste, um die hungrigen Mäuler daheim zu stopfen.

Heinrich wandte den Blick ab und ging dann durch das Wäldchen. Der Boden war hier, wo die raren Sonnenstrahlen das dichte Blätterdach nicht mehr durchdringen konnten, hart und sogar ein wenig gefroren. Als er einige Meter gegangen war, spürte er auf einmal etwas Weiches unter seiner rechten Schuhsohle, und sogleich stieg ihm der Geruch von Pferdemist in die Nase. Er fluchte laut. Verdammt noch mal. Diese Göre Wilhelmine hatte wieder einen ihrer Zossen einfach auf den Weg kacken lassen. Dieser verwöhnten, dummen Kuh sollte mal jemand Manieren beibringen. Wäre sie nicht Paul-Friedrichs Tochter, hätte Heinrich ihr schon so manches Mal die Leviten gelesen, wenn sie meinte, sich mit ihren vorlauten Reden in die Gespräche erwachsener Männer einmischen zu müssen. Genau wie aus ihrem Mund nur Mist kam, hinterließen auch ihre Zossen nur Pferdemist auf dem Weg. Hoffentlich rutschte mal eins dieser Viecher auf der eigenen Kacke aus und brach sich ein Bein. Heinrich wäre es dann eine Freude, eine Waffe zu ziehen und den dämlichen Gaul von seinem Leiden zu erlösen.

Er marschierte durch das Wäldchen ohne weitere Vorkommnisse, trat dann auf die Lichtung und begutachtete erst einmal seinen rechten Schuh, mit dem er in die Pferdeäpfel getreten war. Nicht nur an der Sohle haftete Mist, sondern auch an den Seiten des Schuhs war etliches hochgequollen, sodass sogar seine Socke und der Saum des Hosenbeins angeschmutzt waren. In Heinrich brodelte es. Am liebsten wäre er zu den Stallungen gegangen, hätte jeden einzelnen Gaul herausgezerrt und verdroschen. Doch das ging natürlich nicht. Nicht solange die Verhältnisse auf Gut Falkenbach noch so waren, wie sie eben waren. Doch womöglich würde sich das ja mit der Zeit noch ändern, wenn er mit der Waffenproduktion immer wichtiger und reicher wurde, während Paul-Friedrich nur seine Ländereien und diese dämlichen Gäule hatte, um an Geld zu kommen. Insofern wäre es sogar ganz gut, wenn Heinrich sich still verhielte und weder Paul-Friedrich noch Wilhelm auf die drohende Gefahr eines Krieges mit Polen und in der Folge vielleicht auch England und vor allem Frankreich anspräche. Denn wenn Paul-Friedrich keine Gelegenheit mehr hätte, an das Gold heranzukommen, könnte es sein, dass ihm beizeiten das Geld ausging, während Heinrichs Einnahmen immer größer wurden. Er lachte hämisch auf bei dem Gedanken und sah sich sofort in alle Richtungen um, ob ihn auch niemand dabei beobachtet hatte. Doch das war nicht der Fall. Niemand außer ihm war hier.

Er setzte sich wieder in Bewegung, ließ seinen Schuh Schuh sein und spann den Gedanken weiter. Was, wenn Paul-Friedrich wirklich pleitegehen und auf die Hilfe seiner Freunde angewiesen sein würde? Auf Wilhelm könnte er zählen, das war Heinrich klar, und er könnte es auch nicht verhindern. Heinrich jedoch würde Paul-Friedrichs Notlage nicht nur kaltlassen, er würde sich daran ergötzen. Dieser blasierte Kerl könnte mit abgefallener Prothese vor ihm im Dreck kriechen, und Heinrich würde es nicht kümmern. Einen Moment fragte er sich, wann genau es passiert war, dass aus seiner Freundschaft zu Paul-Friedrich Feindschaft geworden war. Er wusste es nicht genau. Noch vor zwei Jahren war alles anders gewesen, daran erinnerte er sich. Da waren sie alle drei noch wirkliche Freunde gewesen, die füreinander einstanden. Es war um die Zeit ihres fünfzehnjährigen Firmenjubiläums, als sich alles verändert hatte. Vielleicht war auch die Jahre davor immer mal wieder ein Gefühl in Heinrich hochgekommen, das man ehrlicherweise am besten mit Neid beschrieb. Dabei fand er es selbst albern, auf einen Mann neidisch zu sein, der doch im Grunde in seinem Leben nichts erreicht und außerdem noch ein Bein verloren hatte. Wer war dieser aufgeblasene Gockel denn schon, der Gut Falkenbach einfach nur geerbt und die Pferdezucht vor allem mit dem Geld aufgebaut und lukrativ gemacht hatte, das aus dem gemeinsamen Raub in Riga stammte? Ja, zugegeben: Paul-Friedrich war derjenige gewesen, der aufmerksam den Gerüchten gelauscht und auch das Versteck gefunden hatte, in dem die Bewohner der Gegend ihre gesamten Wertgegenstände versteckt hatten, um sie so feindlichem Zugriff zu entziehen. Und auch das Fortschaffen in ein anderes Versteck und das spätere Abholen, nachdem der Krieg vorbei war, waren alles

Paul-Friedrichs Einfälle gewesen. Doch wer wusste schon, ob er, Heinrich, nicht ebenso auf all das gekommen wäre, hätte er von dem Versteck erfahren. Zwar gestand er Paul-Friedrich zu, dass er wirklich jede noch so belanglose Eventualität berücksichtigt hatte und sogar so weit gegangen war, die Bücher ihrer Firmen nach der Verlegung auf Gut Falkenbach so zu frisieren, dass das Geld nach und nach und scheinbar ganz legal in die Kassen geflossen war. Aber das bedeutete ja noch lange nicht, dass er wirklich so schlau war, wie er immer tat. Vor allem aber, das spürte Heinrich tief in sich, war es die Eifersucht auf die Verbindung, die sein Bruder Wilhelm und Paul-Friedrich zueinander hatten. Er war schließlich Wilhelms Bruder. Er, nicht Paul-Friedrich! Und die beiden hatten kein Recht, ihn außen vor zu lassen und auch noch den Stab über ihn zu brechen, nur weil er die eine oder andere kleine Verfehlung begangen hatte. Für Heinrich saßen die beiden auf einem ziemlich hohen Ross, dafür, dass sie auch nicht besser waren als er. Und ihr Gerede und moralisches Gehabe konnten sie sich schenken. Damit brauchten sie ihm nun wirklich nicht zu kommen.

Heinrich hatte nicht einmal bemerkt, dass seine Füße den Weg nach Hause wie von allein gefunden hatten, und war fast überrascht, als er sich vor seinem eigenen Haus wiederfand. Er ging die Stufen hinauf und stapfte hinein. Alma kam sogleich herbei, und sofort fiel ihr Blick auf seinen rechten Fuß.

»Gnädiger Herr, Ihr Schuh!«, rief sie erschrocken.

»Ja, Alma, mein Schuh«, schnauzte er. »Er ist voller Pferdemist, und ich rate dir sehr, ihn gründlich sauber zu machen, damit ich nicht den geringsten Rest daran finde, wenn ich ihn das nächste Mal anziehe.« Er streifte sich beide Schuhe ab, zog auch noch die Socken aus und warf sie der Haushälterin hin.

»Heinrich!« Käthe war aus dem Wohnzimmer getreten. »Was ist denn geschehen?«

»Was geschehen ist? Ich bin in Pferdemist getreten, weil diese dämlichen Gäule überall auf dem Gut ihre Scheiße verteilen.«

»Heinrich!«, empörte sich Käthe.

»Ach, bleib mir doch weg mit deinem *Heinrich!*«, blaffte er sie an und machte eine verscheuchende Geste. »Ich gehe jetzt nach oben und ziehe mich um. Die Hose hat auch etwas abgekriegt. Und dann will ich essen.«

»Ferdinand ist noch nicht zurück«, entgegnete Käthe, während Alma sich mit Tränen in den Augen beeilte, die Schuhe und die Socken wegzubringen und nur kurz auf die Spuren sah, die Heinrich beim Eintreten hinterlassen hatte, bevor sie sich ohne ein Wort davonmachte.

»Zurück woher? Aus Bernried? Sollen er und Elisabeth doch später essen. Ist mir sowieso lieber, wenn die beiden nicht dabei sind. Dann habe ich beim Essen meine Ruhe.«

Käthe öffnete den Mund und schloss ihn wieder. Dann schüttelte sie den Kopf. »Nein, nicht aus Bernried. Elisabeth ist dort im Wohnzimmer«, stellte sie fest und machte damit deutlich, dass die Schwiegertochter jedes Wort seiner Tirade gehört haben musste. »Und Ferdinand ist zu Gustav gegangen, um seinen Rat einzuholen.«

»Rat? Was für einen Rat?«, fragte Heinrich, ohne darauf einzugehen, dass seine Schwiegertochter seine unflätige Rede mitbekommen hatte.

»Was bist du denn nur so aufgebracht?«, fragte Käthe ungehalten. »War etwas auf der Baustelle?«,

»Nein, nichts. Also, was für einen Rat braucht Ferdinand denn von Gustav?«

»Es ist wegen Inge. Es geht ihr nicht gut. Sie kämpft mit sich wegen der Sache …«, weiter kam sie nicht.

»Sie kämpft also mit sich«, gab Heinrich verächtlich zurück. »Das Mädel soll sich wie eine gute Deutsche benehmen und arbeiten. Hätte sie so viel zu tun, dass sie ihre Arbeit kaum schafft, dann hätte sie auch keine Zeit, sich Gedanken um etwas zu machen, was längst vorbei ist.« Er hatte sich in Rage geredet und fuchtelte nun mit dem ausgestreckten Zeigefinger vor Käthes Gesicht. »Und eines sage ich dir, lasst euch ja nicht einfallen, dass wir auch noch dafür bezahlen, wenn dieser Quacksalber meint, etwas für seinen *Rat* berechnen zu müssen. Einer wie der Inge gehört nur mal der Hintern versohlt, damit sie wieder geradeaus gehen kann.«

Käthes Gesichtsausdruck veränderte sich. Eben noch erschrocken, sah sie ihren Mann nun voller Verachtung an. Wortlos machte sie auf dem Absatz kehrt und ging zurück ins Wohnzimmer.

Heinrich wollte noch etwas hinzufügen, sie zurechtweisen, dass sie ihn einfach so stehen ließ. Doch er wusste, dass er alles nur noch schlimmer machen würde, und ärgerte sich maßlos über sich selbst, derart die Kontrolle verloren zu haben. Schon von Jugend an hatte er mit seinen Wutausbrüchen zu kämpfen gehabt, und oft war es sein älterer Bruder Wilhelm gewesen, der ihm die Leviten gelesen und ihn zur Räson gebracht hatte. Aber Wilhelm war nun einmal nicht hier und hatte sich ohnehin mehr und mehr aus Heinrichs Leben zurückgezogen. Doch es war nicht klug von Heinrich, sich so gehen zu lassen und seinem Umfeld einen Blick in seine Seele zu gewähren. Denn auch wenn er stets für sein Verhalten Entschuldigungen und Erklärungen gefunden hatte, wusste er doch eines ganz genau: Er war kein guter Mensch und würde auch nie einer werden. Nur hätte er gern dafür gesorgt, dass die anderen es nicht mitbekamen.

9. Kapitel

Ich habe diesen Angriff nicht kommen sehen. Doch so etwas passiert mir nicht noch einmal.

Paul-Friedrich von Falkenbach

Paul-Friedrich war nach seinem Besuch bei Wilhelm ins Gutshaus zurückgekehrt und hatte sich in sein Arbeitszimmer zurückgezogen. Bis zum Mittagessen wollte er noch die Korrespondenz erledigen, die in den letzten Tagen liegen geblieben war, und sich wenigstens so weit über die Dinge, die ihn umtrieben, klar werden, dass er sie aus seinem Kopf verbannen oder aber eine Lösung finden konnte. In diesem Fall eine Lösung für das, worüber ihm vorhin ein Licht aufgegangen war: Erna Behrend wollte ihnen etwas nachweisen, was sie nicht nachweisen konnte. Doch um irgendetwas zu finden, das dazu führen sollte, dass die Regierung ihnen alles nahm, bekam sie offenbar Hilfe von oberster Stelle.

Für Paul-Friedrich fügte sich Mosaikstein um Mosaikstein ein Bild zusammen. Er war seinerzeit überrascht gewesen, wie einfach er Untersturmführer Heinz Müller von der Obersten Reichsbehörde Vierjahresplan davon hatte überzeugen können, dass die Bereitstellung der Maschinen vonseiten der Regierung gesichert sein müsse und dass man von Ferdinand dafür keinen allzu hohen Abzug von den Produktionskosten erwarten solle. Verdammt! Er ballte die Hand zur Faust. Er war doch tatsächlich auf diesen Wicht von einem Untersturmführer hereingefallen und über seine eigene Arroganz gestolpert. Das hätte Paul-Friedrich nicht passieren dürfen. Er war davon ausgegangen, den Untersturmführer im Gespräch überrumpelt zu haben, sodass dieser keine andere Möglichkeit mehr gehabt hatte, als auf Paul-Friedrichs Forderungen einzugehen. Doch in Wahrheit war es vermutlich genau andersherum gewesen, und Müller hatte ihn am Ende genau dort gehabt, wo er ihn von Anfang an hatte haben wollen. Dieser Wurm!

Paul-Friedrich öffnete die Schublade und zog das kleine Bündel mit Wechseln hervor, die Ferdinand ihm gegeben hatte, um damit die Pacht für die alte Liebermann-Villa zu begleichen. Sie waren von der Regierung ausgestellt, und der erste war am morgigen Montag fällig. Paul-Friedrich würde nicht zögern, ihn gleich am Fälligkeitstag der Bank vorzulegen und um Gutschrift zu bitten. Denn wenn etwas damit nicht stimmte und der Wechsel womöglich nicht eingelöst würde, wusste Paul-Friedrich, was er zu tun hatte. Er würde sofort mit Ferdinand sprechen und die gesamte Produktion lahmlegen. Dann würden die Nazis zusehen können, wie sie an ihre Waffen kämen. Kein Geld, keine Ware. Das war schon immer so gewesen.

Doch im Grunde glaubte Paul-Friedrich nicht, dass die Regierung so einfältig war. Allerdings würde er künftig auf Wechsel bestehen, deren Frist nicht sechs Monate, sondern nur noch einen Monat betrug, und auch einer Aufschiebung oder Verlängerung nicht zustimmen. So wie die Nazis mit Geld in Form von Wechseln um sich warfen, mussten sie enorme Einnahmequellen haben, um diese auch decken zu können. Und irgendwie beschlich Paul-Friedrich das Gefühl, dass selbst wenn es diese Einnahmequellen geben mochte, sie nicht sehr lange vorhalten würden. Also wäre es nur klug, den Druck zu erhöhen, sollten die versprochenen Zahlungen ausbleiben. Denn noch waren die von Falkenbachs und Lehmanns in der besseren Position, stellten sie doch das her, was das Land am meisten zu brauchen schien. Und das würde Paul-Friedrich sich und den Lehmanns zum Vorteil machen, solange es eben ging.

Doch noch ein Gedanke trieb ihn um: Wer war der Spitzel? Wer hatte einen solchen Einblick in die Geschäfte der Familien, dass er den Behörden nützlich sein könnte? Vor seinem geistigen Auge sah er Frau Weber, Wilhelms langjährige Sekretärin, vor sich. Sie hatte vor einigen Jahren ihren Mann verloren. Soweit Paul-Friedrich es beurteilen konnte, war sie Wilhelm treu ergeben und hatte sich auch nie unzufrieden gezeigt. Doch natürlich wusste Paul-Friedrich das nur aus den Erzählungen Wilhelms, und es wäre womöglich klug, sich selbst einen Eindruck zu verschaffen. Also nahm er sich seinen Füller und ein Blatt Papier und schrieb ihren Namen auf.

Dann war da noch Herbert Leutschenrieder, Wilhelms Vorarbeiter in der Fabrik, der ebenfalls schon viele Jahre im Dienst der Familie stand und Einblick in alle Papiere hatte. Er hatte schon für die Lehmanns gearbeitet, als sie noch die alte Fabrik in Leipzig betrieben, und war nach dem Umzug ohne zu zögern mit hierhergekommen. Er hatte eine Frau und zwei erwachsene Töchter, über die Paul-Friedrich jedoch so gut wie nichts wusste. Also schrieb er auch diesen Namen auf.

Während seiner Überlegungen kamen noch insgesamt vier Namen hinzu, von denen Paul-Friedrich wusste, dass sie in mehr oder weniger wichtigen Positionen tätig und so weit in die Führung des Unternehmens involviert waren, dass sie mit den richtigen Informationen für die falschen Personen womöglich Schaden anrichten konnten. Paul-Friedrich klopfte mit dem Füller auf das Blatt Papier. Doch was wollten sie finden? Es gab ja nichts. Sie erfüllten die Verträge, lieferten mehr, als vereinbart war. Die alten Unterlagen, die sich jedoch nicht einmal in der Fabrik befanden, waren lückenlos. Da war schlichtweg nichts, woraus man ihnen einen Strick hätte drehen können. Und Wilhelm war ganz bestimmt nicht so dumm, irgendwelche Geschäfte nebenher zu machen, mit denen er alles riskieren würde. Nein, für Wilhelm legte Paul-Friedrich seine Hand ins Feuer. Leopold allerdings, dem war alles zuzutrauen. Bis heute war Paul-Friedrich nicht ganz klar, wer wirklich seinerzeit hinter den Waffenmanipulationen gesteckt hatte, für die Leopold zehn Tage ins Gefängnis gekommen war. Dass sich plötzlich jemand zu der Tat bekannt hatte und Leopold daher freigelassen wurde, hatte alle überrascht. Aber natürlich hatten sie es so akzeptiert, immerhin war damit der Verdacht gegen Leopold aus der Welt. War seither ein neuer Mitarbeiter in der Topf- und Pfannenfabrik besonders in Erscheinung getreten? Zumindest fiel Paul-Friedrich im Augenblick niemand ein.

Dafür kam ihm ein anderer Gedanke. Leopold war wegen der angeblichen Waffensabotage verhaftet worden. Und nun sollte irgendjemand in der Fabrik etwas finden, das der Führung die Möglichkeit gab, Wilhelm Lehmann zu enteignen. Wieder dachte Paul-Friedrich nach, rief sich die genauen Worte ins Gedächtnis, die Willmer gesagt hatte. Er hatte nicht explizit von der Topf- und Pfannenfabrik gesprochen, sondern davon, dass bei den Familien Untersuchungen liefen. *Bei den Familien* – also auch bei Heinrich und ihm selbst. Was, außer den damaligen Vorfällen in Riga, verband die Familien neben den offensichtlichen Geschäften, die sie miteinander betrieben? Wo waren sie angreifbar? Paul-Friedrich grübelte hin und her, doch er kam nicht drauf. Er lehnte sich in seinem Stuhl zurück, verschränkte die Arme hinter dem Kopf, schloss die Augen und atmete mehrmals tief ein und aus. Die Gedanken jagten nur so durch seinen Kopf. Fetzen von Bildern tauchten vor seinem inneren Auge auf. Die Gesichter von Wilhelm und Heinrich,

Truppführer Behrend, die Magd in Riga, der Schacht, an dessen Ende in einer Höhle die Wertsachen versteckt gewesen waren. Dann sah er Gustav und Wilhelmine als Kinder vor sich, Leopold, Ferdinand, Gut Falkenbach, den See. Immer schneller blitzten Szenen auf, bis er die Augen aufschlug und sich wieder gerade hinsetzte. Fast wehmütig hing er einen Augenblick der Erinnerung nach. Nicht an den Krieg, aber doch an die Zeit, als die Kinder noch klein gewesen waren und er das Gefühl gehabt hatte, in ihrem Leben eine wichtige Rolle zu spielen. Der Gedanke überraschte ihn. Soweit er sich erinnern konnte, hatte er nie zuvor der Vergangenheit nachgetrauert. Ganz im Gegenteil. Paul-Friedrich war ein Mann im Hier und Jetzt. Er wusste sich den Herausforderungen, die das Leben für ihn bereithielt, zu stellen und Probleme anzugehen. Einen kurzen Moment lang erfasste ihn die Furcht, womöglich alt geworden zu sein, ohne es bemerkt zu haben. Denn tatsächlich war ihm das Altwerden schon immer ein Graus gewesen. Damit meinte er nicht die Jahre, die vergingen und die auch in seinem Gesicht so manche Falte hinterlassen hatten. Vielmehr fürchtete er sich davor, zu werden wie sein Vater, dessen gesamter Kosmos sich im Alter um nichts anderes als um sich selbst, seine diversen Krankheiten und Wehwehchen und vor allem darum drehte, welche vermeintlich großen Taten er in seinem Leben vollbracht hatte und wie viel Anerkennung er dafür doch verdiente. Nein, so wollte Paul-Friedrich niemals werden. Er wollte auch nicht, dass er den Respekt der Menschen in seiner Umgebung einfordern musste. Vielmehr genoss er es zu spüren, für sein stets besonnenes Vorgehen respektiert zu werden, wobei es ihm auch reichte, still zu genießen, dass er alles im Griff hatte. Er musste nur nachdenken und sich konzentrieren, doch genau das fiel ihm in letzter Zeit oftmals schwer. Es war einfach zu viel los, zu viel drängte auf ihn ein, und er hatte das Gefühl, dass er noch nicht eine Baustelle ganz beseitigt hatte, während bereits die nächsten drei andernorts auf ihn warteten. Aber nun ja, er war Paul-Friedrich von Falkenbach, und er würde nicht zulassen, dass die Dinge ihm entglitten. Ganz selbstverständlich bückte er sich und zog die unterste Schublade auf. Ja, das würde helfen. Er hatte sich inzwischen einen recht beachtlichen Vorrat an Pervitin zugelegt, das ihn jedes Mal in eine Hochstimmung versetzte und ihm ein geradezu unendliches Selbstvertrauen verlieh. Nach der Einnahme von Pervitin konnte er zudem viel klarer denken. Letzte Woche allerdings, das wusste er, hatte er es ein wenig übertrieben und war nicht mehr richtig zur Ruhe gekommen. Er war nicht ganz sicher, ob es klug gewesen war, diese innere Unruhe mit den Morphiumpillen, die Willmer ihm ebenfalls besorgt hatte, zu bekämpfen. Doch er hatte sich schließlich dafür entschieden und darauf die ganze Nacht durchgeschlafen. Allerdings hatte er auch am nächsten Morgen die Folgen der offenbar gegeneinander wirkenden Medikamente zu spüren bekommen: Er konnte kaum stillsitzen, und sein Herz schlug lauter und schneller als je zuvor. So weit wollte er es nicht noch mal kommen lassen. Doch jetzt war der richtige Moment, um Pervitin zu nehmen und damit hoffentlich der Lösung seines Problems gedanklich näherzukommen.

Er öffnete das Röhrchen und ließ sofort eine Pille im Mund verschwinden. Dann legte er es zurück und schloss die Schublade. Wieder lehnte er sich an und verschränkte die Hände hinter dem Kopf. Die Wirkung des Pervitins setzte rasch ein. Er dachte weiter nach, doch er fühlte sich jetzt vollkommen anders. Alle Zweifel waren wie weggeblasen, und das Blut toste geradezu durch seine Adern. Ein zufriedenes Lächeln breitete sich auf seinem Gesicht aus.

Dann, ganz abrupt, setzte er sich wieder aufrecht hin. Ja, jetzt wusste er, was er zu tun hatte. Er hatte noch nicht genug Informationen von Willmer bekommen, um sich ein vollständiges Bild machen zu können, und würde gleich losfahren und ihn aufsuchen. Heute, am Sonntag, war er nicht in der Behörde. Bei ihm zu Hause war Paul-Friedrich bisher nie gewesen, doch er hatte natürlich in Erfahrung gebracht, wo Willmer wohnte. Dann würde er ihn eben daheim überraschen.

Paul-Friedrich stand trotz seiner Prothese zackig auf und verließ sogleich sein Arbeitszimmer. Auf dem langen Flur traf er Hans, seinen Haushofmeister, dem er knapp erklärte, dass er vor dem Mittag noch einmal wegmüsse. Es würde jedoch nicht lange dauern. Dann verließ er das Gutshaus, ohne sich noch von Dorothea, die er im Wohnzimmer vermutete, zu verabschieden. Er hatte jetzt einfach keine Zeit dafür und wollte sich auch durch das sinnlose Geplapper, das Dorothea oftmals von sich gab, nicht ablenken lassen. Wahrscheinlich würde sie ihn später deswegen zurechtweisen, das war ihm aber einerlei.

Er fuhr mit seinem Maybach in hohem Tempo die Ausfahrt entlang und musste heftig abbremsen, um am Ende des Weges nicht mit zu viel Schwung auf die Straße zu biegen. Gerade noch rechtzeitig sah er den Diesel-Schwerlast-Lkw, drehte nach rechts ab und brachte dort seinen Maybach abrupt zum Stehen. Der Lkw-Fahrer hupte mehrfach laut, und an seiner hochgereckten Faust war zu erkennen, was er von Paul-Friedrichs Manöver hielt. Der hob jedoch nur den Kopf, lachte spöttisch und ließ seinen abgewürgten Motor wieder an. Dann fuhr er los in Richtung Bernried.

Er hatte die Anschrift Reinhard Willmers im Kopf. Dort angekommen, parkte er seinen Wagen vor dem Haus in der Dorfstraße, stieg aus und blickte an der Fassade hinauf. Besonders einladend wirkte das Gebäude nicht auf ihn, auch nicht besonders gepflegt. Paul-Friedrich hatte Willmer als einen Mann eingeschätzt, dem sein Wohnhaus als Statussymbol wichtig sein könnte. Doch das, was er hier sah, war eher eine vorübergehende Unterkunft der einfacheren Art. Vermutlich weil Willmer nicht vorhatte, sich allzu lange in einem Ort wie

Bernried aufzuhalten, da er nach Höherem strebte. Mindestens München, womöglich sogar Berlin.

Paul-Friedrich ging zur Tür und klopfte einige Male. Zu seiner Überraschung öffnete Willmer selbst die Tür.

»Falkenbach?« Willmer zog die Stirn in Falten. »Was wollen Sie denn hier?«

»*Von* Falkenbach, wenn ich bitten darf. Ich freue mich ebenfalls, Sie zu sehen, Herr Willmer.« Paul-Friedrich grinste ihn an und deutete dann ins Innere. »Ich darf doch eintreten?«

Willmer grummelte etwas Unverständliches, dann gab er aber den Eingang frei. Paul-Friedrich amüsierte sich. Er hatte diesen gelackten Wichtigtuer kalt erwischt. Die Haare, die Willmer sonst immer sorgfältig nach hinten gekämmt und mit Pomade an den Kopf geklebt hatte, standen wirr ab und erinnerten an ein zerfleddertes Kissen.

»Bitte.« Willmer deutete auf einen der zwei Sessel im Wohnzimmer, die zusammen mit einem Sofa um einen Tisch herum gestellt waren.

»Danke.« Paul-Friedrich nahm Platz, während Willmer seine Haare mit den Händen nach hinten strich und sich in den anderen Sessel setzte.

»Ist spät geworden gestern Abend«, erklärte Willmer sein Aussehen. »Woher wissen Sie eigentlich, wo ich wohne?«

»In Ihrem Alter sollte man ruhig bis in die Morgenstunden unterwegs sein«, befand Paul-Friedrich, ohne auf die Frage, woher er die Anschrift Willmers hatte, einzugehen. »Ich werde Ihre Zeit auch nicht lange in Anspruch nehmen und Ihnen gern Ihren freien Tag gönnen«, fuhr Paul-Friedrich fort.

»Brauchen Sie etwa Nachschub?«

»Nein, das ist nicht der Grund für meinen Besuch.« Kurz war Paul-Friedrich in Versuchung, einmal mehr zu erklären, dass die Medikamente, wie er stets betonte, nicht für ihn, sondern für einen Freund seien. Doch im Grunde war es Paul-Friedrich in diesem Augenblick einerlei, was sein Gegenüber dachte. Dadurch, dass er nun sah, wie Willmer lebte, ergab sich ein ganz anderes Bild von dem Sicherheitspolizisten als das, was er bisher gekannt hatte. Zwar war es zumindest in dem Teil der Wohnung, den Paul-Friedrich überblicken konnte, aufgeräumt und auch sauber. Doch sein Eindruck von der Fassade setzte sich innen fort. Willmer lebte in einfachen Verhältnissen und damit völlig anders, als er nach außen zu vermitteln versuchte. Er mochte ja gutes Geld mit dem Handel von Pillen und auch so mancher Bestechung verdienen, doch er steckte es definitiv nicht in ein wohnliches Heim.

»Also, was kann ich für Sie tun?«, fragte Willmer, ohne so höflich zu sein, Paul-Friedrich etwas anzubieten. Es war ihm ganz recht. Denn was auch immer Willmer im Haus hatte, Paul-Friedrich bezweifelte, dass es seinen Geschmack treffen würde. Und noch vor dem Mittag ein vermutlich warmes Bier oder einen kalten Kaffee herunterzukippen, danach stand ihm nun wirklich nicht der Sinn.

»Es geht um das, was Sie mir letztes Mal sagten«, erklärte Paul-Friedrich ohne Umschweife den Grund seines Besuchs. »Dass unsere Familien offenbar unter Beobachtung stehen und es jemanden gibt, der etwas finden soll, um uns zu schaden.«

»Ja?«

»Haben Sie womöglich einen Namen für mich?«

»Das habe ich Ihnen doch schon erklärt«, antwortete Willmer. »Der Name des Spitzels ging aus der Akte nicht hervor. Er wird dort nur mit *IP* für Informationsperson beschrieben.«

»*IP?* Welch eigenartige Abkürzung«, fand Paul-Friedrich. »Aber nun ja, sei's drum. Ergab sich denn irgendetwas Weiteres aus der Akte?«

Willmer schüttelte den Kopf. »Ich habe nur einen kurzen Blick darauf werfen können. Sonst hätte man mich erwischt. Ich bin ja selbst nur durch Zufall darauf gestoßen.«

»Ja, das erwähnten Sie bei unserem letzten Treffen bereits.« Paul-Friedrich machte eine kurze Pause. »Ihrer Erfahrung als Sicherheitspolizist nach: Was, denken Sie, könnte am Ende der Ermittlungen für ein Ziel stehen?«

»Na, Ihnen etwas nachzuweisen.«

»Ja, aber zu welchem Zweck?«

»Um Sie zu überführen, würde ich sagen.«

»Das ist naheliegend, selbstverständlich. Aber nehmen wir mal an – und tatsächlich entspricht dies der Wahrheit –, man kann mir und auch meinen Freunden, den Lehmanns, nichts nachweisen, weil da einfach nichts ist und wir tatsächlich die ehrlichen Geschäftsleute sind, als die wir gelten?«

»Meiner Erfahrung nach hat jeder etwas zu verbergen«, erwiderte Willmer.

»Mag sein, doch eben nichts Illegales.« Er lächelte jovial. »Ich kann natürlich nicht meine Hand dafür ins Feuer legen, ob nicht einer von uns womöglich mal außerhalb der Ehe eine kleine Liaison hatte oder so«, sagte Paul-Friedrich, um irgendetwas Naheliegendes zu präsentieren. »Doch das ist ja wohl kein Verbrechen, das die Führung interessieren könnte.«

»Nein, mit Sicherheit nicht. Wenn ich in den letzten Jahren etwas an Ermittlungen mitbekommen habe, ging es dabei immer um Geld. Ausschließlich. Eben etwas, das die Führung dazu berechtigt, die Vermögenswerte der Beschuldigten zu beschlagnahmen.«

Paul-Friedrich atmete mit einer gewissen Genugtuung aus. Es war also genau das, was er befürchtete. Man wollte ihn und höchstwahrscheinlich auch Wilhelm und Heinrich enteignen, ihr Vermögen beschlagnahmen und so auch gleich an die Fabriken herankommen, in denen die Waffen produziert wurden. Doch hierfür brauchten sie einen Grund, der auch darstellbar war. Doch was könnte das sein? Für die Sache in Riga gab es keinerlei Beweise. Was auch immer die

Behrend vermutete, sie konnte nichts davon belegen. Und Paul-Friedrich hatte durchaus Einfluss, sowohl in der Partei als auch in den Kreisen höhergestellter Persönlichkeiten. Und er war ziemlich sicher, dass diese Leute ihm zur Seite stehen würden. Nicht aus Gefälligkeit oder gar weil sie ihm helfen wollten. Nein. Eine Hand wäscht nun einmal die andere, und Paul-Friedrich wusste von einigen, sogar von den meisten, das eine oder andere schmutzige Geheimnis, das nicht nur Ehen, sondern auch Karrieren zerstören könnte. Ganz abgesehen davon, dass sie fürchten mussten, in nicht allzu ferner Zukunft selbst diejenigen zu sein, gegen die ermittelt und vorgegangen würde. Also musste das, was man gegen ihn und die Lehmanns in der Hand haben wollte, wasserdicht sein. Doch genau das konnte er ausschließen.

»Ich würde ja sagen, wenn Sie nicht gerade Geschäfte mit Juden machen, die belegbar sind, oder aber sich auf sonst eine offensichtliche Weise gegen den Staat wenden, kann man Ihnen nichts. Wenn Sie wirklich so unschuldig sind, wie Sie sagen natürlich. Doch das könnte sich ja auch ändern«, fuhr Willmer nun in seinem Gedankengang fort.

»Was meinen Sie damit, dass sich das ja ändern könnte?«

»Ich will nichts beschreien«, stellte Willmer fest. »Doch mein Eindruck war, dass es bei diesen Ermittlungen ausgesprochen persönlich zugeht. Sie konnten ja mit dem Namen von dieser Frau etwas anfangen, richtig?«

»Erna Behrend, meinen Sie?«

»Ja, genau.«

»Sie ist die Tochter des damaligen Truppführers unserer Einheit in der 8. Armee in Riga, Hauptfeldwebel Viktor Behrend.«

»Und sie kann Sie ganz offensichtlich nicht leiden.«

»Das ist milde ausgedrückt, denke ich.«

»Denke ich auch«, bemerkte Willmer.

Paul-Friedrich war überrascht, dass Willmer offenbar tatsächlich versuchte, der Sache auf den Grund zu gehen.

»Und was genau hat sie gegen Sie?«

»Sie hat herausgefunden, dass ihr Vater nicht der strahlende Kriegsheld war, für den sie ihn früher gehalten hat, sondern durchaus fehlbar. Und nun möchte sie nur zu gern beweisen, dass die Lehmanns und ich auch nicht besser sind und uns etwas anhängen.«

Willmer schüttelte den Kopf. »Wenn man sonst nichts zu tun hat.«

»Sie sagten eben, dass Sie bei Ihrem Blick in die Akte den Eindruck gewonnen hätten, dass es etwas Persönliches sei. Wie kamen Sie darauf? Nur wegen Erna Behrend?«

»Wegen ihr und wegen Langenmüller.«

»Langenmüller?«, wunderte sich Paul-Friedrich. »Gauleiter Langenmüller ist doch tot. Er hat sich erhängt, nachdem er verrückt geworden ist, wie wir wissen.«

»Ja, der Gauleiter. Aber in der Akte ist von Ewald Langenmüller die Rede, seinem Sohn. Dort steht, dass Ewald Langenmüller und Erna Behrend mit der *IP* Kontakt aufgenommen haben und auch künftig als Kontaktleute für die *IP* fungieren werden.«

»Ewald Langenmüller ist auch daran beteiligt?«, fragte Paul-Friedrich. »Warum haben Sie mir das beim letzten Mal nicht schon gesagt?«

»Hab ich das nicht?« Willmer schien zu überlegen und sich die Situation nochmals in Erinnerung zu rufen.

»Nein, haben Sie nicht«, schnauzte Paul-Friedrich, worauf Willmer ein wenig zurückwich.

»Wahrscheinlich habe ich davon abgesehen, weil Sie gleich so heftig auf den Namen Erna Behrend reagiert haben, ’tschuldigung.«

»Nein, ich habe mich zu entschuldigen. Ich hätte Sie gerade

nicht so anfahren sollen.« In Paul-Friedrichs Kopf ratterte es. Erna Behrend und Ewald Langenmüller. Wie hingen die beiden denn zusammen?

»Ein Gedanke …«, sagte Willmer.

»Ja?«

»Es ist wirklich nur eine Mutmaßung, aber wenn die beiden Ihnen so unbedingt ans Leder wollen, wer sagt dann, dass die *IP*, die Informationsperson, bei Ihnen in den Firmen Informationen zusammenträgt?«

»Ich kann Ihnen nicht folgen«, sagte Paul-Friedrich.

Willmer musterte ihn. »Wenn Sie sich erkenntlich zeigen, könnte ich in der Behörde versuchen, mehr herauszubekommen.«

»Habe ich nicht längst bewiesen, dass ich ein ausgesprochen spendabler Mensch bin?«

»Doch, haben Sie. Also gut. Wer sagt denn«, begann er seinen Gedanken nochmals durchzuspielen, »dass diese *IP* ermittelt, um auf diese Weise etwas gegen Sie in die Hand zu bekommen? Wenn wirklich nichts da ist, wäre es doch viel einfacher, Belege zu platzieren, aus denen man Ihnen einen Strick drehen kann.«

Paul-Friedrich spürte, wie schlagartig sein Mund trocken wurde. Verdammt noch mal! Warum war er darauf nicht selbst gekommen?

»Wenn das wirklich der Fall ist, muss es jemand sein, der in allen Firmen und auch bei uns privat Zugang hat«, erkannte Paul-Friedrich. »Doch so jemanden gibt es nicht. Niemand vom Personal hat Zutritt zu allen drei Orten.«

»Dann muss es jemand aus dem engeren Kreis sein, womöglich direkt aus der Familie«, stellte Willmer ohne jede Emotion fest.

»Also aus der Familie …«, sagte Paul-Friedrich und atmete geräuschvoll aus. Eigentlich konnte und wollte er nicht glauben, was das Naheliegende war. Einen Moment verschlug es ihm die Sprache, dann kam ihm ein Gedanke. »Sie sagten vorhin, dass Sie in der Akte gelesen hätten, Erna Behrend und Ewald Langenmüller hätten Kontakt zu der Informationsperson aufgenommen?«

»Ganz recht.«

»Gab es dort auch einen Hinweis, wann das gewesen ist?«

Willmer überlegte kurz. »Ich erinnere mich nicht genau, so etwas gelesen zu haben. Aber doch, warten Sie. Es gab da eine Randnotiz, dass Erna Behrend zurück nach Berlin gereist ist und Mitte Juni, nachdem die *IP* einen Monat lang eingesetzt war, erneut zur Besprechung in die Behörde kam.« Willmer sah Paul-Friedrich an. »Es muss also etwa Mitte Mai gewesen sein, als sie mit der *IP* Kontakt aufgenommen haben.«

Paul-Friedrich atmete erneut geräuschvoll aus. »Mitte Mai also«, wiederholte er. Er sah die Rechnung seines Rechtsanwalts vor sich, der ihm am 16. Mai dieses Jahres mitgeteilt hatte, dass eine weitere Tätigkeit nicht zu entfalten sei, weil der Inhaftierte Leopold Lehmann zur Überraschung aller aus der Haft entlassen worden war und das Mandat damit seine Erledigung gefunden hatte.

»Sie wissen jetzt, wer der Spitzel ist, nicht wahr?«, fragte Willmer und suchte Paul-Friedrichs Blick.

Der nickte. »Ja«, antwortete er mit rauer Stimme. Er hatte schon viel mit Leopold erlebt und wusste um die Sorgen, die der Sohn seinen Eltern Wilhelm und Else schon von Kindesbeinen an bereitet hatte. Dass er kein guter Mensch war und auch nie einer werden würde, stand außer Zweifel. Doch das? Ein Verrat an den drei Familien? Und wofür? Vermutlich, um die Anklage gegen sich niederzuschlagen und die eigene Haut zu retten. Er würde es Wilhelm schonend beibringen müssen, um dessen Gesundheit nicht zu gefährden.

»Ja«, wiederholte er dann und sah Willmer nun an, ohne den Namen zu nennen. »Und Sie können mit einer überaus großzügigen Entlohnung für Ihre wertvollen Informationen rechnen«, kündigte Paul-Friedrich an.

»Danke«, sagte Willmer und lächelte breit.

»Ich werde Sie morgen offiziell in der Behörde aufsuchen, wenn es Ihnen recht ist.«

»Sicher. Aber weshalb?«

»Nun, ich möchte erst mit meinen Freunden, den Lehmanns, darüber sprechen. Doch ich denke, es ist eine Aufgabe für die Sicherheitspolizei, einen Mann festzusetzen, der Parteimitgliedern und Anhängern des Führers etwas unterzuschieben versucht, um diese zu denunzieren und auf die Art und Weise die Partei und das Vaterland zu schwächen.«

Willmer grinste schief. »Da haben Sie vollkommen recht, Herr von Falkenbach.«

Paul-Friedrich erhob sich. »Ich kann also auch weiterhin auf Sie zählen?«

»Zu hundert Prozent.« Sie schüttelten sich die Hände. »Es ist mir eine Freude, mit Ihnen Geschäfte zu machen.«

10. Kapitel

Der Druck, der auf mir lastet, wird von Tag zu Tag größer.
Leopold Lehmann

Leopold vermisste die Zeiten, in denen am Sonntag nicht gearbeitet wurde und niemand außer ihm in der Fabrik war. War es bei Töpfen und Pfannen überhaupt kein Problem, die Produktion am Sonntag zu unterbrechen und am Montagmorgen fortzusetzen, war dies bei der Herstellung von Waffen undenkbar. Hier musste sieben Tage die Woche fast rund um die Uhr produziert werden, ganz gleich, was dies den Arbeitern abverlangte. Und nicht nur den Arbeitern, auch Leopold. Denn sein Vater hielt sich von der Waffenproduktion komplett fern und arbeitete lediglich von Montag bis Samstag nur bis zum Mittag. Tatsächlich reichte dies aber auch, um sich um die bis auf ein Minimum heruntergefahrene Topf- und Pfannenherstellung zu kümmern und sie am Laufen zu halten.

Leopold jedoch, der für alles zuständig war, was mit der Waffenproduktion zu tun hatte, war da in einer ganz anderen Lage. Teilweise rief man sogar des Nachts von der Fabrik aus im Hause der Lehmanns an, wenn es Probleme gab, sodass Leopold in letzter Zeit oft nicht mehr als drei oder vier Stunden Schlaf bekommen hatte, da er jedes Mal selbst in die Fabrik musste, um die Angelegenheit zu klären. Es waren eigentlich nie große Pannen gewesen. Doch seit dem Vorfall mit der Manipulation an den Waffen wollte niemand der Angestellten auch nur den kleinsten Fehler riskieren, geschweige denn Verantwortung übernehmen. Und wenn auch nur ein Schlagbolzen bei der Durchsicht eine klitzekleine Kerbe aufwies, wurde sofort Leopold gerufen, um zu entscheiden, ob besagtes Teil noch weiter im Produktionslauf verbleiben durfte oder nicht.

Wie sehr er doch bereute, aus geradezu kindischer Verbissenheit die Sabotage, die er bis heute niemandem eingestanden hatte, begangen zu haben, nur um sich an Paul-Friedrich für – ja, wofür eigentlich? – zu rächen! Leopold konnte sein Verhalten selbst nicht mehr nachvollziehen. Er musste vollkommen vernebelt gewesen sein, um so zu handeln. Denn im Grunde hatte Paul-Friedrich ihm nichts getan und sich auch nicht gegen ihn gestellt. Er hatte einzig Wilhelm unterstützt, als dieser sich an den alten Freund gewandt und ihn um Hilfe gebeten hatte, weil er Leopold eine Lektion erteilen wollte. Und wenn Leopold mit etwas Abstand darüber nachdachte, dann hatte er diesen Denkzettel seines Vaters tatsächlich verdient gehabt, daran gab es nichts zu rütteln. Dass er sich dafür an Paul-Friedrich hatte rächen wollen, kam ihm mittlerweile dumm vor. Vor allem aber war auch der Sabotageakt etwas gewesen, was er nicht zu Ende gedacht hatte. Wie so oft in seinem Leben.

Nun wünschte er sich nichts mehr, als dass er alles rückgängig machen könnte, doch das war natürlich unmöglich. Er hätte das nicht tun dürfen, niemals! Das war ihm spätestens dann klar geworden, als er zehn Tage lang in der kleinen, dreckigen Zelle eingesperrt war, die er sich mit einer Ratte geteilt hatte. Nur dass die Ratte kam und ging, wie es ihr beliebte, während Leopold dort ausharren musste. Nie zuvor hatte er sich so lange Zeit nicht gewaschen. Als Kind hatte er oft Ausreden gefunden, wenn seine Mutter ihn dazu aufgefordert hatte, und meist nur widerwillig gehorcht. In den zehn Tagen in der Zelle jedoch hatte Leopold seinen eigenen, von Tag zu Tag penetranteren Körpergeruch als eine solche Belastung, ja als Zumutung, mit solchem Abscheu wahrgenommen, dass er fast an nichts anderes mehr hatte denken können. Trotz des großen Hungers hatte er vor lauter Ekel über seinen eigenen Gestank nicht einmal das Essen hinunterwürgen können. Eigenartig, was alles in einem Menschen vorging, der nicht mehr selbstbestimmt und frei leben konnte.

Doch nicht nur die Manipulation bereute er. Heute hatte er viel mehr damit zu kämpfen, dass er in einen Pakt mit dem Teufel in Doppelgestalt von Erna Behrend und Ewald Langenmüller eingewilligt hatte. Natürlich waren die beiden nicht die eigentlichen Drahtzieher, das war Leopold schon klar. Denn keiner der beiden hätte den Einfluss gehabt, ihn aus dem Gefängnis freizubekommen. Sie erhielten die Befehle für ihr Vorgehen von ganz anderer, viel höherer Stelle. Und anfangs hatte Leopold sich gefragt, warum. Doch er hatte wieder einmal nicht nachgedacht und sofort in den Vorschlag eingewilligt, für die beiden zu spionieren und Informationen zusammenzutragen, die gegen Paul-Friedrich verwendet werden konnten. Anfangs war zumindest nur von Paul-Friedrich die Rede gewesen. Dass es letztendlich ebenso sehr um seinen eigenen Vater und seinen Onkel ging, hatte man ihm zu diesem Zeitpunkt noch nicht gesagt. Doch er hätte es wissen müssen. Andererseits, so dachte er, könnte er ja nur das an verfänglichen Informationen weitergeben, was er auch wirklich fand. Und obwohl er Paul-Friedrich nicht aufs Fell gucken konnte, hoffte er, dass da einfach nichts wäre. Vor allem aber war ihm klar, dass er im Grunde ohnehin nichts ausfindig machen konnte. Schließlich wäre es doch sehr stark aufgefallen, wenn er plötzlich versucht hätte, im Gutshaus ein- und auszugehen.

Dass jedoch ein ganz anderer Plan dahintersteckte, war ihm erst vor etwa drei Monaten aufgegangen, als nämlich Erna Behrend und Ewald Langenmüller ihn auf dem kurzen Weg zwischen der Fabrik und dem Haus seines Vaters abgefangen und ihm eine Mappe mit Unterlagen in die Hand gedrückt hatten, die er im Gutshaus und in den Privathäusern seines Vaters und Onkels verstecken sollte. Zunächst hatte Leopold überhaupt nichts begriffen. Dann jedoch, bei einem Blick in die Papiere, wurde ihm klar, worum es hier wirklich ging. Den dreien sollte etwas in die Schuhe geschoben werden, weil es tatsächlich nichts zu finden gab, das man gegen sie hätte verwenden können. Er sollte also nicht einfach spionieren, sondern ihnen fingierte Beweise unterschieben, die man zu gegebener Zeit *finden* würde, wenn die Gestapo auf den Plan trat und das gesamte Anwesen durchsuchte. Auf Leopolds Zögern hin hatte ihm Langenmüller sofort, als ahnte er Leopolds Gedanken, versichert, dass er selbst, seine Frau Irma und auch die Töchter natürlich nicht mit hineingezogen würden und Leopold sich darauf verlassen könne, einen guten und hoch dotierten Arbeitsplatz in der Behörde einzunehmen, sobald die Sache auf Gut Falkenbach aufgeflogen wäre. Auf Leopolds Frage hin hatte Langenmüller sogar zugesichert, dass er natürlich auch die Topf- und Pfannenfabrik, die dann ausschließlich Waffen herstellen sollte, weiterführen und damit gutes Geld verdienen könne.

In diesem Moment hatte Leopold so deutlich wie nie gespürt, dass er belogen und betrogen wurde. Dieser Wichtigtuer Langenmüller, der offenbar noch verbissener etwas gegen Paul-Friedrich, Wilhelm und Heinrich in der Hand haben wollte als seinerzeit sein Vater, hatte mit Sicherheit nicht einmal ansatzweise die Befugnis, eine solche Zusicherung zu geben. Zwar hatte Leopold sich nichts anmerken lassen und versprochen, die Unterlagen alsbald zu platzieren, doch das hatte er bis heute nicht getan. Und nun wusste er nicht mehr ein noch aus, und die Angst, wann alles wie eine Bombe in die Luft fliegen würde, wurde von Tag zu Tag größer. Was sollte er nur tun? Wenn er die Unterlagen nicht versteckte, die Gestapo kam und nichts fand, wären die Folgen für ihn verheerend. Er wusste nicht einmal, ob man ihn deshalb nicht auf der Stelle erschießen würde. Wenn er es jedoch tat, verloren Paul-Friedrich, Heinrich und auch sein eigener Vater alles. Buchstäblich alles. Sie und jedes Mitglied der Familie, er selbst, seine Frau und seine Töchter eingeschlossen. Leopold raufte sich die Haare. Er hatte sich schon oft in Schwierigkeiten gebracht. Und manches Mal hatte er sich gewundert, dass es ihm gelungen war, sich mit vielen Lügen am Ende doch wieder herauszuwinden. Doch dieses Mal würde das nicht funktionieren, und er steckte so fest in dieser Schraubzwinge, dass er sich weder vor noch zurück bewegen konnte.

Er saß an seinem Schreibtisch, stand dann auf und ging an das Fenster zur Halle, von wo aus er die Produktion überblicken konnte. Der gesamte vordere Bereich diente nun der Waffenherstellung, während lediglich noch ein wesentlich kleinerer, im hinteren Bereich befindlicher Teil für die Topf- und Pfannenproduktion genutzt wurde. Es würde Leopold nicht wundern, wenn die Nazis schon bald verlangten, dass dieser auch noch umgestellt würde. Schließlich schien ihre Gier nach Waffen geradezu unersättlich.

Einen Moment fragte sich Leopold, ob er wohl auch in diese Zwickmühle geraten wäre, wenn er seinerzeit die Gewehrläufe nicht manipuliert hätte. Schließlich hätte dann niemand ein Druckmittel gegen ihn gehabt. Er schob den Gedanken beiseite. Es war jetzt, wie es war, und nichts und niemand konnte etwas daran ändern. Es gab einfach keinen Ausweg. Und wenn er weiterleben wollte, musste er die Papiere so bald wie möglich Paul-Friedrich, seinem Onkel und seinem Vater unterjubeln, ihm blieb keine Wahl.

Bei dieser Überlegung fielen ihm die Worte seines Vaters ein, der stets sagte, dass man im Leben immer die Wahl habe, das Richtige oder eben das Falsche zu tun. Pah! Der hatte gut reden. Er hatte es ja irgendwie immer hinbekommen, alles auf die Reihe zu bringen, und bei ihm hatte es auch stets so einfach gewirkt. Doch seit Leopold erwachsen war und seine eigenen Entscheidungen traf, waren diese, wenn er nun ehrlich zu sich selbst war, in den meisten Fällen genau die falschen gewesen. Was war der Grund dafür? War er wirklich zu dumm? Eigentlich wollte er sich gar nicht erlauben, überhaupt über diese Möglichkeit nachzudenken. Doch in dem Augenblick, als er hier oben stand und ihm wie schon die letzten Wochen partout keine Lösung einfallen wollte, musste er diese mehr als unangenehme Option wohl oder übel in Erwägung ziehen.

Er verließ sein Büro und ging oben auf dem Flur entlang, den Blick immer weiter auf die Produktionshallen gerichtet. Was würde wohl sein Vater in einer solchen Situation tun? Leopold rieb sich den schmerzenden Nacken, tigerte den Gang auf und ab. Wahrscheinlich, so mutmaßte er, würde Wilhelm sich mit Paul-Friedrich besprechen, also einem Freund, dem er bedingungslos vertrauen konnte. Vermutlich eher als mit seinem Onkel Heinrich. Tja, zu dumm, dass Leopold es nie verstanden hatte, echte Freundschaften in seinem Leben zu schließen und auch zu pflegen. Denn dass er die Handvoll Saufkumpane nicht als Freunde bezeichnen konnte, war ihm klar. Vor allem würde es gewiss die Situation, in der er sich befand, nur noch schlimmer machen, wenn er solchen Kerlen auch nur ein Wort von dem anvertraute, was ihm Sorgen bereitete. Nein. Leopold machte sich da nichts vor. Er war niemand und hatte niemanden. Ganz gleich, ob er diese Wahrheit nun hören wollte oder nicht.

Er musste an Irma denken und daran, was die Beschlagnahmung der Firma für sie und die Mädchen bedeuten würde. Könnte die Familie denn überhaupt weiter in dem

Haus bleiben, in dem sie derzeit lebten? Und was sollte aus seiner Mutter werden, aus seinem Vater? Wovon sollten sie ihr Leben bestreiten, wenn ihnen alles genommen wurde? Leopold umfasste das Geländer, hielt sich kurz daran fest. Was sollte er nur tun?

»Herr Lehmann!«, rief nun einer der Arbeiter von unten herauf. »Könnten Sie kurz schauen? Bei den Läufen gibt es einige mit Riefen.«

»Ich komme«, gab Leopold zurück, mit Resignation in der Stimme. Dann ging er zu den Stufen, die in die Halle führten, und wollte die erste nehmen, als er plötzlich stolperte und sich gerade noch am Geländer festhalten konnte, sonst wäre er die steile Treppe heruntergefallen. Der Schreck war ihm durch Mark und Bein gegangen.

»Alles in Ordnung, Herr Lehmann?«, fragte der Arbeiter, der alles mit angesehen hatte.

»Ja, alles in Ordnung.«

»Passen Sie bloß auf da oben. Sie hätten sich ja den Hals brechen können.«

Leopold ging nun mit etwas mehr Bedacht die Stufen hinab, wobei ihm die Worte des Arbeiters noch immer in den Ohren klangen. Er hätte sich den Hals brechen können. Tatsächlich würde das einen Haufen Probleme lösen.

An diesem Sonntagmittag beschloss Leopold, zum gemeinsamen Essen nach Hause zu gehen. Er wurde das Gefühl nicht los, dass sein Beinahe-Sturz vorhin ein Wink des Schicksals war. Als er auf das Haus zuging, fuhr gerade seine Frau Irma mit dem Wagen seines Vaters vor. Sie hielt das Auto an, stieg aus und öffnete die Tür für die Mädchen, die sogleich auf ihren Vater zueilten und diesen begrüßten.

»Du bist schon da?«, stellte Irma überrascht fest. »Sonst isst du doch gar nicht mehr hier am Sonntagmittag.«

»Vielleicht möchte ich mit meiner Familie zusammen sein«, schlug Leopold als Erklärung vor. Er beugte sich vor, um seiner Frau einen Kuss zu geben, doch die zuckte zurück.

»Was ist denn los?«, fragte Leopold.

»Wir müssen uns unterhalten. Ich war bei meinen Eltern, und … nun ja, wie gesagt, wir sollten reden.«

»In Ordnung. Was gibt es denn?« Leopold hatte Charlotte auf den Arm genommen und sah Irma nun erwartungsvoll an.

»Richtig reden, nicht nur mal eben zwischen Tür und Angel.«

»Wie du willst. Ich hoffe, es ist nichts Ernstes?«

»Wenn ich es richtig einschätze, ist es auf jeden Fall nichts, was dich übermäßig interessieren wird«, gab Irma schnippisch zurück, und Leopold nahm eine ganz neue Kälte in ihren Worten wahr.

Sophia hatte schon die Stufen zum Haus der Lehmanns erklommen, während Irma ihr nun folgte und Leopold mit der kleinen Charlotte auf dem Arm die Nachhut bildete. Zusammen gingen sie ins Haus, und Leopold wurde das Gefühl nicht los, dass sich auch in seiner Ehe ein Unwetter zusammenbraute, mit dem er nicht gerechnet hatte. Doch was war der Grund? Es war Monate her, dass er Irma zuletzt betrogen hatte, womöglich sogar mehr als ein Jahr. Er wusste es schon gar nicht mehr. Was hätte sich also derart entwickeln können, ohne dass er etwas davon mitbekommen hatte? Kurz durchzuckte ihn die Angst, Irma könnte womöglich von dem, was er für die Behörde tun sollte, Kenntnis erlangt haben. Doch wie sollte das möglich sein? Hatte sie womöglich Erna Behrend und Ewald Langenmüller gesehen, als die ihn abgefangen hatten? Doch sogleich verwarf er den Gedanken. Wenn dem so wäre, warum sollte sie dann ausgerechnet jetzt, nachdem bereits einige Zeit verstrichen war, so darauf reagieren? Nein. Wenn, dann hätte Irma ihn sofort oder spätestens am Folgetag zur Rede gestellt, das war klar. Es musste also etwas anderes sein.

»Wir sind wieder daheim!«, rief Irma, und sogleich kam Else aus dem hinteren Teil des Hauses über den Flur.

»Wie schön. Da sind meine Lieblinge ja wieder!«, begrüßte sie Irma und Sophia herzlich. Dann fiel ihr Blick auf Leopold. »Was machst du denn um diese Zeit hier? Isst du mit?«

»Wenn ich darf?« Leopold setzte Charlotte ab, und gerade in diesem Augenblick kam Anita, das Kindermädchen, die Treppe herunter, ganz so, als hätte sie nur auf die Rückkehr der Mädchen gewartet. Sie begrüßte die beiden liebevoll und kündigte dann an, mit ihnen ins Kinderzimmer zu gehen und sich dort mit ihnen zu beschäftigen, wofür Irma ihr dankte. Dann nahm Anita die kleine Charlotte auf den Arm, reichte Sophia die Hand und ging, langsam Stufe für Stufe nehmend, mit den Kindern nach oben.

Das Telefon klingelte, und Leopold lief hinüber. »Ich gehe schon ran!«, rief er laut, damit das Personal nicht extra aus der Küche herbeieilte.

»Leopold Lehmann am Apparat.«

»Oh«, hörte er am anderen Ende die Stimme sagen. »Paul-Friedrich hier. Könntest du bitte deinem Vater ausrichten, dass ich nach dem Mittagessen noch einmal bei euch vorbeikomme?

»Ja, ich sage es ihm.«

»Danke, Leopold«, sagte Paul-Friedrich nur, dann legte er grußlos auf.

Lag es wirklich nur daran, dass er inzwischen die meiste Zeit in der Fabrik verbrachte, oder täuschte Leopold sein Gefühl nicht, dass er anscheinend den Menschen ebenso willkommen war wie eine Grippe?

»Ich gebe in der Küche Bescheid, dass du zum Essen bleibst«, erklärte Else und machte sich sogleich auf den Weg.

Leopold sah ihr kurz nach, dann sagte er zu Irma: »Und? Worüber wolltest du mit mir reden? Oder ist jetzt auch nicht der passende Moment?«

Irma überlegte kurz. »Nun, tatsächlich wäre es mir wirklich lieber gewesen, es dir nicht nur rasch mitzuteilen, doch andererseits bist du ja meistens beschäftigt, und wer weiß, wann der nächste Anruf kommt.« Sie trat näher an ihn heran und sah ihm direkt in die Augen.

»Leopold, ich werde dich verlassen. Unsere Ehe ist am Ende. Sobald es geht, werde ich einen Rechtsanwalt mit den Vorbereitungen für die Scheidung beauftragen.«

Leopold war so überrascht, dass er einen Augenblick lang überhaupt nicht reagieren konnte. Hatte er sich verhört? Erlaubte Irma sich einen Scherz mit ihm, den er so gar nicht lustig finden konnte?

»Was sagst du da?«, fragte er nach.

»Ich denke, du hast mich verstanden. Wenn du mich also anbrüllen oder auch die Hand gegen mich erheben möchtest, wäre wohl jetzt die geeignete Gelegenheit dazu, bevor deine Mutter aus der Küche zurückkommt.«

Irma wirkte verblüffend beherrscht auf Leopold und so, als ließen sie ihre eigenen Worte völlig kalt. Er hatte seine Frau noch nie so erlebt, so … herzlos.

»Ich verstehe nicht ein Wort von dem, was du da sagst. Was ist denn um Himmels willen in dich gefahren?«

»Nun, vermutlich habe ich keine Angst mehr vor dir und habe mir stattdessen erlaubt, wieder einmal meinen Verstand zu benutzen«, gab sie provozierend zurück.

»Ich merke, dass du mit mir streiten willst, doch falls du glaubst, ich verliere die Fassung, irrst du dich.«

»Leopold, es ist mir einerlei.« Sie zuckte die Achseln, dann veränderte sich ihr Blick, und ein Lächeln umspielte ihre Lippen. »Ich spüre gerade, dass das wirklich die reine Wahrheit ist.«

»Was habe ich dir denn getan?«, fragte Leopold mit echter Verzweiflung in der Stimme.

»Du bist kälter als der Starnberger See, wenn er drei Monate lang zugefroren ist«, entgegnete sie. »Mich fröstelt in deiner Anwesenheit.«

»Ich verstehe nicht, weshalb du dich plötzlich so benimmst, Irma. Wir hatten doch keinen Streit, und es ist kein einziges böses Wort gefallen.«

»Richtig. Es ist überhaupt kein Wort gefallen, und das schon seit Wochen. Du magst es ja nicht bemerkt haben, doch tatsächlich habe ich vorhin, vor dem Haus, die erste Begrüßung seit wer weiß wie langer Zeit von dir gehört.«

»Das ist nicht wahr.«

»Wie bitte?« Sie stemmte die Hände in die Hüften. »Selbstverständlich ist das wahr. Ich verbringe meine Zeit mit den Mädchen und deinen Eltern. Und ich habe alles, wirklich alles versucht, dir eine gute Ehefrau zu sein und dir beizustehen, ganz gleich, was war. Doch ich konnte sogar deine Launen und die Gewalt besser ertragen als die Ignoranz, mit der du mich inzwischen behandelst.«

»Weil ich Sorgen habe, Irma. Ich habe sogar große Sorgen. Das ist der wahre Grund für mein Verhalten.«

»Ach ja?« Sie sah ihn zweifelnd an. »Und was sind das für Sorgen? Hast du womöglich eine deiner Angestellten geschwängert und nun will sie, dass du dafür geradestehst?«

»Was ist nur in dich gefahren?« Langsam wurde Leopold wütend. Wie redete Irma denn mit ihm? Er zog die Stirn in Falten, aber als er ihren Gesichtsausdruck sah, erkannte er, dass er nichts vorbringen könnte, um sie einzuschüchtern oder ihre Meinung zu ändern. Er wischte sich mit der Hand über die Augen. Keinesfalls wollte er sie sehen lassen, dass ihm vor Verzweiflung die Tränen kamen. Vorhin dachte er noch mit Schrecken daran, womöglich alles zu verlieren. Nun jedoch musste er feststellen, dass er in Wahrheit bereits alles verloren hatte. Und in Kürze würde er neben dem Verlust von Frau und Kindern auch noch dafür sorgen, dass sein Vater ins Gefängnis kam oder sogar hingerichtet wurde und seine Mutter ihr Haus und alles, was ihr wichtig war, verlor. In diesem Moment, vor allem als er den Blick seiner Ehefrau sah, verabscheute er sich selbst so sehr, dass er das Gefühl hatte, der penetrante Körpergeruch, den er im Gefängnis wahrgenommen hatte, stieg ihm erneut in die Nase. Da wusste er es. Er wusste, dass er diesen Geruch ein Leben lang nicht mehr loswerden würde, denn es war der Gestank des Versagens. All die Lügen und Ausreden, die ihn sein Leben lang begleitet hatten, trugen ihren Teil zu diesem Geruch bei. In diesem Augenblick traf ihn die Erkenntnis, was zu tun sei, um einmal in seinem Leben wirklich etwas zu bewirken, wie ein Vorschlaghammer, und er wurde so ruhig, dass er fast schon von innerem Frieden sprechen konnte.

»Es tut mir wirklich leid, Irma.«

»Für Entschuldigungen ist es zu spät, Leopold. Ich glaube dir nicht mehr.«

»Weil du eben schlau bist.« Er lächelte und griff unvermittelt ihre Hand. Sie machte einen Schritt rückwärts, doch er hielt ihre Hand weiter in seiner. »Geh, wenn du gehen willst. Es ist dein gutes Recht und vermutlich das Klügste, was du tun kannst. Ich werde dir keine Steine in den Weg legen und alles, was noch in meinen Kräften liegt, veranlassen, damit es dir auch außerhalb dieses Hauses an nichts fehlen wird.«

Irma sah ihn verwundert an. Sie hätte mit allem gerechnet, doch damit ganz gewiss nicht. »Die Mädchen nehme ich mit«, stellte sie klar, ganz so, als vermutete sie, dass Leopold etwas im Schilde führte.

»Selbstverständlich«, sagte dieser nur. »Kinder gehören zu ihrer Mutter. Und scheue dich bitte nicht zu sagen, wenn ich irgendetwas tun kann oder du etwas brauchst. Ich werde mich, sofern es in meiner Macht steht, darum kümmern, dass du es bekommst.«

»Danke«, brachte Irma hervor, die immer noch auf einen gewaltigen Wutausbruch ihres Mannes wartete. Doch diese Reaktion blieb aus.

»Du brauchst mir nicht zu danken. Ich habe dir genug Kummer bereitet, und wenn ich auf diese Weise zumindest etwas wiedergutmachen kann, würde mich das freuen.«

»Was genau ist mit dir los, Leopold?« Irma starrte ihn fragend an.

»Nichts«, log er. »Gar nichts. Doch jetzt entschuldige mich bitte. Ich muss etwas Wichtiges mit meinem Vater besprechen.« Er ließ ihre Hand los und wandte sich zum Gehen. Dann drehte er sich noch einmal um. »Ach, womöglich werde ich dann doch heute nicht zum Essen da sein. Bitte verzeih.«

»Und warum nicht?«, fragte nun Irma, die sich bestätigt sah, dass Leopold nicht das geringste Interesse an seiner Familie hatte.

»Nun ja, ich habe vor, einmal in meinem Leben das Richtige zu tun. Ein wirklich verblüffendes Gefühl, wenn du mich fragst. Und sobald das geschehen ist, wird mein Vater mich aller Wahrscheinlichkeit nach des Hauses verweisen. Völlig zu Recht übrigens.«

»Wovon redest du nur? Du denkst, er wirft dich wegen unserer Trennung hinaus?«

»Aber woher denn.« Leopold winkte lächelnd ab. Tatsächlich hatte er einen Entschluss gefasst: Er würde Wilhelm die Wahrheit sagen, und zwar die ganze Wahrheit. Dann würde er die Papiere holen, die er ihm, Paul-Friedrich und Heinrich unterschieben sollte, eine der Waffen, die sie in der Fabrik produzierten, an seinen Kopf halten und abdrücken. Er hatte ohnehin nichts mehr, wofür es sich zu leben lohnte, und die einzige Person, die bisher trotz allem zu ihm gehalten hatte, war nun auch noch dabei, ihm den Rücken zu kehren. Er fand es selbst fast beängstigend, wie heiter er war und wie unbeschwert er an das heranging, was folgen würde.

Leopold spürte etwas, das er noch nie gespürt hatte: Er war dabei, das Richtige zu tun. Wenn auch nur dieses eine Mal in seinem sinnlosen Leben.

11. Kapitel

Was gäbe ich dafür, nur einen Tag so unbeschwert zu sein wie früher.

Wilhelmine von Falkenbach

Wilhelmine war nach dem Treffen mit Johannes zu den Stallungen gegangen und hatte Luzifer gesattelt, um mit ihm einen langen Ausritt zu unternehmen. Nun ritt sie durch das kleine Wäldchen, das Gut Falkenbach mit dem früheren Liebermann-Grundstück verband. Kurz sah sie nach oben zur Villa, an deren rechter Seite nun ein hässlicher Anbau immer mehr Form annahm. Während die Villa ein wahrhaft stattliches Gebäude mit reich verzierter Fassade war, bestand der Anbau lediglich aus kahlen, glatten Wänden und einem Pultdach aus Blech. Es wirkte auf Wilhelmine wie ein Klotz, den man neben das schöne Hauptgebäude geworfen hatte. Wenn die Liebermanns sehen könnten, was aus ihrem schönen Heim geworden war, würden sie gewiss die Hände über dem Kopf zusammenschlagen.

Wilhelmine ritt weiter nahe dem Ufer entlang und erreichte so die Hütte, über die sie mit Johannes gesprochen hatte. Dort brachte sie Luzifer zum Stehen, stieg ab und nahm ihn am

Zügel, um zur Vorderseite der Hütte zu gelangen. Wilhelmine wusste nicht, ob sich an der Tür früher ein Vorhängeschloss befunden hatte. Jetzt war da jedenfalls nichts mehr, sodass Wilhelmine Luzifers Zügel einfach losließ und in die Hütte trat. Luzifer war ihr ein treuer Gefährte, und sie wusste, dass er nicht das Weite suchen würde. Kurz sah sie ihn noch an, ganz so, als wollte sie ihm mit den Augen bedeuten, dort auf sie zu warten. Dann schaute sich Wilhelmine in der Hütte um. Schwaches Licht drang durch das kleine Fenster an der Rückseite, und sie konnte sehen, dass der Staub, den sie durch ihr Eintreten aufgewirbelt hatte, nun in der Luft schwirrte. Ganz dunkel erinnerte sie sich, früher vielleicht einige wenige Male mit Levin Liebermann, Gustav und Ferdinand hier gewesen zu sein. An Leopold konnte sie sich in dem Zusammenhang nicht erinnern, obwohl gerade die Jungen damals unzertrennlich gewesen waren und sie eher außen vor gelassen hatten. Doch es ging ihr häufig so, dass Bilder der Erinnerung aus Kindheitstagen vor ihrem geistigen Auge aufflackerten, die sie mit Gustav und oft auch mit Ferdinand zeigten. Nur Leopold schien sie einfach aus ihren Gedanken verdrängt zu haben, ganz so, als wollte ihr Gedächtnis ihr zeigen, wie wenig Bedeutung Elses und Wilhelms Sohn schon immer für sie gehabt hatte.

Vor dem kleinen Fenster stand noch immer die alte Eckbank und davor ein Tisch, den man vorziehen musste, um sich auf die Bank setzen zu können. Als Kinder hatten sie hier manchmal gesessen und Beeren genascht, die sie von den Sträuchern nahe der Hütte gepflückt hatten. Wilhelmine lächelte, weil sie die Bilder von damals so deutlich vor sich hatte, als würden dort tatsächlich die drei Jungen und ein Mädchen sitzen, und sie würde ihnen dabei zusehen, wie sie Beeren kauten.

Wilhelmine drehte sich um. Dort hinten in der Kiste hatten früher Decken gelegen, die sie gelegentlich mit nach draußen genommen hatten. Sie ging hinüber und öffnete die

Truhe, aus der nicht nur Staub aufwirbelte, sondern auch ein so modriger, schimmeliger Geruch entwich, dass sie den Deckel blitzschnell wieder zufallen ließ. Zwei Stühle standen aufgestapelt ganz hinten in der Ecke. Ansonsten waren noch immer die Zinnteller an den Wänden, die zur Zierde dienten und womöglich irgendwann in der Villa der Liebermanns aussortiert worden waren. Bei den von Falkenbachs gab es ebensolche Teller. Diese hingen noch immer an den wenigen freien Wänden im früheren Arbeitszimmer ihres Großvaters, das heute ausschließlich als Bibliothek genutzt wurde. Passend dazu stand auf dem Schränkchen, in dem ihr Großvater immer Gläser und einen guten Obstbrand aufbewahrt hatte, auch noch ein Tablett mit kleinen Zinnbechern, die offenbar zu den Tellern an den Wänden gehörten. Warum man sich so etwas hinstellte, war Wilhelmine ein Rätsel. Teller an den Wänden und Becher, aus denen man nicht trinken mochte. Na bravo.

Sie sah sich noch einmal um und entschied, einige Gegenstände wie Kerzenhalter, Decken und ein paar Kissen aus dem Gutshaus mitzunehmen, um es hier ein wenig behaglicher zu machen. Einen Ofen oder Ähnliches gab es nicht, und es wäre wohl auch nicht besonders klug, in dieser einfach gebauten Holzhütte ein Feuer zu entfachen. Ein wenig Wärme könnten einige aufgestellte Petroleumlampen bringen, doch Wilhelmine wusste nicht, ob noch welche im Gutshaus waren. Sie nahm sich vor, später Hans danach zu fragen, wobei sie ihm bestimmt nicht erklären würde, wofür sie die Lampen brauchte. So oder so – es würde ihr schon gelingen, es hier drinnen ein wenig gemütlicher zu machen, sodass Johannes und sie sich hier treffen und ihre wunderbaren Gespräche führen konnten, die Wilhelmine so liebte.

Sie machte kehrt, verließ die Hütte und zog die Tür wieder zu. Luzifer stand noch immer genau dort, wo sie ihn zurückgelassen hatte, und sah sie an.

»Du bist ein Guter.« Sie tätschelte ihm den Hals. Dann sah sie zum Fahnenmast, der neben dem Haus stand. Das Seil daran hatte auch schon bessere Zeiten erlebt, und Wilhelmine fürchtete, dass es nur wenige Male benutzt werden konnte, bevor es riss und erneuert werden musste. Am besten sollte sie neben den anderen Sachen auch gleich geeignete Schnüre mitbringen und natürlich ein grünes Tuch, um es, wie mit Johannes besprochen, aufzuziehen, wenn sie hier war. Nur nicht zu hoch, da es sonst von der Liebermann-Villa aus gesehen werden konnte und womöglich unerwünschte Aufmerksamkeit erregte.

Sie trat einen Schritt zur Seite, um zu prüfen, ob man von der Villa aus einen Blick auf die Hütte werfen konnte. Tatsächlich waren die Büsche hinter der Hütte so hoch und dicht gewachsen, dass sie vermutlich kaum oder sogar gar nicht zu sehen war. So oft war sie bei Martin in der Villa gewesen, doch auf die Hütte hatte sie tatsächlich nie geachtet. Entweder, weil man sie von dort aus wirklich nicht ausmachen konnte, oder aber weil Wilhelmine sich einfach nicht dafür interessiert hatte. Sie wusste es nicht, beschloss aber, in den nächsten Tagen einmal zur Villa hinaufzugehen und das zu überprüfen. Wenn sie dabei gesehen würde, könnte sie immer noch sagen, dass sie auf der Suche nach Ferdinand war. Und wenn er selbst vor Ort war, würde sie ein belangloses Gespräch mit ihm führen und dann wieder gehen. Ferdinand war ihr fremd geworden in den vergangenen Jahren, doch er war noch immer so etwas wie ein großer Bruder für sie. Nur eben einer, dem sie nicht mehr so bedingungslos vertraute wie früher.

Sie legte Luzifers Zügel wieder über seinen Hals, führte ihn einige Schritte von der Hütte weg und stieg auf. Im gemächlichen Schritt kehrte sie wieder auf den Pfad zurück und trabte schließlich an. Ein Stückchen ritt sie noch in Richtung Feldafing, dann machte sie kehrt und schlug den Rückweg zu den Stallungen ein. Als sie dort ankam, war Peter, der Stallbursche, ebenfalls eingetroffen und kümmerte sich um die Pferde. Sogleich nahm er ihr Luzifer ab und versprach, ihn abzusatteln und mit Stroh trocken zu reiben, damit er sich nicht erkältete. Wilhelmine dankte ihm, dann verließ sie die Stallungen und ging zum Gutshaus. Es war schon fast Mittag, und tatsächlich hatte sie gar nicht bemerkt, wie lange sie unterwegs gewesen war. Sie hatte das Frühstück ausfallen lassen und verspürte nun Hunger, etwas, das in letzter Zeit überhaupt nicht mehr der Fall gewesen war. Kurz kam das Gefühl auf, dass womöglich doch noch alles wieder besser würde, wenn nur ein wenig Zeit verging. Doch sofort beschlich sie bei diesem Gedanken auch das schlechte Gewissen. Im Grunde wollte sie ja gar nicht, dass es besser wurde. Sie wollte leiden, genau wie Martin zu leiden hatte. Alles andere wäre ihr wie ein Verrat vorgekommen.

Sie erreichte das Gutshaus und sah den Maybach ihres Vaters, der anders geparkt war als vorhin, als sie das Haus verlassen hatte. Ihr Vater war also offenbar unterwegs gewesen. Sie stieg die Stufen hinauf und betrat das Haus. Aus dem Wohnzimmer hörte sie die Stimmen ihrer Mutter und ihres Vaters.

»Also wirklich, Paul-Friedrich, eine kurze Verabschiedung wäre wohl nicht zu viel verlangt gewesen. Und dann kommst du nach Hause, und bevor du auch nur eintrittst, höre ich dich schon telefonieren und mitteilen, dass du Wilhelm nach dem Mittagessen aufsuchen wirst«, empörte sich Dorothea.

»Entschuldige bitte, meine Liebe. Ich wollte dich keinesfalls kränken mit meinem Verhalten«, hörte Wilhelmine nun ihren Vater antworten. »Ich bin heute wohl einfach in Gedanken.«

»In Gedanken?«, wiederholte Dorothea und wollte gerade fortfahren, sah dann aber auf, als Wilhelmine durch die Tür trat.

»Oh«, machte Dorothea und spitzte die Lippen. »Noch ein Gesicht, das ich selten sehe. Ich wünsche einen guten Tag.« Die Entrüstung war ihrer Stimme anzuhören.

»Guten Tag, Mutter.«

»Ich vermute, dass du bei deinen Pferden warst.« Sie sah auf Wilhelmines Reithose.

»Ja, das war ich.«

»Schön, schön«, befand Dorothea. »Nun, ein Hinweis wäre reizend gewesen, da ich heute Morgen, als ich dich zum Frühstück holen wollte, dein Zimmer leer vorfand und dein Bett bereits gemacht war. Man hätte auch denken können, du hättest gar nicht darin geschlafen.«

»Du hast mich doch gestern Abend vor dem Schlafengehen noch gesehen«, stellte Wilhelmine ohne jede Emotion fest. Sie hatte jetzt einfach keine Lust auf die Vorwürfe der Mutter.

»Ich behaupte ja auch nicht, dass du die Nacht über unterwegs warst. Doch du schleichst dich offenbar in aller Frühe aus dem Haus, und dein Vater hier geht ebenfalls ein und aus, ohne auch nur ein Wort zu sagen. Ich denke, etwas Rücksichtnahme und Höflichkeit würden den Bewohnern dieses Hauses gut zu Gesicht stehen.«

»Ich bitte um Entschuldigung. Wenn ich in Zukunft nicht schlafen kann, werde ich dir einen Zettel hinlegen und darauf hinweisen, dass ich bei den Pferden bin«, entgegnete Wilhelmine.

»Danke«, erwiderte Dorothea, die offenbar die Ironie in Wilhelmines Stimme nicht herausgehört hatte. »Schließlich leben mehrere Menschen in dieser Familie, aber doch nicht so viele, dass ein wenig Rücksichtnahme auf den anderen zu viel verlangt wäre«, empörte sich Dorothea weiter. »Und warum konntest du schon wieder nicht schlafen? Bedrückt dich etwas?«

»Nein, Mutter, nichts«, antwortete Wilhelmine und warf ihrem Vater einen vielsagenden Blick zu. Dieser wusste ja, wie es um Wilhelmines Gefühle für Martin bestellt war und dass sie sich nichts sehnlicher als ein Lebenszeichen von ihm wünschte.

»Nun denn. Das Mittagessen ist bald fertig. Clara ist oben, doch Gustav ist noch nicht aus der Praxis zurück. Ich hoffe, er kommt rechtzeitig. Ach, jeder hier macht einfach, was er will«, zeterte Dorothea.

»Womöglich liegt es daran, dass wir erwachsene Menschen sind.« Wilhelmine war die Bemerkung einfach so herausgerutscht, und es tat ihr augenblicklich leid. Sie wusste ja, dass ihre Mutter es nur gut meinte. Doch zuweilen nervte Dorothea sie so sehr, dass sie einfach nicht anders konnte, als kleine Frechheiten von sich zu geben.

»Dann wäre es wunderbar, wenn sich auch alle so benehmen würden«, gab Dorothea nun zurück, deren Wangen vor Aufregung glühten. »Ich scheine ja hier die Einzige zu sein, die die Notwendigkeit sieht, das Band zwischen den Familienmitgliedern nicht vollends abreißen zu lassen.«

»Und wir sind dir auch wirklich sehr dankbar dafür, dass du uns immer wieder in die richtigen Bahnen lenkst, meine Liebe«, warf nun Paul-Friedrich versöhnlich ein. »Bitte verzeih, Dorothea. Wir alle werden uns künftig wieder mehr um die Gemeinschaft im Haus bemühen, nicht wahr, Wilhelmine?« Er richtete die Augen auf sie, als erwartete er ihre umgehende Zustimmung.

Wilhelmine nickte. »Ja, das werden wir. Bitte entschuldigt mich jetzt. Ich muss mich umziehen und ein wenig frisch machen.«

Dorothea sagte nichts mehr, doch ihr Blick verriet, dass sie noch immer ein bisschen böse auf ihre Tochter war. Doch damit konnte Wilhelmine ganz gut leben. Sie fand die Ansichten und das Verhalten ihrer Mutter zuweilen unerträglich. Die Art und Weise, mit welchen moralischen Werten sie Wilhelmine immer wieder kommen wollte, ganz abgesehen von den nicht enden wollenden Vorschlägen geeigneter Ehemänner sowie ihre geradezu schockierende Gleichgültigkeit den Problemen des Landes und dem echten Leid der Menschen gegenüber, brachten Wilhelmine ein ums andere Mal zum Kopfschütteln. Wie konnte ein Mensch nur so sein? Wie konnte ihre Mutter so gleichgültig über all die Katastrophen hinwegsehen, die das Regime mit sich brachte, und unbeeindruckt in ihrer rosaroten Scheinwelt leben, in der es die größte Sensation war, wenn irgendeine Tochter aus gutem Hause eine nicht standesgemäße Affäre mit Wer-weiß-wem eingegangen war? Wilhelmine hätte laut schreien mögen angesichts dieser Oberflächlichkeit.

Sie verließ das Wohnzimmer, ging erst nach oben ins Badezimmer, machte sich frisch und dann in ihr Zimmer, um sich umzuziehen. Schließlich wollte sie nicht gleich den nächsten Krach provozieren, indem sie es wagte, in einer Reithose am Sonntagstisch zu erscheinen.

Als sie fertig war, trat sie ans Fenster und sah hinaus. Wenn Gustav inzwischen heimgekehrt sein sollte, hatte sie es nicht mitbekommen. Vielleicht blieb so noch genug Zeit, um ihren Vater vor dem Mittagessen kurz zu sprechen. Sie verließ also ihr Zimmer und ging nach unten. Ihre Mutter war noch immer im Wohnzimmer und saß an einer Häkelarbeit.

»Ist Vater in seinem Arbeitszimmer?«

»Ja, ist er.« Dorothea hob den Blick. »Du siehst so viel reizender aus in dieser Kleidung. Diese Reithosen sind derart unvorteilhaft für eine junge Frau.«

»Danke, Mutter. Ich möchte noch etwas mit Vater besprechen. Bitte entschuldige mich.«

Wilhelmine verdrehte die Augen, als sie sich umwandte, sodass Dorothea es nicht sehen konnte. Dann atmete sie tief durch, um sich jede weitere Bemerkung zu verkneifen, und ging über den Flur und durch die Halle, an deren Wänden überlebensgroß und gerahmt die Konterfeie ihrer Ahnen hingen, bei denen Wilhelmine immer das Gefühl beschlich, sie würden mit einer gewissen Geringschätzung auf sie herabblicken.

Sie war eben alles andere als nur die wohlerzogene Tochter eines Gutsbesitzers, die unreflektiert die Werte der früheren Generationen in die Zukunft tragen würde. Nein, dafür lebte sie in der falschen Zeit.

Tatsächlich hatte Wilhelmine sich schon einige Male gefragt, wie sie wohl geworden wäre, wenn sie nicht 1914, sondern vielleicht 1884 wie ihre Mutter oder sogar noch früher, beispielsweise 1860 wie ihre Großmutter, geboren worden wäre. Wäre es ihr dann auch so schwergefallen, sich anzupassen und die Dinge hinzunehmen, wie sie waren? Oder wäre sie dann anders? Kurz lauschte sie in sich hinein, ob sie es sich überhaupt wünschte, anders, angepasster zu sein. Schnell kam sie zu dem Schluss, dass dem nicht so war. Und sie wäre auch nicht gern früher geboren worden. Ganz im Gegenteil: Am liebsten würde sie nicht heute leben, sondern eine gewisse Zeit überspringen und in eine Zukunft reisen, in der die Welt endlich aufgewacht wäre und man die Nazis aus dem Land gejagt hätte, ganz gleich, wohin. Sollten sie sich doch alle auf einer abgelegenen Insel treffen und ihrem Arier-Wahn frönen. Nur sollten sie niemals mehr zurückkehren dürfen und die Menschen, die in Frieden leben wollten, ein für alle Mal in Ruhe lassen. Ja, in dieser Zeit würde Wilhelmine wirklich sehr gern leben. Doch was, wenn sie niemals käme?

Sie hatte die Tür zum Arbeitszimmer ihres Vaters erreicht und klopfte. Gleich darauf hörte sie seine Stimme, die sie einzutreten bat.

»Kann ich kurz mit dir sprechen, Vater?«

»Aber natürlich, Wilhelmine. Komm herein, und setz dich.«

»Danke.« Sie schloss die Tür hinter sich und nahm auf einem der beiden Besucherstühle vor seinem Schreibtisch Platz.

»Hast du etwas erfahren?«, kam sie sofort zur Sache.

»Bedauere«, er schüttelte den Kopf. »Ich weiß nicht, wohin man ihn gebracht hat.«

»Aber es muss doch irgendwelche Unterlagen geben, die man einsehen kann. Ein Mensch kann doch nicht einfach so verschwinden.« Es klang verzweifelt.

»Sicher wird man es irgendwo festgehalten haben, Wilhelmine. Aber du weißt genau, dass wir nicht offensiv vorgehen und einfach danach fragen können. Für die Behörden ist Martin nicht nur ein Kommunist, sondern ein Mann, der bei uns eingebrochen ist, um sich einzunisten, und von hier aus auch noch gegen den Führer gehetzt hat.«

»Ich weiß«, gab Wilhelmine ihm recht und senkte den Blick. Dann sah sie wieder auf, und es standen Tränen in ihren Augen. »Aber verstehst du nicht auch, dass ich das Gefühl habe, kaum mehr Luft zu bekommen? Wenn ich wenigstens wüsste, dass er noch lebt.«

»Wenn du das wüsstest und vor allem auch, wo, würdest du alles nur schlimmer machen«, redete Paul-Friedrich eindringlich auf sie ein.

»Das würde ich nicht. Ich brauche doch nur die Gewissheit …«, flehentlich sah sie ihn an.

»Du brauchst die Gewissheit, um dann einen Plan zu entwickeln, wie du ihn dort herausbekommst. Das und nichts anderes ist die Wahrheit.« Für Paul-Friedrich war es nahezu unerträglich, dem Blick seiner einzigen Tochter standzuhalten. Natürlich wusste er, wo Martin sich befand. Und er hatte über Mittelsmänner eine hübsche Summe dafür bezahlt, dass Martin innerhalb des KZ Dachau in den Bereich verlegt worden war, der noch als der humanste galt und in dem die Männer wenigstens ausreichend zu essen bekamen und eine eigene Pritsche zum Schlafen hatten. Danach jedoch hatte Paul-Friedrich tatsächlich seine Bemühungen eingestellt, weil er fand, dass er bereits mehr als genug getan hatte und keinesfalls riskieren wollte, mit einem Kommunisten in Verbindung gebracht zu werden. Martin Reinders war ein erwachsener Mann und hatte gewusst, was ihn erwartete, wenn er geschnappt würde. Jeder Mensch traf seine Entscheidungen und musste mit den Folgen leben. So und nicht anders war es nun einmal.

»Nein, Vater«, widersprach Wilhelmine heftig. »Ich würde nichts dergleichen tun, das verspreche ich dir.« Sie suchte erneut seinen Blick. »Weißt du womöglich doch, wo er ist, und willst es mir nur nicht sagen?«

Paul-Friedrich sah die Tochter an. »Nein, Wilhelmine. Das weiß ich nicht. Und nun Schluss mit diesem Thema, wenn ich bitten darf. Ich habe im Moment andere Sorgen.«

Er erwartete, dass sie aufstand, doch sie verharrte in ihrer Position. »Hast du nicht immer gerade etwas anderes, um das du dich kümmern musst?«

Paul-Friedrich legte den Kopf schief. »Was genau möchtest du mir damit sagen, Wilhelmine?«

»Ach, nichts.« Sie seufzte schwer.

Paul-Friedrich überlegte kurz, dann öffnete er seine Schreibtischschublade. »Ich wollte dich übrigens ohnehin noch ansprechen«, erklärte er und zog eine Fotografie hervor, auf der ein Reiter beim Springen abgebildet war.

»Sieh mal. Das ist SA-Sturmführer Küpper bei dem Reitturnier in Wiesbaden, das im Juni stattgefunden hat. Ich überlege, dieses Pferd für unsere Zucht zu erwerben.«

Wilhelmine durchschaute natürlich, dass ihr Vater sie damit nur von dem eigentlichen Thema ablenken wollte. Andererseits gefiel es ihr aber auch, dass er immer öfter mit ihr seine Pläne bezüglich der Zucht und auch der Ausrichtung des Gestüts besprach. Sie nahm das Foto und betrachtete es.

»Ein schönes Pferd, wirklich. Ist es denn auch zu verkaufen?«

»Alles ist käuflich«, behauptete Paul-Friedrich selbstsicher. »Ich habe sogar schon mit SA-Sturmführer Küpper telefoniert. Er ist keinesfalls abgeneigt.«

»Na dann«, meinte Wilhelmine nur.

»Ich habe mir gedacht, dass wir beide uns das Pferd ansehen und du es in einem Geländeritt auf Herz und Nieren prüfst. Dann können wir sicher sein, nicht die Katze im Sack zu kaufen.«

»Du willst, dass ich das Pferd im Gelände reite, und machst davon deine Entscheidung abhängig?« War Wilhelmine eben noch nur mäßig interessiert gewesen, spürte sie nun die Aufregung in sich hochsteigen. Nie zuvor hatte ihr Vater ihr einen solchen Vorschlag gemacht. Bisher hatte er immer einfach die Pferde für die Zucht gekauft, die er für geeignet gehalten hatte. Dass er sie nun an seinen Entscheidungen teilhaben lassen wollte, ließ Wilhelmines Herz höherschlagen.

»Selbstverständlich«, bekräftigte Paul-Friedrich. »Immerhin werde ich die Zucht eines schönen Tages ohnehin an dich übergeben. Oder dachtest du, ich würde Gustav damit betrauen, weil er ein Mann ist?«

»Nein, das dachte ich nicht. Doch irgendwie …«, sie knetete die Finger, »nun ja, irgendwie habe ich auch nicht gedacht, dass du es überhaupt in Erwägung ziehen könntest, mir allein …« Sie ließ den Satz unvollendet.

»Allein und ohne Ehemann?«, hakte er nach, ihren nicht ausgesprochenen Gedanken interpretierend.

»Ja, wenn du es so auf den Punkt bringst. Ich dachte immer, du würdest mir das Gestüt nur dann übergeben, wenn ich einen Mann vorzuweisen habe, der offiziell die Leitung übernimmt.«

Paul-Friedrich lächelte. »Das entspricht tatsächlich eher dem Denken deiner Mutter, nicht meinem«, stellte er fest. »Für mich zählt die Leistung, die ein Mensch erbringt. Und ehrlich gesagt, habe ich mich schon lange von dem Gedanken verabschiedet, von dir einen annehmbaren Schwiegersohn präsentiert zu bekommen, der auch den Ansprüchen deiner Mutter genügen würde.« Er griff über den Tisch und legte seine Hand auf ihre. »Ich weiß, dass es alles andere als leicht für dich ist,

Minchen. Doch du kannst es dir leichter machen, indem du dich auf andere Dinge konzentrierst, auf Dinge, die du selbst beeinflussen kannst.«

»Ich soll also nicht mehr an Martin denken?«

»Doch. Und zwar ganz bewusst. Aber es darf eben nicht dein gesamtes Denken bestimmen. Hier auf Gut Falkenbach gibt es jede Menge für dich zu tun, und es wäre mir eine Freude, wenn du mir mein kaputtes Bein ersetzen könntest und für mich die Pferde reitest, damit wir gemeinsam eine Zucht aufbauen, auf die wir stolz sein können. Was meinst du?«

Ein warmes Gefühl stieg in Wilhelmine auf. Mit einer solch selbstverständlichen Wertschätzung hatte ihr Vater sie noch nie behandelt, ja, ihm war offenbar wirklich sehr an ihrer Unterstützung gelegen. Und wenn es tatsächlich sein Wunsch war, dass sie sich künftig gemeinsam um die Zucht kümmerten und er Wilhelmine bei den geschäftlichen Entscheidungen nicht außen vor ließ, dann wäre das für sie eine echte Perspektive, wieder nach vorn sehen zu können.

»Essen! Kommt alle zum Essen!«, hörten sie nun Dorotheas Stimme durch den Gang schallen und lächelten sich an.

»Ich bin dabei, Vater. Du kannst auf mich zählen.«

»Das wollte ich hören«, sagte er zufrieden, ließ ihre Hand los und stand auf.

Gemeinsam verließen sie sein Arbeitszimmer und als der Essensduft ihnen in die Nase stieg, spürte Wilhelmine ihren Hunger so heftig, wie seit einer Ewigkeit nicht mehr. Ja, sie würde mit Appetit essen. Denn sie würde Kraft brauchen für ihre Zukunft, die nun wie ein kleines Licht am dunklen Wolkenhimmel durchblitzte.

12. Kapitel

Es gibt so vieles, was falsch läuft, dass ich beinahe nichts mehr entdecke, was überhaupt noch gut ist.

Gustav von Falkenbach

Gustav hatte sich fast zu Tode erschrocken, als er Ferdinand auf sich zueilen sah, während er gerade die Tür zur Praxis abschloss. Aron und seine Eltern waren erst vor wenigen Augenblicken gegangen und hatten sich in die andere Richtung davongemacht. Eigentlich konnte Ferdinand sie nicht mehr gesehen haben. Doch wenn er nur einen Augenblick früher gekommen wäre, hätte Gustav keine glaubhafte Ausrede für Ferdinand, der immerhin Oberleutnant der Wehrmacht war, parat gehabt.

»Ferdinand? Was machst du denn hier?«

»Guten Tag, Gustav. Kann ich dich vielleicht kurz sprechen?«

»Aber sicher. Ich wollte zwar gerade zum Mittagessen, aber wenn du willst, gehen wir wieder rein.«

»Nein, nein. Ich begleite dich einfach«, schlug Ferdinand vor.

»Gut, wie du willst«, stimmte Gustav zu und war erleichtert, dass Ferdinand offenbar tatsächlich nicht das Geringste bemerkt hatte.

»Eigentlich ist es wegen Inge«, begann Ferdinand sogleich. »Seit der Zwangssterilisation steht sie vollkommen neben sich.«

»Und das wundert dich?«

»Nein, wundern nicht. Aber wir machen uns alle große Sorgen um sie. Vor allem meine Mutter. Deshalb wollte ich dich fragen, ob du als Arzt irgendetwas weißt, was wir tun können, oder aber an wen wir uns wenden können?«

»Hm«, machte Gustav. »Ich bin kein Seelendoktor. Und ich muss auch gestehen, dass ich keinen Kollegen in der Gegend kenne, der sich darauf spezialisiert hat. Es gibt allerdings die Heil- und Pflegeanstalt Eglfing-Haar unter der Leitung von Dr. Hermann Pfannmüller, in der Nervenkranke behandelt werden.«

»Und du denkst, dass Inge in so eine Einrichtung gehört?«

»Das kann ich nicht beurteilen. Ich habe sie, soweit ich weiß, überhaupt nur ein einziges Mal gesehen, seit das geschehen ist. Und da huschte sie auch nur an mir vorbei und ist meinem Blick ausgewichen.«

»Das ist es ja. Sie war schon früher still und schüchtern. Doch nun ist sie verschreckt wie ein Reh. Und meine Mutter hatte heute Besuch von Kurt, den Inge eigentlich nächsten Monat heiraten wollte. Sie hat die Verlobung aufgelöst und ihm wohl gesagt, dass er sich eine Frau suchen soll, mit der er Kinder bekommen kann.«

»Das klingt sehr extrem«, befand Gustav nachdenklich. »Wenn sie auf diese Weise mit ihm gebrochen hat, scheint sie keine Perspektive mehr für ihr Leben zu sehen.«

»Ich kann es ja verstehen. Doch die Inge ist eine junge Frau. Sie kann doch unmöglich ihr ganzes Leben lang allein bleiben.«

»Vermutlich denkt sie derzeit gar nicht so weit«, meinte Gustav, während sie langsam nebeneinanderher gingen. »Und wenn ich das so höre, bezweifle ich, dass es ihr allein gelingen wird, die dunklen Wolken zu vertreiben.«

»Genauso sehen wir es auch.«

»Soll ich also mal mit dem Kollegen Pfannmüller Kontakt aufnehmen?«, fragte Gustav.

»Das wäre vermutlich das Beste. Vielleicht hat er ja auch einen Rat für dich, ohne dass sie gleich in die Klinik eingewiesen werden muss.«

»Versuchen kann ich es. Doch er wäre ein schlechter Mediziner, wenn er auf die Distanz eine Diagnose stellen würde.« Gustav sah Ferdinand von der Seite an. »Ich könnte ja mal versuchen, mit Inge zu sprechen. Dann könnte ich Dr. Pfannmüller schon mehr über sie sagen.«

»Würdest du das wirklich tun?«

»Aber sicher. Allerdings möchte ich gern erst nachher vorbeikommen. Ich werde zum Essen erwartet und bin schon ziemlich spät dran.«

»Aber natürlich. So sehr eilt es ja nun auch wieder nicht.« Sie gingen weiter den Weg entlang, der zunächst zu den Häusern der Lehmanns und im weiteren Verlauf dann auf das Gutshaus der von Falkenbachs zuführte.

»Da ist aber auch noch etwas anderes, auf das ich dich ansprechen wollte«, druckste Ferdinand herum.

»Nur raus mit der Sprache«, forderte Gustav, still hoffend, dass es nicht im Zusammenhang mit der Behandlung von Juden stand. Hatte Ferdinand etwa doch Wind davon bekommen? Schließlich war es nicht das erste Mal, dass Gustav am Sonntag in seiner Praxis Menschen behandelt hatte, die sonst nirgendwo Hilfe bekamen. Es könnte also durchaus sein, dass Ferdinand bereits vor geraumer Zeit etwas bemerkt und bisher nur nichts gesagt hatte. Zwar glaubte, nein, wusste Gustav, dass Ferdinand ihn nicht verraten würde. Dafür waren sie einander zu verbunden. Doch er wollte auch nicht mit dem Freund darüber in Streit geraten, was er tat und für richtig hielt.

»Es geht um Elisabeth«, begann Ferdinand, worauf Gustav erleichtert ausatmete.

»Ja? Was ist mit ihr?«

»Na ja, ich habe gewisse Bedenken wegen der Schwangerschaft«, meinte Ferdinand.

»Bedenken welcher Art?«, fragte Gustav zurück. Hatte Elisabeth ihrem Ehemann etwa von der Behinderung ihres ersten Kindes erzählt?

»Nun ja, ich habe einfach Angst«, gestand Ferdinand. »Elisabeths Bauch ist wirklich gewaltig, obwohl sie noch etwa vier Wochen bis zur Geburt hat.«

»Bei manchen Frauen ist das so. Es gibt deshalb keinen Grund zur Beunruhigung.«

»Bist du denn sicher, was den errechneten Termin angeht?«

»Wenn die Angaben stimmen, die Elisabeth bei mir gemacht hat, dann schon. Und wenn du mal überlegst, wann du nach Gut Falkenbach zurückgekehrt bist und wann der Zeitpunkt der Empfängnis gewesen sein kann, passt es auch.« Gustav blieb stehen. »Du glaubst doch wohl hoffentlich nicht, dass Elisabeth während deiner Abwesenheit …« Er konnte den Satz nicht zu Ende bringen, weil Ferdinand sogleich abwehrend die Hände hob. »Aber nein, um Himmels willen. Keine Sekunde glaube ich, dass Elisabeth mich während meiner Abwesenheit betrogen haben könnte.«

»Gut«, stellte Gustav erleichtert fest und ging langsam weiter. »Denn das wäre wirklich die Höhe. Irma und Clara mögen ja treue Seelen sein. Doch ich glaube, dass keine von ihnen ihren Mann so anhimmelt wie Elisabeth dich.«

Ferdinand lächelte. Er fand Gustavs Empörung geradezu rührend. Doch tatsächlich wurde ihm selbst in diesem Moment erst bewusst, dass der errechnete Zeitpunkt tatsächlich gar kein anderer sein konnte. Daran hatte er bisher überhaupt nicht gedacht.

»Du hast schon recht«, fuhr Ferdinand nun fort. »Sie kann ja gar nicht vorher schwanger geworden sein. Ich bin ein Trottel.«

»Es ist überhaupt unheimlich schnell gegangen, dass sie wieder empfangen hat«, meinte Gustav.

Nun blieb Ferdinand stehen. »Ich habe Angst, dass das Kind zu schnell wächst und dann so groß ist, dass es keinen Platz mehr in ihrem Leib findet, und …«, er zögerte, den Gedanken auszusprechen, »und dann auch wieder stirbt, so wie es beim letzten Mal war.«

»Vielleicht könnte da etwas dran sein«, erwiderte Gustav etwas zögerlich, der Ferdinand ganz gewiss nicht sagen würde, dass das Kind, das Elisabeth zur Welt gebracht hatte, so stark missgebildet gewesen war, dass es niemals lebensfähig gewesen wäre. »Doch um das herauszufinden, müssten wir einen Gynäkologen konsultieren.«

»Das will Elisabeth aber nicht.« Sie gingen weiter. »Elisabeth scheint wirklich niemandem außer dir zu vertrauen. Sie wird geradezu panisch, wenn ich sie nur darauf anspreche.«

»Ehrlich gesagt, wäre es mir auch lieber, wenn sie noch einen auf Geburtshilfe spezialisierten Kollegen aufsuchen würde«, meinte Gustav. »Doch du solltest sie nicht gegen ihren Willen davon zu überzeugen versuchen und sie damit womöglich unter Druck setzen. Das würde sie nur aufregen, was im derzeitigen Zustand reines Gift für deine Frau wäre.«

»Ich weiß«, sagte Ferdinand. »Wirklich, das weiß ich alles. Aber ich habe einfach Angst, dass wir abwarten und abwarten und nichts tun und dann das Gleiche geschieht wie beim letzten Mal.«

Sie hatten das Haus Heinrich Lehmanns erreicht und blieben nun davor stehen. »Ich weiß leider nicht, was ich dir raten soll, Ferdinand. Es ist Elisabeths Entscheidung, sich eine zweite Meinung einzuholen.«

»Das ist mir ja bewusst, doch ich fürchte …« Weiter kam er nicht, weil in diesem Moment Elisabeth die Tür aufriss.

»Kommt!«, brüllte sie. »Kommt schnell! Die Inge!«

Ferdinand und Gustav sahen sich erschrocken an, dann rannten sie so schnell sie konnten die Stufen hinauf und folgten Elisabeth ins Innere. Diese deutete mit dem Arm zum oberen Stock, von wo Käthes und Almas Stimmen nach unten drangen. Immer zwei Stufen auf einmal nehmend, eilten Gustav und Ferdinand Seite an Seite hinauf. Oben standen Käthe, Alma und Bärbel, das andere Dienstmädchen, unter der Luke zum Dachboden und riefen immer wieder Inges Namen.

»Was ist denn geschehen?«, fragte Ferdinand aufgeregt und fasste die Schultern seiner Mutter, um ihren Blick zu suchen.

»Inge!«, brachte Käthe verzweifelt hervor. »Sie ist dort oben und hat die Falltreppe hinter sich hochgezogen.«

Ferdinand hob den Arm und zog einige Male an der Kette, mit der man die Treppe zum Dachboden normalerweise ganz leicht nach unten ziehen konnte.

»Das haben wir schon versucht«, sagte Alma und deutete auf den Stuhl, den sie offenbar zu Hilfe genommen hatte, um die Kette zu erreichen. »Aber wir haben sie nicht aufbekommen. Sie muss verklemmt sein.«

Ferdinand zog noch ein paarmal an der Kette, fürchtete aber, dass sie jeden Augenblick reißen könnte, wenn er es mit noch mehr Kraft versuchte.

»Lass mich mal«, bat Gustav, griff sich den Stuhl und stieg hinauf, damit er so nicht nur die Kette, sondern die Verriegelung mit dem Haken daran fassen konnte. Mehrmals zog er den, so fest er konnte, nach unten, doch die Luke gab nicht nach.

»Sie muss sie oben verkeilt haben«, mutmaßte Gustav und zog nochmals. Die Verriegelung gab nach, doch statt dass die Luke aufging, riss Gustav lediglich den Haken komplett aus der Halterung. »Verdammt!«, schimpfte er.

Ferdinand sah noch einmal hoch, dann rannte er die Treppe hinunter und kam kurz darauf mit einem Brecheisen wieder nach oben.

Er sprang auf den Stuhl, von dem Gustav soeben erst herabgestiegen war, um ihm Platz zu machen. Dann setzte Ferdinand den Hebel an und brach die Luke aus der Einfassung. Holz zerbarst, und Ferdinand wandte kurz den Kopf ab, um keine Holzsplitter in die Augen zu bekommen. Dann fasste er die Falltreppe, die an zwei Schienen rechts und links befestigt war, und ließ sie herunter. Achtlos warf er den Stuhl um und erklomm die Stufen, so schnell er konnte. Gustav folgte ihm, wäre jedoch fast hintüber gefallen, weil Ferdinand abrupt direkt hinter der Öffnung stehen geblieben war. Geschockt starrten sie auf den leblosen Körper von Inge, der an einem Seil hing, das sie um einen der Dachbalken geschlungen hatte. Neben ihr lag ein umgekippter Stuhl am Boden. Ihr Gesicht war blau angelaufen, und man musste kein Mediziner sein, um zu erkennen, dass jede Hilfe zu spät kam. Gustav und Ferdinand sahen einander an.

»Ist alles in Ordnung mit Inge?«, rief Käthe bang von unten.

»Nein«, gab Ferdinand mit rauer Stimme und so leise zurück, dass er nicht sicher sein konnte, ob die Mutter ihn wirklich hörte. »Kommt nicht rauf«, sagte dann Gustav, und tatsächlich folgte niemand ihnen über die Leiter nach oben. Ferdinand und Gustav gingen gemeinsam zu Inges Leichnam, und während Gustav diesen umfasste und festhielt, zog Ferdinand sein Messer hervor und durchschnitt das Seil. Langsam ließ Gustav die Tote zu Boden gleiten und fühlte noch einmal ihren Puls, obwohl er sicher war, dass kein Leben mehr in ihr war.

Eine Weile sahen sie auf die zerbrechliche Gestalt herab, bevor Ferdinand sie auf den Arm nahm und Gustav vorausging, um ihm zu helfen, den Leichnam durch die Luke nach unten zu bringen.

Die Frauen standen nur da und hielten die Hände auf den Mund gepresst. Elisabeth war inzwischen auch in den oberen Stock gekommen; ein Schwindelgefühl überfiel sie, und sie musste sich am Treppengeländer festhalten.

Keiner sagte etwas. Es herrschte absolute Stille, nur die Schritte der beiden Männer waren zu hören, während sie Inge gleich weiter zur Treppe ins Erdgeschoss hinuntertrugen. Als sie fast unten angekommen waren, stieß Ferdinand lediglich: »Zum Stall« hervor. Sie brachten den Leichnam über den rückseitig gelegenen Hof zum Stallgebäude, wo sie Inge auf einen alten Ochsenkarren betteten.

Ferdinand griff nach einer Pferdedecke und legte sie über die Tote. Eine Weile betrachteten Gustav und Ferdinand den verhüllten Leichnam.

»Soll ich den Bestatter kommen lassen?«, fragte Gustav.

»Nein.« In Ferdinands Stimme lag Eiseskälte. »Ich rufe bei der Wehrmacht an. Die sollen sich darum kümmern. Schließlich sind sie ja auch dafür verantwortlich.« Damit machte Ferdinand kehrt, und Gustav folgte ihm aus dem Stall. Wieder ein Opfer dieser widerlichen, menschenverachtenden Politik. Wie viele Menschen Inge wohl noch folgen sollten?

Die beiden gingen wieder zurück und auch sogleich nach oben, wo Käthe und Alma nebeneinander auf den Stufen saßen. Bärbel hatte sich den Stuhl genommen und sich ebenfalls gesetzt, während Elisabeth nicht zu sehen war.

»Geht es euch so weit gut?«, fragte Gustav die Frauen.

Käthe sah ihn an und schüttelte langsam den Kopf. »Nein, Gustav. Es geht uns nicht gut.«

»Soll ich euch etwas zur Beruhigung geben?«

»Ich will mich nicht betäuben«, antwortete Käthe. »Doch ihr könnt etwas nehmen, wenn ihr wollt«, bot sie Alma und auch Bärbel an.

Beide schüttelten stumm den Kopf.

»Wo ist Elisabeth?«, fragte Ferdinand.

»Sie hat sich hingelegt. Es wäre wichtig, dass du nach ihr siehst.«

»Und Vater?«

»Der kam vorhin nach Hause und war recht übel gelaunt«, erzählte Käthe. »Eigentlich wollten wir ja bald essen. Doch als dann die Sorge um Inge um sich griff, ist er einfach gegangen.«

»Einfach so?« Ferdinand konnte kaum glauben, was er da hörte. Doch erst jetzt fiel ihm auf, dass der Mercedes seines Vaters nicht mehr vor dem Haus gestanden hatte, als Gustav und er vorhin angekommen waren. Wie es schien, hatte er sich also einfach aus dem Staub gemacht. Ein feiner Hausherr.

»Ich werde jetzt zu Elisabeth gehen«, kündigte Ferdinand an und trat an seiner Mutter und Alma vorbei, die leichenblass auf den Stufen saßen und vor sich hinstarrten.

»Ich hätte früher etwas tun müssen«, warf Käthe sich vor. »Ich wusste ja, wie schlecht es um die Inge bestellt war und was sie quälte. Doch ich habe nichts unternommen.«

»Meiner Erfahrung nach kann in einer solchen Situation kaum jemand helfen«, entgegnete Gustav nun, während Ferdinand im Schlafzimmer verschwand, die Tür jedoch offen ließ. Fast erwartete Gustav, gleich von dem Freund gerufen zu werden, weil das alles Elisabeth in ihrem jetzigen Zustand zu sehr aufgeregt hatte. Doch er hörte nur, wie Ferdinand beruhigend auf Elisabeth einredete. Was sie antwortete, konnte er jedoch nicht verstehen.

»Was sollen wir denn jetzt nur machen?«, fragte Alma. »Ich meine, wir müssen es ihrer Familie sagen. Und dem Kurt.« Bei der Erwähnung des Namens presste sie sogleich wieder ihr Taschentuch vor den Mund.

»Wenn ihr möchtet, kann ich mich darum kümmern«, bot Gustav an. »Ich bräuchte dann nur die Adressen.«

»Danke, Gustav«, sagte Käthe. »Das wäre uns wirklich eine Hilfe.«

»Das ist doch selbstverständlich.«

Alma schnäuzte kräftig in ihr Taschentuch und stand dann auf. »Wünschen gnädige Frau, dass ich jetzt das Essen auftrage?«

Käthe sah sie vollkommen entgeistert an. »Nein, Alma. Ich glaube nicht, dass einem von uns nach Essen ist.«

Die Haushälterin blieb hilflos stehen, unschlüssig, was sie dann jetzt tun sollte.

»Alma, Bärbel, ihr könnt in eure Kammern gehen und euch ausruhen. Oder auch einen Spaziergang machen«, sagte Käthe. »Wir brauchen jetzt alle erst mal ein wenig Zeit, um mit dem tragischen Geschehen zurechtzukommen.«

»Aber das Essen …«, wandte Alma ein.

»Wir können es später immer noch warm machen«, erwiderte Käthe. »Geht jetzt, und ruht euch aus.«

Bärbel erhob sich zitternd von dem Stuhl und stellte diesen an den Platz, wo er immer stand. Dann ging sie ohne ein Wort zusammen mit Alma nach unten.

Käthe stand von der Treppenstufe auf. »Ich werde dir aufschreiben, wo du Inges Mutter und auch den Kurt erreichen kannst«, erklärte sie.

»In Ordnung. Kann ich sonst noch etwas für dich tun, Käthe?«

»Vielleicht wärst du so gut, noch einmal nach Elisabeth zu sehen? Ich habe Sorge, dass sie das alles womöglich zu sehr mitgenommen hat.«

»Natürlich mache ich das.« Während Gustav zum Schlafzimmer von Elisabeth und Ferdinand hinüberging, begab sich Käthe ins Erdgeschoss.

Gustav klopfte an, obwohl die Tür weit offen stand. »Ich bitte um Verzeihung. Darf ich eintreten?«

»Aber ja, natürlich«, sagte Ferdinand sogleich. Er saß auf der Bettkante und hielt Elisabeths Hand.

»Wie geht es dir, Elisabeth?«, fragte Gustav beim Näherkommen.

»Es geht schon. Ich bin nur so schockiert, dass sie es getan hat.«

»Ja, ich auch. Ich wünschte, ich wäre noch rechtzeitig gekommen«, gab Gustav zurück. »Hast du auf den Schreck ein Ziehen im Leib oder etwas Ähnliches gespürt?«

Elisabeth schüttelte den Kopf. »Nichts dergleichen. Ich glaube, meinem … unserem …«, verbesserte sie sich, »Kind geht es gut.«

»Das freut mich. Es ist immens wichtig, dass du jede Art von Aufregung zu vermeiden versuchst.«

Elisabeth nickte. »Ich weiß. Ich mache, was du mir geraten hast, das Atmen und das Zählen meine ich.«

»Gut, das ist sehr hilfreich. Versuch, ein wenig zu schlafen, ja?«

»Ja, das werde ich«, versprach sie folgsam.

»Dann werde ich dich jetzt einen Moment allein lassen«, erklärte Ferdinand und stand vom Bett auf. »Ich bringe dich noch nach unten, Gustav.«

»Danke.«

Zusammen verließen sie das Zimmer, und Gustav sah noch, dass Elisabeth die Decke hochzog und gleich die Augen schloss. Hoffentlich würden die Bilder der toten Inge sie nicht bis in den Schlaf verfolgen. Ein solches Erlebnis zu diesem Zeitpunkt der Schwangerschaft, gepaart mit der ohnehin schon schwierigen Situation, war reines Gift für Elisabeth, und das beunruhigte Gustav. Er würde die nächsten Tage öfter als sonst nach ihr sehen, ohne sie jedoch die Sorgen, die er sich um sie und das Ungeborene machte, spüren zu lassen.

Als Gustav und Ferdinand auf den Flur traten, wanderte der Blick Ferdinands nach oben. »Ich werde gleich einen der Zimmerleute von der Baustelle kommen lassen, damit er das in Ordnung bringt.«

»Tu das. Je schneller es repariert ist, desto weniger beklemmend wird es für euch sein, hier entlangzugehen.«

»Denkst du, wir hätten es verhindern können?«, fragte nun Ferdinand und sah Gustav direkt in die Augen.

»Heute vielleicht. Doch da sie es wirklich vorhatte, hätte sie immer wieder eine Möglichkeit gefunden. Wir können nur denen helfen, die es auch zulassen, Ferdinand. Jemand, der nicht gerettet werden will, den kannst du nicht retten, und wenn du vierundzwanzig Stunden am Tag an seiner Seite bist.«

Ferdinand nickte, doch er spürte, dass er sich schuldig fühlte. Schuldig, nicht mehr für Inge getan zu haben. Schuldig, sich einem Regime verpflichtet zu haben, das Menschen in den Tod trieb.

»Mach's gut, Ferdinand. Ich werde später noch mal vorbeikommen und nach Elisabeth und auch nach deiner Mutter sehen.«

»Danke.«

Sie gingen die Stufen nach unten, wo Käthe bereits mit einem Zettel in der Hand stand, auf dem sie die Namen und Adressen von Inges Angehörigen aufgeschrieben hatte.

Gustav nahm das Papier entgegen, verabschiedete sich dann von Käthe und Ferdinand und trat ins Freie.

Ein tiefer Atemzug an der frischen Luft ließ ihn schwindelig werden, und er wartete kurz, bis er die Stufen hinunterging und den Weg zum Gutshaus einschlug. Obwohl er sich nicht beeilte, legte er den Weg so schnell zurück, dass er sich wunderte, als er feststellte, schon zu Hause angekommen zu sein. Als er das Haus betrat, kam ihm Dorothea entgegen.

»Gustav, wir haben bereits ohne dich gegessen. Clara sagte,

dass du nur noch nach einem Patienten sehen wolltest, der in deiner Klinik liegt. Das kann doch nun wirklich nicht so lange dauern. Ich habe in der Praxis angerufen, und Frieda sagte, dass du längst daheim sein müsstest. Also wirklich, Gustav, kannst du mir bitte mal erklären, wo du dich herumgetrieben hast?« Sie stemmte empört die Hände in die Hüften.

»Inge hat sich aufgehängt«, antwortete er brüsk. »Und nun entschuldige mich. Ich muss ihre Familie aufsuchen.« Damit ließ er seine Mutter ohne ein weiteres Wort einfach stehen.

13. Kapitel

Am Ende kommt doch irgendwie alles, wie es kommen soll.

Leopold Lehmann

Drei Tage waren seit Inges Tod vergangen. Drei Tage, in denen alle noch wie gelähmt vor Entsetzen über das Geschehene waren. Jeder hatte das Gefühl, er hätte mehr tun müssen, um diese schreckliche Tat zu verhindern. Nun, nicht wirklich jeder, denn Leopold hatte selbst so etwas wie Inge vorgehabt. Ironischerweise war er durch ihren Selbstmord von seinem Vorhaben abgehalten worden. Es war fast wie ein Wink des Schicksals gewesen, als er am Sonntagmittag gerade das Wohnzimmer betreten und seinen Vater um ein Gespräch gebeten hatte, um reinen Tisch zu machen, als Sieglinde kurz hinter ihm hereinkam und mitteilte, dass das Essen schon fertig sei und man Platz nehmen könne. So hatten Leopold und Wilhelm ihre Unterredung auf die Zeit nach dem Essen vertagt. Aber kaum, dass sie sich nach dem Essen wieder im Wohnzimmer eingefunden hatten und Leopold gerade mit seiner Beichte hatte beginnen wollen, kam Paul-Friedrich zur Tür herein und überbrachte die Nachricht, dass Inge sich erhängt hatte. Er hatte von ihren seelischen Qualen nach der Zwangssterilisation berichtet, und dass Gustav eigentlich hingegangen war, um dem Dienstmädchen gut zuzureden. Doch dafür war es bereits zu spät gewesen.

Darauf brach aus Wilhelm die Wut, die er ohnehin auf die Nationalsozialisten hatte, erst so richtig heraus. Er erging sich in Schimpftiraden, bei denen man hatte fürchten müssen, dass sein Herz nicht mehr lange mitmachte. Leopold nutzte die Gelegenheit und teilte Paul-Friedrich mit, dass er dringend auch mit ihm sprechen müsse. Dass Paul-Friedrich gerade vor Ort war, so sagte Leopold, sei eine glückliche Fügung, da es ihn ebenso etwas angehe. Das ließ Paul-Friedrich aufhorchen.

Also schloss Leopold die Tür zum Wohnzimmer und eröffnete den beiden, dass er von der Behörde erpresst wurde. Während Paul-Friedrich ihn skeptisch beäugte, wollte sein Vater seinen Ohren nicht trauen.

Leopold berichtete, dass er, nachdem er bereits die zehn Tage für eine Tat im Gefängnis geschmort hatte, die er nicht begangen hatte, von einer gewissen Erna Behrend und Ewald Langenmüller, dem Sohn des früheren Gauleiters, aufgesucht worden war. Sie boten Leopold an, dafür zu sorgen, dass der Verdacht gegen ihn fallen gelassen wurde, wenn er sich bereit erklärte, in den Familien Lehmann und von Falkenbach für die Behörde zu spionieren und alles aufzudecken – und am besten auch zu belegen –, was die Lehmanns und von Falkenbachs an vermeintlich illegalen Geschäften betrieben. Anfangs, fuhr Leopold fort, habe er einfach eingewilligt, um aus dem Gefängnis zu kommen, worauf Wilhelm einen empörten Zischlaut hören ließ. Er hätte natürlich nie vorgehabt, beteuerte Leopold, einer der Familien zu schaden, und nur die Möglichkeit in Betracht gezogen, zum Schein auf die Forderungen einzugehen, schon deshalb, weil er fest davon ausging, dass es ja schließlich gar keine illegalen Geschäfte gab. Dann jedoch waren die beiden wieder aufgetaucht, dieses Mal mit gefälschten Unterlagen, die sie Leopold mit dem Auftrag übergaben, sie in den Privathäusern oder auch in den Firmen so zu deponieren, dass sie nicht gleich gefunden würden, jedoch bei einer gründlichen Durchsuchung der Gestapo in die Hände fallen mussten. Darauf hatte Leopold die Akte geholt, in der noch immer alle Papiere fein säuberlich so abgeheftet waren, wie er sie erhalten hatte, und sie Paul-Friedrich und seinem Vater übergeben.

Leopold hatte nochmals versichert, dass er nie, wirklich niemals auf die Idee gekommen wäre, diese Papiere tatsächlich irgendwo für die Gestapo zu hinterlegen. Der Zorn auf die NS-Schergen, die schließlich auch Inge zur Zwangssterilisation abgeholt und damit im Grunde ihr Leben ruiniert hatten, trug sein Übriges bei. Und so wurde aus Leopold im Verlauf des Gesprächs das Opfer einer Intrige. Sowohl Paul-Friedrich als auch Wilhelm waren voll des Lobes für Leopold, dass er bei ihnen reinen Tisch gemacht hatte, auch wenn er damit riskierte, wieder ins Gefängnis zu müssen. Kurz darauf hatte Paul-Friedrich berichtet, dass er aufrichtig erleichtert sei, da auch ihm zu Ohren gekommen war, dass es einen Spion in einer der Firmen gab und er Wilhelm just heute Morgen auch schon darauf angesprochen hatte, weil sie sich fragten, wer derjenige wohl sein könnte. Leopold hatte innerlich gefeixt. Wie viel Glück konnte ein Mensch denn haben, dass er, kurz bevor er überführt worden wäre, das Gespräch gesucht hatte und nun dastand wie ein Held statt wie ein Verräter! Von einem Moment auf den anderen schienen sich all seine Schwierigkeiten in Luft aufgelöst zu haben, während er nicht einmal zwei Stunden zuvor noch bereit gewesen war, seinem Leben ein Ende zu setzen. Natürlich war da noch immer die leise Befürchtung, wieder ins Gefängnis zu müssen. Doch Leopold glaubte nicht mehr so richtig daran, dass ihm das wirklich bevorstand. Paul-Friedrich hatte versichert, sich der Sache annehmen zu wollen, und so entschlossen, wie er bei seinem Aufbruch auf Leopold gewirkt hatte, zweifelte der keinen Augenblick daran, dass der alte Fuchs schon bekommen würde, was er wollte.

Zumindest waren Paul-Friedrich und auch Wilhelm nach dem Gespräch, wie sie Leopold versicherten, fest davon überzeugt, dass es niemals eine Manipulation und die angeblichen Vorfälle gegeben hatte, sondern dass es von Anfang an nur darum gegangen war, Leopold zu erpressen und Druck auf ihn aufzubauen – was ja auch gelungen war.

Auf Leopolds Frage, was er nun tun und wie er sich verhalten sollte, hatte Paul-Friedrich nur geantwortet, dass er die gefälschten Papiere an sich nehmen und sich wieder bei ihm melden würde, sobald es für ihn etwas zu tun gab. Dann hatte er sich verabschiedet, und bisher hatte Leopold nichts mehr von ihm gehört. Im Grunde rechnete er jeden Tag damit, dass die Gestapo kam und sowohl das Gutshaus als auch die Fabriken und die Privathäuser durchsuchte. Doch bisher war nichts dergleichen geschehen.

Es herrschte eine angespannte, fast unheilvolle Ruhe, aber Leopold wusste, dass er zum jetzigen Zeitpunkt nichts tun konnte, als abzuwarten. Das, und seine Ehe wieder in Ordnung zu bringen, denn das war schließlich die andere Krise gewesen, die über ihn hereingebrochen war. So war er direkt nach dem Gespräch mit seinem Vater und Paul-Friedrich zu Irma nach oben gegangen und hatte um eine letzte Unterredung gebeten. Während des Essens hatte natürlich keiner von beiden etwas von Irmas Entschluss, sich von Leopold zu trennen und Gut Falkenbach zu verlassen, gesagt. Zum Glück. Denn so hatte Leopold Irma die gleiche Geschichte erzählen können, die er zuvor schon seinem Vater und Paul-Friedrich aufgetischt hatte. Damit hatte er erklärt, weshalb er in den vergangenen Monaten unter derart großem Druck stand, dass er kaum mehr klar hatte denken können. Irma hatte es hingenommen, sich jedoch nicht hinreißen lassen, dies als ein Versöhnungsangebot zu akzeptieren. Als Leopold aber dann auch noch von Inge berichtet hatte und davon, wie sehr dies doch zeige, was die Behörden mit ihrem Vorgehen anrichteten, hatte sich Irmas Blick verändert. Das Mitgefühl stand ihr ins Gesicht geschrieben, und Leopold hatte zaghaft ihre Hand genommen und ihr gesagt, dass er keineswegs Verständnis erwarte und schon gar nicht, dass sie ihm verzeihe. Er wolle sie nicht einmal zum Bleiben bewegen, wie er versicherte. Er wolle ihr nur alles erklären, damit sie wusste, dass sein Verhalten ihr gegenüber gewiss nicht auf Respektlosigkeit oder gar mangelnde Zuneigung zurückzuführen war. Er hatte einfach solche Ängste um die Familien Lehmann und von Falkenbach ausgestanden, dass er nicht mehr ein noch aus gewusst hätte. Irma hatte sich ein wenig Zeit ausgebeten, um in Ruhe über alles nachzudenken, und war allein zum See hinuntergegangen. Als sie wiederkam, wirkte sie aufgeräumt und entschlossen. Zwar hatte sie ihm nicht gesagt, was ihr letztlich durch den Kopf gegangen war, doch er konnte es sich auch so denken. Denn an diesem Abend hatten sie sich stundenlang geliebt, und zwar auf Irmas Betreiben hin. Und seither hatte sie das Wort Scheidung nicht mehr in den Mund genommen, ganz so, als hätte es das Thema nie gegeben. Zwar war noch nicht allzu viel Zeit seit Sonntag vergangen. Doch Leopold bemerkte durchaus, dass sich etwas zwischen ihnen verändert hatte. Sie waren einander wieder gut, und offenbar brachte die Wut darüber, wie übel man ihrem Mann mitgespielt hatte, Irma dazu, noch einmal alles daranzusetzen, damit ihre Ehe wieder funktionierte.

Das Telefon klingelte, und als Leopold den Hörer abnahm, meldete sich Frau Weber, die ihm mitteilte, dass Paul-Friedrich ihn zu sprechen wünschte.

»Bitte stellen Sie durch, Frau Weber«, sagte Leopold, der über den Anruf aufrichtig erfreut und gespannt war, zu erfahren, was sich getan hatte.

»Paul-Friedrich?«, meldete sich Leopold. »Wie schön von dir zu hören.«

»Guten Tag, Leopold. Hättest du nachher Zeit, ins Gutshaus herüberzukommen?«

»Sicher, gern. Hast du denn etwas erreicht?«

»Ich möchte das ungern am Telefon besprechen, das verstehst du sicher?«

»Natürlich«, versicherte Leopold, obwohl er zu gern wenigstens einen Hinweis bekommen hätte, ob es in eine gute oder eher schlechte Richtung ging. »Wann passt es dir?«

»Ich bin den ganzen Vormittag im Haus. Komm vorbei, wann immer du möchtest.«

»Das mache ich. Danke für deinen Anruf, Paul-Friedrich.«

»Gern geschehen. Bis später.«

»Ja, bis später.« Sie legten auf. Die Art, wie Paul-Friedrich seit Leopolds Geständnis am Sonntag mit ihm sprach, gefiel ihm. Sehr sogar. Paul-Friedrich behandelte ihn nun mit dem Respekt, den Leopold sich wahrscheinlich insgeheim immer gewünscht hatte, ohne dass es ihm bewusst gewesen wäre. Dadurch nahm Leopold auch Paul-Friedrich nun ganz anders wahr, und er fragte sich ehrlich, ob es die ganze Zeit einfach nur an ihm selbst und seinem Verhalten gelegen hatte, dass der Gutsherr sich ihm gegenüber stets etwas herablassend gegeben hatte. Denn wenn er darüber nachdachte, hatte Leopold immer das Gefühl gehabt, dass Paul-Friedrich seinem Cousin Ferdinand nie so abschätzig begegnet war. Ganz im Gegenteil. Deren Verhältnis war stets von Wertschätzung geprägt gewesen. Zwar kannte Leopold sich selbst gut genug, um zu wissen, dass er bestimmt nicht vom Saulus zum Paulus wurde. Aber er wollte sich aufrichtig bemühen, sich den Respekt, den Paul-Friedrich und ebenso sein Vater ihm derzeit entgegenbrachten, auch zu erhalten, ja mehr noch, ihn weiterhin zu verdienen. Vielleicht war das der Schlüssel zu einem zufriedeneren, glücklicheren Leben in der Zukunft. Er hoffte es aufrichtig.

Kurz war Leopold nach dem Telefonat in Versuchung, seine Arbeit zu unterbrechen und sofort zum Gutshaus hinüberzugehen. Schließlich konnte er es kaum erwarten, zu erfahren, ob Paul-Friedrich schon etwas erreicht hatte. Doch er wusste, dass das alles andere als souverän wirken würde, also sah er davon ab und erledigte weiter die Korrespondenz auf seinem Schreibtisch. Gut eine Stunde arbeitete er noch, dann gab er Frau Weber Bescheid, dass er heute früher als sonst zu Mittag ginge, jedoch danach wie üblich in die Firma zurückkehren würde. Frau Weber verabschiedete ihn mit einem freundlichen Gruß und widmete sich dann wieder ihrer Arbeit. Sie hatte sich seit Wilhelms Schlaganfall daran gewöhnt, für Leopold tätig zu sein. Doch er wusste, dass sie ihn niemals so schätzen würde wie seinen Vater. Aber sie respektierte ihn, und das genügte ihm. Und tatsächlich hatte Leopold festgestellt, dass die Menschen ihn besser behandelten, wenn er sich freundlich ihnen gegenüber verhielt. Eine Tatsache, die ihm früher nie in den Sinn gekommen wäre. Früher hatte alles, was er getan hatte, auf Druck und manchmal auch Einschüchterung basiert. Doch damit war er oft an seine Grenzen geraten. Nun jedoch, mit neu gewonnener Freundlichkeit, kam er besser zurecht, wobei er die nicht erst seit Kurzem, sondern tatsächlich bereits seit Monaten an den Tag legte. Nur hatte er bisher nicht wirklich viel darüber nachgedacht. Erst jetzt, wo sich das Verhältnis zu seinem Vater und auch Paul-Friedrich merklich besserte, spürte er, dass er auf dem richtigen Weg zu einem entspannteren Dasein war. Dabei hätte er nicht geglaubt, dass ihn das überhaupt interessieren würde.

Leopold ging den oberen Flur entlang und dann die Stufen hinab ins Erdgeschoss. Dann verließ er die Fabrik und wollte sich gerade auf den Weg zum Gutshaus machen, als er mehrere

Automobile auf die Fabrik zurasen sah. Er blieb wie angewurzelt stehen, als der erste Wagen mit quietschenden Bremsen zum Stehen kam. Sofort sprangen Männer heraus, und einer von ihnen baute sich direkt vor Leopold auf.

»Hauptmann Kallwitz, Sicherheitspolizei im Dienst des Führers. Heil Hitler!«, vermeldete der Mann. »Wir haben den Befehl zur Durchsuchung dieser Fabrik. Leisten Sie keinen Widerstand, und weisen Sie auch Ihre Arbeiter entsprechend an.«

Leopold schlug das Herz bis zum Hals. War es Paul-Friedrich also doch nicht gelungen, seine Fäden zu spinnen und das drohende Unheil von ihnen allen abzuwenden? Einen kurzen Moment befürchtete er, was geschehen mochte, wenn womöglich nicht nur er mit dem Einschleusen von Unterlagen, sondern vielleicht auch noch jemand anderer beauftragt gewesen war? Er versuchte aber, ruhig zu bleiben und sich nichts anmerken zu lassen.

»Heil Hitler!«, erwiderte er. »Bitte, meine Herren«, sagte er dann laut genug, dass auch die weiter hinten Stehenden ihn noch gut hören konnten. »Tun Sie sich keinen Zwang an, wir haben nichts zu verbergen.« Leopold machte kehrt und ging in die Fabrik zurück, wo sofort alle Blicke auf ihn gerichtet waren, als er, gefolgt von mindestens zwei Dutzend Gestapo-Männern, eintrat. Leopold hob die Arme, um sich Gehör bei seinen Mitarbeitern zu verschaffen.

»Maschinen aus!«, befahl er so laut er konnte, hatte aber dennoch Probleme, gegen den Produktionslärm anzukommen. »Alle Maschinen aus!«, rief er abermals, und tatsächlich wurde es leiser und leiser, bis kein Geräusch mehr zu hören war. »Leute, lasst diese Männer hier ihre Arbeit tun, und zeigt ihnen, was sie benötigen, um sich ein Bild machen zu können. Allerdings«, er hob den Zeigefinger, »fordere ich jeden Einzelnen von euch auf, genau darauf zu achten, was angefasst oder mitgenommen wird.«

Frau Weber war herbeigeeilt und schlug erschrocken die Hand vor den Mund, als sie das Aufgebot der Gestapo sah.

»Frau Weber«, wandte sich Leopold nun an die Sekretärin, »bitte rufen Sie im Gutshaus bei Herrn von Falkenbach an, und sagen Sie ihm, welchen Besuch wir haben und dass ich deshalb derzeit unabkömmlich bin.«

»Jawohl, Herr Lehmann«, erwiderte sie dienstbeflissen.

»Ach, Frau Weber, und wenn Sie damit fertig sind, dann geben Sie diesen Herren alle Papiere, die sie haben wollen. Doch bitte fertigen Sie eine Liste von jedem einzelnen ausgehändigten Zettel an, und versehen Sie alles mit einer fortlaufenden Nummerierung. Wir wollen doch nicht, dass womöglich am Ende ein Papier auftaucht, das sich zuvor gar nicht in unseren Unterlagen befunden hat, nicht wahr?«

Einige der Arbeiter lachten auf, während Leopold sich wieder dem Hauptmann zuwandte.

»So, guter Mann. Es ist jetzt genau elf Uhr und zwanzig Minuten. Ich werde festhalten, wie lange die Maschinen während Ihrer Durchsuchung stillstehen, und über den Ausfall genau mit Ihrer Dienststelle abrechnen. Also lassen Sie sich ruhig Zeit mit dem, was Sie vorhaben. Wenn Sie mich suchen, ich bin in meinem Büro.«

Dem Hauptmann war anzusehen, dass ihm eine Erwiderung auf den Lippen lag, doch er wies seine Leute lediglich an, auszuschwärmen und alles zu durchkämmen.

Leopold stieg scheinbar ungerührt die Stufen zum oberen Flur hinauf und ging in sein Büro. Dort schloss er die Tür und rief sogleich im Gutshaus an. Es klingelte nur ein einziges Mal, dann war der Hausherr selbst am Apparat, ganz so, als hätte er Leopolds Anruf erwartet.

»Paul-Friedrich«, flüsterte Leopold, obwohl ihn hier oben und durch die geschlossene Tür gewiss keiner der Gestapo-Leute hören konnte.

»Ja, ich weiß schon Bescheid. Frau Weber hat mir gesagt, was los ist.«

»Wie soll ich mich verhalten?«

»Du musst einfach nur ganz ruhig dasitzen. Es wird gar nicht mehr lange dauern, dann wird Verstärkung bei dir eintreffen.«

»Was für eine Verstärkung?«

»Nicht am Telefon, das weißt du doch. Lass dich überraschen, Leopold! Es läuft alles genau so, wie ich es geplant habe.«

»Ach ja?«

»Ja.« Die Selbstsicherheit Paul-Friedrichs erlaubte keinen Zweifel.

»Na gut. Ich habe die Produktion unterbrechen lassen und denen gesagt, dass ihre Behörde den Ausfall zu bezahlen hat.«

»Wunderbar«, lobte Paul-Friedrich. »Das hätte ich selbst nicht besser machen können.«

»Wenn du es sagst.« Leopold konnte sich gegen ein gewisses Maß an Restzweifel nicht wehren, doch das behielt er für sich. »Nun gut, dann also bis später.«

»Ja, wir sehen uns gleich noch, Leopold. Bis dann.«

Leopold hängte ein. Zwar wusste er, dass Paul-Friedrich Kontakte bis in die höchsten Kreise hatte, doch gerade jetzt fragte Leopold sich, ob Paul-Friedrich die Selbstsicherheit, ja fast schon Arroganz, mit der er die Dinge anging, nicht womöglich eines Tages das Genick brechen würde.

Es verging etwa eine halbe Stunde, in der Leopold immer wieder an das Fenster trat, das den Blick auf die Produktionshalle freigab, bis er sah, dass eine weitere Gruppe Männer in die Fabrik trat, in deren Mitte er Paul-Friedrich erkannte, der bester Laune zu sein schien.

Ein Ruf wurde laut, ein Befehl gebrüllt, dann eilte der Hauptmann, der vorhin mit Leopold gesprochen hatte, auf die

Gruppe zu und salutierte. Leopold beschloss, sich das aus der Nähe anzusehen, verließ sein Büro und ging hinunter.

»Ah, da ist er ja. Darf ich vorstellen: Leopold Lehmann – Reichsleiter Constantin Trost.«

Leopold riss die Augen auf. Er war nie zuvor einem Mann von einem solchen Rang begegnet. Der Reichsleiter war das höchste Parteiamt der NSDAP und damit quasi der verlängerte Arm Hitlers. Unwillkürlich stand auch Leopold, der keinerlei soldatische Ambitionen hatte, stramm und riss den rechten Arm hoch.

»Heil Hitler, Reichsleiter Trost!«, rief er zackig.

»Sieg Heil!«, gab dieser zurück, sah sich dann jedoch missbilligend um. »Wenn ich mir allerdings diesen Schlamassel hier ansehe, rückt ein Sieg des Deutschen Reiches offenbar in weite Ferne.«

»Was ja nicht die Schuld unseres Freundes Leopold Lehmann ist«, stellte Paul-Friedrich sogleich klar.

»Wer hat befohlen, die Maschinen zu stoppen?«, fragte der Reichsleiter.

»Das war ich«, erklärte Leopold wahrheitsgemäß. »Als die Gestapo-Leute kamen mit dem Auftrag, alles zu durchsuchen, wollte ich keinesfalls riskieren, dass es Beschädigungen an den Maschinen und damit weitere Verzögerungen in der Produktion geben könnte. Schließlich bin ich schon einmal zu Unrecht wegen eines angeblich nicht richtig funktionierenden Gewehrs verhaftet worden«, traute sich Leopold hinzuzufügen, was ihm grimmige Blicke von der Entourage des Reichsleiters einbrachte.

»Ich hörte von der Geschichte«, erwiderte der Reichsleiter, worauf sich die Männer ein wenig zu entspannen schienen. »Überhaupt hat mein alter Freund Paul-Friedrich mir erzählt, was sich so alles zugetragen hat, oder besser, was sich noch zutragen soll, wenn ich es richtig verstanden habe?«

»Du kannst ganz offen mit Constantin reden, Leopold. Ähm, ich meine natürlich, mit Reichsleiter Trost.«

Leopold merkte genau, dass es kein Versehen Paul-Friedrichs gewesen war, als er den Reichsleiter beim Vornamen genannt hatte. Vielmehr wollte er ganz offensichtlich seine freundschaftliche Verbindung zu dem Mann auf diese Weise herausstellen.

»Bevor ich mir das anhöre, möchte ich gern wissen, wer Ihnen den Auftrag zu dieser Durchsuchung erteilt hat, Hauptmann. Denn meinen Informationen nach ergibt sich der Name des Dienstvorgesetzten, der diese Anweisung ausgebracht hat, nicht aus den Akten.«

»Der Befehl kam schriftlich«, erklärte der Hauptmann, »und wurde durch einen Unterscharführer überbracht.«

»Durch einen Unterscharführer, soso.« Der Reichsleiter verzog das Gesicht. »Das soll dann also bedeuten, irgendjemand schickt einen kleinen Soldaten los, der Ihnen einen Zettel mit ein paar gekritzelten Zeilen darauf in die Hand drückt, und Sie stürmen mit Dutzenden Männern hier in die Fabrik und bringen damit die Produktion von Waffen zum Stillstand, die das Reich und unser Führer brauchen?« Er war mit jedem Wort lauter geworden. Das Wort Führer hatte er richtiggehend herausgebrüllt.

»Jawohl, Reichsleiter«, bestätigte der Hauptmann und stand stramm. Dabei musste er selbst bemerkt haben, wie lächerlich er sich gerade machte, denn er verzog etwas kläglich das Gesicht.

»Es ist, wie ich es gestern sagte, meine Herren. Die Befehlskette wird nicht mehr eingehalten, sondern schamlos ausgenutzt, und unser Führer damit der Lächerlichkeit preisgegeben«, wandte sich Paul-Friedrich an die Begleiter des Reichsleiters und schüttelte dabei scheinbar bestürzt den Kopf.

»Wenn ich es nicht selbst erlebt hätte, ich hätte es nicht geglaubt«, ergänzte der Reichsleiter.

»Ach, und Hauptmann: Das, was Sie so dringend zu finden wünschen, dürfte dann wohl das hier sein.« Paul-Friedrich drückte dem verdutzten Soldaten die Mappe in die Hand, die Leopold ihm am Sonntag übergeben hatte. »Keine Sorge, wir alle hier haben die Papiere bereits eingesehen, und ich habe entsprechende Abschriften fertigen lassen. Und tatsächlich wird wohl gerade in diesem Augenblick Ihre Behörde auf die Herkunft der Gegenstücke zu diesen Unterlagen untersucht. Schließlich wollen wir doch herausfinden, wer deren Verfasser ist, nicht wahr?«

Der Hauptmann räusperte sich. »Ich weiß wirklich nicht, wovon Sie reden.«

»Dann dürften Sie von Glück sagen können, wenn Ihr Name nicht in den Akten auftaucht. Doch ich freue mich schon jetzt darauf, zu erfahren, wer außerdem noch in die Sache verwickelt ist.«

»Es dürften bald ein paar Stühle in Ihrem Saustall von einem Dienstgebäude frei werden«, fügte nun auch noch der Reichsleiter hinzu. Dann hob er den Kopf. »Alle Männer sammeln und geordnet abziehen!«, brüllte er dann befehlsgewohnt durch die Fabrikhalle, worauf sich unverzüglich die Gestapo-Leute in Bewegung setzten und wie geprügelte Hunde Richtung Ausgang steuerten.

»Danke, Constantin«, sagte Paul-Friedrich und schüttelte ihm die Hand. »Und auch Ihnen, meine Herren, die Sie als Zeugen fungieren und die ganze Angelegenheit belegen können, möchte ich danken. Es ist schön zu erleben, dass unser Land am Ende doch von ehrlichen, aufrechten Männern geführt wird, die eben nicht die Ihren bestehlen, sondern mit stolzem Beispiel als ehrliche, gute Deutsche vorangehen und die Werte aufrechterhalten, die unsere Nation so stark machen.« Paul-Friedrich riss den rechten Arm hoch. »Heil Hitler!«, brüllte er, was alle anderen ihm sofort gleichtaten.

Dann verabschiedete man sich allgemein voneinander, bis nur noch der Reichsleiter, Paul-Friedrich und Leopold dastanden. Auch der Hauptmann hatte sich getrollt, allerdings ohne sich noch angemessen zu verabschieden.

»Paul-Friedrich, ich muss schon sagen, es hat mir fast Spaß gemacht. Wir haben ja schon so manches erlebt, und bestimmt ist nicht jeder in der Behörde frei von Fehlern. Doch eine solche Sauerei wie der Versuch, euch alle hier reinzulegen, um sich so euer Hab und Gut unter den Nagel zu reißen, ist mir noch nicht untergekommen.«

»Zum Glück, Constantin, zum Glück. Denn sonst müsstest selbst du zweifeln, in welch korruptem Verbund du da gelandet bist.«

Paul-Friedrich und der Reichsleiter umarmten sich, dann gab der noch Leopold die Hand und ging. Bevor er den Ausgang erreichte, rief er noch: »Am Abend sehe ich den Führer. Und ich verspreche dir, er wird höchstpersönlich von all dem hier erfahren!«

»Danke, mein Freund!«, rief Paul-Friedrich zurück. Dann ließ der Reichsleiter krachend die Tür hinter sich ins Schloss fallen.

Leopold sah in die Gesichter der Arbeiter, die ihn staunend begafften.

»Leute, nehmt jetzt eure Arbeit wieder auf, und leistet euren Dienst für unser Land!«, befahl Leopold in feierlichem Tonfall. Und nach einem kurzen Moment der Stille wurden die ersten Maschinen wieder eingeschaltet, bis gleich darauf nach und nach die Produktion zur Gänze wieder aufgenommen wurde.

Paul-Friedrich und Leopold gingen durch die Haupttür hinaus und blieben draußen stehen.

»Wie genau hast du das denn geschafft?«, wollte Leopold mit deutlich hörbarer Begeisterung wissen.

»Das war tatsächlich sehr, sehr einfach«, meinte Paul-Friedrich. »Man muss eben die richtigen Leute kennen. Und ich bin halt mit den Unterlagen, die du mir gegeben hast, an meine Freunde in der Partei herangetreten und habe mich schließlich auch telefonisch mit meinem alten Freund Constantin in Verbindung gesetzt, der eigens dafür hergekommen ist.«

»Von wo?«

»Aus München«, antwortete Paul-Friedrich.

»Aber er konnte doch unmöglich wissen, wann die Gestapo hier auftauchen würde.«

»Nun ja, ich sagte ihm, dass mir durch dieselbe Quelle, die mir von der geplanten Verschwörung erzählt hat, zu Ohren gekommen sei, dass die Durchsuchung heute stattfinden sollte, und bat ihn, sich in der Nähe bereitzuhalten. Für den Fall, dass es falscher Alarm gewesen wäre, hätten wir eben einfach einen vergnüglichen Vormittag miteinander verbracht.«

»Moment, Moment«, unterbrach ihn Leopold. »Du meinst, die ganzen Parteimitglieder und der Reichsleiter selbst haben in deinem Haus gesessen und nur darauf gewartet, hierherzukommen?«

»Ganz recht. Doch zuvor haben wir in aller Ruhe einige Zigarren geraucht und uns dann erst auf den Weg gemacht.«

»Aber du hast mich doch vorhin angerufen und darum gebeten, dass ich nachher noch zu dir kommen soll.«

»Weil ich damit rechnete, dass da jemand mithört, der nun sicher sein konnte, dass ich im Gutshaus und du in der Fabrik bist.«

»Du denkst wirklich an alles, Paul-Friedrich. Doch eine Frage bleibt noch.«

»Ja?«

»Woher konntest du wissen, wann die Gestapo hier auftaucht?«

Paul-Friedrich grinste breit. »Na, was meinst du wohl, von wem der Unterscharführer den Einsatzbefehl hatte, den er dem Hauptmann übergeben hat?«

Leopold sah ihn an und brach in lautes Lachen aus. »Du bist und bleibst unschlagbar, Paul-Friedrich.«

»Ja, davon gehe ich auch aus«, gab dieser zufrieden zurück. »Und nun entschuldige mich bitte. Ich habe es wegen meines Besuchs noch nicht einmal geschafft, einen Blick in die Zeitung zu werfen.« Er klopfte Leopold freundschaftlich auf die Schulter, dann machte er sich pfeifend auf den Rückweg zum Gutshaus.

Leopold sah ihm noch eine Weile nach. Jetzt endlich begriff er, was Paul-Friedrich so besonders machte: Er tat nicht so, als wäre er allen überlegen – er war es.

14. Kapitel

Sehe wirklich nur ich, wovor alle anderen so fest die Augen verschließen?

Wilhelm Lehmann

»Um Himmels willen!« Wilhelm hatte, wie üblich, zuerst nur die Überschriften der Zeitung *Völkischer Beobachter* überflogen, die er sich extra aus Berlin schicken ließ und die er daher immer erst einen Tag nach Erscheinen in den Händen hielt. So sprangen ihm also in der Ausgabe von gestern, dem 8. November, die Schlagzeilen nur so entgegen:

»Ein neuer Fall Gustloff« und – sogar rot unterstrichen: *»Jüdischer Mordanschlag in Paris«*.

Direkt darunter hieß es weiter: *»Mitglied der Deutschen Botschaft durch Schüsse lebensgefährlich verletzt!«*

Und: *»Der Mordbube ein 17-jähriger Jude«*.

Beunruhigt dachte Wilhelm, dass es jetzt endgültig zu weiteren Angriffen des NS-Staates auf alle Juden kommen werde, denn nun hätten der Führer und seine Schergen einen noch triftigeren Grund als zuvor für ihre Repressalien. Im Artikel wurde folgendes Geschehen vom 7. November in der französischen Hauptstadt beschrieben:

Auf den Legationssekretär an der Deutschen Botschaft in Paris, vom Rath, wurde heute morgen in seinem Dienstzimmer ein Revolverattentat verübt. Als Täter wurde später der jüdische polnische Staatsangehörige Herschel Feibel Grynszpan festgestellt. Im Einzelnen spielte sich der Vorfall wie folgt ab: Der Täter näherte sich einem der Amtsgehilfen der Botschaft und verlangte einen der Legationssekretäre zu sprechen. Er wurde daraufhin zu Legationssekretär vom Rath geführt. Gleich darauf fielen in dem Zimmer des Herrn vom Rath Schüsse, und der soeben erst gemeldete Fremde versuchte zu flüchten. Der Amtsgehilfe der Botschaft veranlasste daraufhin die sofortige Festnahme des Täters durch den vor dem Botschaftsgebäude stehenden französischen Polizeibeamten, der den Täter dem nächsten Polizeikommissariat zuführte. Bei der sofort durchgeführten Vernehmung erklärte der Täter, er habe das Attentat verübt, um seine jüdischen Rassegenossen zu rächen.

Wilhelm ließ die Zeitung kurz sinken und schüttelte den Kopf. Wie dumm konnte jemand sein, in eine deutsche Botschaft zu laufen und auf einen deutschen Staatsdiener zu schießen? Hatte sich das alles tatsächlich so abgespielt? Oder war dies inszeniert worden? Das Ganze war doch sehr zweifelhaft. Er las weiter:

Die Botschaft hat beim Französischen Außenministerium strengste Durchführung der Untersuchung verlangt und zugesagt erhalten. Legationssekretär vom Rath ist in ein Krankenhaus überführt und in ärztliche Pflege genommen worden.

Es folgte eine größere Zwischenüberschrift:

Der Zustand des Verletzten sehr ernst.

Darunter war zu lesen:

Über die Verletzungen, die Legationssekretär vom Rath erlitt, erfahren wir von zuständiger Stelle noch folgende Einzelheiten: Eine der beiden Kugeln, die der Jude Grynszpan auf den deutschen Legationssekretär abschoss, streifte die Haut und drang in die Schulter ein. Die dadurch hervorgerufene Verletzung ist nicht gefährlich. Die zweite Kugel dagegen drang in die Seite ein und durchschlug die Milz, weiter verletzte sie die Magenwand an zwei Stellen. Glücklicherweise ist die Wirbelsäule nicht getroffen worden. Wilhelm erfuhr aus dem Artikel weiter, dass der verletzte vom Rath operiert und ihm dabei die Milz entfernt wurde.

Weiter stand unter der Überschrift *Der Mörder und seine Mischpoche* unter anderem zu lesen, bei welchem Waffenhändler der vom Verfasser so bezeichnete *Mordbube* die Tatwaffe gekauft hätte. Außerdem hätte er zunächst bei seinem Onkel in Paris gewohnt, den er aber am 15. August verlassen hätte. Zu dieser Zeit sei auch die Aufenthaltsgenehmigung des Attentäters nicht verlängert und er ausgewiesen worden. Im Artikel hieß es sodann:

Seit dem 15. August will der Onkel seinen Neffen nicht wieder gesehen haben, der, über seinen Verbleib nach der Ausweisung befragt, erklärte (man ist allerdings überzeugt, dass er lügt), er habe im Bois de Boulogne auf dem Seine-Quai genächtigt.

Es folgten noch weitere Angaben zu den Ermittlungen, die Wilhelm aber nicht mehr interessierten.

Vielmehr wandte er sich dem oben rechts befindlichen Leitartikel des Verfassers Wolfgang Diewerge mit dem Titel *Verbrecher am Frieden Europas* zu, der dort schrieb:

Kaum hatte der Führer in Weimar in eindringlicher Sprache eine unmissverständliche Warnung an die Kriegshetzer ausgesprochen, als auch schon die jüdische Antwort einlief: Ein in Paris lebender polnischer Jude aus Hannover namens Grynszpan schoss auf dem Boden der Deutschen Botschaft einen Beamten nieder, der ihn in Ausübung seines Dienstes empfangen hatte.

In einem anderen Absatz behauptete der Autor:

Denn es besteht kein Zweifel daran, dass es sich bei dieser Meucheltat um eine Demonstration jener Kreise handelt, die nun nach Verlust ihrer Schlupfwinkel in Wien und Prag die französische Hauptstadt als letzte Bastion zu verteidigen haben. Hier

ballt sich zum Leidwesen der anständigen Franzosen jener Unrat zusammen, den die gesundenden Völker im Laufe der letzten Jahre ausgeschieden haben. Hier ist vor allem die Hochburg jener jüdischen Emigranten, die ihre bezahlte Lebensaufgabe darin sehen, die deutschfeindliche Arbeit, die sie von jeher leisteten, nun im sicheren Schutz der von ihnen missbrauchten Gastfreundschaft fortzusetzen.
Wilhelm übersprang einige Zeilen, dann las er weiter:

Dabei besitzen diese Juden noch die Frechheit, sich ›deutsche Schriftsteller in Frankreich‹ zu nennen, und wenn man dann die Namen derer liest, die sich unter dieser Devise zusammenfinden, weiß man Bescheid: Egon Erwin Kisch, Franz Werfel, Bert Brecht, Joh. R. Becher, Lion Feuchtwanger, Ludwig Marcuse, Heinrich Mann, Alfred Döblin und andere Geisteshelden der Novemberrepublik. Die Terrororganisation dieser Juden aber ist die ›Weltliga zur Abwehr des Antisemitismus‹ …

An dieser Stelle brach Wilhelm ab. Tief seufzte er, nahm die Lesebrille von der Nase und legte sie zusammen mit der Zeitung auf dem Tischchen neben sich ab. War das der letzte Funken Glut, der das Feuer endgültig entfachen und zum unaufhaltsamen Flächenbrand entzündete? Wilhelm hoffte so sehr, dass dies nicht der Fall war. Wie gern würde er später sagen, dass er sich vollkommen geirrt und die schlimmsten Befürchtungen umsonst gehabt hätte. Doch leider hatte ihn sein Gefühl, was solche Dinge anging, nie getrogen und sich stets alles bewahrheitet, was er hatte kommen sehen. Deshalb hegte er nicht die geringste Hoffnung, dass es dieses Mal anders sein könnte.

Einen Moment überlegte er, was er tun sollte. Paul-Friedrich hatte ihn am gestrigen Abend angerufen und ihn gebeten, heute nicht in die Fabrik zu gehen. Eine Erklärung hatte er nicht gegeben und das Telefonat ohnehin sehr kurz gehalten. Wilhelm kannte den Freund lange genug, um zu wissen, dass er einen guten Grund für diese Bitte gehabt haben musste, wenngleich es ihn störte, deshalb nur hier herumsitzen und abwarten zu können.

Aus dem Flur drangen Geräusche zum Wohnzimmer hinüber. Täuschte er sich, oder sprach Sieglinde mit jemandem? Wilhelm hatte die Tür hinter sich geschlossen, um in Ruhe seine Zeitung lesen zu können, und sah nun dorthin in der Erwartung, ob jemand kam. Tatsächlich klopfte es, und Sieglinde steckte den Kopf herein.

»Herr von Falkenbach wünscht Sie zu sprechen«, kündigte sie an.

»Herein mit ihm. Danke, Sieglinde.«

Die Haushälterin gab die Tür frei, und sogleich erschien Paul-Friedrich im Raum.

»Du hast dich daran gehalten, alter Freund. Ich danke dir.«

»Du klangst so, als wenn es um was Wichtiges ginge«, stellte Wilhelm fest. »Doch gern habe ich hier nicht rumgesessen.«

»Das kann ich mir vorstellen.« Paul-Friedrich nahm in dem Sessel neben Wilhelm Platz.

»Darf ich den Herrschaften etwas bringen?«, fragte Sieglinde.

»Für mich nicht. Ich bleibe nicht lange, Sieglinde«, antworte Paul-Friedrich und sah dann Wilhelm an, der ebenfalls den Kopf schüttelte.

»Für mich auch nicht«, sagte er und war froh, als die Haushälterin sogleich die Tür wieder hinter sich schloss. Schließlich wollte er unbedingt erfahren, weshalb Paul-Friedrich gewollt hatte, dass er heute nicht zur Arbeit ging.

»Die Sache ist vom Tisch«, begann Paul-Friedrich und erzählte Wilhelm dann von dem, was sich am Vormittag in der Fabrik ereignet hatte. »Ich habe mich eben erst von Leopold verabschiedet und wollte kurz vorbeikommen, um dir alles zu erzählen«, endete er. »Wenn du willst, kannst du also jetzt wieder in die Fabrik. Doch ich hielt es für besser, dass du nicht dabei bist, wenn die Gestapo kommt.« Er grinste den Freund an. »Schließlich wissen wir ja beide, dass du schnell die Beherrschung verlierst, wenn dir die Nazis dumm kommen.«

Wilhelm lachte auf. »Du bist und bleibst ein Original. Wie fallen dir solche Pläne eigentlich immer ein, und woher weißt du so genau vorauszusagen, wie sich wer verhalten wird? Es ist fast, als würdest du ein geheimes Drehbuch haben, an das sich die Darsteller halten, und damit immer schon genau wissen, was passiert.« Etwas zwischen Bewunderung und Verblüffung lag in Wilhelms Stimme.

»Im Grunde ist der Vergleich gar nicht so verkehrt«, sagte Paul-Friedrich, der es als Lob auffasste, wie Wilhelm seine größte Stärke beschrieb. »Es ist aber nicht so, dass ich einen einzigen Plan habe, der immer gelingt. Ich spiele die Dinge einfach bis zum Ende durch. Wenn ich dann an einen Punkt komme, wo die Darsteller, wie du sie nennst, sich so oder auch anders verhalten könnten, überlege ich mir für jede Reaktion eine passende Antwort beziehungsweise ein gesondertes Vorgehen. Deshalb kommt immer alles so, wie ich es will und geplant habe, einfach, weil ich vorbereitet bin.«

Wilhelm schüttelte breit grinsend den Kopf. »Ich bin froh, dass du mein Freund und nicht mein Gegner bist. Denn da könnte ich nicht mithalten.«

»Ich bin dein Freund. Allerdings. Und gerade in diesen Zeiten muss man wissen, auf wen man sich verlassen kann.«

»Was wird jetzt aus Erna Behrend und Ewald Langenmüller? Und vor allem: Wer hat in der Behörde noch dahintergesteckt?«

»Den Namen desjenigen, der genug Einfluss hatte, die Ermittlungen gegen uns in Gang zu setzen, habe ich noch nicht herausgefunden. *Noch* nicht.« Er hob den Zeigefinger. »Doch den kriege ich noch. Ich habe schon meine Kontaktpersonen darauf angesetzt. Und Constantin Trost wird sich persönlich an den Führer wenden, weil er ihn heute Abend ohnehin trifft, und ihm davon berichten, dass manche in seinen Behörden aus der Reihe zu tanzen scheinen und damit seine treuen Gefolgsleute und die eigenen Parteimitglieder belästigen.«

»Dich als treuen Gefolgsmann Hitlers zu bezeichnen, scheint mir doch recht gewagt«, schmunzelte Wilhelm.

»In den Augen meines Freundes Constantin bin ich genau das. Und du übrigens auch, Parteigenosse Lehmann.« Paul-Friedrich ließ ein Schmunzeln erkennen. »Und da Constantin Trost immerhin Reichsleiter ist und damit im Rang direkt unter dem Führer steht«, fuhr Paul-Friedrich fort, »muss er ja wissen, wem zu trauen ist und wem nicht.«

»Woher kennst du ihn eigentlich?«, fragte Wilhelm.

»Ich kenne ihn schon einige Jahre. Er ist ein Pferdenarr, und wir haben uns bei einer Auktion kennengelernt. Da war von Hitler noch nicht mal wirklich die Rede. Er hat bisher drei Pferde von mir gekauft und wird bald eine Stute bringen, die von His Highness besprungen werden soll. Nach dem, was er heute getan hat, versteht es sich von selbst, dass das Fohlen ein Geschenk sein wird.«

»Du weißt, wie du dir Freunde erhältst«, bemerkte Wilhelm.

»Das sind keine Freunde«, erklärte Paul-Friedrich sogleich mit ernster Miene und sah Wilhelm an. »Ich habe einen großen Bekanntenkreis. Und viele dieser Leute sind in wichtigen bis sehr wichtigen Positionen. Ich kenne wirklich hochrangige Persönlichkeiten, deren Wohlwollen ich mir auch mit Vergünstigungen und Geschenken sichere. Und ich weiß, wie ich mit den Menschen umzugehen habe, sodass sie mich als Freund betrachten. Doch das ist alles nicht echt.«

Wilhelm war überrascht. So nachdenklich hatte er Paul-Friedrich selten erlebt und ihn erst recht nicht derart kritisch dessen Bekanntschaften beurteilen hören.

»Ich habe tatsächlich nur einen echten Freund auf dieser Welt, der keine Sekunde gezögert hat, sein Leben für mich zu riskieren, als mir mein Bein weggeschossen worden war. Du hast mich auf den Arm genommen und über das ganze Schlachtfeld bis hinter unsere eigenen Linien getragen, die ganze Strecke. Dir und niemandem sonst verdanke ich mein Leben. Du bist mein einziger Freund, und ich würde ohne jegliches Zaudern immer alles tun, um dich zu schützen und vor Unheil zu bewahren, Wilhelm. Nenn mich sentimental, doch ich will, dass du das weißt.«

Tatsächlich musste Wilhelm schlucken. Nie zuvor in all den Jahren, die sie sich nun kannten, hatte Paul-Friedrich sich derart geöffnet und die Verbindung der beiden so zum Thema gemacht. »Das weiß ich, mein Freund. Und du weißt, dass es mir mit dir ebenso ergeht.«

Paul-Friedrich nickte. »Und deshalb bin ich auch so froh, dass wir die Sache mit der Behörde vom Tisch haben.«

»Du hast mir noch nicht beantwortet, was aus der Behrend und dem jungen Langenmüller wird.«

»Na ja, Constantin wird als Reichsleiter eingreifen und dafür sorgen, dass die Behrend es sich künftig überlegen wird, nach München oder gar nach Bernried zu kommen, da sie hier auf einer Liste von Parteifeinden steht. Und Langenmüller wird versetzt, so wie es aussieht, in die Nähe von Frankfurt.«

»Warum in die Nähe von Frankfurt?«

»Weil er da niemanden kennt und womöglich einen neuen Blickwinkel bekommt. Constantin hat angeboten, dass die Behörde Langenmüller ganz fallen lassen könnte. Doch ich habe ein gutes Wort für den jungen Mann eingelegt. Schließlich ist nachvollziehbar, dass er ein wenig verblendet ist wegen des Todes seines Vaters.«

»Ein netter Zug von dir«, fand Wilhelm.

»Ach, weißt du, eigentlich nicht. Ich habe in Frankfurt zwar nicht viele, aber doch ein paar Kontakte, und so kann ich Langenmüller im Auge behalten. Wenn er komplett raus wäre, könnte er machen, was er will, und wer weiß, auf welche Dummheiten er dann käme.«

»Du denkst, dass es noch immer nicht vorbei ist?«

»Ich denke, dass die Behrend sich in jedem Fall gut überlegen wird, ob sie alles riskieren will, weil sie offenbar Freundschaft mit einigen Leuten in Riga geschlossen hat und sich nun für deren vermeintliches Recht einsetzen will.« Paul-Friedrich wiegte den Kopf hin und her. »Bei Langenmüller weiß ich nicht, wie tief sein Hass sitzt. Es ist eine weit persönlichere Angelegenheit, wenn der eigene Vater, der immerhin Gauleiter und damit ein recht hohes Tier gewesen ist, sich erhängt, weil er sich in etwas verrannt hat.«

»Wir haben nie darüber gesprochen, doch welchen Einfluss hattest du darauf, dass Langenmüller so durchgedreht ist?«

»Kann man wirklich Einfluss darauf haben, wenn jemand wahnsinnig wird? Ich weiß es nicht«, wich Paul-Friedrich einer klaren Antwort aus.

Wilhelm sah den Freund von der Seite an. Er spürte, dass das nur ein kleiner Teil der Wahrheit war. Doch das war schon immer etwas gewesen, was sie im Umgang miteinander beachtet hatten. Keiner drängte den anderen in eine Lage, in der er offenbar nicht sein wollte. Also gab sich Wilhelm mit dieser Aussage zufrieden.

»So«, sagte Paul-Friedrich dann und erhob sich. »Ich wollte dich nur kurz informieren, dass die Sache vom Tisch ist.«

»Danke, dass du dir die Mühe gemacht hast, herzukommen.«

»Das ist doch selbstverständlich.«

»Ach, eines noch.« Wilhelm nahm die Zeitung vom Tischchen und reichte sie Paul-Friedrich. »Hast du das schon gelesen?«

»Nein. Ich habe die Zeitung heute noch nicht mal aufgeschlagen.«

»Ist nicht unsere hier, sondern der *Völkische Beobachter*«, erklärte Wilhelm.

»Du lässt dir das Blatt noch immer schicken?«

»Ja, um nicht zu verpassen, welche Stimmung gemacht wird. Lies die Schlagzeilen auf der ersten Seite«, forderte Wilhelm, worauf Paul-Friedrich die Zeitung aufschlug.

»*Ein neuer Fall Gustloff. Jüdischer Mordanschlag in Paris*«, las Paul-Friedrich laut. »*Mitglied der deutschen Botschaft durch Schüsse lebensgefährlich verletzt. Der Mordbube ein 17-jähriger Jude*«. Er ließ die Zeitung sinken und sah Wilhelm an. »Stimmt das wirklich, oder ist das reine Propaganda?«

»Ich habe den Artikel gelesen. Es stehen zu viele Fakten drin, als dass der Vorfall einfach erlogen ist.«

»Dann ist das die Legitimation für ein noch härteres Vorgehen gegen die Juden«, stellte Paul-Friedrich fest, und sein Gesichtsausdruck verdüsterte sich.

»Genau das war auch mein Gedanke, als ich es las«, gab Wilhelm dem Freund recht.

Sie verabschiedeten sich voneinander, und Paul-Friedrich nahm die Zeitung mit, als er ging. Wilhelm sah, dass der Freund die Stirn in tiefe Falten legte. Ja, jetzt würde es schlimmer werden, und zwar für alle, das hatte Paul-Friedrich genau richtig erkannt.

15. Kapitel

Es geschieht so viel, dass ich das Gefühl habe, nicht mehr Schritt halten zu können.

Käthe Lehmann

»Wer sind Sie?« Käthe trat auf die junge Frau zu, die von Alma hereingelassen worden war und sich als das neue Dienstmädchen vorgestellt hatte, worauf die Haushälterin Käthe geholt hatte.

»Mein Name ist Astrid Hauser, ich bin das neue Dienstmädchen.«

»Das muss ein Irrtum sein«, sagte Käthe und sah zu der blonden Frau mit den Affenschaukeln an den Ohren hinauf. Eine Mädchenfrisur, wie Käthe fand, die so gar nicht zu dem Rest ihrer Trägerin zu passen schien. Diese Astrid überragte Käthe um gut anderthalb Kopflängen, hatte ein breites Kreuz und wirkte auch sonst sehr robust, ohne jedoch dick zu sein. Stämmig war wohl die korrekte Bezeichnung für ihre Figur, wie Käthe meinte. Auf jeden Fall wirkte diese Astrid athletisch und hatte etwas Militärisches an sich.

»Es ist kein Irrtum«, entgegnete die junge Frau, stellte ihren Koffer ab und zog ein Schreiben hervor. »Ich wurde von der Reichsbehörde zu Ihnen geschickt, weil hier ein Dienstmädchen fehlen soll. Bitte.« Sie reichte das Papier Käthe, die es entfaltete und las, dass die Angaben dieser Astrid offenbar stimmten. Sie faltete das Blatt wieder zusammen und reichte es Astrid zurück.

»Ich verstehe«, sagte Käthe. »Das ist wirklich sehr umsichtig von der Reichsbehörde, doch tatsächlich benötigen wir kein weiteres Dienstmädchen.«

»Dann ist Ihr altes Dienstmädchen nicht verstorben?«, fragte Astrid, und es lag etwas Herausforderndes in ihrer Stimme.

Käthe befeuchtete mit der Zunge ihre Lippen. »Doch, es stimmt. Inge ist gestorben. Doch wir haben noch eine Haushälterin und ein Dienstmädchen. Mehr Personal benötigen wir nicht.«

»Nun, dann muss Ihr anderes Dienstmädchen wohl gehen«, entschied Astrid.

»Wie bitte?« Käthe glaubte, sich verhört zu haben.

»Ich habe meinen Dienstbefehl erhalten und werde diesen erfüllen«, erklärte Astrid. »Wenn Sie mir also meine Kammer zeigen möchten?«

Käthe öffnete den Mund und schloss ihn wieder. Was für eine Dreistigkeit. Sie bedauerte, dass Ferdinand und Elisabeth schon vor einer Stunde nach München aufgebrochen waren und Heinrich in der Fabrik war, sodass sie gerade völlig allein dieser Situation ausgeliefert war.

»Nein«, sagte Käthe. »Ich werde Ihnen nicht Ihre Kammer zeigen, da Sie hier nicht bleiben werden«, stellte sie dann klar. »Ich werde Sie nicht einstellen und Sie auch nicht bezahlen.« Spätestens dieses Argument musste das Dienstmädchen überzeugen, wie Käthe fand.

»Das ist auch nicht nötig. Ich werde von der Behörde bezahlt und bin ausschließlich hier, um Ihre Familie zu unterstützen.«

»Wohl doch eher, um uns zu bespitzeln«, brach es aus Käthe heraus.

»Sie können sich gern an meine Behörde wenden, wenn es Ihnen nicht gefällt, dass ich Ihnen zu helfen versuche«, erwiderte Astrid. »Doch ich habe den Befehl, die Familie von Oberleutnant Ferdinand Lehmann, der seinen Teil zum Gelingen der Sache des Führers beiträgt, zu unterstützen und als Dienstmädchen alles vom Oberleutnant und dessen Angehörigen fernzuhalten. Und solange ich von meiner Behörde nicht die Order erhalte, meine Tätigkeit hier wieder aufzugeben, werde ich bleiben.«

»Das werden wir ja sehen.« Käthe ließ sie stehen, ging zum Telefon hinüber und rief in der Fabrik ihres Mannes an. Kaum dass Heinrich am Apparat war, erzählte sie ihm empört vom Erscheinen des angeblichen neuen Dienstmädchens und bat ihn, augenblicklich von der Fabrik herüberzukommen und sich um die Sache zu kümmern. Heinrich versprach es. Als Käthe sich umdrehte, stand Astrid nicht mehr dort, wo sie sie zurückgelassen hatte.

»Astrid!«, rief sie laut, doch statt ihrer kam Alma mit etwas besorgtem Gesichtsausdruck herbeigelaufen.

»Sie ist in ihrer Kammer, gnädige Frau.«

»Wie bitte? In *ihrer*«, sie betonte das Wort, »Kammer? Sie hat keine Kammer in diesem Haus«, empörte sich Käthe und ging mit festen Schritten zu den Unterkünften des Dienstpersonals.

Alma schlug erschrocken die Hand vor den Mund. »Habe ich einen Fehler gemacht?« Sie eilte hinter Käthe her. »Sie kam in die Küche und sagte, dass ich ihr zeigen soll, wo die Kammer des früheren Dienstmädchens ist. Das habe ich getan. Ich wusste doch nicht …«

»Es ist nicht dein Fehler«, beruhigte Käthe sie, jedoch war ihr die Verärgerung deutlich anzuhören. Wütend öffnete sie die Tür zu dem Raum, in dem noch vor wenigen Tagen Inge gewohnt hatte. Astrid sah kurz auf, während sie damit beschäftigt war, die Kleidung aus ihrem auf dem Bett ausgebreiteten Koffer in den Schrank zu räumen.

»Ich habe die alte Kleidung dorthin gelegt«, erklärte Astrid ungerührt und deutete auf den Stapel mit Inges Sachen, die seit ihrem Tod niemand angerührt hatte. Zwar wollten sie die Kleidungsstücke noch zusammenlegen und Inges Mutter übergeben, doch es sollte erst noch ein wenig Zeit vergehen. Soweit Käthe erfahren hatte, würde es nur eine Beerdigung im engsten Familienkreis geben, zu der weder die Lehmanns noch die Kolleginnen, mit denen Inge viele Jahre Seite an Seite gearbeitet hatte, eingeladen waren. Käthe wusste nicht, ob Inges Mutter ihnen zürnte, dass sie die Tochter nicht vor ihrem Selbstmord bewahrt hatten, oder, was Käthe sich sogar eher vorstellen konnte, nur so wenige Leute wie möglich kommen sollten, weil die Zeremonie wegen des Selbstmords von keinem Priester, sondern nur einem Trauerredner durchgeführt wurde. So oder so würde Käthe es sich nicht nehmen lassen, Blumen zu senden und Inges Mutter einen Umschlag zukommen zu lassen, damit sie wenigstens nicht auch noch wegen der Kosten in zusätzliche Verzweiflung geriet.

Als sie nun sah, dass diese Astrid einfach Inges Kleidung aus dem Schrank genommen hatte, stieg eine solche Wut in Käthe auf, dass sie vorpreschte, Astrids Sachen, die diese in den Schrank geräumt hatte, herausriss und auf den Boden warf.

»Raus hier! Sofort raus!«

Astrid funkelte sie wütend an. »Meine Aufgabe ist es, Oberleutnant Lehmann und dessen Familie zu unterstützen, und diese Aufgabe werde ich erfüllen.«

»Du bleibst nicht in diesem Haus, Kindchen. Und wenn du noch einmal die Sachen unserer Inge anfasst, vergesse ich mich!«, wiederholte Käthe nochmals.

Astrid überlegte kurz, dann zog sie das gefaltete Papier mit ihrem Einsatzbefehl wieder hervor. »Dort unten steht der Name meines Vorgesetzten. Bei allem gebotenen Respekt, Frau Lehmann, klären Sie diese Angelegenheit bitte mit ihm.

Auch ich möchte an keinem Ort sein, an dem mein Einsatz und meine Hilfe nicht erwünscht sind. Doch ich habe gar keine andere Wahl.« Sie hob den Kopf.

»Gut. Heben Sie Ihre Sachen auf, und legen Sie sie zur Seite«, erwiderte Käthe und war damit wieder zu einer höflicheren Anrede zurückgekehrt. »Und dann setzen Sie sich hier auf das Bett und warten. Ich werde Ihren Vorgesetzten anrufen.«

»Sehr wohl, gnädige Frau«, sagte Astrid, bückte sich, legte ihre Kleider neben ihren Koffer und nahm dann auf dem Bett Platz.

Käthe behielt den Einsatzbefehl in der Hand, als sie die Dienstmädchenkammer verließ und auf direktem Weg zum Telefon schritt. Sie hatte gerade den Hörer abgehoben, um sich mit der Reichsbehörde verbinden zu lassen, da kam Heinrich zur Tür herein. Sofort hängte Käthe ein.

»Zum Glück bist du da.« Sie schüttelte den Kopf, als könnte sie selbst kaum glauben, was sich seit dem Erscheinen dieser Astrid zugetragen hatte.

»Ich habe eben nur die Hälfte von dem verstanden, was du mir gesagt hast«, beschwerte sich Heinrich. »Also, der Reihe nach bitte.«

»Lass uns kurz dort hineingehen«, bat Käthe ihren Ehemann und deutete zum Wohnzimmer hinüber. Schließlich war der Flur sehr hellhörig, und sie wollte keinesfalls, dass ihre Worte bis hin zu den Dienstmädchenkammern zu verstehen waren.

Heinrich verdrehte die Augen, folgte dann aber der Bitte seiner Frau, die die Tür schloss, als beide eingetreten waren.

»Sie wollen uns überwachen, Heinrich.«

»Wer will uns überwachen?«, gab er deutlich genervt zurück.

»Die Wehrmacht. Oder die Gestapo, oder was weiß ich. Einer von denen da oben.« Sie zeigte an die Decke.

»Da oben ist Gott«, bemerkte Heinrich zynisch.

»Genauso führen sie sich ja auch auf«, entrüstete sich Käthe.

»Also, jetzt der Reihe nach«, forderte Heinrich erneut. »Was genau ist passiert?«

»Diese Astrid kam hierher und behauptete, das neue Dienstmädchen zu sein«, berichtete Käthe. »Natürlich habe ich ihr gesagt, dass das Unsinn sei. Wir brauchen kein neues Dienstmädchen.«

»Brauchen wir wirklich keines?«, fragte Heinrich.

»Darum geht es gar nicht«, stellte Käthe klar. »Wir haben uns nicht um ein Dienstmädchen bemüht, und diese Astrid ist nicht auf unseren Wunsch hier, sondern auf Befehl von oben.«

»Was meinst du mit *oben*?«

Käthe reichte ihm das Schreiben, das sie noch immer in der Hand hielt, und wartete, bis Heinrich es entfaltet hatte. Dieser las es und murmelte dann: »Regierungsdirektor Kinkel von der Reichsbehörde.« Er gab Käthe das Schreiben zurück. »Sie ist tatsächlich auf Befehl der Regierung hier.«

»Das sage ich doch die ganze Zeit. Das können wir uns nicht bieten lassen, Heinrich. Bitte ruf Paul-Friedrich an, und frag ihn um Rat. Er kennt doch so viele Leute.«

»Paul-Friedrich?« Zornesröte stieg Heinrich ins Gesicht. »Was hat bitte Paul-Friedrich damit zu tun? Ich kann unsere Angelegenheiten immer noch selber regeln«, fuhr er seine Frau an.

Diese war völlig überrascht von der heftigen Reaktion ihres Mannes. »Aber ich meinte doch nur, weil er …« Weiter kam sie nicht.

»Und ich meine, dass ich weder Paul-Friedrich noch sonst irgendwen brauche, der mir zur Seite springt.«

»Was ist denn nur geschehen?«, fragte Käthe. »Habt ihr Streit?«

»Nein, wir haben keinen Streit. Ich kann es nur nicht leiden, dass stets jeder so tut, als sei Paul-Friedrich ein Heilsbringer und der Einzige, der in schwierigen Situationen helfen kann. Der Kerl kocht auch nur mit Wasser.«

»Ich wollte dich keinesfalls mit meiner Bitte kränken«, entgegnete Käthe etwas kleinlaut. Sie spürte, einen wunden Punkt bei ihrem Mann getroffen zu haben.

»Ich werde mich darum kümmern«, sagte Heinrich und deutete auf das Schreiben in ihrer Hand. »Wo ist diese Astrid jetzt?«

»In Inges alter Kammer«, gab Käthe knapp Auskunft. Es fiel ihr schwer, den Namen der so tragisch aus dem Leben geschiedenen Inge auszusprechen.

»In Ordnung.«

»Ich wollte eben bei diesem Regierungsdirektor Kinkel anrufen und ihn auffordern, den Befehl sofort zurückzunehmen«, erklärte Käthe. »Diese Astrid will nur dem Befehl gehorchen. Wenn sie von ihrem Vorgesetzten die Weisung erhält, das Haus zu verlassen, dann wird sie gehen.«

»Ich«, er betonte das Wort und deutete auf sich selbst, »werde ihr die Weisung erteilen, das Haus zu verlassen. Denn es ist mein Haus und nicht das der Wehrmacht, der Regierung oder von sonst irgendjemandem.«

»Danke, Heinrich«, sagte Käthe, die ihren Mann aufmerksam beobachtete. Er war schon immer ein streitbarer Mensch gewesen, der in jüngeren Jahren oft Schwierigkeiten gehabt hatte, seine Wut unter Kontrolle zu bringen. Doch mit zunehmendem Alter, so hatte Käthe gemeint, war es besser mit ihm geworden. Er war ruhiger, oftmals sogar richtig entspannt und glücklich gewesen, und Käthe hatte geglaubt, dass er mehr bei sich selbst angekommen sei. Doch in letzter Zeit hatte er sich wieder verändert. Heinrich war über die Maßen reizbar und schien mit nichts in seinem Leben wirklich zufrieden zu sein. Wenn Käthe es richtig einschätzte, war dieser Wandel eingetreten, seit Wilhelm nach seinem Schlaganfall wieder auf dem Wege der Besserung war, jedoch nur Paul-Friedrich ins Vertrauen gezogen hatte statt, wie es richtig gewesen wäre, seinen Bruder. Käthe war sicher, dass dies ihren Mann so tief verletzt hatte, dass es ihn noch immer beschäftigte. Dabei war das nun schon ein halbes oder sogar Dreivierteljahr her. Käthe hatte Heinrich damals erklärt, dass Wilhelm einfach wusste, wie viel Heinrich im Gegensatz zu Paul-Friedrich zu tun hatte. Sie war überzeugt gewesen, dass sie ihrem Mann mit dieser Lüge eine gute Erklärung geliefert hatte. Zumindest hatte es zunächst auf Käthe so gewirkt, als hätte Heinrich diese Begründung akzeptiert. Doch inzwischen sah sie es anders. Offenbar hatte das, was Wilhelm getan hatte, immer weiter an Heinrich genagt und die anfängliche Unzufriedenheit über die Situation hatte sich zur gewaltigen Wut gesteigert. Sie wusste nicht, wohin all dies noch führen sollte, und der Gedanke, was womöglich daraus erwachsen könnte, ließ sie nichts Gutes ahnen und ängstigte sie.

»Gib mir das«, fuhr Heinrich sie nun barsch an und riss ihr das Papier aus der Hand. Käthe presste kurz die Lippen zusammen. Es gab Momente, da fürchtete sie sich vor Heinrich.

Jetzt drehte er sich um, öffnete die Tür und ging strammen Schrittes über den Flur in Richtung der Dienstmädchenkammern. Käthe folgte ihm auf dem Fuß.

»Heinrich Lehmann. Ich bin der Hausherr«, stellte er sich beim Eintreten vor, worauf Astrid, die kerzengerade auf Inges früherem Bett gesessen hatte, in die Höhe schoss und strammstand.

»Dienstmädchen Astrid Hauser. Heil Hitler, Herr Lehmann.«

»Heil Hitler«, grüßte Heinrich zurück.

Käthe verspürte eine gewisse Genugtuung, als sie sah, dass Astrid offenbar weit mehr von Heinrichs Auftreten beeindruckt war als vorhin von ihrem. Auch wenn sie es albern fand, musste wohl erst der Herr des Hauses kommen, um für Ordnung zu sorgen.

»Meine Frau sagte mir, dass Sie sich als Dienstmädchen zur Verfügung stellen?«

Käthe trat neben ihren Mann, der nun direkt vor Astrid stand, und sah ihn von der Seite an. Etwas Eigenartiges war geschehen, als er auf Astrid zugegangen war. Hatte sich seine eben noch bedrohliche Haltung etwa verändert?

»Jawohl, Herr Lehmann. Die Reichsbehörde teilte mir mit, dass Sie Pech mit Ihrem vorigen Dienstmädchen gehabt hätten und die Familie Lehmann einen zu wichtigen Dienst für das Land leistet, um von der Führung nicht ausreichend unterstützt zu werden. Aus diesem Grunde bin ich hier.«

»Wir haben kein Pech mit unserem vorherigen Dienstmädchen gehabt«, mischte sich Käthe wütend ein. »Sie hat sich das Leben genommen, weil sie gefoltert wurde!«

»Sei still!«, befahl Heinrich barsch, worauf Käthe einen Schritt von ihm weg tat. Sie wollte aufbegehren, ihn zurechtweisen. Doch sie spürte, dass eine eigenartige Stimmung in der Luft lag und sie, Käthe, den Kürzeren ziehen würde, wenn sie jetzt etwas sagte.

»Also ist Ihr Erscheinen hier als Wertschätzung der Führung gemeint, verstehe ich das richtig?«, sagte Heinrich nun an Astrid gewandt. Käthe sah, dass da ein Funkeln in seinen Augen war, das sie nur allzu gut kannte. Sie hatte es oft bei ihm gesehen. Seltener, wenn er sie angesehen hatte – eher wenn er bei einer Feier oder Festlichkeit irgendein junges Ding erblickte, das ihm zu gefallen schien. Käthe hatte es stets hingenommen, denn Heinrich war nie zu weit gegangen oder hatte sie irgendwie bloßgestellt. Doch jetzt und hier, in dem Haus, in dem sie lebten, und mit der Veränderung, die in den letzten Monaten in ihrem Mann vorgegangen war, machte ihr dieser Blick Angst.

»Ich bin froh, dies bestätigen zu können. Sie haben in mir ein tüchtiges deutsches Dienstmädchen, das sich für keine Arbeit zu schade ist und Sie und Ihre Familie nach Kräften unterstützen wird, Herr Lehmann. Männer wie Sie sind es, die unsere Führung braucht. Ich bin glücklich, auf diese Weise meinen Beitrag zum Wohl des deutschen Volkes leisten zu dürfen.«

Ein Lächeln huschte über Heinrichs Lippen. »Sie erinnern mich an jemanden, wissen Sie das? Ihre Haltung und Ihr Aussehen.«

Käthe bekam eine Gänsehaut. Sie hatte keine Ahnung, von wem ihr Mann da sprach, doch die Art, wie er es tat, verursachte ihr Übelkeit.

Heinrich hob den rechten Arm. »Heil Hitler und willkommen in unserem Haus, Astrid!«

»Sieg Heil!«, gab die begeistert zurück, während Käthe die Kinnlade herunterfiel.

Sie machte auf dem Absatz kehrt und verließ die Dienstmädchenkammer. Draußen auf dem Flur traf sie Alma, die sie ängstlich ansah. »Was ist denn geschehen?«

»Frag nicht, Alma. Mir ist ganz schlecht. Ich werde ein wenig spazieren gehen. Ich brauche dringend frische Luft.«

»Jawohl, gnädige Frau.« Alma biss sich auf die Lippen, während Käthe ohne ein weiteres Wort über den Flur zum Garderobenschrank ging, ihren Mantel nahm und dann das Haus verließ. Draußen war es bitterkalt, und der Frost, der sonst nur in der Nacht sein eisiges Kleid über die Gegend warf, war nun auch am Tag fast durchgehend zu spüren. Dennoch blieb Käthe einige Atemzüge lang einfach so stehen, ohne sich den Mantel anzuziehen. Ihre Wangen glühten noch immer. Was hatte sie da eben erlebt? Sie war Zeugin eines Pakts geworden, hatte mitansehen müssen, wie etwas geschah, das ihr Leben im Haus vollkommen verändern würde. Das hatte sie deutlich gespürt. Es war nicht nur die freundliche Geste des Hausherrn gewesen, der ein neues Dienstmädchen willkommen hieß. Nein, es war weit mehr. Er hatte sie, Käthe, zurechtgewiesen und ihr den Mund verboten, während er gleichzeitig diese Astrid angelächelt und freundlich behandelt hatte. Ja, schlimmer noch: Es war nicht nur Gefallen, das sie in den Augen ihres Mannes hatte lesen müssen, es war Begehren gewesen. Von wem mochte er gesprochen haben, als er sagte, dass Astrid ihn an jemanden erinnerte?

Käthe schlüpfte in ihren Mantel, schlang den Gürtel vorne zum Knoten und ging die Stufen hinunter. Dann schlug sie den Pfad in Richtung See ein. Der Gedanke, an wen Heinrich wohl gedacht haben mochte, ging ihr nicht aus dem Sinn. Sie selbst konnte er unmöglich gemeint haben, auch nicht in jungen Jahren. Sie selbst war klein und zierlich. Immer schon gewesen. Auch als sie Heinrich damals kennengelernt hatte mit gerade mal fünfzehn Jahren, war sie immer eine der Kleinsten gewesen. Astrid hingegen war das genaue Gegenteil. Von zierlich konnte man nun wirklich nicht sprechen. Ihr Kreuz war das eines Leistungsschwimmers, und mit ihrer Größe überragte sie manchen Mann. Heinrich und sie waren, was die Größe anging, auf Augenhöhe, vielleicht war sie sogar ein paar Zentimeter größer. Astrid entsprach wohl genau dem Ideal der Nationalsozialisten, das die Führung als Inbegriff der Deutschen sah. Eine fanatisch überzeugte Arierin, die die anderen überragte und etwas ausstrahlte, das Käthe zutiefst ängstigte: Abscheu all jenen gegenüber, die anders waren.

Käthe bekam erneut eine Gänsehaut bei der Erinnerung an den Blick, mit dem Heinrich die junge Frau gemustert hatte, und sie schüttelte den Kopf, als könnte sie so das Bild in ihrem Kopf vertreiben.

Sie ging weiter, bis sie schließlich den Steg am See erreichte. Hier hatten die Kinder oft gespielt, als sie noch klein gewesen waren. Sie erinnerte sich an die Zeit nach dem Krieg, als ihre Männer nach Hause zurückgekehrt waren und ihr und Else mitteilten, dass sie in Kürze an den Starnberger See umziehen würden, weil sie planten, dort neue Fabriken zu errichten. Damals hatten sie noch in Leipzig gelebt, und Else und sie selbst hatten ihre Männer für ein wenig verrückt gehalten, alles in Leipzig aufgeben zu wollen, um hier auf Gut Falkenbach noch einmal neu anzufangen. Doch der Plan der Männer war aufgegangen. Sie wusste bis heute nicht, wie viel Geld Paul-Friedrich ihnen vorgeschossen hatte, damit die Fabriken auf dem Gutsgelände gebaut werden und die Maschinen, die sich allesamt in Leipzig befunden hatten, hierher geschafft werden konnten. Alles war im Nachhinein so schnell gegangen, dass Käthe und Else es kaum hatten begreifen können. Die Freundschaft ihrer Männer zu ihrem Kriegskameraden Paul-Friedrich hatte sich für die Familien als ein Glücksfall erwiesen, das war klar. Denn nie zuvor war es ihnen in finanzieller Sicht so gut gegangen. Mit dem Umzug nach Gut Falkenbach hatte der große Erfolg und damit auch ein gewisser Wohlstand in ihr Leben Einzug gehalten. Und wenn sie zurückblickte, hatten ihre Kinder hier in Ruhe und Geborgenheit aufwachsen können, und der Kampf ums Überleben, den sie früher in Leipzig oftmals deutlich gespürt hatten, war ein für alle Mal zu Ende gewesen.

Käthe trat auf den Steg und ließ ihren Blick über den See schweifen, an dessen Rändern zu sehen war, dass dieser bereits zuzufrieren begann. Ungewöhnlich früh in diesem Jahr. Ihnen stand wahrscheinlich ein harter Winter bevor, doch das störte Käthe nicht. Sie hatte es immer genossen, die Wintermonate mit einem wärmenden Feuer im Kamin zu begehen und dieser besonderen winterlichen Stimmung in ihrem Leben Einzug zu gewähren, da mit den kalten Tagen auch immer so etwas wie Ruhe einkehrte.

Doch nun war da dieses Gefühl in ihr, dass sich all das ändern würde. Es war eine beklommen machende Gewissheit, die ihr verriet, dass mit dem heutigen Tage und dem Einzug dieser Astrid nichts mehr so wäre wie zuvor. Nie wieder.

Sie fragte sich, was Ferdinand zu all dem sagen würde. Ihr Sohn hatte sich der Wehrmacht verschrieben, doch andererseits würde er gewiss nicht zulassen, dass sie als seine Mutter unter der Situation litt. Vermutlich war er der Einzige, der jetzt noch dafür sorgen konnte, dass das Kapitel, das sich andeutete, ein kurzes würde. Doch selbst wenn Ferdinand eine Möglichkeit finden würde, diese Astrid wieder aus dem Hause zu treiben, würde Käthe nicht vergessen, was geschehen war. Egal, was Heinrich auch für ein Mensch sein mochte, sie hatte sich immer auf ihn verlassen können, und er hatte hinter ihr gestanden, ganz gleich, was war. Doch das hatte sich mit dem heutigen Tage geändert. Und damit war tatsächlich nichts mehr wie zuvor. Einen kurzen Moment fragte sich Käthe, ob sie die Angelegenheit womöglich zu düster sah und allzu hoch hängte. Doch sie spürte sogleich, dass dies nicht der Fall war. Vorhin, in der kleinen Dienstmädchenkammer und diesen wenigen Augenblicken, hatte sich etwas grundlegend verändert. Ihr Mann hatte eine Seite von sich gezeigt, die Käthe nicht nur missfiel, sondern sie erschreckte und sie vor ihm zurückweichen ließ. Ja, allein die Vorstellung, künftig neben ihm liegen und schlafen zu müssen, während ihr das Bild vor Augen stand, wie er Astrid angesehen hatte, schien ihr in diesem Moment völlig abwegig. Etwas war zerbrochen, etwas, das nicht zu reparieren war.

Käthe wurde auf eine Bewegung aufmerksam. Ein Stück von ihr entfernt, in Höhe des alten Liebermann-Grundstücks, ließ offenbar jemand ein Boot zu Wasser. Sie konnte es nur schlecht erkennen, weil die Büsche am Uferrand ihre Sicht einschränkten. Doch dann sah sie einen Mann, der mit kräftigen Ruderbewegungen sein Boot auf den See lenkte. Kurz dachte sie, dass es von der Statur her auch Ferdinand hätte sein können. Doch das war ausgeschlossen. Schließlich war der mit Elisabeth in München und wurde heute für seine herausragenden Leistungen im Dienst an seinem Lande geehrt.

Aber sie fragte sich, was der Mann dort drüben zu suchen gehabt hatte. Schließlich war dort oben neben der Villa die Baustelle, und sie konnte sich kaum vorstellen, dass Materialien mit einem Boot dorthin gebracht würden. Kurz hing sie noch diesem Gedanken nach, als sie Wilhelmine bemerkte, die gerade den Weg aus dem Wäldchen entlangkam, das Gut Falkenbach mit dem früheren Grundstück der Liebermanns verband.

»Wilhelmine, guten Tag!« Käthe winkte und hob den Arm. Täuschte sie sich, oder sah Wilhelmine erschrocken aus. Fühlte sie sich etwa von Käthe ertappt?

Wilhelmine hob ebenfalls den Arm und kam dann zu Käthe auf den Steg. Sie umarmte die Ältere herzlich, wie sie es immer tat, wenn sie sich trafen. Käthe war wie eine Art Tante für Wilhelmine, genau wie Else auch, obwohl sie nicht mit ihr verwandt war. Doch dadurch, dass sie Wilhelmine schon kannte, seit diese etwa sechs Jahre alt gewesen und sie darüber hinaus mit Ferdinand aufgewachsen und für diesen wie eine kleine Schwester war, hatten sie ein inniges Verhältnis zueinander. Wilhelmine war auch schon manches Mal zu ihr gekommen, wenn sie etwas auf dem Herzen gehabt hatte, worüber sie mit Dorothea, ihrer Mutter, nicht hatte sprechen wollen.

»Was machst du denn hier?«, begehrte nun Wilhelmine zu erfahren.

»Ich brauchte dringend frische Luft«, erklärte Käthe wahrheitsgemäß. »Und du?« Sie sah an Wilhelmine vorbei. »So ohne Pferd.«

Kurz hob Wilhelmine den Blick, und Käthe war, als sehe sie zu dem Boot, das sich weiter und weiter vom Ufer entfernte.

»Ach, gar nichts«, wich Wilhelmine aus. »Ich brauchte auch einfach ein wenig frische Luft, genau wie du.«

Fast musste Käthe schmunzeln, so schlecht, wie Wilhelmine log. Hatte sie etwa einen Liebsten, mit dem sie sich traf? Doch wo? Drüben auf dem alten Liebermann-Grundstück, auf dem die Bauarbeiten stattfanden? Das konnte sich Käthe nun beim besten Willen nicht vorstellen. Ihr kam die Hütte in den Sinn, in der die Kinder früher manches Mal mit Levin Liebermann gespielt hatten. Ob das alte Ding noch stand? Sie schob den Gedanken beiseite. Wenn Wilhelmine einen Liebsten hatte und nicht darüber reden wollte, war das ihre Sache. Sie würde schon auf Käthe zukommen, wenn sie den Zeitpunkt für richtig hielt.

»Was meinst du? Begleitest du mich, und wir gehen noch ein wenig zusammen spazieren?«, schlug Käthe nun vor.

»Sehr gern«, stimmte Wilhelmine sogleich zu. »Sag, Käthe, bedrückt dich etwas?«

»Ja, doch ich möchte lieber nicht darüber sprechen«, gab diese wahrheitsgemäß Auskunft.

Wilhelmine lächelte, dann hakte sie sich bei Käthe unter. »Das müssen wir auch nicht. Es ist einfach schön, dass wir mal ein bisschen Zeit miteinander haben«, stellte sie fest.

»Das finde ich auch«, sagte Käthe und legte ihre Hand auf Wilhelmines. Und mit dieser kleinen Geste spürte sie, dass ein wenig Hoffnung in ihr Leben zurückkehrte.

16. Kapitel

Es gibt keine glücklichere Frau als mich.

Elisabeth Lehmann

»Heil Hitler!«

»Heil Hitler!«

»Sieg Heil!«

»Sieg Heil, Sieg Heil, Sieg Heil!«, gaben die im Halbkreis um den Kommandeur stehenden Soldaten wie aus einem Mund zurück. Alle hatten sie den rechten Arm zum Gruß gehoben, und irgendwie fühlte Elisabeth als einzige anwesende Frau sich geradezu mitgerissen von der euphorischen Stimmung, die unter den Männern herrschte. Sie sah ihrem Ferdinand an, wie zufrieden er war – war er doch soeben den anderen Kameraden vom Kommandeur als Stolz des Vaterlandes und Vorbild für deutsche Werte und rechtschaffene Arbeit vorgestellt worden. Später sollte er dann den Orden an die Brust geheftet bekommen, und – es war bislang nicht sicher gewesen, doch der Kommandeur hatte es Ferdinand soeben feierlich verkündet – der Führer selbst würde ihm die Ehre zuteilwerden lassen. Elisabeth war überwältigt, und Ferdinand schien es ebenso zu ergehen, denn ihm fehlten die Worte, um auf die Ankündigung des Kommandeurs zu reagieren.

Nach der Begrüßung im Kreis der insgesamt neun Soldaten wurden Elisabeth und Ferdinand in einen Raum geführt, in dem ein mit einem großen Blumengesteck verzierter Tisch mit zwölf Stühlen stand. Der Kommandeur selbst bat die beiden, dort zu warten, worauf Ferdinand seiner Frau einen der Stühle zurechtrückte, damit sie Platz nehmen konnte. Die Fahrt hatte Elisabeth noch mehr angestrengt, als sie befürchtet hatte. Sie war vollkommen erschöpft, wollte sich dies jedoch nicht anmerken lassen, um Ferdinand nicht seinen großen Tag zu verderben. Es war fast zwölf Uhr, und insgeheim hoffte Elisabeth, dass es hier im Münchner Rathaus neben den geplanten Zeremonien auch etwas zu essen gab. Denn obwohl sie gut gefrühstückt hatte, war sie schon wieder so hungrig, dass sie glaubte, umzukippen, wenn sie nicht bald etwas in den Magen bekam. In den letzten Tagen hatte sie noch einmal Gewicht zugelegt, was gewiss auch an diesem enormen Hungergefühl lag. Wenn sie gerade mal eine halbe Stunde nicht wenigstens eine Kleinigkeit zu sich nahm, wurde ihr ganz schwindelig. Ja, Elisabeth wusste, dass es womöglich besser wäre, sich beim Essen etwas zurückzuhalten. Schließlich wurde sie von Tag zu Tag immer noch runder. Und das war keine Einbildung, sondern eine Tatsache. Denn die Umstandsröcke, die ihr vor nicht einmal zwei Wochen noch halbwegs gepasst hatten, waren inzwischen von Alma noch einmal weiter gemacht worden, indem sie rechts und links an den Seiten einen breiten Streifen Stoff eingesetzt hatte. Mehr Stoff einzunähen wäre nicht mehr möglich, wie Alma betont hatte. Wenn es so weiterging, musste Elisabeth nochmals einige neue Kleidungsstücke kaufen, was sie eigentlich hatte vermeiden wollen. Schließlich wollte sie nach der Geburt möglichst rasch wieder abnehmen, und dann würde ihr nichts von dem, was sie zuletzt so teuer erstanden hatte, noch passen. Andererseits, so hoffte Elisabeth, würde sie, wenn alles gut ging, noch einige Male in ihrem Leben in andere Umstände kommen, sodass die Investitionen sich am Ende doch noch rechnen würden. Ja, sie wollte viele Kinder mit ihrem Ferdinand bekommen, gern mindestens fünf. Doch erst einmal musste sie dieses Kind gesund zur Welt bringen. Alles andere würden sie später auf sich zukommen lassen.

»Könntest du bitte kurz das Fenster öffnen?«, bat sie Ferdinand etwas kurzatmig. »Ich habe das Gefühl, kaum Luft zu bekommen.«

»Aber natürlich.« Er ging sofort zu den Fenstern hinüber und öffnete zwei von ihnen. Herrlich kalte Luft strömte herein, sodass Elisabeth tief durchatmete.

»Danke«, gab sie erleichtert von sich. »Das ist gleich viel besser.«

»Fühlst du dich nicht wohl?«, fragte Ferdinand deutlich besorgt. Eben noch war er ganz und gar in der feierlichen Stimmung der bevorstehenden Ordensübergabe aufgegangen. Nun jedoch galt seine ganze Aufmerksamkeit wieder seiner Frau, und er legte zärtlich die Hand auf Elisabeths prallen Bauch.

»Es geht schon«, meinte Elisabeth. »Mir ist nur ein wenig übel. Die Fahrt war wohl doch zu anstrengend für mich.«

»Wir sollten so bald wie möglich in die Unterkunft fahren«, schlug Ferdinand vor.

»Ich glaube nicht, dass das so schnell passieren wird«, meinte Elisabeth. »Wie es scheint, hat man hier einiges mit dir vor.« Ein kurzes Ziehen in ihrem Leib ließ sie zusammenzucken.

»Was ist?«, fragte Ferdinand erschrocken.

»Nichts. Gar nichts. Nur ein leichtes Spannungsgefühl im Bauch«, beruhigte sie ihn. »Das habe ich schon seit ein paar Tagen, und es ist völlig normal.« Sie sah ihn an. »Es tut mir leid, Ferdinand. Ich weiß, wie wichtig das hier ist. Doch wärst du mir sehr böse, wenn ich mich von einem der Soldaten in die Unterkunft bringen lasse, um mich hinzulegen?«

Ferdinand schüttelte den Kopf. »Aber natürlich nicht. Ich selbst werde dich bringen. Den Orden kann ich mir auch ein andermal abholen.«

»Aber das kommt ja überhaupt nicht infrage!«, wehrte Elisabeth ab.

Ferdinand wollte gerade etwas erwidern, als die Tür aufging. Sie meinten ihren Augen nicht zu trauen: der Führer! Der Führer persönlich, in Fleisch und Blut, zusammen mit einer Schar von Gefolgsleuten.

Ferdinand sprang von seinem Stuhl auf, stand stramm und riss den rechten Arm hoch.

»Heil Hitler!«, rief er aus.

Elisabeth bemühte sich, ebenfalls von ihrem Stuhl aufzustehen, hatte jedoch erhebliche Mühe beim Hochkommen.

»Oberleutnant Lehmann, es ist mir eine Freude«, sagte der Führer, kam auf die beiden zu und schüttelte Ferdinand die Hand.

»Bitte, gnädige Frau, behalten Sie doch Platz«, sagte er sogleich zu Elisabeth, als er ihre Bemühungen wahrnahm, und legte ihr die Hand auf die Schulter.

Sie sah zu ihm hoch, dankbar für die Geste, und lächelte ihn an. »Mein Führer. Es ist uns eine solche Ehre.«

»Die Ehre ist ganz auf meiner Seite, solche guten deutschen Bürger, die einen so besonderen Beitrag zum Erreichen der großen Sache beitragen, begrüßen zu dürfen. Sie können sehr stolz auf Ihren Herrn Gemahl sein, Frau Lehmann.«

»Das bin ich, mein Führer. Ich danke Ihnen.« Elisabeth war geradezu überwältigt von der Freundlichkeit, aber auch von der Präsenz dieses Mannes. Jetzt, wo sie ihm so nahe war, meinte sie zu verstehen, weshalb es niemandem gelang, sich seiner Ausstrahlung zu entziehen.

Hinter ihm traten Joseph Goebbels, Reinhard Heydrich und noch einige weitere Männer an Elisabeth und Ferdinand heran, die sie begrüßten. Einer stellte sich als Reichsleiter Constantin Trost vor, der gerade erst aus Bernried gekommen war und Ferdinand erzählte, dass Paul-Friedrich von Falkenbach ein gemeinsamer Freund von ihnen sei.

Elisabeth begrüßte jeden der Männer, die allesamt hochrangige Mitglieder der NSDAP zu sein schienen und die, wie Hitler selbst kurz darauf sagte, zum Gedenken an den Putsch von 1923 zusammengekommen waren.

Dann kündigte Goebbels an, dass Ferdinand den Tag seiner Auszeichnung gewiss nie vergessen werde, weil noch heute eine Verlautbarung an das Volk herausgegeben werde zu dem gemeinen Anschlag eines jüdischen Verbrechers, der mal wieder die wahre Gesinnung dieser gesamten Verbrecherbande unter Beweis stelle.

Während diese Neuigkeit die Männer in Aufregung versetzte, brach Elisabeth der Schweiß aus. Nicht dass sie sich vor dem fürchtete, was Goebbels gemeint haben könnte. Vielmehr hatte sie das Gefühl, dass sie kurz davorstand, vor Erschöpfung das Bewusstsein zu verlieren. Fast ergriff sie Panik, bei dem Gedanken, Ferdinand auf diese Weise bloßzustellen. Etwas zögerlich berührte sie seine Hand. »Bitte verzeih mir. Doch mir ist nicht gut.«

»Aber natürlich«, reagierte Ferdinand sofort und beugte sich zu ihr herab. »Komm, ich bringe dich hinaus.«

»Ist Ihnen nicht gut?« Die Frage kam von Reichsleiter Trost.

»Sie sehen ja, wie fortgeschritten meine Schwangerschaft ist. Doch ich möchte meinen Mann keinesfalls an seinem großen Tag zur Last fallen.«

»Ach was. Ich werde dich zur Unterkunft begleiten und wenn du dich wieder besser fühlst, noch einmal hierher zurückkommen«, erwiderte Ferdinand.

»Nein«, entschied Elisabeth. »Dann bleibe ich lieber hier sitzen.«

»Ihre Frau hat recht«, sagte Reichsleiter Trost in freundschaftlichem Ton zu Ferdinand. »Es gibt Zeiten, in denen wir uns um unsere Frauen und Familien kümmern, und es gibt Zeiten, in denen es um die Karriere geht. Vertrauen Sie mir, junger Freund. Ich selbst werde Ihre Frau begleiten und versichere Ihnen, dass sie bei mir in guten Händen ist. Meine Felicitas hat mir sechs stramme Jungen geboren. Ich weiß also, wie es Ihrer Frau in dieser Zeit jetzt geht.«

Ferdinand war unsicher und beugte sich noch weiter herunter und ganz nah an Elisabeth heran. »Wäre das wirklich in Ordnung? Nur ein Wort von dir, und ich lasse hier alles stehen und liegen.«

»Das weiß ich doch.« Sie bemühte sich um ein Lächeln, doch sie spürte, dass sie sich nicht mehr lange zusammenreißen konnte. Alles hier schien sie zu erdrücken. Das Ziehen in ihrem Leib wurde zwar nicht stärker, ließ sie jedoch immer schlechter zu Atem kommen. »Aber Reichsleiter Trost hat vollkommen recht. Hier und jetzt geht es um dich und deine Karriere. Und ich hätte ein ganz furchtbar schlechtes Gewissen und könnte mich nicht im Geringsten über deine Anwesenheit freuen, wenn du mich begleitest.« Sie sah den Reichsleiter an. »Ich nehme sehr gern Ihr Angebot an, Reichsleiter Trost. Es wurde uns eine Unterkunft zugesagt, doch offen gestanden, weiß ich nicht einmal, wo.«

»Na, das werden wir ganz bestimmt herausfinden.« Trost trat an Elisabeths Seite, reichte ihr die Hand und fasste mit der anderen sogleich unter ihren Arm, sodass sie mit einem Ruck in den Stand kam.

»Man merkt, dass Sie Erfahrung mit schwangeren Frauen haben«, stellte Elisabeth lächelnd fest und war tatsächlich erleichtert, dass Trost an ihrer Seite war.

Ferdinand beugte sich weiter vor. »Ich werde, sobald ich kann, nachkommen.«

»Nein«, sagte Elisabeth entschieden. »Entweder ich komme wieder her, wenn ich mich ein wenig ausgeruht habe. Oder aber du wirst in dieser illustren Runde ohne mich den Tag und auch den Abend verbringen, genau wie es geplant war. Wenn du vor Mitternacht versuchen solltest, in die Unterkunft zu kommen, werde ich von innen verriegeln«, kündigte sie scherzhaft an.

Ferdinand lachte auf und gab ihr dann einen Kuss. »Du bist eine so wunderbare Frau.« Er sah Constantin Trost an. »Bitte achten Sie gut auf sie, Reichsleiter. Sie ist das Wichtigste auf der Welt für mich.«

»Sie haben mein Wort darauf, Oberleutnant Lehmann.« Trost suchte Elisabeths Blick. »Können wir, meine Liebe?«

»Sehr gern.«

Elisabeth ließ sich an seinem Arm hinausführen, verabschiedete sich noch von den Anwesenden und vom Führer selbst und war froh, als der Soldat an der Tür diese öffnete und hinter ihnen wieder schloss. Im Flur atmete sie erleichtert auf.

»Soll ich einen Arzt kommen lassen?«, fragte Trost.

»Nein, das ist nicht nötig. Ein paar Stunden Ruhe sind alles, was mein Kind und ich jetzt brauchen.«

Der Reichsleiter gab einem Soldaten Anweisung, einen Wagen vorzufahren, und ließ durch einen anderen die Adresse der Unterkunft erfragen, die für die Eheleute Lehmann bereitstand. Dann führte er Elisabeth langsam die Stufen des Rathauses hinunter und half ihr, in den Mercedes-Benz zu steigen. Der Fahrer hatte bereits Weisung erhalten, wohin er die beiden zu bringen hatte. Also fuhr er los, und es dauerte tatsächlich keine zehn Minuten, bis er wieder anhielt und Elisabeth den Schlag öffnete. Der Reichsleiter half Elisabeth heraus, und wieder stellte sie fest, wie erfahren dieser Mann im Umgang mit einer schwangeren Frau war. Er wusste genau, wie er zuzulangen hatte, und stellte sich dabei weit geschickter an als ihr Ferdinand.

»Ein Zimmer im zweiten Stock.« Der Reichsleiter schüttelte den Kopf. »Wie gedankenlos Ihnen gegenüber.«

»Es wird schon gehen«, sagte Elisabeth, wenngleich sie schon jetzt vollkommen erschöpft war und kaum daran denken mochte, die Stufen erklimmen zu müssen. Doch tatsächlich ging es besser als gedacht, da der Reichsleiter den Fahrer aufgefordert hatte, Elisabeth an ihrem linken Arm zu halten, während er ihren rechten nahm. Dennoch war sie erleichtert, als sie oben angelangt waren, der Fahrer die Tür aufschloss und ihnen Eintritt gewährte.

War das Haus von außen eher schlicht, bot es innen einen erheblichen Luxus. Elisabeth war überrascht, dass sie nicht in einem Hotel untergebracht waren. Dies hier erinnerte mehr an eine richtige Wohnung, und der Fahrer ging gleich zu einem der Holzschränke hinüber und öffnete ihn. »Ein Schrank der Deutschen Kühl- und Kraftmaschinen GmbH«, verkündete er stolz. »Er ist an das Stromnetz angeschlossen und hält die Lebensmittel darin wunderbar kalt und frisch.«

Elisabeth staunte nicht schlecht. Sie selbst besaßen zu Hause etwas Ähnliches, doch wurde der Eisschrank dort stets mit frischen Eisbehältern aufgefüllt. Zwar hatte Elisabeth schon davon gehört, dass es solche mit Strom betriebenen Kühlschränke gab, doch sie hatte noch nie einen zu Gesicht bekommen.

»Danke schön«, sagte sie.

»Er ist gut gefüllt, und ich glaube kaum, dass Sie auch nur einen Teil davon bis morgen aufessen und trinken können«, fügte der Fahrer schmunzelnd hinzu.

»Diese Wohnungen hier sind den Soldaten mit besonderen Verdiensten vorbehalten, müssen Sie wissen«, klärte der Reichsleiter sie auf.

»Dann ist das Haus also voller Soldatenfamilien?«, fragte Elisabeth.

Reichsleiter Trost schüttelte den Kopf. »Tatsächlich sind Sie und Ihr Mann im Moment die Einzigen, die hier untergebracht sind. Die Wohnungen unten werden gerade renoviert. Nur diese hier und die Nachbarwohnung sind bereits fertig und so modern gestaltet, wie Sie es hier vorfinden. Für die Getreuen unseres Führers nur das Beste«, erklärte er und deutete dann mit dem Arm zu einem Tischchen. »Dort drüben steht ein Telefon und im Schlafzimmer ein weiteres. Sie brauchen nur die Eins zu wählen, dann sind Sie direkt mit dem Hauptquartier verbunden. Wenn Sie irgendetwas haben möchten oder vielleicht doch noch ein Arzt kommen soll, reicht ein kurzer Anruf, und in wenigen Minuten ist jemand da.«

»Vielen Dank, Reichsleiter Trost.«

»Scheuen Sie sich nicht, sich zu melden.«

Der Fahrer hatte unterdessen den Koffer, den Elisabeth und Ferdinand für die eine Nacht dabeihatten, heraufgetragen und hob ihn noch einmal an. »Darf ich Ihr Gepäck ins Schlafzimmer stellen, gnädige Frau?«

»Ja, danke schön. Sie sind wirklich zu freundlich.«

Reichsleiter Trost ging zum Kühlschrank, holte ganz selbstverständlich eine Flasche Wasser heraus, nahm ein Glas aus dem Schrank und schenkte Elisabeth ein.

»Sie sollten etwas trinken«, empfahl er ihr. »Können wir noch irgendetwas für Sie tun, Frau Lehmann?«

»Nein«, sie schüttelte den Kopf. »Ich danke Ihnen beiden wirklich sehr. Ich möchte mich einfach nur ausruhen.«

»Und wenn etwas sein sollte«, er hob den Zeigefinger. »Die Eins wählen, ja?«

»Die Eins, ich weiß Bescheid.«

Der Fahrer verließ, gefolgt vom Reichsleiter, das Zimmer, und Elisabeth atmete erleichtert aus. Dann nahm sie das Wasserglas, leerte es in einem Zug und schenkte sich sogleich noch mal nach. Mit dem Glas ging sie nach drüben ins

Schlafzimmer, stellte es auf dem Nachttischchen ab, auf dem sich auch der zweite Telefonapparat befand, und legte sich dann aufs Bett. Mit der Hand strich sie sich mehrmals über den Bauch. Kurz war da die Sorge, keine Bewegung wahrzunehmen. Doch das war in den vergangenen Wochen des Öfteren vorgekommen, und sie hatte dazu auch Gustav befragt. Der hatte, wie schon so oft, darauf hingewiesen, dass er kein Frauenarzt sei und ihm die entsprechende Erfahrung fehle. Jedoch, so riet er, solle sie sich nicht gar so viele Sorgen machen, da wir Menschen uns schließlich auch nicht den ganzen Tag bewegen und es durchaus sein könne, dass ihr Kind einfach schlafe. Und tatsächlich hatte sie jedes Mal kurz darauf wieder eine Bewegung wahrgenommen, auf die sie nun auch hoffte. Sie atmete ruhig ein und wieder aus, spürte in sich hinein. Von draußen drangen kaum Geräusche hier herauf. Obwohl sie das Treppensteigen als überaus anstrengend empfunden hatte, war sie nun froh, hier oben untergebracht worden zu sein. Denn hier war es herrlich ruhig, während dort unten auf den Straßen der quirlige Münchner Alltag stattfand.

Sanft strich sie wieder mit der Hand über den Bauch, und dann nahm sie eine Bewegung wahr, ganz so, als hätte ihr Kind die Berührung beantwortet. Elisabeth lächelte, dann fiel ihr Blick auf das Telefon. Würde sich wirklich jemand um sie kümmern, wenn sie womöglich Hilfe brauchte? Aus einer plötzlichen Nervosität heraus nahm sie den Hörer von der Gabel und wählte die Eins.

»Reichsleitungsstelle München«, meldete sich sogleich eine Frauenstimme. »Was kann ich für Sie tun?«

»Ach, Verzeihung, ich war ganz in Gedanken«, entschuldigte sich Elisabeth. »Mein Name ist Elisabeth Lehmann, und ich bin in einer Ihrer Wohnungen untergebracht.«

»Die Wohnung in der Ismaninger Straße, ich weiß«, gab das Fräulein freundlich zurück. »Ich wurde angewiesen, Ihnen alles zukommen zu lassen, was Sie wünschen, Frau Lehmann. Gibt es etwas, das ich für Sie tun kann?«

Elisabeth war schlicht überwältigt über die zuvorkommende Freundlichkeit, vor allem aber war sie auch erleichtert, dass sie tatsächlich nicht allein war, sollte irgendetwas geschehen und sie womöglich Hilfe brauchen.

»Nein, haben Sie vielen Dank. Im Moment nicht. Ansonsten melde ich mich nochmals.«

»Bitte, sehr gern, Frau Lehmann. Heil Hitler!«

Elisabeth erwiderte den Gruß, dann legte sie auf und rollte sich aus der seitlichen Position wieder auf den Rücken. Ganz ruhig atmete sie, spürte immer wieder in regelmäßigen Abständen den kleinen Körper in sich, der sich bewegte. Mit diesem Gefühl schlief sie ein, erwachte aber nach einer Weile wieder, weil sich ihre Blase bemerkbar machte. Am liebsten wäre sie liegen geblieben, so erschöpft fühlte sie sich. Doch sie wusste, dass es gewiss ein wenig Zeit kosten würde, die Toilette zu erreichen, also rollte sie sich auf die Seite und stellte schließlich die Beine auf. Einen Moment blieb sie noch sitzen, damit ihr Kreislauf sich stabilisierte. Dann stützte sie sich mit den Händen ab und kam mit einem Ruck in den Stand.

Langsam ging sie aus dem Schlafzimmer in den Wohnraum und von dort in Richtung Bad beziehungsweise zu der Tür, hinter der sie es vermutete. Sie sollte recht behalten und fand sich in einem überaus modern eingerichteten Badezimmer mit Fliesen an den Wänden wieder.

Elisabeth schloss die Tür hinter sich, ging zur Toilette und war froh, als der Druck nachließ. Dann wusch sie sich die Hände und trat wieder hinaus. Kaum hatte sie die Tür hinter sich geschlossen, durchfuhr sie auf einmal ein so heftiger Schmerz, dass sie sich zusammenkrümmte. Kurz verharrte sie in der Position, dann nahm schon eine weitere Schmerzwelle sie gefangen, die sie in die Knie zwang. Sie hielt die Luft an, presste die Hände so fest es ging auf den Bauch und schrie auf vor Schmerz. Dann wurde ihr schwindlig, und sie glaubte, jeden Augenblick das Bewusstsein zu verlieren. Nach Luft schnappend kroch sie auf allen vieren ein Stück durch den Raum. Wieder packte sie der heftige Schmerz. Sie musste das Telefon erreichen, musste Hilfe rufen. Ihr Leib krampfte, und auch wenn sie wusste, dass es falsch war, rollte sie sich zusammen und lag nun gekrümmt am Boden. Nur einen Moment, sagte sie sich, nur einen Moment Kraft sammeln und warten, bis sich die Schmerzen ein wenig legten. Dann würde sie sich hochquälen und über das Telefon um Hilfe rufen. Doch was, wenn es nicht nur Vorboten waren, sondern das Kind tatsächlich jetzt käme? Wenn es in Kürze hier geboren würde und womöglich nicht gesund, sondern erneut behindert wäre? Was, wenn sie einen Arzt der Reichsbehörde kommen ließ und dieser einen winzigen kranken Körper aus ihrem Leib zog? Was dann? Sie brauchte Gustav, niemand außer Gustav durfte das Kind sehen. Doch Gustav war weit weg. Selbst wenn sie ihn anrief, würde es dauern, bis er hier war. Panik stieg in ihr auf, der Schweiß lief ihr über die Stirn. Was sollte sie tun? Was? Sie schrie auf, als eine weitere Wehe sich ihren Weg bahnte. Sie tastete an sich herab und merkte erst jetzt, dass ihr Kleid und auch der Teppich unter ihr nass waren. Das Fruchtwasser war abgegangen. Schon wieder dieser Schmerz, der ihren Körper zu zerreißen drohte. Elisabeth hielt den Atem an. Es sollte vorbeigehen, einfach nur vorbeigehen. Langsam ließ der Druck ein wenig nach, und Elisabeth atmete erleichtert aus. Wenn sie sich jetzt in den Vierfüßlerstand brachte, könnte sie zum Telefon kriechen und die Eins wählen. Die Reichsbehörde würde jemanden schicken, der ihr half. Sie musste es tun. Es ging nicht anders. Sie konnte das hier nicht allein überstehen. So fest sie konnte, drückte sie sich hoch, und tatsächlich gelang es ihr, auf die Knie zu kommen. Sie japste, schnappte nach Luft. Doch es funktionierte.

Ein kleines Stückchen kam sie voran, dann war da ganz plötzlich ein Bild vor ihren Augen: das Bild eines verkrümmten Kindes, einer *Missgeburt,* wie die Nazis es nennen würden. Elisabeth schluchzte auf. War es ein Wink Gottes, der sie warnen wollte? Ganz plötzlich war da ein anderes Bild, das des Mannes, den sie, Irma und Clara im Starnberger See ertränkt hatten. Sie sah sein Gesicht so deutlich vor sich, dass sie aufschrie. Eine Strafe Gottes! Sie würde kein gesundes Kind bekommen, weil die Sünde, die sie begangen hatte, so groß gewesen war. Elisabeth jaulte auf wie ein getretener Hund, ließ sich wieder auf den Teppich sinken und rollte sich auf den Rücken. Sie würde das hier allein schaffen müssen, auch wenn es sie das Leben kosten würde.

Eine nächste Wehe bahnte sich an, und Elisabeth atmete dagegen an. Dann streifte sie sich ihre Kleidung ab, so gut es ging, und tastete an sich herab. Ja, sie spürte es. Die Geburt war bereits in vollem Gang. Es war nicht so schlimm wie beim letzten Mal, doch während sie da noch die Erwartung gehabt hatte, als Belohnung für die Qual und den Schmerz bald ein gesundes Kind in den Armen zu halten, war es nun anders. Jetzt, in diesem Augenblick, wollte sie nicht einmal mehr, dass es bald vorbei war. Sie glaubte nicht nur, dass sie kein gesundes Kind auf die Welt bringen könnte, sie ahnte in diesem Moment, dass sie es nicht überleben würde. Gott hatte ihr ein Zeichen gesandt, das Bild des Mannes, dessen Leben sie ausgelöscht hatten. Oder war ihr sein Gesicht nur deshalb erschienen, weil sie noch immer täglich das schlechte Gewissen plagte? War sie womöglich tief in ihrem Innern überzeugt, dass sie es gar nicht verdiente, einem gesunden Kind das Leben zu schenken?

»Er wollte uns umbringen!«, brüllte sie nun ihren Schmerz heraus, als wollte sie so nachträglich ihre Tat rechtfertigen. Dann rollte schon die nächste Wehe wie eine alles verschlingende Welle heran. Kurz wurde sie ohnmächtig, dann erfasste sie erneut der grausame Schmerz. So ging es weiter, ohne dass jedoch die Geburt irgendwie voranschritt. Elisabeth spürte, dass sie schon bald keine Kraft mehr haben würde, weiterzupressen, und doch tat sie es wieder und wieder, sobald eine Wehe kam, und verlor auch immer wieder das Bewusstsein. Sie drückte mit den Händen gegen den Bauch, versuchte das Kind aus sich herauszuschieben, dann spürte sie, dass es so weit war, und presste mit aller verbliebenen Kraft ein letztes Mal. Der kleine Körper glitt aus ihr heraus, und Elisabeth schrie vor Erleichterung. Dann stemmte sie sich hoch, nahm das kleine Wesen in ihre Hände und hob es zu sich. Ein zuckersüßes Gesichtchen mit zusammengekniffenen Augen, ein Körper mit zwei Armen und einer Brust, einem Bäuchlein und zwei Beinen. Ein Junge, ein kleiner, gesunder Junge. Elisabeth japste, konnte ihr Glück nicht fassen. Ein Freudenschrei entfuhr ihr. Es war gesund. Ein gesundes Kind, ohne jede Missbildung. Elisabeth lachte unter Tränen auf, die Erleichterung schlug wie eine weitere Welle über ihr zusammen. Sie nahm den kleinen Körper, berührte das Gesichtchen des Kindes, dessen Augen immer noch geschlossen waren.

»Öffne die Augen, mein Schatz«, flüsterte sie zärtlich und berührte mit dem Zeigefinger die Wange des Kindes. Sie zog den kleinen Körper an sich, küsste das Gesicht. Erst jetzt sah sie, dass die Lippen des Kindes blau angelaufen waren. Sie schluckte. Beinahe von einem Moment auf den anderen verfärbte sich die Haut des Kindes, eben noch rosig, wurde der kleine Körper zunehmend dunkler, fast schon bläulich.

»Nein«, brachte Elisabeth erschrocken hervor. »Nein, bitte, bitte nicht! Atme, bitte atme, mein Liebling! Bitte!«, flehte sie und sah auf den Brustkorb, der sich jedoch nicht hob und senkte. Die Verfärbung der Haut wurde immer stärker, nahm inzwischen einen noch tieferen bläulichen Ton an. Elisabeth umfasste den Kopf, drückte das Kind an sich, hielt es wieder ein

Stück von sich weg, schüttelte es nun sogar leicht. »Bitte, bitte, du musst leben. Bitte!«

Die Tränen liefen ihr über die Wangen, auch sie selbst hatte das Gefühl, kaum mehr atmen zu können. Das Blut rauschte in ihren Ohren, sie spürte den Puls so heftig schlagen, dass es einem Dröhnen glich.

»Bitte!«, flehte sie wieder und wieder, legte den Körper neben sich, hauchte Atem in den kleinen Mund. Der Raum begann sich um Elisabeth zu drehen. Schneller und immer schneller bewegten sich die Wände, während sie Atem in den kleinen Körper hauchte, sehnlich hoffend, dass sich endlich die Brust zu heben und senken begann. Doch das geschah nicht. Die Wände des Zimmers bewegten sich auf Elisabeth zu und wieder von ihr fort. Die Decke schien sich auf sie herabzusenken. Immer noch versuchte sie, den Körper des Kindes zu beatmen, während sich alles um sie schneller und schneller drehte. Ein gellender Pfeifton schrillte in ihren Ohren, der sie zusammenfahren ließ. Sie bekam keine Luft mehr, rollte sich schließlich auf den Rücken, japste verzweifelt. Ihre Augenlider flatterten, dann wurde es schwarz um sie, und sie fiel in Ohnmacht. Alles, was sie eben noch gespürt hatte, verschwand in einem bodenlosen Nichts.

17. Kapitel

Das Leben hier wird mir von Tag zu Tag beschwerlicher. Es ist, als würde man mich täglich noch ein wenig tiefer in den Schlamm drücken.

Gustav von Falkenbach

Gustav fühlte sich elend. Als er die Rosenbergs am vergangenen Sonntag verabschiedet hatte, hatte er ihnen mit auf den Weg gegeben, den anderen Juden, mit denen sie in Kontakt standen, auszurichten, dass er fortan niemanden von ihnen mehr behandeln könne. Die Rosenbergs hatten es einfach zur Kenntnis genommen und ihm für seine Hilfe bei ihrem Sohn Aron gedankt. Sie hatten sich weder überrascht oder gar in irgendeiner Form enttäuscht gezeigt. Sie hatten es einfach akzeptiert, ganz so, als hätte es eben unweigerlich so kommen müssen. Was hatten diese Menschen schon alles erleben müssen, um so zu reagieren? Und Gustav war nur eine weitere der vielen Enttäuschungen, was ihm nicht nur ein schlechtes Gewissen bescherte, sondern das Gefühl, ein vollkommener Versager zu sein. Was war er für ein Arzt, wenn sein hippokratischer Eid nur für arische Deutsche galt? Er hatte Inge nicht helfen können und jetzt auch nicht mehr denen, die auf seine Hilfe vertraut hatten. Und auch Martin hatte er im Stich gelassen, einen Mann, der für seine Überzeugungen verhaftet worden war. Mehr noch, einen Freund, der für die Sache, an die er glaubte, eingestanden war, ohne an die Folgen für sich selbst zu denken. Wenn doch nur alle so mutig wären wie Martin. Dann würde es irgendwann keine NSDAP, keine SA, SS oder überhaupt keine Deutschen mehr geben, die in blindem Eifer einem Führer nachrannten, der nichts als ein wahnsinniger Despot war, der das ganze Land ins Unglück stürzte.

Aus Verzweiflung über sein eigenes Versagen heraus hatte er am heutigen Morgen einige Telefonate mit seinen früheren Freunden in Berlin geführt, mit Männern, die der Sache des Führers gegenüber ebenso kritisch wie Gustav selbst eingestellt waren. Manche von ihnen waren gemeinsame Freunde von Gustav und Martin, doch keiner traute sich am Telefon, dessen Namen zu nennen. Sie sprachen von dem Freund, der Maurer ist, oder von dem, der gern die karierten Hemden trägt. Der Name Martin fiel nicht ein einziges Mal. Und auch von einer Verhaftung war zu keiner Zeit die Rede. Nur ob man bereits erfahren hatte, dass »der Maurer auf Reisen« sei oder auch »der Freund, der immer Karohemden trägt, sich im Moment außer Landes« aufhalte. Wo genau jedoch, davon hatten weder die Berliner noch Gustav selbst etwas gehört. Er hätte auch nicht gewagt, sich irgendwo zu erkundigen, war doch die Verbindung dadurch, dass Martin in einem Gebäude, das Gustavs Vater gehörte, verhaftet worden war, entschieden zu deutlich. Keinesfalls wollte Gustav nun auch noch riskieren, dass seine Familie weiter in die Sache hineingezogen wurde.

Dass es ausgerechnet Ferdinand gewesen war, der Martins Aufenthalt verraten hatte, empfand Gustav bis zum heutigen Tage als blanke Ironie. Gerade Ferdinand, der nun wirklich einer der besten und ehrlichsten Menschen war, die Gustav kannte, ein Mann, mit dem er schon als Kind gespielt hatte und der ihm wie ein Bruder war, wurde durch unglückliche Verstrickungen zum Verräter. Und das ohne jede Absicht. Das Schicksal hatte manchmal einen grausamen Sinn für Humor.

Gustav tat es nicht nur für Martin, sondern vor allem auch für seine Schwester Wilhelmine leid. Sie war ein herzensguter Mensch, hatte früher jedoch gern ihr Fähnlein nach dem Wind gehängt. Das hatte sich in den vergangenen Monaten vollkommen verändert. Wilhelmine war von einem beeinflussbaren, recht labilen Charakter zu einer starken jungen Frau geworden, die das Regime verabscheute und genau wie Gustav in jedem genau das sah, was er war: ein Mensch. Völlig ungeachtet der Hautfarbe oder der Religion. Keiner von ihnen konnte verstehen, warum alle im Lande verrückt geworden zu sein schienen, und Gustavs größte Sorge war, dass Wilhelmine womöglich weiter gehen würde als er selbst. Wenn ihm eines Tages jemand sagte, dass seine Schwester im Verdacht stand, sich dem Widerstand angeschlossen zu haben, wäre dies nichts, was Gustav überraschen würde. Und damit würde sie ein weit ehrlicheres Leben führen als er derzeit, der jeden Tag mit dem haderte, was er tat. Denn genau genommen, war dies vor allem eines: gar nichts. Er ging seinem Beruf nach und behandelte mehr oder weniger kranke Menschen, ja. Und tatsächlich hatte er sich früher nichts mehr gewünscht, als genau so ein Leben zu führen. Doch jetzt fühlte es sich einfach nur falsch und verlogen an, und das jeden einzelnen Tag.

In den letzten Tagen, seit Clara ihn am Sonntag erwischt und von ihm gefordert hatte, sofort die Behandlung von Juden einzustellen, hatte er sogar mehrfach darüber nachgedacht, ob es nicht das Beste wäre, Deutschland und damit auch Gut Falkenbach den Rücken zu kehren und ins Ausland zu gehen. Nicht nach Italien oder Spanien, wo es im Grunde auch nicht besser war als hier, weil auch dort Diktatoren herrschten. Aber vielleicht könnten Clara, Wilhelmine und er nach Amerika gehen, wo die Menschen wesentlich aufgeschlossener waren und ein Miteinander zu herrschen schien, das eher Gustavs Denken entsprach. Zwar gab es auch dort die Kluft zwischen Schwarz und Weiß, und Gustav wusste, dass im Land jenseits des Großen Teichs auch nicht alles Gold war, was glänzte. Doch zumindest war es nicht wie hier in Deutschland, wo er das Gefühl hatte, kaum mehr atmen zu können. Der Druck auf diejenigen, die nicht blind vor Hass auf Andersgläubige waren, schien von Tag zu Tag noch zuzunehmen. Gustav fragte sich, ob er in den Jahren seines Studiums einen falschen Blick auf die Dinge gehabt hatte. Seinerzeit in Berlin hatte er noch den Eindruck gehabt, dass dort vor allem auch viele politische Randgruppen zusammenkamen und so die Meinungen mit größerer Wucht aufeinanderprallten. Im beschaulichen Bernried wurde seiner Ansicht nach nicht genug davon, was beschlossen und verordnet wurde, hinterfragt und auch mal in Zweifel gezogen. Es schien, als würden die Bernrieder einfach alles hinnehmen, und die Führung konnte deshalb tun, was sie wollte. Nur dass das eben genau das Gegenteil von dem war, was Gustav dachte und seinen Überzeugungen entsprach. Hier hatte er das Gefühl, dass niemand außer Wilhelmine seine Wut, aber auch seine Angst teilte, dass alle blind einem Wahnsinnigen folgten und dessen Befehle zu Hass und Menschenverachtung nicht nur ausführten, sondern ihn hierfür auch noch feierten. Für Gustav war es, als würde er am Rande stehen und all dies wie ein Zuschauer mit einem mulmigen Gefühl der Angst beobachten, zwar nicht selbst in Gefahr, aber andererseits auch nicht dazugehörend. Wollte er hier wirklich leben? Doch wie sollte seine Zukunft aussehen, wenn er fortging? Und würde Wilhelmine überhaupt mitkommen in dieser Situation, in der sie nicht einmal wusste, wo Martin war und ob er noch lebte?

Ein paarmal hatte Gustav überlegt, seinen Vater um Hilfe zu bitten, immerhin hatte dieser die besten Kontakte. Doch er wusste, dass dies vergebliche Liebesmüh wäre. Wilhelmine hatte Gustav erzählt, wie der Vater sich verhalten hatte, als er die Wahrheit erfuhr. Er hatte sie, Wilhelmine, geschützt, wie er es immer tat. Denn was auch immer man Paul-Friedrich vorwerfen konnte: Nichts, wirklich nichts ging ihm über die Familie, und Gustav wusste, dass sein Vater alles tun würde, um jeden Einzelnen von ihnen zu schützen. Doch er war eben nicht nur gerissen genug, sich führungskonform anzupassen, er war sogar so weit gegangen, in die Partei einzutreten. Zwar glaubte Gustav nicht, dass Paul-Friedrich dies aus Begeisterung für *die Sache* getan hatte. Nein, dafür war er zu berechnend. Er wusste, wie man sich opportun verhielt, und tat genau das. Doch aus diesem Grund wusste Gustav nie recht, mit was er zum Vater gehen und besprechen konnte, ganz einfach weil Paul-Friedrich stets genau abwog, ob es ratsam war, in einer gewissen Art und Weise vorzugehen oder nicht. Das mochte zwar dazu führen, dass es der Familie an nichts fehlte und diese sich nicht angreifbar machte, doch einer echten Überzeugung gemäß zu handeln, stand auf einem ganz anderen Blatt.

Sein Telefon klingelte, und Clara war am Apparat.

»Hier ist ein Telefonat aus Berlin für dich«, kündigte sie an. »Ein Otto Weinschenk.«

»Otto Weinschenk?«, wiederholte Gustav, der mit genau dem vor etwa einer Stunde schon einmal telefoniert hatte. »In Ordnung. Stell ihn durch.«

»Aber mach nicht so lange«, mahnte Clara. »Das ganze Wartezimmer ist voller Patienten.«

»Ist gut.« Gustav wusste, dass er bisher zu wenig Leute behandelt hatte. Er kam heute nur langsam voran und hatte eben eigentlich vorgehabt, ein paar Notizen über Peter Stenglmann zu Papier zu bringen, der heute von seiner Mutter vorgestellt worden war und bei dem Gustav nicht ganz sicher war, woran er litt. Er würde später noch versuchen, der Sache weiter auf den Grund zu gehen.

Es knackte in der Leitung, und Gustav meldete sich.

»So schnell hört man sich wieder«, sagte Otto, mit dem Gustav und auch Martin in Berlin viele gemeinsame Abende verbracht hatten. Otto war nicht das, was man im landläufigen Sinn einen Kommunisten genannt hätte. Dafür waren manche seiner Ansichten einfach zu kontrovers. Während Otto, Gustav und auch andere in ihrem Umfeld zwar kritisch, aber eben eher moderat die politische Situation diskutiert und Möglichkeiten besprochen hatten, was man gegen Hitler und dessen Leute unternehmen könnte, war Martin das jedoch nie weit genug gegangen. Wann immer zu Protesten und Widerstand aufgerufen wurde, konnte man sicher sein, Martin in den ersten Reihen mit erhobenen Fäusten zu finden, während Gustav oder auch Otto eher die leiseren Töne angeschlagen hatten und eine Form des Widerstands wählten, die weit mehr vernunftgesteuert war.

»Otto? Hast du was vergessen?«

»Vergessen nicht, nur gerade eben jemanden getroffen«, erklärte er. »Seine Schwester ist mit einem Wachmann verheiratet, und die beiden wohnen dort unten bei euch. Sie hat ihm erzählt, dass der eine, du weißt schon, der im Karohemd, dort seinen Urlaub verbringt.«

»Wo genau?«

»In Dachau.«

»Dachau?«

»Ja. Ich dachte mir, das hilft dir vielleicht weiter.«

»Hat er etwas gesagt, wie es ihm geht?«

Ein kurzes Schweigen. »Nein«, sagte Otto dann. »Aber im Urlaub ist ja eigentlich immer alles in Ordnung.«

Gustav spürte, dass die Angst Otto im Nacken saß, etwas Falsches zu sagen, sollte das Gespräch belauscht werden.

»Ich verstehe«, sagte Gustav. »Dann hab vielen Dank für deinen Anruf, Otto.«

»Gern geschehen. Ich hoffe, wir hören uns bald mal wieder.«

»Das hoffe ich auch. Mach's gut.« Beide legten auf.

Gustav trat ans Fenster und sah einen Moment hinaus. In Dachau also. Zumindest war Martin am Leben. Die Frage war, ob er Wilhelmine diese Information mitteilen sollte oder nicht. Seine Schwester war ein impulsiver Mensch. Was, wenn sie so kopflos reagierte und versuchte, mit Martin in Kontakt zu treten? Bestimmt würde sie das tun. Wenn seine Clara in ähnlicher Lage wäre, würde er auch alle Hebel in Bewegung setzen, um ihr zu zeigen, dass er sie nicht vergessen hatte. Und gewiss würde Wilhelmine das Gleiche tun oder aber einen Rechtsanwalt beauftragen, damit dieser Martins Interessen vertreten und versuchen könnte, einen Prozess für ihn in Gang zu bringen, bei dem er die Möglichkeit hätte, für seine Freiheit zu kämpfen. Doch selbst wenn es zum Prozess kommen würde, hätte Martin nicht die geringste Aussicht auf Erfolg. Schließlich hatte man in der alten Liebermann-Villa Plakate über Plakate sichergestellt, die allesamt eine deutliche Sprache sprachen: *Nieder mit Hitler – Schluss mit der Diktatur.* Ein Denken, das Gustav teilte, nur durfte er es eben nicht laut sagen. Die Führung ließ keine zwei Meinungen darüber zu, was für das Land am besten war. Und wenn Wilhelmine Martin zu helfen versuchen würde, geriete auch sie in den Fokus der Braunen. Und das durfte Gustav keinesfalls riskieren.

Es klopfte.

»Ja bitte!«

Clara steckte den Kopf durch den Türspalt. »Bist du so weit, dass ich dir den nächsten Patienten reinschicken kann?«

Gustav nickte. »Ja, mach das.«

Sie sah ihren Mann an. »Alles in Ordnung bei dir? Was wollte Otto denn?«

»Seine Mutter hat einen Ausschlag, und er wollte wissen, welche Salbe dagegen hilft.«

»Ach so«, sagte Clara nur und drehte sich dann um und

machte ein paar Schritte über den Flur. »Herr Lehmkuhl, Sie wären dann der Nächste«, hörte Gustav sie sagen. »Wenn Sie bitte hier hereinkommen möchten?«

Gustav ging zur Tür und streckte dem Soldaten, der schon einige Male bei ihm gewesen war, die Hand entgegen. »Na, Herr Lehmkuhl, dann wollen wir mal.«

»Heil Hitler, Herr Doktor.«

»Ja, natürlich. Heil Hitler. Also, wie kann ich Ihnen helfen?«

18. Kapitel

Unser Leben ist eine Prüfung des Herrn, die wir zu bestehen haben.
Elisabeth Lehmann

Als Elisabeth erwachte, war es draußen bereits dunkel. Deshalb konnte sie nur schwach den Umriss des kleinen Körpers neben sich erkennen. Sofort kamen ihr wieder die Tränen. Warum nur hatte der Herr sie nicht auch zu sich geholt und so mit ihrem Kind vereint? Was hatte er noch mit ihr vor in diesem Leben, dass sie zu bleiben hatte, während sie sich doch nichts sehnlicher wünschte, als gehen zu dürfen? In einer zärtlichen Geste berührte sie das Gesicht ihres Kindes. Es war ganz kalt, und sofort zog Elisabeth den Unterrock, der nur ein Stück entfernt lag, heran und wickelte den kleinen Körper darin ein, ganz so, als könnte sie das Kind so wärmen. Doch da war kein Leben in dem kleinen Wesen, und nichts, was sie tat, konnte es noch ändern. Eine Weile blieb sie noch so liegen. Wie spät es wohl sein mochte? Sie hatte jeden Zeitbegriff verloren, hätte nicht sagen können, ob zwischen dem Erlebten und dem Jetzt viele Stunden oder vielleicht sogar Tage lagen. Doch Letzteres konnte gar nicht sein. Dann wäre Ferdinand irgendwann gekommen und hätte sie und das Kind gefunden. Kurz fragte sie sich, was sie ihm sagen sollte, wenn er womöglich schon bald hier auftauchte. Gewiss wäre er zutiefst bestürzt, dass sie die Geburt allein hatte durchstehen müssen. Sollte sie ihm bei dieser Gelegenheit gleich beichten, dass ihr erstes Kind behindert gewesen und sie ganz offenbar nicht in der Lage war, einem gesunden Säugling das Leben zu schenken? Zwar war der kleine Junge, den sie heute zur Welt gebracht hatte, nicht missgebildet. Doch soweit Elisabeth es beurteilen konnte, hatte er nicht einen einzigen Atemzug getan. Es gab keinen Zweifel: Sie war einfach unfähig, ein gesundes Kind zur Welt zu bringen, ganz gleich, was sie unternahm. Ob Ferdinand sich wohl von ihr trennen und die Scheidung verlangen würde? Vermutlich. Schließlich konnte es für einen Mann wie ihn keinen Grund geben, an jemandem wie ihr festzuhalten.

Elisabeth horchte in sich hinein, ob so etwas wie Verzweiflung aufkommen wollte. Doch tatsächlich war dies nicht der Fall. Sie fühlte sich einfach nur leer und erschöpft, sah immer wieder zu ihrem Kind, auch wenn sie es in der Dunkelheit fast nur noch erahnen konnte. Kurz glaubte sie, Geräusche im Haus wahrzunehmen. War gleich der Moment da, in dem Ferdinand die Wahrheit wie ein Kanonenschlag treffen würde? Sie lauschte weiter in die Dunkelheit, konnte jedoch nichts mehr hören. Alles im Haus war still. Es war also vermutlich nur Straßenlärm gewesen, der zu ihr heraufgedrungen war.

Irgendwann, sie wusste nicht, wie viel Zeit vergangen war, musste sie die Toilette aufsuchen. Erst jetzt wurde ihr bewusst, dass sie noch immer durch die Nabelschnur mit ihrem Kind verbunden war. Kurz zögerte sie, quälte sich aber doch noch hoch, nahm den kleinen leblosen Körper auf ihren Arm und ging zum Küchenbereich. Die Schere lag im obersten Fach. Ohne zu zögern, ergriff Elisabeth sie und ging hinüber ins Bad. Dort hockte sie sich auf den Boden, legte den Körper des Kindes ab und durchschnitt die Nabelschnur. Dann ging sie zur

Toilette und konnte selbst kaum glauben, wie mechanisch sie sich verhielt. Es war notwendig, also tat sie, was getan werden musste. Als sie fertig war, nahm sie das Kind wieder auf den Arm und ließ die Schere einfach auf dem Fußboden liegen.

Kurz überlegte sie, das Licht einzuschalten, doch sie entschied sich dagegen. Es war ihr lieber, im Dunkeln durch die Wohnung zu gehen, und erst als sie das Schlafzimmer erreichte, drückte sie dort den Knopf der Nachttischlampe. Als sie an sich herabsah, erschrak sie kurz. Ihr Kleid war vollkommen mit Blut besudelt. Also legte sie das Kind auf das Bett, ging erneut hinüber ins Badezimmer, entkleidete sich, setzte sich in die Badewanne und wusch sich gründlich. Dann schleppte sie sich nackt ins Schlafzimmer, öffnete den Koffer und zog das Wechselkleid heraus, das beste, das sie besaß. Sie hatte es zu Ferdinands feierlicher Ordensverleihung tragen wollen. Nun würde es das Kleid sein, in dem sie von dieser Welt ging. Denn irgendwann in den vergangenen Minuten hatte sie einen Plan gefasst, der immer deutlicher Gestalt annahm. Es war falsch von Gott gewesen, sie nicht zu sich zu holen. Ganz gleich, welche Sünden sie in ihrem Leben begangen hatte, sie hatte ein Recht darauf, bei ihrem Kind zu sein. Und genau dafür würde sie nun sorgen.

Zwar tat es ihr leid, dass ihr Ferdinand niemals erfahren würde, was wirklich geschehen war. Vielleicht hätte er sie ja sogar verstanden. Doch es war jetzt nun einmal nicht die Zeit für Erklärungen. Wenn er später hierher in die Wohnung kam, würde er das viele Blut auf dem Teppich und ihre besudelte Kleidung vorfinden. Gewiss wäre es ein Schock für ihn. Doch irgendwie, so hoffte sie, würde er damit zu leben lernen. Irgendwann.

Als sie vollständig bekleidet war, schälte sie das Kind aus dem verschmierten Unterrock und wickelte es stattdessen in eines der dicken Handtücher, die man für Ferdinand und sie bereitgelegt hatte. Dann verließ sie zusammen mit ihrem toten Kind die Wohnung in der Ismaninger Straße.

Vor der Tür sah sie kurz nach rechts und links. Nur wenige Menschen waren um diese späte Stunde auf der Straße unterwegs.

»Entschuldigen Sie bitte«, sprach Elisabeth endlich einen Passanten an. »Können Sie mir sagen, wie spät es ist?«

Der Mann schaute auf seine Armbanduhr. »Es ist fast halb elf, gute Frau«, gab er Auskunft. »Sie sollten um diese Uhrzeit nicht mehr mit Ihrem Baby auf der Straße sein.«

»Danke«, sagte Elisabeth nur, drückte den kleinen Körper noch fester an sich und ging über die Straße. Es dauerte nur wenige Minuten, bis sie ihr Ziel erreichte. Als sie vorhin mit dem Auto zur Wohnung gebracht worden war, hatte sie einen Blick auf die Isar werfen können. Der Fluss hatte eine starke Strömung. Elisabeth tastete sich langsam die Böschung hinunter, um nicht in der Dunkelheit zu stolpern. Doch sie schaffte es, wenngleich sie unten am Ufer einen Moment ausruhen musste, um wieder zu Atem zu kommen. Zwar war sie beweglicher als vor der Geburt, doch sie spürte natürlich nicht nur die Nachwirkungen der Entbindung, sondern litt auch immer noch an dem zusätzlichen Gewicht, das sie zugenommen hatte. Aber irgendwie fühlte sie sich erleichtert und durch ihren Entschluss, ihrem Leben ein Ende zu setzen und gemeinsam mit ihrem Kind in den Fluten der Isar unterzugehen, dermaßen bestärkt, dass ihr der beschwerliche Weg nichts ausmachte. Vielmehr freute sie sich fast darauf, dass gleich alles vorüber wäre.

So ging sie, ohne zu zögern, zum Fluss und setzte sofort ihren rechten Fuß hinein. Sie zog ihn noch mal zurück, da das eiskalte Wasser sich wie Nadelstiche auf ihrer Haut anfühlte. Doch das währte nur kurz. Entschlossen ging sie weiter und war schon bald bis zur Hüfte von Wasser umschlossen. Ganz sanft ließ sie das Kind auf die Wasseroberfläche gleiten, während der

Stoff ihres Kleides sich mit Wasser vollsog. Elisabeth spürte die Kälte und doch auch wieder nicht. Es war, als wärme sie der Anblick ihres Kindes, das im Licht des Mondes so unglaublich friedlich aussah. Elisabeth beugte sich zu dem kleinen Körper hinab, küsste die Stirn des Kindes und löste sanft ihre Hände von ihm, sodass es ganz langsam in die Tiefe sank. Die Strömung erfasste den Körper, nahm ihn mit sich. Elisabeth ließ sich fallen, ließ sich treiben, ging immer wieder in den Wellen unter. Sie konnte das Kind nicht mehr sehen, auch nicht das Handtuch, das sich bei ihrem letzten Blick darauf schon von dem kleinen Körper gelöst hatte. Elisabeth schluckte Wasser, wieder und wieder, dann glaubte sie, einen Pfeifton zu hören. Die Kälte des Wassers spürte sie kaum noch, als sie plötzlich am Arm gepackt und herausgezogen wurde. Sie wehrte sich nach Kräften, doch jetzt wurde auch ihr anderer Arm ergriffen und sie ans Ufer gezerrt.

»Ganz ruhig, junge Frau, ich halte Sie!«

Sie blickte in das vom Mondlicht nur wenig beleuchtete Gesicht eines jungen Soldaten in triefend nasser Uniform. Sein Kollege, der offenbar während der Rettungsaktion am Ufer geblieben war, zog nun seine Jacke aus und hängte sie Elisabeth um die Schultern.

»Wie ist denn das nur passiert?«, fragte er besorgt. »Sind Sie von der Brücke gefallen?«

»Ich … ich weiß nicht«, stammelte Elisabeth, die schlicht keine Ahnung hatte, wie sie sich verhalten und was sie sagen sollte. Sie hatte doch nur sterben wollen! Wo waren die beiden Männer denn nur so plötzlich hergekommen?

»Sie können von Glück sagen, dass wir hier patrouilliert haben. Bei diesen Temperaturen wäre schon bald jede Hilfe zu spät gekommen.«

»Danke«, war alles, was Elisabeth in diesem Moment einfiel.

»Kommen Sie. Sie müssen dringend in trockene Sachen«,

stellte der Soldat fest. »Wo wohnen Sie?«

»Wir sind in der Ismaninger Straße einquartiert«, gab Elisabeth Auskunft. »Mein Mann und ich.«

»Dann bringen wir Sie jetzt dorthin«, erklärte der Soldat, dessen Uniformjacke noch immer über Elisabeths Schultern lag. Sie ließ sich von ihm aufhelfen, als plötzlich Schüsse zu hören waren und laute Stimmen durcheinanderbrüllten. Die Soldaten tauschten einen besorgten Blick.

»Kommen Sie. Schnell jetzt!«

Elisabeth ließ sich von ihnen einfach mitziehen. Kaum dass sie wieder oben auf dem Gehweg waren, erblickten sie Menschen, die wild durcheinanderrannten und in Panik zu entkommen versuchten. Elisabeth sah, dass aus mehreren Häusern Flammen aufloderten und Soldaten Menschen vor sich hertrieben.

»Tod dem Judenpack!«, hörte Elisabeth jemanden schreien, der nun mit einem Knüppel in der Hand an ihnen vorbeilief.

»Was ist los?«, rief ihm der Soldat zu, der Elisabeth aus dem Wasser gezogen hatte.

»Die verdammten Juden haben einen von uns umgebracht. Das werden sie büßen!«, brüllte er und blieb kurz stehen. »Goebbels hat die Parole ausgegeben. Zerstört die elenden Judenquartiere und plündert, was es zu plündern gibt! Die Textilgeschäfte in der Augustenstraße brennen schon. Hier und heute ist Schluss mit dem jüdischen Gesindel, ein für alle Mal!« Damit rannte er weiter. Die Soldaten tauschten wieder einen beunruhigten Blick.

»Kommen Sie! Wir bringen Sie zur Dienststelle. Sie sind hier nicht sicher!« Der Soldat, der sie aus dem Wasser gezogen hatte, fasste Elisabeths Arm und geleitete sie, allerdings nun in eine andere Richtung, nicht zurück zur Ismaninger Straße. Sie ließ es einfach geschehen.

Sie folgte den Männern durch die Straßen. Überall hörte

man Schreie, Schüsse, die abgefeuert wurden, Scheiben, die zersprangen. Und immer wieder Feuer, das aus den Fenstern ins Freie schlug. Elisabeth hatte keine Ahnung mehr, wo sie sich befand. Dann, ganz plötzlich, stürmten einige Menschen in Panik aus einem Gebäude und liefen direkt in Elisabeth und den Soldaten hinein, sodass sie beide zu Boden gingen.

»Widerliches Judenpack«, brüllte darauf der andere Soldat und begann sofort auf die Männer und Frauen, die offenbar um ihr Leben gerannt waren, einzuprügeln. Der Soldat an ihrer Seite rappelte sich auf, half seinem Kollegen und schlug wieder und wieder zu. Elisabeth schrie auf, stemmte sich hoch und presste sich gegen die Hauswand. Dann ging sie rückwärts in einen Hauseingang, bis sie sich in einem Innenhof befand. Die Soldaten schlugen immer fester zu, eine Frau lag bereits am Boden. Elisabeth wollte nur noch weg, sah auf der anderen Seite einen Ausgang und hielt darauf zu. Von oben fielen Glasscherben von den Fenstern auf sie herab, und sofort legte sie die Arme über den Kopf, um sich zu schützen. Sie lief weiter, hörte Schreie, sah Soldaten, die in Hausflure rannten, überall war plötzlich Feuer. Elisabeth erreichte schließlich den Ausgang und kam auf der anderen Seite des Hofes wieder heraus.

Überall rannten Menschen um ihr Leben, Schaufensterscheiben waren eingeschlagen. Sie sah, wie zwei Soldaten eine junge Frau packten und sie in eine Hofeinfahrt zerrten. Wieder hörte sie Schreie, und sie konnte sich vorstellen, was dort geschah. Das durfte sie nicht zulassen.

»Hilfe!«, hörte sie nun eine andere Frau schreien, die sich aus einem Fenster im ersten Stock beugte, das sich direkt über Elisabeth befand. Sie sah hinauf, ihre Blicke trafen sich.

»Helfen Sie mir!«, rief die Frau herunter. »Retten Sie mein Kind!«

Elisabeth wusste nicht, wie sie sich verhalten sollte. Was

wollte die Frau nur von ihr?

»Bitte! Sie sind schon an der Tür!«, schrie die Frau verzweifelt und blickte kurz hinter sich in den Raum. Dann, ganz plötzlich, hielt sie ein Bündel aus dem Fenster und bedeutete Elisabeth, es aufzufangen.

»Retten Sie mein Kind!«, rief sie noch mal, und ohne darüber nachzudenken, reckte Elisabeth sich so hoch sie konnte hinauf. Die Frau lehnte sich so weit aus dem Fenster, dass Elisabeth schon fürchtete, sie würde jeden Moment das Gleichgewicht verlieren und vornüber stürzen. Elisabeth berührte nun schon mit den Fingerspitzen das Bündel, dann ließ die Frau los. Noch einmal trafen sich ihre Blicke, und Elisabeth konnte all die Trauer und Verzweiflung erkennen, die die andere empfand. Dann wurde die Frau von hinten gepackt und vom Fenster weggerissen, und Elisabeth presste sich so eng gegen die Hauswand, wie sie nur konnte, damit man sie bei einem raschen Blick aus dem Fenster nicht sah. Dann hörte sie die Schreie der Frau, ihr Betteln und Flehen, ein Aufheulen und dann einen so lauten Schmerzensschrei, dass Elisabeth übel wurde. In diesem Augenblick löste sie sich aus ihrer Starre, drückte das kleine Bündel in ihrem Arm an sich und rannte los. Sie lief, als wäre der Leibhaftige hinter ihr her, ohne zu wissen, wohin. Überall breitete sich das Feuer weiter aus. Sie wollte weg, einfach nur weg. Elisabeth rannte und rannte, bis sie die Stelle an der Isar erreichte, wo die Soldaten sie gefunden hatten. Sie jagte über die Straße und gelangte schließlich zu dem Haus in der Ismaninger Straße. Eines der Nachbargebäude schien ebenfalls Feuer gefangen zu haben. Elisabeth lief dennoch in das Gebäude hinein und die Stufen hoch, bis sie die Wohnung im zweiten Stock erreichte. Sie hatte die Tür vorhin nicht abgeschlossen. Wozu auch – sie war ja nicht davon ausgegangen, dass sie je hierher zurückkehren würde. Sie eilte zum Telefon und wählte die Eins. Der

Rauch drang inzwischen über den Flur herüber.

»Bitte, Fräulein«, sagte Elisabeth mit erstickender Stimme. »Hier spricht Elisabeth Lehmann. Das Haus, es brennt! Ich muss dringend abgeholt werden!« Sie blickte zur Tür, durch die sie eben hereingekommen war. Das Feuer musste sich schnell ausgebreitet haben, denn sie bemerkte, wie es hinter der Tür bereits loderte.

»Bleiben Sie ruhig, Frau Lehmann!«, sagte dieselbe Stimme wie vorhin. »Ich schicke sofort jemanden los. Gleich bekommen Sie Hilfe. Bleiben Sie, wo Sie sind, gehen Sie wegen der Unruhen keinesfalls auf die Straße. Es wäre zu gefährlich.«

»Machen Sie schnell! Machen Sie um Himmels willen schnell!«

Kurz meinte Elisabeth, dass die junge Frau aufgelegt hätte, dann hörte sie jedoch wieder ihre Stimme: »Hilfe ist jetzt unterwegs, Frau Lehmann. Man wird Sie abholen kommen. Bitte sprechen Sie weiter mit mir, bis die Männer bei Ihnen eintreffen. Frau Lehmann, hören Sie mich noch?«

»Ja, ich höre Sie«, stieß Elisabeth unter Tränen hervor, die nun zum ersten Mal das Tuch über dem Kind beiseiteschlug und einen Blick auf den kleinen Menschen warf, den sie den ganzen Weg in ihren Armen gehalten hatte. Der Junge sah sie nur an, so als sei alles ganz selbstverständlich. Er konnte höchstens einige Tage alt sein, vielleicht war er auch erst heute geboren. Elisabeth schluckte. War es das, was der Herr von ihr gewollt hatte? War ihr eigenes Kind gestorben, weil dieses hier leben sollte? War diesem kleinen jüdischen Menschenkind womöglich ein besonderer Weg vorgezeichnet, und es war an Elisabeth, es zu beschützen, damit es diesen Weg gehen konnte? Hatte sich der Herr, Adonai, durchgesetzt und ihr dieses hilflose kleine Wesen geschickt, damit sie unter Einsatz ihres eigenen Lebens dafür sorgen könnte, es aufwachsen zu lassen?

»Frau Lehmann? Frau Lehmann, sind Sie noch dran?«

»Ich … ja, ich bin dran. Bitte … der Rauch wird immer dichter. Nebenan brennt es. Ich kann nicht mehr länger warten.« Elisabeth hustete. Sie presste den kleinen Körper in ihren Armen so fest an sich, dass sie fürchtete, ihm womöglich den Atem zu nehmen. Sie musste hier raus, irgendwie dem Inferno entfliehen. Das Baby begann zu greinen. Elisabeth wiegte es in den Armen, versuchte, es zu beruhigen. Doch sie spürte, dass ihre eigene Angst zu groß war, um die Ruhe auszustrahlen, die der Kleine jetzt brauchte. Verzweifelt sah sie sich um. Wie sollte sie dieser Hölle entgehen? In der Wohnung nebenan knallte es, etwas Schweres brach krachend zusammen. Elisabeth drückte das Kind noch fester an sich, flüsterte flehend ein Gebet. Jemand schlug heftig gegen die Tür, dann wurde sie aufgebrochen, und vier Soldaten stürmten herein. Sofort schlugen die Flammen aus dem Flur auch in die Wohnung. Elisabeth hatte es nicht gewagt, in den Flur zu gehen. Zu deutlich war zu spüren gewesen, wie das Feuer dort wütete.

»Gott sei Dank!«, rief Elisabeth erleichtert.

»Ist außer Ihnen noch jemand in der Wohnung?«, fragte einer der Männer. Sein Blick fiel auf das Blut, das einen Großteil des Teppichs bedeckte.

»Mein Kind«, sagte Elisabeth, die seine Gedanken, was hier geschehen sein mochte, ahnen konnte. »Ich habe es allein hier zur Welt gebracht.«

Der Soldat schüttelte ungläubig den Kopf. »Du lieber Gott!«, entfuhr es ihm. »Können Sie denn laufen?«

Elisabeth nickte.

»Geben Sie mir das Kind. Wir bringen Sie raus.«

Elisabeth schüttelte heftig den Kopf, drückte das Neugeborene noch fester an sich. »Ich halte selbst meinen Sohn«, erwiderte sie entschlossen.

Der Soldat nickte hastig und berührte dann kurz ihren Arm. »In Ordnung. Doch jetzt kommen Sie. Wir müssen schleunigst hier weg.«

»Elisabeth! Elisabeth!«

»Ich bin hier!«, rief sie erleichtert von oben herunter, als sie Ferdinands Stimme erkannte.

»Bleiben Sie unten!«, rief einer der Soldaten zurück, die Elisabeth aus der Wohnung geholt hatten. »Wir kommen hinunter.«

Trotz der Weisung hörte man schwere Schritte die Treppen heraufeilen.

»Elisabeth!«, schrie Ferdinand erneut und tauchte nur einen Moment später in einer Rauchwolke vor ihr auf.

»Es geht mir gut. Es geht uns gut«, gab sie erleichtert von sich, und Ferdinand konnte offenbar nicht fassen, was sie ihm damit zu sagen versuchte. Er sah in ihr Gesicht, dann auf das Bündel in ihrem Arm. »Du hast … aber wann? Und warum bist du vollkommen durchnässt?«

»Wir müssen uns beeilen!«, drängte nun einer der Soldaten. »Kommen Sie!«

Elisabeth hatte das Gefühl, dass ihr die Kräfte schwanden, nun, da Ferdinand da und sie nicht mehr allein mit der Situation war.

»Nimm du ihn.« Sie gab das Kind, das immer lauter zu greinen begann, ihrem Mann, der es sofort an sich drückte. Dann eilten sie zusammen mit den Soldaten die Stufen hinab. Der Rauch war weiter unten noch nicht so dicht. Die Flammen breiteten sich vor allem in den oberen Geschossen weiter aus. Als sie auf die Straße traten, atmete Elisabeth erleichtert durch, doch schon im nächsten Moment erschrak sie über das, was sie sah.

War es ihr vorhin schon wie ein einziges angstvolles Durcheinander erschienen, war nun überall die nackte Panik spürbar. Die Menschen rannten durcheinander, Feuer erhellte den Nachthimmel, und Schreie drangen von überallher zu ihnen herüber.

»Rasch, ins Auto und dann ins Hauptquartier«, ordnete einer der Soldaten an.

»Nein!«, widersprach Ferdinand. »Dort steht mein Wagen. Ich werde meine Frau und mein Kind direkt nach Hause bringen, nach Bernried.«

»Jawohl, Herr Hauptmann«, fügte sich der Soldat und grüßte zackig. »Heil Hitler, und alles Gute für Sie und Ihre kleine Familie.«

»Heil Hitler!«, gab Ferdinand zurück und bedeutete dann Elisabeth, ihm zum Mercedes zu folgen, den er sich von seinem Vater für die Fahrt nach München geliehen hatte.

Er half Elisabeth beim Einsteigen und reichte ihr dann das Kind, das sie gleich wieder an sich drückte.

Dann rannte er um das Fahrzeug herum, setzte sich hinter das Lenkrad und fuhr los.

Ferdinand hatte ein wenig Mühe, sich in dem Chaos, das herrschte, zu orientieren, fand jedoch recht schnell den Weg aus der Stadtmitte heraus und atmete erleichtert aus, als sie die Landstraße erreichten, der sie folgen mussten, um in ihr sicheres Bernried zu kommen.

Das Kind begann sich immer lauter bemerkbar zu machen.

»Stört es dich, wenn ich ihn an die Brust lege?«

»Aber nein, natürlich nicht!«, gab Ferdinand sogleich zurück.

»*Er*?«, fragte er dann nach, um sicherzugehen, sie richtig verstanden zu haben.

»Ja, *er*. Wir haben einen Sohn, Ferdinand. Einen gesunden kleinen Sohn.«

Ferdinand schloss einen Wimpernschlag lang die Augen. Elisabeth spürte die Erleichterung, die von ihm Besitz ergriff. Sie öffnete die Knöpfe ihres Kleides und zog den Stoff so weit zur Seite, dass sie den Kleinen anlegen konnte. Ob es wirklich funktionieren würde? Oder konnte das Kind spüren, dass sie nicht seine Mutter war, und sich weigern, die Brust anzunehmen?

Elisabeth wagte kaum zu atmen. Dann spürte sie ein kurzes Ziehen, und gleich darauf gluckste das Kind zufrieden und sog so fest an ihr, dass es ein klein wenig schmerzte. Doch kein Schmerz der Welt konnte so stark sein wie das Glücksgefühl, das sie in diesem Augenblick überrollte. Tränen liefen ihre Wangen hinunter, und sie lächelte selig zu Ferdinand hinüber, der ihr einen innigen Blick zuwarf. Er drosselte das Tempo, fuhr nun ruhig die dunkle Landstraße entlang, während das Kind zufrieden an Elisabeths Brust lag und nur in regelmäßigen Abständen ein zufriedenes Schmatzen hören ließ.

»Wie hast du das nur geschafft?«, fragte Ferdinand schließlich, und in seiner Stimme lagen Bewunderung und tiefe Liebe.

»Was hatte ich denn für eine Wahl?« Sie klang erschöpft, aber glücklich. Die letzten Stunden waren wie ein wilder Traum an Elisabeth vorbeigezogen, und fast hatte sie das Gefühl, das alles nie erlebt zu haben. Vielleicht war ein Teil davon nur ein Albtraum gewesen, etwas, das ihrer ängstlichen, verletzten Seele geschuldet war. Sie wollte nur noch nach Hause mit ihrem Mann und ihrem Sohn, wollte vergessen, was sonst noch vorgefallen war.

»Du hast mir noch gar nicht erzählt, warum du eigentlich so durchnässt bist? Hoffentlich holst du dir keine Erkältung.«

»Ach, ich habe Wasser in die Badewanne einlaufen lassen und wollte in meiner Panik versuchen, das Feuer selbst mit einem Eimer zu löschen. Doch mir wurde wegen der Anstrengung nach der Entbindung plötzlich schwindlig. Da bin ich ausgeglitten und in die Wanne gerutscht.« Eine bessere Ausrede fiel ihr auf Anhieb nicht ein.

»Du musst schrecklich frieren. Nimm meine Jacke, Liebes.« Etwas ungelenk zog er sie unterm Fahren aus und reichte sie

Elisabeth.

»Danke.« Elisabeth nahm die Jacke und bedeckte damit vor allem die Stelle, wo das Kind direkt auf ihr lag, damit ihr nasses Kleid nicht auch noch seine Decke durchtränkte.

»Warum hast du denn nicht im Rathaus angerufen, als die Wehen eingesetzt haben? Ich wäre doch sofort gekommen! Wenn ich geahnt hätte …«

»Als die Geburt losging, waren die Wehen gleich so heftig, dass ich mich nur noch auf den Boden legen konnte und das Telefon nicht mehr erreichte«, antwortete sie. »Als dann alles vorbei war, muss ich kurz eingeschlafen sein und wurde erst wieder wach, als bereits der Rauch in die Wohnung quoll.«

»Mein armer, tapferer Engel.« Ferdinand schüttelte schockiert den Kopf. »Ich mache mir schreckliche Vorwürfe, dass ich dir in diesen schweren Stunden nicht beigestanden habe.«

»Aber du konntest doch nicht wissen, was los war«, gab sie zärtlich zurück, während das Kind an ihrer Brust offenbar eingeschlafen war. »Gräm dich nicht, Liebling. Bald sind wir wieder zu Hause, und dann wird endlich alles gut.« Sie lächelte in der Dunkelheit zu ihm hinüber. »Und du? Der Soldat hat dich vorhin mit Hauptmann angesprochen …«

»Ganz recht. Ich bin befördert worden.«

»Dann bist du also zufrieden?«

»Ich bin der glücklichste Mann auf der Welt!« Er löste kurz eine Hand vom Lenkrad und fasste zu ihr herüber. »Von nun an werden wir nur noch Glück und Freude in unserem Leben haben, Elisabeth. Ich habe eine Belobigung und eine Urkunde bekommen. Und mir wurde angedeutet, dass man sich gut vorstellen könne, mich in die Parteispitze zu holen, statt dass ich weiter Mitglied der Wehrmacht bleibe.«

»Wirklich? Aber dann könntest du sogar zum Gauleiter befördert werden«, staunte Elisabeth.

»Das – und womöglich sogar noch mehr.«

»Und? Was hast du gesagt?«

»Ich will mich zunächst einmal weiter verdient machen und die Produktion in der Fabrik vorantreiben. Doch dann, in einigen Jahren, wer weiß …«

»Ich bin ja so stolz auf dich, Ferdinand!«

»Und ich erst auf dich«, erwiderte er. »Was du heute geleistet hast, bedeutet doch unendlich viel mehr. Ich bin selig und so erleichtert, dass du diesen unglaublichen Tag überlebt, ja glücklich und gesund überstanden hast. Zuerst die Geburt, bei der niemand dir zur Seite stehen konnte, dann die Feuersbrunst im Haus, der Aufstand in den Straßen, und du warst ganz allein mit dem Kleinen in einer fremden Umgebung … Ich mag gar nicht daran denken. Was für ein Segen, dass dir nichts passiert ist und dass unser Sohn gesund zur Welt gekommen ist. « Wieder sah er zu ihr herüber. »Schläft er?«

»Ja. Er ist beim Trinken eingeschlafen.« Elisabeth berührte mit dem Zeigefinger das kleine Gesicht. »Wie wollen wir ihn denn nennen?«

»Johannes«, sagte Ferdinand sofort.

»Nach deinem Bruder, ja?« Elisabeth lächelte. »Das gefällt mir.«

»Wenn nicht, kannst du es ruhig sagen. Wir können ihn auch nach deinem Vater nennen oder ganz anders, wenn du möchtest.«

»Nein«, sagte Elisabeth. »Johannes ist ein schöner Name. So soll unser Kind heißen.«

»Ja«, meinte Ferdinand zufrieden. »Johannes Adolf Lehmann. Ein Name, der zu einem strammen kleinen Burschen wie ihm passt.«

Elisabeth sah ihren Mann in der Dunkelheit des Autos nur an, sagte aber nichts. Den Zweitnamen, den er so selbstverständlich festgelegt hatte, hätte es für sie nun wirklich nicht gebraucht.

19. Kapitel

Ein neues Leben gleicht einem Wunder und schenkt Gewissheit, dass es stets eine Zukunft geben wird.

Käthe Lehmann

Der kleine Johannes war ihr ganzes Glück, während ansonsten das Leben im Haus mit jedem Tag unerträglicher für Käthe wurde. Seit Astrid als Dienstmädchen bei ihnen eingezogen war, fühlte Käthe sich rund um die Uhr beobachtet und wagte kaum, auch nur irgendeine unbedachte Bemerkung zu machen oder sich gar zu etwas zu äußern, was sich im Lande tat. Heinrich hingegen war, seitdem Astrid im Haus war, wie verwandelt. Er war gut gelaunt, ja geradezu aufgekratzt, und Käthe fühlte sich durch sein Verhalten von Tag zu Tag beklommener. Hätte sie nicht den kleinen Johannes gehabt, gäbe es nichts mehr, das ihr lebenswert erschien.

Was hatte sie am Morgen des 10. November gestaunt, als sie vom Wimmern eines Säuglings geweckt wurde. Es war gerade erst sechs Uhr gewesen, und sie wäre normalerweise erst eine halbe Stunde später aufgestanden. Doch so hatte sie die Decke beiseitegeschlagen und war den Geräuschen gefolgt. Einen Moment hatte sie vor dem Schlafzimmer ihres

Sohnes und der Schwiegertochter gestanden, die eigentlich die Nacht in München verbringen wollten, und hatte gelauscht. Dann hatte sie leise geklopft und war schließlich eingetreten, als sie meinte, Elisabeths Stimme gehört zu haben. Diese hatte im Bett gesessen, ein Baby im Arm gehalten und glücklich gelächelt. Ferdinand hatte sich erhoben, als Käthe im Nachthemd hereingeschlichen war, hatte die Mutter in den Arm genommen und sie zum Näherkommen aufgefordert, um ihr Johannes, ihren ersten Enkel vorzustellen. Käthe war so überwältigt von dem Anblick des rosigen Gesichtchens des Kleinen, der nun auch noch heißen sollte wie ihr ältester Sohn, den sie so sehr vermisste. Sie hatte das Glück der jungen Eltern und auch ihr eigenes kaum fassen können. Als Elisabeth und Ferdinand ihr dann noch die dramatische Geschichte von der Geburt des Kindes und alles andere erzählt hatten, was in der vergangenen Nacht geschehen war, wusste Käthe kaum mehr etwas zu erwidern. Nur dass sie unendlich dankbar war, dass der kleine Johannes gesund und munter war und auch Elisabeth und Ferdinand während der Unruhen in München nichts geschehen war.

Das war nun schon drei Tage her, und inzwischen hatten sich alle von Falkenbachs und die Mitglieder der Familien Lehmann nach und nach im Hause eingefunden, um zu gratulieren und einen Blick auf das neueste Mitglied der Familie zu werfen. Heute, am Sonntag, sollte bei einem gemeinsamen Essen in großer Runde, ganz so, wie sie es früher des Öfteren gemacht hatten, die Geburt des Kindes, aber auch die Beförderung Ferdinands gefeiert werden. Irgendwie, so meinte Käthe, war die Verbindung der Familien im Laufe der Zeit ein wenig abgeflacht, ohne dass es einen erkennbaren Grund hierfür zu geben schien. Früher hatte man öfter im Gutshaus gemeinsam gegessen. Im Gutshaus deshalb, weil es dort neben dem Esszimmer auch einen richtigen Speisesaal gab, dessen

Tafel groß genug war, allen Familienangehörigen der Lehmanns und von Falkenbachs – immerhin nunmehr sechzehn Personen mit dem kleinen Johannes – Platz zu bieten.

Bis gestern war Käthe noch ein wenig um Elisabeth in Sorge gewesen, die sich an dem Tag in München eine kräftige Erkältung eingefangen hatte. Gustav hatte sie untersucht und sogar die Befürchtung geäußert, dass er Geräusche in Elisabeths Lunge zu hören glaubte, die möglicherweise auf eine Pneumonie hinwiesen. Doch tatsächlich hatte es nur viel kräftige heiße Hühnersuppe gebraucht, um Elisabeths Zustand zu bessern, und heute Morgen war sie das erste Mal wieder aufgewacht, ohne zu husten.

Überhaupt schien es, als hätte die Geburt des Kindes ungeahnte Kräfte bei der Schwiegertochter freigesetzt. Nicht nur, dass sie alles ganz allein überstanden hatte. Anders als die Monate zuvor schien Elisabeth nun auch keinen düsteren Gedanken mehr zuzulassen und war in den letzten Tagen trotz der Erkältung stets heiter gewesen, als wolle sie unbedingt vermeiden, dass eine Kränkelei ihre gute Stimmung trübte.

Sie war ganz verliebt in ihren kleinen Sohn, und Käthe konnte sie nur zu gut verstehen. Der Kleine war einfach ein solcher Sonnenschein, dass es draußen noch so grau in grau sein konnte und trotzdem sein bloßer Anblick das Gemüt eines jeden Betrachters aufhellte. All die schrecklichen Tage, Wochen und Monate nach der Totgeburt des ersten Kindes waren vergessen, und wäre da nicht Astrid gewesen, hätte auch Käthe das Gefühl gehabt, dass mit der Geburt des kleinen Johannes Hoffnung und Leichtigkeit in das Leben der Familie zurückgekehrt seien.

Doch durch das Dienstmädchen herrschte nun ein derart rauer Umgangston im Hause Lehmann, dass Käthe sich in ihren eigenen vier Wänden nicht mehr wohlfühlte. Alma huschte inzwischen auch nur noch wie ein ängstlicher

Schatten ihrer selbst durch die Gänge, und Bärbel weinte so oft, dass Käthe es schon nicht mehr zählte. Astrid hatte bereits nach einem Tag die Führung übernommen, und Heinrich ließ sie gewähren und schien sie noch über die Maßen zu bewundern. Ja, er himmelte sie regelrecht an, was in Käthe Übelkeit aufsteigen ließ. Einzig Ferdinand, der in München zum Hauptmann befördert worden war, verstand es, dem Treiben des Dienstmädchens Einhalt zu gebieten; einige wenige Worte von ihm genügten, um Astrid strammstehen zu lassen und sie in die Schranken zu weisen. Ein Jammer, dass Ferdinand so viel auf der Baustelle war, denn Käthe gegenüber war Astrid zwar angemessen höflich, aber es war zu spüren, dass sie vor ihr keinerlei Respekt hatte. Käthe war eben nicht das, was Astrid sich unter einer guten deutschen Frau vorstellte, legte sie doch Astrids Meinung nach viel zu großen Wert darauf, dass es beispielsweise den Arbeitern aus dem KZ, die auf der Baustelle ihren Dienst taten, auch gut ging. Zwar hatte Astrid ihr gegenüber kein Wort darüber verloren, doch Käthe konnte spüren, dass diese glühende Anhängerin des Führers und sie in so ziemlich keiner Einstellung übereinstimmten. Und das fand Käthe auch gut so.

Elisabeth hatte die letzten Tage fast ausschließlich oben in ihrem Zimmer im Bett verbracht, um sich von der Erkältung zu erholen, und hatte sich in der Zeit, in der sie wach war, stets nur mit ihrem Sohn beschäftigt und ihn gestillt. Käthe nahm ihr den Kleinen ansonsten die meiste Zeit ab, damit Elisabeth in Ruhe wieder zu Kräften kommen konnte. Ganz abgesehen davon hatte sie so große Freude an ihrem Enkel und liebte es, diesen herumzutragen oder im Stubenwagen zu fahren, dass sie nur allzu gern bereit war, sich zu kümmern, während dessen Mutter schlief.

Heute nun hatte sie Johannes, nachdem Elisabeth ihm die Brust gegeben hatte, dick eingepackt, in den Kinderwagen gelegt und war mit ihm hinüber zum Gutshaus gegangen. Bärbel hatte ihren freien Tag, und Alma war von Käthe bereits hinübergeschickt worden, um dort zu helfen, alles für das gemeinsame Mittagessen vorzubereiten. Ferdinand und Elisabeth würden erst später, kurz vor dem Essen dazustoßen, da Ferdinand noch auf der Baustelle nach dem Rechten sehen musste und Elisabeth sich nicht so lange anstrengen wollte, um keinen Erkältungsrückfall zu riskieren.

Heinrich würde ebenfalls erst später kommen, was Käthe nur recht war – konnte sie im Moment doch den bloßen Anblick ihres Mannes nur schwer ertragen. Er hatte in den Tagen, seit Astrid im Hause war, das hässlichste Gesicht gezeigt, das Käthe je an ihm gesehen hatte. Es war ganz eigenartig, doch irgendwie schien dieses Dienstmädchen etwas in ihm geweckt zu haben, das Käthe mehr als unangenehm war. Heinrich war ihr fremd geworden in den wenigen Tagen, und das, was sie von ihm wahrnahm, verabscheute sie so sehr, dass sie sich allen Ernstes fragte, wie sie weiter damit leben sollte. Er war schon eine geraume Zeit zuvor immer unleidiger geworden, eben seit Anfang des Jahres, als Wilhelm Paul-Friedrich ins Vertrauen gezogen hatte, statt ihm. Doch nun, mit dieser Astrid im Haus, die Heinrich, wie er ja selbst gesagt hatte, an jemanden erinnerte, benahm er sich auf eine so abschreckende Art, dass Käthe einen großen Bogen um ihn machte. Insgeheim hoffte sie, dass diese Astrid sich einen solchen Fehler erlauben würde, dass Käthe ihren Sohn Ferdinand bitten konnte, sie aus dem Haus zu werfen. Schließlich war er jetzt Hauptmann, und wie es aussah, hatte er in gewissen Kreisen der Regierung an Einfluss gewonnen. Vielleicht wäre es dann möglich, Astrid auf diese Weise wieder loszuwerden, wenngleich Käthe nicht wusste, wie Heinrich in diesem Fall reagieren würde. Immerhin lebten sie alle in seinem Haus, sodass Ferdinand sich schlimmstenfalls dem Willen des Vaters beugen musste. Doch auch in Ferdinand war in letzter Zeit eine Veränderung vorgegangen, die Käthe jedoch, anders als bei Heinrich, überaus erfreulich fand.

Denn hatte Ferdinand lange Zeit seinen Platz im Leben gesucht, so war er nun immer mehr bei sich selbst angekommen, was Käthe unendlich freute. Vor allem aber schien er sich immer weniger dem Willen seines Vaters unterzuordnen, und das war mehr als begrüßenswert. Sie hatte früher stets darauf geachtet, den Frieden im Hause zu wahren, doch auch das hatte sich verändert. Heinrich war gewiss noch nie ein einfacher Mensch gewesen und hatte immer seine Ecken und Kanten gehabt. Und Käthe hatte früher, als Johannes noch ein Kind gewesen war, manches Mal eingreifen müssen, damit Heinrich sich nicht in seine Wut hineinsteigerte und den Jungen, statt ihm einen erzieherischen Klaps auf den Po zu geben, ernsthaft schlug oder sogar nach Strich und Faden verprügelte. Ferdinand war damals noch zu klein gewesen, sodass es Johannes gewesen war, der den Zorn des Vaters abbekommen hatte. Ganz so, wie es in der vorigen Generation Wilhelm ergangen war. Käthe wusste von Else, dass Wilhelm als Kind die Prügel einstecken musste, um Heinrich, den jüngeren Bruder, zu schützen. Bei ihrem Johannes hatte sich die Frage nicht einmal gestellt. Der hatte stets die Wut Heinrichs ausbaden müssen, ganz gleich, ob er etwas ausgefressen hatte oder nicht. Doch dann hatte es diese eine Situation gegeben, damals kurz vor dem Krieg. Heinrich hatte wieder einmal zuschlagen wollen. Aber da war Johannes bereits ein junger Mann gewesen, der Heinrich um eine Haupteslänge überragte. Damals hatte Johannes reagiert und die Hand des Vaters festgehalten, als dieser ausholen wollte. Eine Weile hatten sie sich gegenübergestanden, Heinrich hatte geschnaubt wie ein wilder Stier, der jeden Moment losstürmen wollte. Doch etwas in Johannes' Blick musste ihm verraten haben, dass er an diesem Tag den

Kürzeren ziehen würde, und von da an war alles anders gewesen. Womöglich lag es auch daran, dass Johannes bald danach eingezogen wurde, genau wie Heinrich, und es später keine Gelegenheit mehr für eine weitere Auseinandersetzung gegeben hatte. Doch irgendwie war Käthe überzeugt, dass Heinrich auch andernfalls es nicht mehr gewagt hätte, die Hand gegen seinen ältesten Sohn zu erheben. Und nun spürte sie, dass auch bei Ferdinand die Zeit gekommen war, sich ein für alle Mal gegen den Vater zu behaupten. Heinrich schien es ebenfalls zu spüren, und zwar von Tag zu Tag deutlicher. Heinrich hatte die Kontrolle verloren. Erst über das Verhältnis zu seinem Bruder und nun auch noch über seinen Sohn. Und das schien ihn so sehr zu kränken, dass er nicht mehr er selbst war.

Käthe stellte den Kinderwagen vor der Treppe des Gutshauses ab und ging hinauf, um sich Hilfe beim Hinauftragen zu holen. Sie kam nicht einmal dazu, sich bemerkbar zu machen, da trat bereits Hans heraus und begrüßte sie. Als der Blick des Haushofmeisters auf den Kinderwagen fiel, eilte er die Stufen herunter, hob ihn an und trug ihn hinauf.

»Vielen Dank, Hans.«

»Aber sehr gern, gnädige Frau.« Er wagte einen kurzen Blick in den Wagen. »Zu reizend, wirklich. Sie müssen überglücklich sein.«

»Tatsächlich bin ich das. Er ist zum Anbeißen.«

Gemeinsam gingen sie hinein, und sofort kam Dorothea auf Käthe zu. »Da seid ihr ja.« Sie beugte sich vor und drückte Käthe zur Begrüßung voller Herzlichkeit. »Es ist so schön, dass wir das endlich mal wieder machen, nicht wahr?«

»Ich habe gerade vorhin auch darüber nachgedacht, dass es wirklich selten geworden ist, dass wir alle zusammen essen«, bemerkte Käthe. »Warum eigentlich?«

»Wenn ich dir das beantworten könnte«, stellte Dorothea mit einem Schulterzucken fest. »Irgendwie haben wohl immer alle zu viel zu tun. Wenn es nach mir ginge, könnten wir jede Woche hier zusammenkommen, und ich glaube, es wäre eine Bereicherung für jeden von uns. Doch nun komm erst einmal richtig herein.« Auch Dorothea warf einen Blick in den Kinderwagen. »Du hast es ja so gut.« Sie beugte sich weiter vor und flüsterte: »Wenn doch auch endlich Clara in andere Umstände käme. Aber nein, es scheint sich nicht das Geringste zu tun. Und Wilhelmine hat noch nicht einmal einen Mann.« Dorothea schüttelte verständnislos den Kopf und seufzte. »Es ist wirklich ein Kreuz in diesem Haus.«

»Das wird schon«, sprach Käthe ihr Trost zu. »Ich musste ja auch eine ganze Weile warten. Doch das hat sich gelohnt.« Sie beugte sich ebenfalls vor, um einen Blick in den Wagen zu werfen. »Er ist so süß, nicht wahr?«

Dorothea lächelte und nickte. »Nun komm. Wir sind schon fast so weit und haben alles vorbereitet. Es war gar nicht nötig, dass du mir Alma hergeschickt hast.«

»Glaub mir, sie war froh, herüberkommen zu können.«

»Ich hörte bereits davon. Dieses neue Dienstmädchen scheint ja richtiggehend Angst und Schrecken bei euch zu verbreiten«, meinte Dorothea.

»Astrid ist ein Nazi-Albtraum«, erwiderte Käthe, worauf Dorothea lachen musste.

»Und warum wirfst du sie dann nicht einfach raus?«

»Wenn ich das könnte, wäre es das Erste, was ich täte. Doch so einfach ist die Sache leider nicht. Zum einen wurde sie uns direkt von der Behörde geschickt. Und zum anderen …«, Käthe brach ab.

»Und zum anderen?«, hakte Dorothea nach.

»Scheint Heinrich einen Narren an ihr gefressen zu haben, und er besteht darauf, dass sie bleibt.«

»Oh«, machte Dorothea nur.

»Ja, *oh*«, gab Käthe zurück. »Doch lass uns jetzt lieber über Angenehmeres sprechen. Ich habe mich so auf euch alle gefreut, dass ich wenigstens während ich hier bin, einmal nichts über diesen blonden Trampel hören will.«

Dorothea bemühte sich um ein Lächeln. »Na komm. Else und Wilhelm sind schon da. Und alle anderen müssten auch bald eintreffen.« Sie neigte sich verschwörerisch zu Käthe. »Ich habe ja gesagt, dass wir um halb eins essen. Doch tatsächlich lasse ich erst um eins auftragen. Ich wollte einfach mal wieder ein bisschen Zeit mit euch allen.«

Käthe lächelte. »Du bist wunderbar, Dorothea«, sagte sie, dann betraten sie zusammen den Speisesaal.

»Da ist sie ja!«, rief Else mit hörbarer Begeisterung in der Stimme. Sofort trat sie auf Käthe zu, mit der sie seit Jahrzehnten eine enge Freundschaft verband. Die Frauen hatten zusammengehalten und waren gemeinsam durch dick und dünn gegangen, gerade auch damals während des Krieges, als es an ihnen war, die Firmen am Laufen zu halten und die Kinder zu versorgen, während die Männer an der Front waren. Käthe hatte Else auch vorgestern besucht und ihr von der misslichen Situation im eigenen Hause berichtet. Leider hatte Else nicht recht gewusst, was sie ihr raten sollte. Aber auch wenn Else ihr letztlich nicht hatte helfen können, war es gut zu wissen, dass sie für sie da war und ihr zuhörte, ganz gleich, worum auch immer es ging.

Die Frauen umarmten einander, dann kam auch schon Wilhelm herüber und begrüßte die Schwägerin.

»Wo ist Heinrich?«

»Der kommt auch gleich. Zumindest glaube ich das«, gab Käthe ein wenig knapp zur Antwort.

»Else hat mir erzählt, was bei euch los ist«, sagte Wilhelm mitfühlend. »Soll ich mal mit ihm reden?«

Käthe zuckte die Schultern. »Wenn es was nützt, sehr gern. Er ist einfach nicht mehr er selbst, Wilhelm. Oder vielleicht ist er auch mehr er selbst als je zuvor. Ich kann es dir nicht beantworten.«

»Das wird schon wieder«, meinte Wilhelm.

Käthe überlegte kurz, ob sie ihrem Schwager erzählen sollte, dass Heinrichs Veränderung begonnen hatte, als Wilhelm sein Geheimnis mit Paul-Friedrich geteilt hatte statt mit seinem Bruder. Doch sie entschied sich dagegen. Womöglich würde Wilhelm sich dann nur schuldig fühlen. Und wofür? Dass Heinrich sich nicht unter Kontrolle bekam? Nein, sollte er doch selbst damit klarkommen. Wilhelm sollte sich deshalb nicht auch noch grämen.

Paul-Friedrich kam zusammen mit Wilhelmine herein, und kurz darauf folgten auch Gustav und Clara. Bald danach trafen auch Irma und Leopold ein, der, wie er sagte, noch rasch in der Fabrik nach dem Rechten gesehen hatte. Als Letzte betraten Elisabeth und Ferdinand den Speiseraum, und genau in dem Moment wurde der kleine Johannes wach.

»Er spürt, dass seine Eltern in der Nähe sind«, sagte Käthe und hob den Kleinen aus seinem Kinderwagen. Sofort versammelten sich alle um sie, und jeder gab entzückte Laute von sich bei dem reizenden Anblick, den der Kleine bot. Johannes verzog seinen Mund, sodass es aussah, als würde er lächeln, was sofort herzliches Gelächter bei den Umstehenden auslöste. Käthe reichte ihn Elisabeth, die es sichtlich genoss, ihren Sohn im Arm zu halten und ihn mit Stolz zu präsentieren.

Eine Weile standen alle und plauderten darüber, dass Wilhelmine gerade gestern erst Paul-Friedrich zu einem Kaufabschluss für zwei neue Pferde begleitet hatte, was Wilhelmine deutlich mit Zufriedenheit erfüllte. Dann kam man auf die Ereignisse in München vom vergangenen Mittwoch zu sprechen. Nicht jedoch über die Pogrome tauschte man sich aus, sondern darüber, wie es Elisabeth gelungen war, ihr Kind ganz allein auf die Welt zu bringen, während ihr Ehemann zur selben Zeit zum Hauptmann befördert worden war.

»Wo bleibt denn nur Heinrich?« Dorothea war an Käthes Seite getreten. »Das Essen ist gleich fertig.«

Käthe zuckte die Schultern. »Ach, warten wir nicht auf ihn. Wenn er kommen will, wird er kommen. Und wenn nicht, dann soll er eben wegbleiben.«

»Wie du meinst.« Dorothea hob den Kopf. »Bitte setzt euch alle. Wir werden ohne Heinrich mit dem Essen beginnen«, verkündete sie, und kurz tauschten Paul-Friedrich und Wilhelm einen vielsagenden Blick. Doch keiner widersprach, und so nahmen sie ihre Plätze ein. Elisabeth legte Johannes wieder in den Kinderwagen, und Hans, der es beobachtet hatte, kam auf sie zu.

»Wäre es Ihnen recht, wenn ich eines der Mädchen damit beauftrage, Ihren Sohn ein wenig umherzuschieben, damit Sie in Ruhe speisen können?«

»Vielen Dank, Hans. Das wäre wirklich sehr freundlich«, stimmte Elisabeth zu.

»Sehr gern, gnädige Frau.« Er fasste den Griff und schob den Kinderwagen hinaus.

Als alle saßen, erhob sich Paul-Friedrich und schlug mit seinem Messer einige Male leicht an sein Glas, um sich Gehör zu verschaffen. Sofort waren alle Augen auf ihn gerichtet.

»Meine Lieben«, begann er in feierlichem Tonfall. »Wir sind heute endlich einmal wieder hier zusammengekommen, um miteinander zu feiern. Und so schön, wie es schon jetzt ist, erlaube ich mir den Hinweis, dass wir das weit öfter machen sollten.«

»Genau meine Meinung«, stimmte Wilhelm laut zu, worauf alle kurz auflachten.

»Heute gibt es gleich mehrere Gründe, aus denen wir das Glas erheben und miteinander anstoßen sollten. Der offensichtlichste und niedlichste Grund wurde soeben von Hans hinausgerollt.« Er hob das Glas noch ein wenig höher. »Ich spreche für uns alle, wenn ich euch, liebe Elisabeth und lieber Ferdinand, von ganzem Herzen gratuliere und euch zu eurem hübschen kleinen Stammhalter beglückwünsche. Nach allem, was war, haben wir hier so sehr für euch gehofft und gebetet. Nun diesen zufriedenen und gesunden kleinen Kerl zu erleben, ist eines der schönsten Geschenke für uns alle. Auf euch und euren Johannes, ihr Lieben! Wir trinken auf euer Wohl!«

»Auf euer Wohl!«, hörte man es wie aus einem Munde klingen, und die Anwesenden hoben ihre Gläser und tranken auf die junge Familie.

»Des Weiteren«, fuhr Paul-Friedrich dann mit seiner Rede fort, »hast du, lieber Ferdinand, dir mit deinem entschlossenen Handeln nicht nur unser aller Respekt verdient, sondern auch den an höchster Stelle. Du hast die Wehrmacht überlistet, um wieder bei deiner Frau sein zu können, und das Ergebnis dieses klugen Handelns hat rosige Wangen und trägt den Namen Johannes.« Alle lachten auf, und Elisabeth errötete. Doch auch sie warf ihrem Ferdinand einen liebevollen Blick zu. Dieser nahm es mit einem Lächeln zur Kenntnis, allerdings störte er sich ein wenig daran, dass Paul-Friedrich von einem *Überlisten der Wehrmacht* gesprochen hatte. Seit Mittwoch und im Kreise der Führung hatte sich seine Einstellung denjenigen gegenüber, die die Geschicke des Landes bestimmten, verändert. Zwar fand er noch immer, dass die Wehrmacht ein zusammengewürfelter Haufen Halbstarker war, die oftmals nur eine geringe Intelligenz vorzuweisen hatten. Doch inzwischen stand Ferdinand hinter der Sache an sich, und am liebsten hätte er Paul-Friedrich widersprochen, rückten doch seine Worte die ehrgeizigen Ziele der Führung in ein zweifelhaftes

Licht. Andererseits jedoch hatte Paul-Friedrich den Nagel auf den Kopf getroffen: Ferdinand hatte sich damals geschickt aus der Affäre gezogen und seinen Dienst auf dem Stützpunkt nur dadurch gegen ein Leben in den eigenen vier Wänden auf Gut Falkenbach eintauschen können, weil er genau das getan hatte, was Paul-Friedrich als *Überlisten* bezeichnet hatte. Es war also wohl eher sein eigenes Vorgehen, das er hätte anzweifeln können, nicht jedoch die Worte, die Paul-Friedrich gewählt hatte.

»Doch du hast noch viel mehr getan«, fuhr Paul-Friedrich nun fort. »Es ist dir gelungen, dich als Geschäftsmann zu beweisen und kluge Verträge zu schließen.«

»Mit deiner Hilfe!«, warf Ferdinand ein.

»Ja, mit meiner Hilfe. Denn dafür ist die Vorgängergeneration schließlich da«, gab Paul-Friedrich in jovialem Tonfall von sich. »Nicht wahr, Wilhelm? Dafür sind wir genau die Richtigen.«

»Du sagst es, mein Freund«, stimmte der Angesprochene mit fester Stimme zu.

»Ich bedaure, dass Heinrich nicht zugegen ist, denn das, was ich gleich verkünden werde, würde auch ihn über die Maßen stolz auf dich machen, Ferdinand.«

»Hört, hört!«, rief Leopold, der ausgesprochen gute Laune hatte. Und das schon seit Tagen. Tatsächlich hatte sich sein Verhältnis zu Irma noch einmal verbessert, und fast kam es ihm eigenartig vor, dass er – nun ja, schlicht und einfach glücklich war, und es genoss, einer ehrlichen Arbeit nachzugehen, ohne das Gefühl, stets darauf achten zu müssen, wen er wie am besten hintergehen konnte.

Paul-Friedrich zog mit einem breiten Lächeln einen Scheck hervor und hielt ihn in die Höhe. »Ich habe, wie zwischen uns, mein lieber Ferdinand, vereinbart, die fälligen Wechsel gezogen und gutschreiben lassen. Und hier ist dein Gewinn aus den Geschäften mit der Waffenproduktion.« Er reichte den Scheck über den Tisch, und Ferdinand stand auf, um ihn entgegenzunehmen. Seinem Gesichtsausdruck war anzusehen, dass die Zahl, die dort geschrieben stand, seine Erwartungen bei Weitem übertraf.

»So viel?«, entfuhr es ihm.

»Allerdings. Ich denke, ich verrate nicht zu viel, wenn ich behaupte, dass du, liebe Elisabeth, einen ausgesprochen wohlhabenden, um nicht zu sagen, reichen Mann an deiner Seite hast.«

Die Anwesenden applaudierten, und Ferdinand reichte den Scheck kurz zu Elisabeth, damit sie einen Blick darauf werfen konnte. Auch sie machte große Augen. Denn so viel hatte Ferdinand zuvor in der Porzellanfabrik nicht einmal in einem Jahr verdient.

»Von ganzem Herzen unser aller Glückwunsch, Ferdinand. Wir gönnen dir und euch den Erfolg und das Glück, das in eurem Leben Einzug gehalten hat.« Paul-Friedrich hob das Glas noch ein wenig höher und musste kurz seinen Stand korrigieren, um sein versehrtes Bein nicht übermäßig zu belasten.

»Auf Ferdinand, Elisabeth und auf ein glückliches Leben!«

»Auf Ferdinand und Elisabeth!«, rief Leopold aus, und man konnte seinen Worten anhören, dass sie ehrlich gemeint waren.

Käthe sah das strahlende Lächeln ihres Sohnes und die Bewunderung in den Augen Elisabeths, als sie, während er aufgestanden war und einige Dankesworte sprach, zu ihm hinaufsah. Ja, ihr Sohn hatte das, was er sich vorgenommen hatte, erreicht. Und sie hoffte inständig, dass er den richtigen Weg gegangen war und die Waffenproduktion ihm nicht eines Tages auf die Füße fallen würde. Käthe bedauerte jedoch bereits jetzt, dass Ferdinand, wenn alles weiterhin gut lief, wohl nie mehr die Zeit hätte, seine wunderbaren Zeichnungen zu fertigen und seinen früheren Plan, außergewöhnliche Dekore nach seinen eigenen Entwürfen in der Porzellanfabrik herzustellen, in die Tat umzusetzen. Aber nun ja, so war nun einmal das Leben. Und Ferdinand war jetzt Vater und hatte nicht nur die Verantwortung für seine Frau, sondern auch für den kleinen Johannes, dem hoffentlich weitere Geschwister folgen würden.

Die Tür wurde geöffnet und der erste Gang des Essens aufgetragen. Käthes Blick fiel auf den leeren Stuhl neben ihr. Heinrich hatte es sich offenbar anders überlegt und würde vermutlich nicht mehr kommen. Nun ja, sie würden sich auch ohne ihn gut unterhalten.

20. Kapitel

Ich habe keine Lust mehr, gegen mein eigenes Wesen anzukämpfen. Dafür bin ich zu alt und habe schon zu viel im Leben erreicht.

Heinrich Lehmann

Ferdinand war nur noch kurz vorbeigekommen, um Elisabeth abzuholen und mit ihr zum gemeinsamen Essen drüben im Gutshaus zu gehen. Bei dieser Gelegenheit wollte man auf die Geburt des kleinen Johannes sowie Ferdinands Beförderung und dessen Erfolge anstoßen. Ferdinands Erfolge! Pah! Heinrich hoffte, dass ihnen allen dort drüben der Braten im Halse stecken blieb. Diese ganze verdammte verlogene Bande konnte Heinrich mal im Mondschein begegnen. Alle taten sie, als wären sie ehrbare Leute, Vorbilder der Gesellschaft gar. Doch Heinrich wusste genau, woher Wilhelm und er kamen und dass ihre Frauen das Leben mit dem goldenen Löffel im Mund erst hier auf Gut Falkenbach kennengelernt hatten. Und das auch nur, weil die Männer auf unlautere Weise zu Reichtum gekommen waren. Nun aber taten sie so, als wären sie aufrechte Bürger, obwohl doch jeder von ihnen, Paul-Friedrich eingeschlossen, ein ausgemachter Halunke war. Nur eben, dass Heinrich keine Lust mehr hatte, diesem scheinheiligen Bild zu entsprechen, sondern stattdessen künftig gedachte, sich zu nehmen, was er wollte, ohne vorzugeben, er sei besser, als er in Wirklichkeit war.

Gewiss, er war noch nie derjenige gewesen, dem die Rechtschaffenheit in Fleisch und Blut übergegangen war. Doch in letzter Zeit hatte er erkannt, dass ihn vor allem dieses Getue, sich stets zusammenreißen zu müssen, um die Rolle eines treuen Ehemanns und ehrlichen Geschäftsmanns zu spielen, in der Seele krank machte. Er war nie ein Unschuldslamm gewesen, weiß Gott nicht. Und über die Jahre hatte er immer wieder einschlägige Etablissements aufgesucht, um sich dort das zu holen, was er von Käthe schon lange Zeit nicht mehr haben wollte. Genau genommen, hatte seine eigene Frau ihn nie besonders gereizt. Sie war zu zart und zerbrechlich, und die wenigen Male, wo sie sich nicht sogleich bereitwillig auf ihn eingelassen hatte, war dennoch nicht der Widerstand aufgekommen, den er sich erhofft hatte, sondern sie hatte milde gelächelt und ihn einfach gewähren lassen, sodass ihm oft auch gleich die Lust vergangen war. Nein, so wollte er es nicht. Da waren ja die Huren besser, bei denen man nur mit einem größeren Schein zu winken hatte und ihnen sagte, dass sie sich ruhig wehren sollten. Das taten sie dann auch, die eine mehr, die andere weniger überzeugend. Doch keine war je so gut gewesen wie die Magd in Riga. Einzig die Tatsache, dass Viktor Behrend sich die Kleine als Erster gegriffen hatte, war für Heinrich auch im Nachhinein noch ein Wermutstropfen. Doch er war nun mal der Truppführer gewesen. Um die Magd scherte sich Heinrich keinen Deut. Die war schließlich Kriegsbeute gewesen. Allein die Erinnerung an damals ließ Heinrichs Hose im Schritt enger werden, und er grinste in sich hinein.

Er wusste selbst nicht genau, wie die Veränderung zu erklären war, die in letzter Zeit in ihm vorgegangen war. Es war ihm einfach alles gleichgültig geworden, und die Tatsache, dass es nur noch eine Frage der Zeit war, dass er reinen Tisch zu machen hatte und mit Paul-Friedrich und Wilhelm darüber sprechen musste, einen Großteil des restlichen Geldes zu holen, um seine Firma zu retten, ließ bittere Galle in ihm aufsteigen.

Während alle in den Familien offenbar immer erfolgreicher und auch glücklicher zu werden schienen, ging es mit ihm immer nur weiter bergab. Er hatte es so satt, den ehrbaren Familienvater und Geschäftsmann zu mimen. Ja, er wollte endlich ausbrechen aus diesem jämmerlichen Dasein und so leben, wie er es sich vorstellte. Vermutlich wäre es das Beste, wenn er seinen Koffer nähme und einfach fortginge. Dann, so überlegte er weiter, könnte er sich das Gold auch holen, ohne zuvor mit Wilhelm oder Paul-Friedrich zu sprechen, und sich einfach damit aus dem Staub machen. Sollten sie doch alle weiter hier auf Gut Falkenbach versauern und so tun, als wäre ihr Dahinvegetieren ein lebenswertes Leben. Doch Heinrich hatte seine innere Kündigung diesem Leben gegenüber ausgesprochen, und der Plan, der ihm vor Kurzem noch unvorstellbar vorgekommen war, nahm Tag für Tag und Stunde für Stunde genauere Formen an.

Er würde alles hier zurücklassen. Sollte sich doch Ferdinand darum kümmern, zu retten, was von der Porzellanfabrik zu retten war oder auch alles einfach abfackeln. Heinrich scherte es nicht. Dieser undankbare Besserwisser von einem Sohn kam sich doch in seiner Uniform so schlau und wichtig vor, dass Heinrich ihm am liebsten ins Gesicht geschlagen hätte. Ohne ihn wäre dieser Tunichtgut gar nicht auf der Welt. Und wenn er ihm nun in die Augen sah, schwang dort auch immer etwas Verachtung mit. Zwar war es auch möglich, dass Heinrich es sich einbildete. Doch Ferdinand hatte im Alleingang die Pläne verworfen, einen größeren Teil der Porzellanfabrik für die Waffenproduktion umzubauen und ihm, Heinrich, damit die Möglichkeit genommen, ebenfalls Geld mit diesem überaus lohnenden Geschäft machen zu können. Was für ein Wicht!

Heinrich wusste, dass er noch einen, höchstens zwei Monate weitermachen konnte, bevor seine Pleite aufflog. Doch keinesfalls würde er so lange hier sitzen und warten, damit dann die übrigen Mitglieder der Familien mit dem Finger auf ihn zeigen und ihn ihre Verachtung spüren lassen könnten. Nein. Er hatte lange genug in diesem Spießerdasein ausgeharrt und getan, was er für erforderlich hielt, damit die Menschen in ihm das sahen, was er sie sehen lassen wollte. Doch damit war jetzt Schluss.

Vorhin, als Ferdinand und Elisabeth aus dem Haus gegangen waren, hatte Heinrich nicht gezögert, nach oben zu gehen und seinen Koffer mit dem Notwendigsten zu packen, das er für die erste Zeit brauchen würde. Er hatte sämtliches Bargeld, das sich im Haus befand, zu Bündeln gerollt und ebenfalls in dem Koffer verschwinden lassen. Dann war er damit nach unten ins Wohnzimmer gegangen, denn eines wollte er vor seinem Aufbruch unbedingt noch erledigen.

Er grinste schief, als er Astrid mit dem Staubwedel in der Hand im Wohnzimmer über die Kommode wischen sah. Lange ließ er seinen Blick auf ihr ruhen, betrachtete die kantigen Schultern, den geraden Hals und die langen, stämmigen Beine, über die auch der gerade geschnittene Rock nicht hinwegtäuschen konnte. Außer ihnen war niemand im Haus, und eine solche Gelegenheit würde er gewiss kein zweites Mal bekommen. Offenbar hatte sie seine Gegenwart wahrgenommen, denn sie drehte sich mit einem Ruck herum.

»Ach, Herr Lehmann. Sie haben mich erschreckt«, sagte sie und hob den Kopf. Sie war so stolz, so arrogant, so überaus reizvoll. »Ich dachte, Sie sind drüben im Gutshaus mit allen anderen.«

Sah er so etwas wie Unsicherheit in ihrem Blick?

»Nein, ich bin noch hier«, stellte er zufrieden fest und schloss die Wohnzimmertür hinter sich. Mit einem Klicken drehte er den Schlüssel um und zog ihn ab. Dann starrte er sie wieder an. Sie hatte offenbar bemerkt, dass er die Tür verschlossen hatte, denn in ihrem Blick lag etwas Fragendes, jedoch noch keine Furcht. Wieder lächelte Heinrich.

»Gib acht mit dem Teller dort auf dem Holzgestell, Astrid«, sagte er in fast tadelndem Tonfall. »Er stammt noch von meinem Großvater und war das erste Porzellanstück, das in unserer Fabrik produziert wurde.«

»Ich werde darauf achten«, sagte sie und ließ ihn nicht aus den Augen, als er langsam näherkam. Sie machte einige Schritte zur Seite und ging so in einem Bogen in Richtung Fenster.

»Wo willst du denn hin, Astrid?«

»Ich habe dort alles gereinigt«, erwiderte sie und sah dann zur Tür. »Sie haben offenbar versehentlich den Schlüssel an sich genommen, Herr Lehmann. Darf ich Sie bitten, die Tür wieder zu öffnen?«

»Aber, aber«, sagte Heinrich, und sein Grinsen wurde breiter. »Es ist doch sehr schön hier drinnen, findest du nicht. Die Chaiselongue da drüben ist besonders bequem. Wollen wir uns dort nicht eine Weile hinsetzen?«

Astrid hob den Kopf. »Nein. Ich möchte jetzt gehen.«

»Och, das tut mir aber leid. Denn das kann ich leider nicht zulassen, da ich gerade ganz andere Pläne mit dir habe«, sagte Heinrich, und sein Grinsen wurde noch breiter. Er machte einen raschen Schritt auf sie zu, worauf sie zurückwich. Heinrich lachte auf.

»Ich bin Dienstmädchen in Ihrem Hause, Herr Lehmann. Doch das, was Sie offenbar wollen, werden Sie von mir nicht kriegen.«

»Doch, meine Schöne, ich denke, genau das werde ich.«

»Nein!« Sie ballte die Hände zu Fäusten. »Ich bin mit Oberfeldwebel Karl Schneider verlobt. Und er wird der Einzige sein, der das von mir bekommt, sobald wir verheiratet sind.«

»Eine Jungfrau«, schnurrte Heinrich in einem Tonfall, als

hätte ihm jemand ein Geschenk überreicht. »Das wird ja immer besser.« Wieder grinste er. »Komm, meine Schöne. Gehen wir dort rüber und sehen zu, was du für mich tun kannst. Du willst doch nicht, dass ich dich an deinen Haaren dorthin zerren muss? Was ich im Übrigen liebend gern täte.« Seine Stimme hatte sich verändert. Eben noch amüsiert, klang er nun drohend.

»Auf keinen Fall«, entgegnete sie entschlossen. »Wenn Sie jetzt die Tür freigeben, werde ich keine Meldung machen. Doch das ist die letzte Gelegenheit für Sie, ohne Folgen aus dieser Sache herauszukommen.«

Heinrich lachte auf, erst leise, dann immer lauter. Dann machte er ein paar eilige Schritte und packte ihre Arme.

Astrid reagierte anders, als er angenommen hatte. Er hatte mit einem verzweifelten Schreien gerechnet, doch sie rammte ihm ihr Knie in die Weichteile, dass ihm einen Augenblick lang schwindelig wurde.

»Wagen Sie es nicht noch einmal, mich anzufassen.« Sie drehte sich um und wollte die Terrassentür öffnen, doch Heinrich bemerkte es rechtzeitig, griff in ihre Haare und riss sie zurück. Astrid strauchelte und stieß rückwärts an die Sesselkante, sodass sie das Gleichgewicht verlor und nach hinten fiel. Sofort war Heinrich über ihr und riss ihre Bluse auf.

»Das ist ja noch viel besser, als ich dachte!«, lachte er auf, obwohl der Schmerz zwischen seinen Beinen noch immer pochte.

Astrid streckte die Arme durch, hielt ihn so auf Abstand, doch Heinrich lehnte sich mit seinem gesamten Gewicht auf sie und versuchte, sie zu küssen. Dann, ganz plötzlich, knickte sie ihren rechten Arm ein, sodass Heinrich seinerseits vornüberfiel und versetzte ihm mit dem Ellenbogen einen schmerzhaften Schlag gegen die Schläfe. Heinrich drehte den Kopf zur Seite, um nicht noch einen Schlag zu riskieren, worauf es Astrid gelang, unter ihm wegzutauchen und auf allen vieren ein Stück zu krabbeln, bevor sie sich aufrichtete und zur Wohnzimmertür lief. Mehrfach drückte sie verzweifelt die Klinke und riss daran, doch da hatte Heinrich sich schon so weit berappelt, dass er zu ihr herübereilte, ihren Haarschopf ergriff und sie mit voller Wucht durch den Raum gegen die Kommode schleuderte. Astrid schlug hart mit dem Kopf gegen das Holz und ging zu Boden, versuchte jedoch sogleich wieder, auf die Beine zu kommen. In diesem Moment war Heinrich jedoch bereits wieder bei ihr, zog sie an den Haaren in die Höhe und presste sich von hinten gegen sie. Er wusste nicht, wie lange es her war, dass sein Glied so steif gewesen war wie in diesem Augenblick. Er griff nach unten zum Rocksaum und riss den Stoff hoch. Astrid gab einen verzweifelten Laut von sich.

Heinrich packte ihr Gesäß, presste sich noch fester an sie, fuhr mit seiner Zunge über ihren Hals und stöhnte. Dann riss er mit einem festen Ruck ihre Unterhose entzwei und fingerte an seiner Hose, um sie herunterzulassen. Er hörte ein kurzes Klirren, war jedoch mit dem Öffnen seines Gürtels so beschäftigt, dass er gar nicht begriff, was dieses Geräusch zu bedeuten hatte. Dann fuhr ihm ganz plötzlich ein solcher Schmerz in den Hals, dass er rückwärts taumelte, während sein Gürtel nachgab und seine Hose zu Boden glitt. Heinrich fasste sich an die Stelle, wo er den Schmerz wahrgenommen hatte, und spürte das Blut, das in einem pulsierenden Strahl aus der Wunde strömte. Er konnte nicht recht begreifen, was geschehen war, und konnte es auch dann noch nicht verstehen, als er Astrid mit einer Scherbe des Porzellantellers in der Hand sah, von deren Spitze das Blut troff.

Heinrich strauchelte, fiel dann rückwärts auf den Boden. Astrid stand über ihm, blickte voller Verachtung auf ihn herab, die Porzellanscherbe noch immer fest umklammernd. Heinrich wollte die Hand auf die Wunde an seinem Hals legen, doch es gelang ihm nicht mehr, seinen Arm zu bewegen. Es gelang ihm überhaupt nicht mehr, sich noch irgendwie zu rühren, und auch Worte wollten nicht mehr über seine Lippen kommen. Er sah nur Astrid, die über ihm stand wie ein Racheengel, und einen Moment lang war es nicht mehr sie, sondern die Magd aus Riga, die dort stand und voller Verachtung auf ihn heruntersah. Die Bilder verschwammen, er spürte keinen Schmerz mehr. Seine Augenlider flatterten, doch auch als er sie bereits geschlossen hatte, glaubte er noch immer die Gesichter vor sich zu sehen – die Gesichter der Frauen, denen er Gewalt angetan hatte. Doch auch das dauerte nicht mehr lange. Einmal versuchte er noch, die Augen zu öffnen. Womöglich tat er es sogar, er bekam es nicht mehr mit. Denn in diesem Moment verließ das Leben Heinrich Lehmann, und er entschwand im Nichts der Bedeutungslosigkeit.

21. Kapitel

Ein Moment kann das ganze Leben ändern.

Käthe Lehmann

»Wäre es dir recht, wenn ich dich jetzt gleich begleite, um mit Heinrich zu sprechen?«, fragte Wilhelm seine Schwägerin, die sogleich nickte.

»Ich habe bestimmt nichts dagegen. Je früher ihm jemand Bescheid stößt, desto besser. Wenn es also deine Kraft erlaubt …«

»Dafür, mir meinen jüngeren Bruder mal ordentlich zur Brust zu nehmen, wird sie alle Mal reichen.« Wilhelm lächelte gutmütig. Dann verabschiedeten sich alle voneinander, und während die von Falkenbachs im Gutshaus blieben, machten sich die Lehmanns gemeinsam auf den Weg.

Die Stimmung war ausgesprochen heiter, hatten doch alle das Essen als etwas ganz Wunderbares empfunden, das alsbald wiederholt werden sollte. Sogar Wilhelmine hatte endlich einmal wieder vernünftig gegessen, was wohl jeder bemerkt hatte, doch hatte niemand etwas gesagt, um möglichst keine peinliche Situation entstehen zu lassen.

Einzig Elisabeth hatte das Gefühl gehabt, nicht mehr allzu lange ausharren zu können, denn sie war von der Erkältung und den Nachwirkungen der Geburt noch immer ein wenig angegriffen. Ferdinand hatte es bemerkt und schließlich die Runde aufgelöst, worauf auch die anderen Familienmitglieder sich ihnen angeschlossen hatten.

Als sie das Haus von Wilhelm erreichten, verabschiedeten Irma und Leopold sich, während Else und Wilhelm ankündigten, noch kurz mit zu Heinrich gehen zu wollen, danach aber auch bald nach Hause zu kommen.

Als Käthe die Tür aufschloss, fiel ihr als Erstes der Koffer auf, der im Flur stand, ganz so, als wollte Heinrich irgendwohin aufbrechen.

»Will Heinrich verreisen?«, fragte Wilhelm, der dem Blick der Schwägerin gefolgt war.

»Wenn, dann hat er mich nicht in seine Pläne eingeweiht«, gab Käthe etwas gereizt zurück. »Heinrich?«, rief sie dann, und als keine Reaktion erfolgte, ging sie an den Rand der Treppe. »Heinrich?«, rief sie hinauf, doch nichts tat sich.

Ferdinand und Wilhelm tauschten einen Blick, dann hörte man ein Geräusch aus dem Wohnzimmer. Der Schlüssel wurde von innen ins Schlüsselloch gesteckt und ganz langsam herumgedreht. Dann ging die Tür auf, und Käthe schrie, als sie Astrid sah, deren Bluse zerrissen war, der die Haare wirr vom Kopf abstanden – und die in der Hand eine Porzellanscherbe hielt, die mit Blut verschmiert war.

Ferdinand eilte hinüber und fasste Astrid bei den Schultern. »Astrid! Was ist geschehen?«

Sie stand nur da, mit leerem Blick, und rührte sich nicht. Dann sah Ferdinand an ihr vorbei ins Wohnzimmer und stürmte in den Raum. Wilhelm und Else folgten, dann schließlich auch Käthe. Nur Elisabeth blieb auf dem Flur stehen, zu bang, welcher Anblick sie womöglich erwartete.

Käthe unterdrückte einen Schrei und presste sich die Hand vor den Mund, als sie ihren Mann am Boden liegen sah, inmitten einer riesigen Blutlache, die bereits in das Parkett gesickert war.

Ferdinand hatte sich neben seinen Vater gekniet und eine Hand auf dessen Brustkorb gelegt, um zu prüfen, ob er noch atmete. Dann sah er zu seinem Onkel hinauf und schüttelte langsam den Kopf, ohne ein Wort zu sagen.

»Er wollte mir Gewalt antun«, brachte Astrid unter Tränen hervor. Dann ließ sie die Scherbe fallen, die auf dem Marmorboden des Flurs aufprallte und in weitere Stücke zersprang.

Elisabeth schob den Kinderwagen mit dem kleinen Johannes ein Stück weg, ganz so als fürchte sie, dass Astrid auch ihm etwas antun könnte. Alles geschah in diesen Augenblicken so langsam, schien so eigenartig fremd. Dann kam Ferdinand ganz plötzlich aus dem Wohnzimmer gelaufen und packte Astrid erneut bei den Schultern.

»Du hast ihn umgebracht! Du hast meinen Vater getötet!«, schrie er sie an, doch sie schien es gar nicht wahrzunehmen. Wie eine Puppe schüttelte er sie, ohne dass sie Widerstand leistete oder auch nur eine Regung zeigte.

»Ferdinand!«, brüllte nun Wilhelm und trat in den Türrahmen. »Lass sie los, und ruf die Polizei. Sag ihnen, was geschehen ist.« Dann ging er zurück zu Käthe, die noch immer mit vor den Mund gepresster Hand dastand.

»Komm, Käthe, komm weg von hier! Du solltest dir das nicht länger ansehen. Komm schon!« Er legte seinen Arm um ihre Schultern und führte sie hinaus, hielt dann auch Else die Hand hin und schloss hinter sich die Wohnzimmertür, als beide im Flur waren.

Wilhelm brachte Käthe zu einem Stuhl, damit sie sich setzen konnte. Doch Else sagte, dass sie lieber in die Küche gehen sollten, weiter weg vom Ort des Geschehens, was sie dann auch taten. Ferdinand fuhr sich durch die Haare. »Geh mit Johannes nach oben, Elisabeth. Oder zu den anderen in die Küche. Auf jeden Fall weg von hier.«

Elisabeth folgte seiner Anweisung, während Astrid noch immer dastand und zu Boden sah.

»Setz dich dorthin«, sagte Ferdinand nun zu ihr und deutete auf den Stuhl, auf den Wilhelm soeben noch Käthe hatte platzieren wollen. Als Astrid abermals nicht reagierte, packte Ferdinand ihren Arm und führte sie hinüber. Grob drückte er sie herunter, damit sie Platz nahm. Dann ging er zum Telefon und meldete, was geschehen war.

»Ruf auch drüben im Gutshaus an. Gustav soll kommen und etwas zur Beruhigung mitbringen«, riet ihm Wilhelm.

»Soll ich ihnen sagen, was geschehen ist?«, fragte Ferdinand und sprach so den ersten klaren Gedanken aus, den er wieder fassen konnte.

»Sie werden es ja ohnehin erfahren. Also ja, gib ihnen Bescheid.«

Ferdinand rief drüben an, meldete knapp bei Hans, was vorgefallen war, und bat darum, dass Gustav mit seiner Arzttasche kommen möge. Dann hängte er ein.

Es dauerte nicht lange, bis Paul-Friedrich und Dorothea, Wilhelmine, Gustav und auch Irma eintrafen. Gustav ging sofort zu Ferdinand und Wilhelm hinüber, dann warf er einen kurzen Blick auf Astrid, die während der ganzen Zeit nicht einen einzigen Satz gesprochen hatte, nur auf dem Stuhl saß und vor sich hinzudämmern schien. Gustav ging ins Wohnzimmer, besah kurz die Leiche, prüfte selbst noch einmal, ob noch irgendwelche Körperfunktionen festzustellen waren, und ging wieder hinaus. Kurz darauf kehrte auch Alma von ihrem Einsatz im Gutshaus zurück und erschrak, als sie all die Menschen im Flur sah. Sie bemerkte auch Astrids Zustand, traute sich jedoch nicht zu fragen, was passiert war. Stattdessen ging sie in die Küche, die ebenso voller Menschen war. Und als sie dort hörte, dass der

Hausherr tot sei, erstochen von dem neuen Dienstmädchen, entfuhr ihr ein gellender Schrei, der durch Mark und Bein ging. Kurz darauf traf die Sicherheitspolizei ein.

* * *

Die Beerdigung von Heinrich Lehmann fand nur vier Tage später statt. Fast ganz Bernried war gekommen, um Heinrich Lehmann die letzte Ehre zu erweisen. Ihm, dem erfolgreichen Geschäftsmann und Kriegshelden, der zusammen mit seinem Bruder und seinem guten Freund, dem Gutsherrn Paul-Friedrich von Falkenbach, Erstaunliches geleistet und den Menschen in Rechtschaffenheit ein Vorbild gewesen war. Auch eine Abordnung der Partei war gekommen, um bei dem Begräbnis anwesend zu sein, und als nach der Predigt die Gemeinde aufgefordert wurde, den Sarg Heinrich Lehmanns zu dessen letzter Ruhestätte zu begleiten, folgten die Menschen in einem langen Trauerzug.

Am Grab dann, während der Sarg heruntergelassen wurde, spielte ein Trompeter auf, und eine Abordnung von Soldaten sang dazu *»Ich hatt' einen Kameraden«* nach dem Text von Ludwig Uhland. An dieser Stelle trat Käthe vor und warf die einzelne Rose, die sie bei sich hatte, hinunter ins Grab. Kurz strauchelte sie, und sofort war Else an ihrer Seite und fasste sie unter. Käthe dankte ihr mit einem Blick, dann hielten die Frauen sich an den Händen. Dorothea stellte sich an Käthes andere Seite, dann folgten Wilhelmine, Irma, Elisabeth und Clara. So standen die Frauen der Familien im Halbkreis an dem offenen Grab, hielten sich an den Händen, und Käthe spürte die Kraft der Gemeinschaft, die in diesem Moment von den Frauen ausging, die sie umgaben. Sie blieben auch noch kurz stehen, als der Trompeter sein Instrument sinken ließ, dann lösten sie die Hände, und Else ging zusammen mit Käthe und den anderen Frauen ein Stück beiseite, sodass Wilhelm, Paul-Friedrich, Ferdinand und Leopold gemeinsam vortreten konnten. Wilhelm wusste nicht, was er fühlen sollte, denn die Wut auf den Bruder war mindestens ebenso groß wie die Trauer um ihn. Er sprach ein paar leise Worte, die nur er hören konnte, dann zogen sich Paul-Friedrich und er zurück und ließen weitere Trauergäste einen letzten Gruß an den Verstorbenen richten.

Käthe stand nur da, reichte den Menschen, die gekommen waren, um ihr Beileid auszudrücken, die Hand und vernahm ihre Worte wie durch einen Nebelschleier. Wie würde ihr Leben jetzt wohl weitergehen? Gewiss konnte sie auf Ferdinand zählen, das wusste sie genau. Und gerade eben hatte sie gespürt, dass die Frauen der Familien zusammenhalten würden, ganz gleich, was kam. Und das war weit mehr, als ihr Heinrich hatte bieten können. Doch es ging ihr auch nicht nur darum, abgesichert zu sein und in dem Haus bleiben zu können, in dem sie nun schon so viele Jahre gemeinsam gelebt hatten. Vielmehr fragte sie sich, wie sie mit dem leben sollte, was sie im Nachhinein über ihren Ehemann hatte erfahren müssen.

Sie hatte keinen Moment gezweifelt, dass Astrid die Wahrheit darüber gesagt hatte, was geschehen war. Nicht nur, weil sie die junge Frau in diesem erbärmlichen Zustand erlebt hatte. Nein, es war vielmehr die Art, wie Heinrich das Dienstmädchen angesehen hatte während der Zeit, die sie im Heim der Lehmanns gewohnt hatte. Natürlich hatte es keiner weiteren Worte bedurft, um Astrid nach der Tat augenblicklich von der Behörde aus dem Haus entfernen zu lassen. Und Käthe hatte nicht einmal gefragt, ob und welche Strafe Astrid zu erwarten hätte, denn es war ihr doch im Grunde gleichgültig. Wer einem Menschen das Leben nahm, hatte eine Strafe verdient. Doch ob Astrid auch eine solche erhalten würde, hatte Käthe nicht interessiert. Sie war froh, dass sie Astrid nicht mehr sehen musste. Das war alles. Doch wie sie damit leben sollte, wer ihr Heinrich in Wahrheit gewesen war, das wusste sie noch nicht.

Die Gesichter der Kondolierenden zogen an ihr vorbei, keines davon nahm sie wirklich wahr. Sie hatte gestern mit Wilhelm gesprochen und ihn um Ehrlichkeit gebeten, ob er Kenntnis davon hatte, dass Heinrich eine solche Tat schon einmal versucht oder sogar begangen hatte. Wilhelm hatte sie nur mitfühlend angeblickt und ihr geraten, Vergangenes vergangen sein und die Toten ruhen zu lassen. Das war ihr Antwort genug gewesen. Wie sie nun damit umgehen sollte, stand auf einem anderen Blatt.

Kurz wurde Käthe an der Schulter berührt und so aus ihren Gedanken gerissen.

»Komm, gehen wir«, sagte Else und fasste sie unter, als Käthe in diesem Augenblick ein eigenartiges Gefühl überkam. Sie hatte soeben einen Schritt gemacht, blieb jetzt aber stehen und sah sich um.

»Was ist?«, fragte Else.

Käthe sah sie nur an, wusste es selbst nicht zu sagen. Es war wie die Erinnerung an ein Gefühl, womöglich ausgelöst durch einen Duft oder eine Gestalt, die sie soeben wahrgenommen hatte. Sie wandte sich in alle Richtungen, konnte aber dem Gefühl nicht mehr nachspüren.

»Komm, Käthe«, bat Else nochmals. »Komm. Gehen wir nach Hause.«

Zusammen verließen sie den Friedhof, und Käthe fuhr bei Wilhelm und Else mit, während Ferdinand und Elisabeth Heinrichs Wagen genommen hatten, der nun seinem Sohn gehörte.

Else und Wilhelm fuhren Käthe nach Hause und wollten sie auch noch hineinbegleiten, doch das lehnte Käthe ab. Sie sagte, dass sie sich jetzt ohnehin daran gewöhnen müsste, allein zu sein und dass außerdem Ferdinand und Elisabeth auch gleich nach Hause kämen, um dort auch ihren Sohn wieder in Empfang zu nehmen, der derzeit von Alma beaufsichtigt wurde.

So ging Käthe allein ins Haus, und tatsächlich fiel es ihr schwer, die Stufen zum Eingang zu passieren. Sie fühlte sich kraftlos und – wie sie in diesem Moment bemerkte – alt. Einfach alt und ohne Hoffnung.

Alma öffnete ihr mit dem Baby auf dem Arm die Tür.

»Kann ich etwas für Sie tun, gnädige Frau?«

»Nein, Alma. Danke schön. Ich möchte mich einfach nur ausruhen«, lehnte Käthe ab, die ausdrücklich darauf verzichtet hatte, einen Leichenschmaus abhalten zu lassen. Sie hätte es nicht ertragen, erneut von Menschen umgeben zu sein, und wollte nur eines: ihre Ruhe.

Sie ging ins Wohnzimmer und sah auf die Stelle, wo Heinrich verblutet war. Ferdinand hatte in bemerkenswerter Schnelligkeit Arbeiter herbeizitiert, die das Wohnzimmer ausgeräumt, den alten Boden rausgerissen und einen neuen verlegt hatten, und das nur zwei Tage, nachdem das Verbrechen geschehen war. Ja, ihr Ferdinand war zu einem Mann geworden, der die Dinge anging und sein Leben in die Hand nahm. Und darauf war Käthe stolz.

Sie zog ihren Mantel aus, ging zum Garderobenschrank hinüber und hängte ihn ordentlich weg. Dann schleppte sie sich langsam die Stufen zum oberen Stockwerk hinauf, wo ihr Schlafzimmer lag. Als sie eintrat, sah sie sich um. Hunderte, nein, eher Tausende Nächte, hatte sie hier an Heinrichs Seite gelegen und geschlafen. Tausende Nächte an der Seite eines Mannes, der bereit war, Frauen das Schlimmste anzutun. Hätte sie es nicht wissen oder zumindest ahnen müssen?

Käthe trat an das Fenster. Heinrichs Mercedes stand vor dem Haus. Also waren Ferdinand und Elisabeth auch heimgekehrt. Sie überlegte, sich für eine Weile hinzulegen, als es ganz sachte an ihrer Tür klopfte.

»Ja?«

Ferdinand steckte den Kopf herein und betrat dann das Zimmer. Sorgfältig drückte er die Tür hinter sich ins Schloss, trat ohne ein Wort auf seine Mutter zu und umarmte sie.

»Wie geht es dir?«

»Tatsächlich geht es mir gut. Ich kann nur nicht glauben, mit was für einem Menschen ich mein Leben verbracht habe.« Sie sah ihn an. »Bitte verzeih, er war dein Vater, und ich sollte nicht so über ihn sprechen. Doch ich kann nicht anders.«

»Du musst dich bei mir für nichts entschuldigen. Er hat mit seinem Handeln vielen von uns etwas angetan.«

Käthe wusste nicht recht, wie ihr Sohn das meinte, fühlte sich jedoch auch zu schwach, es zu hinterfragen.

»Ich würde mich gern ein wenig hinlegen und ausruhen«, sagte Käthe.

»Ich wollte dich bitten, mit nach unten zu kommen, Mutter.«

»Jetzt? Weshalb? Was ist denn so wichtig?«

»Hoffnung. Hoffnung und ein Hauch von Gerechtigkeit«, gab Ferdinand zur Antwort.

Sie sah ihn fragend an, wollte etwas erwidern. Doch er nahm sanft ihren Arm und führte sie einfach hinaus. Ganz langsam stiegen sie die Stufen hinab, und Ferdinand fasste den Arm seiner Mutter etwas fester, als eine Melodie erklang, die sie augenblicklich innehalten ließ.

»Was ist das?« Sofort traten Käthe die Tränen in die Augen. »Was ist das, Ferdinand? Diese Melodie …«

»Komm, Mutter«, sagte er nur ganz ruhig und führte sie weiter die Stufen hinab.

Käthe wusste nicht, wie ihr geschah. Sie ließ sich von ihm führen, folgte der Melodie, die aus dem Wohnzimmer in den Flur drang. So viele Jahre hatte sie sie nicht mehr gehört. Hatte Ferdinand womöglich eine Spieluhr für seinen Sohn gekauft, die dasselbe Lied … Käthe hatte die Tür zum Wohnzimmer erreicht und sah nun auf die Spieluhr, die auf dem Tischchen abgestellt war und deren Klänge zu ihr herüberwehten. Es war nicht irgendeine, es war *die* Spieluhr. Die Spieluhr ihres ältesten Sohnes, die sie damals in der Wohnung in Leipzig zurückgelassen hatte – in der Hoffnung, dass er sie mitnehmen möge, sollte er eines Tages den Weg nach Hause finden.

Käthe schluchzte auf, als sie den Mann sah, der an der Terrassentür stand und den Blick nach draußen gerichtet hielt, bis er sich in diesem Moment zu ihr umdrehte.

»Johannes!« Sie schlug beide Hände vors Gesicht, schluchzte so heftig, dass sie kaum mehr Luft bekam. Gemessenen Schrittes kam er auf sie zu, breitete die Arme aus und umschlang sie. Käthe glaubte, die Sinne würden ihr schwinden, und hätte er sie nicht gehalten, wäre sie vermutlich in Ohnmacht gefallen.

»Scht, scht!«, versuchte er, sie zu beruhigen. »Es ist alles gut, Mutter. Ich bin jetzt zu Hause.«

Epilog

Drei Wochen hatte sie in der völlig zerstörten Wohnung ausgeharrt, doch nun hatte sie keine Wahl mehr, sie musste eine Entscheidung treffen. Die meisten ihrer Nachbarn waren bereits weg, entweder weil sie verhaftet worden waren oder weil ihnen die Flucht gelungen war. Manche waren bei Verwandten im Ausland untergekommen, andere hatten sich ohne ein bestimmtes Ziel auf den Weg gemacht, in der Hoffnung, irgendwo ein Fleckchen zu finden, wo sie künftig leben konnten.

Elana war hiergeblieben und hatte sich versteckt für den Fall, dass die Soldaten wiederkamen, auch wenn ihre Freunde sie angefleht hatten, mit ihnen zu kommen. Noch bis heute Abend würden sie sich in der Unterkunft in der alten Schule verstecken, die längst hätte abgerissen werden sollen. Wenn sie jedoch bis zum Abend nicht käme, würden sie von dort aufbrechen und David, ihren vierjährigen Sohn, den Elana zu dessen Schutz dorthin gebracht hatte, mitnehmen, und dann hätte sie niemanden mehr.

Doch Elana wusste nicht, was sie tun sollte. Sie hatte in der Nacht vom 9. auf den 10. November fast alles verloren. Bis auf ihren David war alles, was sie geliebt hatte und was für sie von Bedeutung gewesen war, nicht mehr da. Als die Soldaten kamen und ihre Wohnung verwüsteten, war David die Flucht gelungen. Amon, ihr Ehemann jedoch, hatte sich ihnen in den Weg gestellt. Wie auf einen Hund hatten sie auf ihn eingeprügelt. Überall loderte bereits das Feuer, das von den Nachbargebäuden überzugreifen drohte. Wie von Sinnen war Elana in den Nebenraum gelaufen, hatte die Tür verriegelt und war an das Fenster gestürzt, um irgendwie mit ihrem Sohn Benyamin, der gerade erst einen einzigen Tag auf dieser Welt war, zu entkommen. Und da hatte sie sie gesehen. Direkt unter ihrem Fenster war da diese Frau mit den gütigen Augen, die selbst starr vor Angst zu sein schien. Die Soldaten hatten wieder und wieder gegen die Tür geschlagen. Es konnte sich nur noch um Augenblicke handeln, die ihr blieben, um wenigstens Benyamins Leben zu retten. Wie ein Engel, den Adonai ihr geschickt hatte, war ihr die Frau mit dem gütigen Blick erschienen, und tatsächlich streckte sie die Arme in Richtung Fenster und nahm Benyamin sicher entgegen. Benyamin war in Sicherheit, und einen Moment lang überkam sie eine Woge der Dankbarkeit. Dann jedoch brach die Tür mit einem lauten Knall auf, die Soldaten stürmten herein und packten sie. Wie von Sinnen machten sie sich über sie her und schändeten sie, da sah Elana Amon, ihren verletzten Ehemann, der mit einem Knüppel ausholte und auf den Soldaten einschlug, der sich auf Elana zu schaffen machte. Sofort brach ihr Peiniger über ihr zusammen, doch da war schon der andere, der nun wiederum auf Amon einschlug und nicht aufhörte, bis ihr Mann zu Boden ging und mit offenen Augen liegen blieb. Dann stürzte dieser Unmensch sich auf sie und machte dort weiter, wo der andere aufgehört hatte. Elana hatte nur still gebetet, dass Amon nicht mehr in der Lage sein möge, zu sehen, was sie taten. Denn sonst wäre dies das letzte Bild gewesen, das er von dieser Erde mit in die Ewigkeit nahm.

Als alles vorbei war, hatten die Nachbarn, die im Schutze der Dunkelheit zurückgekommen waren, Elana geholfen. David war in Sicherheit, doch Elana hatte sich geweigert, von hier fortzugehen, denn die Frau mit dem gütigen Blick würde doch gewiss wiederkommen, um ihr das Kind zurückzugeben, das sie gerettet hatte. Doch die Frau kam nicht, ganze drei Wochen lang nicht. Ob auch sie nicht hatte entkommen können? War auch sie, selbst wenn sie keine Jüdin war, ein Opfer der Unruhen geworden? Elana wusste es nicht. Und sie wusste nicht, was sie tun sollte. Sie konnte doch nicht einfach gehen und damit die Hoffnung aufgeben, ihr zweites Kind, ihren geliebten Benyamin, wieder in ihr Leben zu holen! Sie wusste nicht, wer die Frau mit dem gütigen Blick gewesen war. Aber es konnte doch nicht sein, dass sie das Kind nicht wiederbrachte, das ihr nicht gehörte. Nein, das konnte nicht sein. Es *durfte* nicht sein. Sie war Benyamins Mutter, und sie spürte, dass ihr Kind am Leben war, ganz gleich, wo es sich in diesem Augenblick befand. Und sie schwor sich, ihren Benyamin zu finden. Irgendwie und eines Tages würde sie ihn wiedersehen, ihr eigen Fleisch und Blut. Und dann würde sie der Frau mit dem gütigen Blick dafür danken, dass sie ihn beschützt hatte in jener Nacht, in der Elana fast nichts mehr geblieben war. Darum würde sie Adonai um Hilfe anflehen, und sie wusste, er würde sie erhören. Irgendwann würde er wieder jeden aus ihrem Volk erhören, auch wenn es dieser Tage schien, als verschließe er fest die Ohren vor ihren Rufen.

Nachwort

Liebe Leserinnen, liebe Leser,

wie schon in den Vorgängerbänden meiner Falkenbach-Saga habe ich auch in diesem Roman einige historisch belegte Ereignisse und Personen eingeflochten. Hervorzuheben ist dabei Eleonore Baur, besser bekannt als *Schwester Pia,* eine Person, die von extremen Widersprüchlichkeiten geprägt ist. In dem Buch *Rechte Karrieren München – Von der Weimarer Zeit bis in die Nachkriegsjahre* wurde ihr von der Autorin Daniela Andre ein Kapitel mit dem Titel *Eleonore Baur – »Blutschwester Pia« oder »Engel von Dachau«* gewidmet. Ich habe bei meinen Recherchen vor allem mit diesem Buch gearbeitet, weil darin sehr fundiert versucht wird, das Leben dieser ominösen Frau aufzuarbeiten, ohne in Sensationslust zu verfallen.

Baur kann als NSDAP-Unterstützerin der ersten Stunde betrachtet werden. Sowohl bei Versammlungen und bei – auch gewalttätigen – Auseinandersetzungen auf Demonstrationen als auch beim Kleben von Plakaten und Verteilen von Flugblättern war sie beteiligt, wofür sie mehrfach zu Geldbußen verurteilt wurde. Besonders ihre zutiefst nationalsozialistische und antisemitische Haltung ist immer wieder belegt. Sie war auch im

Bürgerbräukeller am 8. November 1923 anwesend, als Hitler mit Waffengewalt die Bayerische Landesregierung für abgesetzt erklärte. Hierfür erhielt sie – wie alle Teilnehmer des Hitlerputsches – als einzige Frau den sogenannten Blutorden.

Nach der Machtergreifung wurde *seine schwarze Perle*, wie Himmler die Baur nannte, Fürsorgeschwester bei der Waffen-SS. Darauffolgend wurde sie zur Ehrenoberin der NS-Schwesternschaft ernannt. Obwohl von ihr stets bestritten, gibt es mehrere Hinweise, dass sie einen SS-Rang innehatte. Ab 1934 durfte sie – ebenfalls als einzige Frau – das Lager Dachau betreten. Von ihr wurde später behauptet, dass sie den großen Wunsch hatte, anderen Menschen zu helfen. Ihr mussten SS-Wachtposten Meldung erstatten, und die Häftlinge hatten sie zu grüßen. Das uneinheitliche Bild von ihr zeigt sich besonders in den Berichten der Häftlinge. So setzte sie sich beispielsweise für Geistliche ebenso wie für politische Häftlinge ein, zum Beispiel, um deren Freilassung zu erwirken. An Weihnachten soll sie sogar Häftlingen Geschenke gebracht haben, jedoch wird gleichzeitig von Auspeitschungen berichtet, während die anderen Gefangenen Weihnachtslieder singen mussten. 1941 soll ein Kapo mit dem Namen Knoll damit geprahlt haben, schon 96 Juden getötet zu haben. Manche berichteten, dass Baur ihn daraufhin küsste und ihm ein weiteres Geschenk gab, andere sagten aus, dass sie zusammen zum *Judenblock* gegangen seien und Männer ausgesucht haben sollen, die danach verschwunden seien.

Auch über ihre Grausamkeit in Zusammenhang mit medizinischen Versuchen gibt es mehrere Aussagen, die einerseits ihre Naivität, andererseits ihre sexuelle Abnormität und Unmenschlichkeit herausstellen.

Baur nutzte außerdem mehrere Häftlinge, um zuerst ihre Wohnung in der Voitstraße 6 in München und später ihr Grundstück in Oberhaching umfangreich umbauen zu lassen. Ab 1940 galt es als *ständiges Außenlager*, sodass die Häftlinge bei Baur untergebracht waren und teilweise nur an den Wochenenden nach Dachau zurückkehrten. Sie selbst vergab hierbei die Arbeitsaufträge und setzte die Arbeitszeiten fest. Unter den Häftlingen war Baur wegen ihrer Unberechenbarkeit gefürchtet, die Aussagen variieren hier so weit, dass manche auch von sexuellem Missbrauch und Schikane sprechen. Andererseits aß Baur zusammen mit ihren Angestellten und den Häftlingen an einem Tisch; die Inhaftierten durften außerdem rauchen und Briefe schreiben.

Ihr üppiger Lebensstil, der auch in der Kriegszeit weiter anhielt und ihre regelmäßigen *Raubzüge* waren im Lager Dachau ebenfalls berüchtigt. Baur soll deutlich mehr Vorräte bezogen haben, als die Häftlinge des Kommandos benötigten. Die bereits erwähnten sexuellen Störungen und ihre sexuellen Kontakte zu Häftlingen lassen sich nicht endgültig verifizieren. Baur gab sich jedoch sehr freizügig und ging im Sommer manchmal nackt spazieren, während die Häftlinge arbeiteten. Angeblich soll sie im KZ auch die Waschräume aufgesucht haben, um sich neue Häftlinge auszusuchen, die daraufhin in ihr Kommando überstellt wurden.

Hervorzuheben ist dabei der inhaftierte Kommunist Willi Grimm, der laut Aussagen anderer Häftlinge ihr Liebling war, mehrfach von »erotisch-sadistischen Gräuelmärchen« (Andre 2010, S. 179) berichtet haben soll und von ihr nach getaner Arbeit immer persönlich in der Badewanne sauber gebürstet worden sein soll.

In der NS-Männerwelt soll ihr Ruf ebenfalls zweifelhaft gewesen sein. Ihr häufiges Erwähnen der Freundschaft zu Hitler und anderen NS-Funktionären wurde einerseits belächelt und als übersteigertes Selbstbewusstsein abgetan, andererseits wurde sie aus Angst, dass ihre Beziehungen vielleicht doch einflussreich waren, dennoch meist respektvoll behandelt oder zumindest geduldet. Ihr Benehmen wurde immer wieder als schwierig, schrullig oder verrückt bis hysterisch beschrieben.

Besonders beklemmend ist, dass sie am 5. Mai 1945 verhaftet, kurz darauf aber wieder freigelassen wurde. Am 12. Juli wurde sie erneut verhaftet. Nachdem ihre Schuldfähigkeit 1949 bewiesen worden war, wurde sie in das Arbeitslager Rebdorf verlegt. Im Spruchkammerverfahren machten 44 Zeugen widersprüchliche Aussagen. Die Hauptkammer München stufte sie als Hauptschuldige ein. Die anschließenden Ermittlungen im Strafverfahren sollten ihre Teilnahme an medizinischen Versuchen im KZ Dachau nachweisen. Das Verfahren wegen Kriegsverbrechen wurde eingestellt und Baur aus gesundheitlichen Gründen bereits am 23. Juni 1950 aus dem Arbeitslager Rebdorf entlassen. Bis zu ihrem Tod im Jahr 1981 lebte sie in ihrem von KZ-Häftlingen ausgebauten Haus in Oberhaching und forderte sogar eine Entschädigung bei der Amtlichen Fürsorgestelle für Kriegsbeschädigte und Überlebende des Landratsamtes München, die anscheinend bewilligt wurde. Sie behielt also trotz einer Einstufung als Hauptschuldige ihren Besitz und bezog eine Pension.

Insgesamt ist *Schwester Pia* eine Frau, deren Bild stark variiert. In meinem Buch und in der Darstellung von ihr habe ich mich einerseits an gesicherten Quellen, aber auch an einzelnen Zeugenaussagen orientiert, die sie als sexuell gestörte, naive, antisemitische Frau beschreiben, die ihren Eigennutz unter dem Deckmantel von Menschenliebe zu verbergen versuchte.

Als weitere historische Person habe ich Dr. Hermann Pfannmüller kurz erwähnt. Er war tatsächlich vom 1. Februar 1938 bis Mai 1945 Direktor der ebenfalls erwähnten Heil- und Pflegeanstalt Eglfing-Haar bei München. Seine Rolle beim systematischen Aushungern von physisch und psychisch Kranken sowie Kindern und besonders seine Arbeit als T4-Gutachter der Euthanasieverbrechen ist gut dokumentiert.

Außerdem habe ich die Novemberpogrome, speziell die Reichspogromnacht, in die Handlung eingebaut. Vom 7. bis zum 13. November wurden vermutlich mehrere Hundert Juden ermordet und Synagogen, Geschäfte, Wohnungen und jüdische Friedhöfe verwüstet. Ungefähr 30 000 Juden wurden in diesen Tagen in KZ inhaftiert. Die Pogrome stellten einen Übergang von systematischer Diskriminierung (ab 1933) hin zur Vertreibung und Ermordung von Juden dar.

Wie von mir immer wieder anhand von Zeitungsartikeln beschrieben, wurde die nationalsozialistische Propaganda zum Beispiel über den *Volksempfänger*, die Zeitung *Völkischer Beobachter* oder die Zeitschrift *Der Stürmer* verbreitet, und es wurde zum Boykott jüdischer Geschäfte und Personen aufgerufen. Im Vorfeld der Anfeindungen wurden stets weitere antisemitische Gesetzgebungen verkündet.

Die Polen-Aktion bedeutete eine Massenabschiebung, es sprengt jedoch hier den Rahmen, die gesamte Vorgeschichte im Detail zu beschreiben, deswegen empfehle ich, sich selbst zu informieren.

Als konkreter Vorwand für die Pogrome gilt das Attentat des polnischen Juden Herschel Grynszpan. Dieser erfuhr, dass seine gesamte Familie nach Zbąszyń vertrieben worden war. Daraufhin besorgte sich Grynszpan einen Revolver und schoss damit am 7. November 1938 in der Deutschen Botschaft, damals im Palais Beauharnais, auf den der NSDAP angehörenden Legationssekretär Ernst Eduard vom Rath, der am 9. November seinen Verletzungen erlag. Dieses Attentat diente der NS-Führung als Vorwand, um jüdisches Eigentum und jüdische Kultur zu zerstören und schließlich Juden gesetzlich legitimiert ökonomisch auszuschalten. Gleichzeitig ließen Goebbels und sein Mitarbeiter Wolfgang Diewerge die Verschwörungstheorie verbreiten, Grynszpan habe im Auftrag des *Weltjudentums* gehandelt, das das nationalsozialistische Deutschland vernichten wolle. Es sei die Absicht gewesen, die deutsch-französischen Beziehungen zu zerstören, um so einen Krieg zu provozieren.

Während bereits am 7. November erste Ausschreitungen, Brandstiftungen und Übergriffe gegen jüdisches Eigentum und Juden erfolgten, stand den Juden die verheerendste Verwüstung noch bevor. Nachdem Hitler von dem Attentat erfahren hatte, ließ er systematisch die Polizei zurückziehen und die Demonstrationen weiterlaufen. Goebbels berichtete anschließend SA- und Parteiführern vom Attentat und setzte es erneut in den Kontext einer jüdischen Verschwörung. Er machte deutlich, dass die Partei nicht als Organisator von Pogromen in Erscheinung treten, diese aber auch nicht verhindern werde, was als unmissverständliche Aufforderung zur eigenen Organisation von Pogromen gewertet wurde. Die Informationen wurden an die örtlichen Dienststellen und in der Folge an die Mannschaften weitergeleitet.

In der Nacht auf den 10. November wurden systematisch zuerst jüdische Kaufhäuser und Ladengeschäfte demoliert und geplündert. Anschließend verschaffte sich der Mob gewaltsam Zutritt zu jüdischen Wohnhäusern, wo ebenfalls alles von Wert geplündert oder zerstört wurde. Die Bewohner sahen sich hierbei schwersten – teilweise tödlichen – Misshandlungen ausgesetzt und wurden schließlich verhaftet. Außerdem wurden Synagogen zerstört und in Brand gesetzt, auch vor Kinder- und Altenheimen wurde nicht haltgemacht.

Das Schicksal eines Kindes, das ich in Elisabeths Kapitel aufgenommen habe, ist ebenfalls von wahren Ereignissen inspiriert. Einem österreichisch-jüdischen Paar soll nicht erlaubt worden sein, ihr wenige Monate altes Kind bei ihrer Verhaftung mitzunehmen, weswegen das Kind in der Wohnung starb (Wolfgang Benz, *Gewalt im November 1938. Die »Reichskristallnacht«. Initial zum Holocaust.* Metropol Verlag, Berlin 2018, S. 104). Hier habe ich Elisabeths Schicksal eingebaut.

Die besondere Ehrung, die Ferdinand in München zuteilwurde, ist tatsächlich völlig frei erfunden. Es ist mir allerdings sehr wichtig zu betonen, dass die positive Darstellung von Hitler und seinen Gefolgsleuten in diesem Kapitel nur Elisabeths Sicht der Dinge ist und keineswegs meiner Empfindung entspricht. Elisabeth ist von der glanzvollen Inszenierung, der euphorischen Atmosphäre und schließlich von Adolf Hitler bei der persönlichen Begegnung überwältigt. Hierbei muss man sich vor Augen führen, dass Hitler durch die Selbstinszenierung seines Führerkults größte Popularität genoss. Gerade Elisabeth, die versucht, an Ferdinands Seite dem indoktrinierten Bild von der *deutschen Frau* und der *perfekten Familie* zu entsprechen und die bislang dem nationalsozialistischen Regime wenig kritisch gegenüberstand, lässt sich in der Szene dazu hinreißen, höchst begeistert über Hitler zu denken, der sich ihr und Ferdinand gegenüber freundlich und nahbar gibt. Ich möchte hier noch einmal hervorheben, dass dies keinesfalls eine falsche Verklärung des NS-Staates im Sinne von »Es war nicht alles schlecht« sein soll, sondern im Gegenteil zeigen soll, welchen Sog das Regime durch das Trugbild von Paraden und Außendarstellung zu bilden versuchte.

Ich möchte jedem meiner Leserinnen und Leser ans Herz legen, die erwähnten Vorfälle nachzulesen und sich gründlich zu informieren. Mich hat es sehr bedrückt, die mir zur Verfügung stehenden Informationen in die Handlung einfließen zu lassen und zu beschreiben. Ich möchte meinen Teil dazu beitragen, dass diese grausamen, unmenschlichen Taten nicht vergessen und sich niemals wiederholen werden.

Quellenliste

Literatur

Wolfgang Benz, Geschichte des Dritten Reiches, Verlag C. H. Beck, München 2000

Wolfgang Benz, Gewalt im November 1938. Die »Reichskristallnacht«. Initial zum Holocaust, Metropol Verlag, Berlin 2018

Bernd Braun, Die Reichskanzler der Weimarer Republik, W. Kohlhammer Verlag, Stuttgart 2012

Ursula Büttner, Weimar: Die überforderte Republik 1918–1933, Klett-Cotta Verlag, Stuttgart 2008

Saul Friedländer, Das Dritte Reich und die Juden, Verlag C. H. Beck, 2. Aufl., München 2008

Sebastian Haffner, Von Bismarck zu Hitler: Ein Rückblick, Droemer Taschenbuch Verlag, Vollständige Taschenbuch-Neuausgabe, München 2015

Ulrich Herbert, Das Dritte Reich: Geschichte einer Diktatur, Verlag C. H. Beck, 3. Aufl., München 2018

Ulrich Herbert, Geschichte Deutschlands im 20. Jahrhundert, Verlag C. H. Beck, 2. Aufl., München 2018

Ian Kershaw, Der NS-Staat: Geschichtsinterpretationen und Kontroversen im Überblick, Rowohlt Taschenbuch Verlag, 5. Aufl., Reinbek bei Hamburg 2015

Golo Mann, Deutsche Geschichte des 19. und 20. Jahrhunderts, Fischer Taschenbuch Verlag, 13. Aufl., Frankfurt am Main 2011

R. H. Tenbrock/K. Kluxen/H. E. Stier (Hrsg.), Zeiten und Menschen, Ausgabe B, Band 4, Ferdinand Schöningh Verlag (Paderborn) und Hermann Schroedel KG (Hannover) 1966

Detlev J. K. Peukert, Die Weimarer Republik: Krisenjahre der Klassischen Moderne, Suhrkamp Verlag, 5. Aufl., Frankfurt am Main 1987

Christian Staas/Dr. Volker Ullrich (Hrsg.), Der Rausch der 20er-Jahre: Glanz und Tragik der Weimarer Republik, in: ZEIT Geschichte, Heft 1/2020

Martin Vogt (Hrsg.), Deutsche Geschichte: Von den Anfängen bis zur Gegenwart, Verlag J. B. Metzler, 4., erweiterte Aufl., Stuttgart, Weimar 1997

Heinrich August Winkler, Weimar 1918–1933: Die Geschichte der ersten deutschen Demokratie, Verlag C. H. Beck, Neuaufl., München 2018

Walter Ziegler, Die nationalsozialistischen Gauleiter in Bayern. Ein Beitrag zur Geschichte Bayerns im Dritten Reich, in: Zeitschrift für Bayerische Landesgeschichte 58 (1995), 427–460

Marita Kraus (Hrsg.), Rechte Karrieren in München: Von der Weimarer Zeit bis in die Nachkriegsjahre, Volk Verlag, München 2010

Internet

http://alex.onb.ac.at/cgi-content/alex?apm=0&aid=dra&datum=19370004&seite=00000191&zoom=2

http://bernried.de/de/startseite

http://bernried.starnbergersee-info.de/

https://www.bpb.de/geschichte/deutsche-geschichte/der-zweite-weltkrieg/199406/die-wehrmacht-struktur-entwicklung-einsatz
https://www.bundesarchiv.de/DE/Navigation/Finden/Epochen/Deutsches-Reich-Nationalsozialismus/deutsches-reich-nationalsozialismus.html
http://www.denkmaeler-muenchen.de
https://www.dhm.de/lemo/kapitel/weimarer-republik/innenpolitik/nsdap
https://die-deutsche-wehrmacht.de.tl/Aufr.ue.stung-der-Wehrmacht.htm
http://geschichtsverein-koengen.de/Hitler.htm
https://www.historisches-lexikon-bayerns.de/Lexikon/Traditionsgau_M%C3%BCnchen-Oberbayern,_1930-1945
https://www.weilheim-schongau.de/
http://www.lexikon-der-wehrmacht.de/Soldat/Wehrdienst.htm
https://www.penultima.de/stadtplan/
https://treemagic.org/rademacher/www.verwaltungsgeschichte.de/weilheim.html
http://www.trend.infopartisan.net/trd0117/t020117.html
https://www.weilheim.de/
https://www.zukunft-braucht-erinnerung.de/geschichte-deutschlands/drittes-reich/
https://www.sueddeutsche.de/muenchen/70-jahrestag-der-pogromnacht-die-verbrennen-die-synagoge-1.521453

FSC
www.fsc.org
MIX
Papier | Fördert
gute Waldnutzung
FSC® C083411

Zeitfracht Medien GmbH
Ferdinand-Jühlke-Straße 7
99095 Erfurt, Deutschland
produktsicherheit@kolibri360.de

Druck:
CPI Druckdienstleistungen GmbH
im Auftrag der
Zeitfracht Medien GmbH
Ein Unternehmen der Zeitfracht - Gruppe
Ferdinand-Jühlke-Str. 7
99095 Erfurt